Machtsspel

Chris Ryan bij Boekerij:

Hebzucht
Codenaam: verkenner
Vuurland
De achtste man
Doelwit
Executie
Krachtstrijd
Het laatste wapen
Tegenaanval
Vuurgevecht
Bloedbroeders
Killzone
Complot
Osama
Schietschijf
Missie 1
Missie 2
Missie 3
Missie 4
De krijgsheren
Terroristenjager
Spervuur
Moordcommando
Dodenlijst
Vijandig gebied
Machtsspel

www.boekerij.nl

Chris Ryan

Machtsspel

Rebellen dreigen de macht over te nemen.
Porter en Bald worden tot het uiterste getest.

BOEKERIJ

De vertaler bedankt Wim van de Pol en de militairen L. Wolf, KM *en RPG, majoor der mariniers b.d. voor hun adviezen.*

ISBN 978-90-225-8278-7
ISBN 978-94-023-1070-2 (e-book)
NUR 330

Oorspronkelijke titel: *Shadow Kill*
Oorspronkelijke uitgever: Coronet, an imprint of Hodder & Stoughton
Vertaling: Ralph van der Aa
Omslagontwerp: Baqup
Omslagbeeld: Shutterstock
Zetwerk: Mat-Zet bv, Soest

1

Freetown, Sierra Leone

Donderdag 4 maart 2000, 14.28 uur

Ronald Montague Soames was doodsbang. Dat was een onbekend gevoel voor de voormalige commandant van het 22ste SAS. Je gaf niet twee jaar leiding aan het Regiment en was niet drie jaar hoofd van de Special Forces als je geen ballen van staal had. En Soames mocht graag denken dat zijn ballen harder waren dan die van de meeste mannen. Maar vandaag stond er veel op het spel. Héél veel. Terwijl hij achter zijn glanzende notenhouten bureau de seconden aftelde, zag Soames dat zijn linkerhand trilde van angst. Hij slikte moeizaam en keek voor misschien wel de honderdste keer in de afgelopen minuten op zijn Blancpain Fifty Fathoms. Niet lang meer nu. Nog twee minuten tot de afspraak.

Zijn kantoor was gevestigd op de eerste verdieping van een koloniaal huis van twee verdiepingen in Super Road, vlak bij de Britse ambassade. Er stond een versleten leren stoel voor het bureau en aan de muur hing een ordinair victoriaans schilderij van een naakte courtisane die achteroverleunde in een stoel. Over de vloer liep een wirwar van kabels naar een Psion-laptop, een faxmachine, een telefoon en een printer. In een hoek stond een oude HF-radio en aan het plafond zoemde luidruchtig een versleten ventilator, die in een hopeloze strijd verwikkeld was met de hitte van ruim veertig graden. De halfvergane letters op de andere kant van het vieze glas van de kantoordeur waren nog net te lezen: RONALD M. SOAMES. DIRECTEUR JANUS INTERNATIONAL. Door het raam zag Soames een chaotische zee van krotten en vervallen koloniale gebouwen die zich tot aan de oceaan uitstrekte, met daarboven een loodgrijs wolkendek. Het kantoor stelde weinig voor, en dat gold ook voor het uitzicht. Maar ja, niemand kwam naar Sierra Leone om het landschap te bewonderen. Je kwam om dezelfde reden waarom Soames hier anderhalf jaar geleden in eerste instantie naartoe was gekomen.

Diamanten.

In het oosten van het land wemelde het daarvan, met name in de omgeving van Kono. De diamanten bevonden zich niet ver onder de grond – het had iets te maken met alluviale grondlagen, waardoor je geen zware, dure boormachines nodig had om de diamanten te bereiken. Je had genoeg aan een paar jonge kerels met een schep en een paar zeven. Het was goedkoop werk. Lage overheadkosten. Grote winsten. Maar het betekende ook dat iedereen wilde profiteren. En wie het op de diamantvelden voor het zeggen had, had het voor het zeggen in Sierra Leone. Het was een beetje de Gold Rush, de oliehausse en de Colombiaanse drugsoorlog ineen. Er was geen regering die het land kon besturen zonder de diamantvelden te beheersen, en het stikte er van de private militaire bedrijven. En daar speelde Ronald Soames een rol.

Zijn militaire bedrijf was in de arm genomen om de beveiliging van het grootste diamantveld van Kono te verzorgen. Dat zou een ongecompliceerde schnabbel moeten zijn. De rebellen van het Revolutionary United Front waren slecht bewapend, slecht getraind en ongedisciplineerd. Ze maakten geen schijn van kans tegen de ongeveer vijftig voormalige Blades, Zuid-Afrikaanse Recces en plaatselijke beveiligers die door Janus werden betaald. Daar kwam nog bij dat de president van het land de steun had van de yanks én de Britten. Dat betekende dat hij een grotere kans had om aan de macht te blijven. Maar de laatste tijd ging alles bergafwaarts, en niet zo'n beetje ook. De rebellen waren Sierra Leone in het zuiden binnengevallen. De president was in paniek geraakt en de grens over gevlucht naar Conakry, in Guinee. Zijn aanhang was als sneeuw voor de zon verdwenen. De geldstroom begon op te drogen. Opeens leek de beveiliging van de diamantvelden in Kono lang niet meer zo ongecompliceerd of lucratief.

Dat alles baarde Soames zorgen. Hij sliep slecht en dronk meer dan normaal. Hij begon steeds meer last te krijgen van stress. Maar op de moeilijke momenten herinnerde Soames zichzelf graag aan zijn eigen onderneming, waarmee hij een leuk centje bijverdiende. Hij zag het als een soort verzekering, een manier om zijn belangen in Sierra Leone veilig te stellen. Het was zijn geheim. Niemand anders bij Janus International wist van die onderneming af, en zo wilde Soames het graag houden. Hij moest immers zijn reputatie beschermen. In Whitehall was hij een gerespecteerd tussenpersoon, een steun en toeverlaat voor het establishment en meerdere ministers op belangrijke posten. Als hij het allemaal goed aanpakte kon hij over een jaar, op zijn drieënvijftigste, machtiger zijn dan ooit. Hij zou dan rechtstreeks contact met de premier kunnen opnemen en misschien zelfs een zetel in het House of Lords hebben.

Soames was er al anderhalf jaar in geslaagd zijn activiteiten voor de autoriteiten verborgen te houden. Niemand had ook maar het flauwste vermoeden. Natuurlijk, er waren geruchten, maar die waren er altijd in een stinkgat als Sierra Leone. Niemand besteedde er aandacht aan. Niemand kon iets tegen Soames inbrengen dat hem schade kon berokkenen. Hij was praktisch onschendbaar.

Tot een week geleden, toen de Rus contact met hem had opgenomen. En hem had laten weten dat hij wist wat Soames in Sierra Leone uitvrat.

Beweerde dat hij bewijs had. En getuigen.

En had gedreigd Soames kapot te maken als die de buit niet overhandigde.

Hij had hem een week de tijd gegeven om te beslissen.

De hele week had Soames zijn opties afgewogen. Een daarvan was een paar mensen in Engeland om hulp te vragen. Hij had genoeg vrienden met een hoge positie. Hij was een van de hoogst onderscheiden officieren van het Britse leger; hij had het Military Cross gekregen voor zijn daden in Belfast en de koningin en hij tutoyeerden elkaar. Er stonden mensen bij hem in het krijt, helemaal nadat Soames in het verleden veel van hun problemen had opgelost. Maar hij besefte dat hij hun deze keer niet om hulp kon vragen. Op de zesde avond had Soames de knoop doorgehakt. Hij zou zich niet laten ringeloren door die Russische klootzak. Hij zou doen waar hij het beste in was.

Het probleem zelf oplossen.

De Rus arriveerde een minuut later. Soames hoorde zijn Mercedes met piepende banden een klein eindje voorbij de poort tot stilstand komen, gevolgd door het doffe geluid van een dichtslaande autodeur. Na ongeveer een halve minuut klopte de huisjongen twee keer op de kantoordeur. Soames sloot zijn ogen. Haalde diep adem en ademde weer uit. Toen deed hij zijn ogen open en riep dat de Rus binnen kon komen.

Viktor Agron kwam met grote passen het kantoor in gelopen, alsof hij het er godverdomme voor het zeggen had. Hij leek wel een voetbalhooligan die een baan had gekregen bij een grote bank. Hij was groot, gespierd en kaalgeschoren, met een tatoeage in zijn nek van een wolvenkop die zijn tanden ontblootte – zo'n tatoeage die je nam als je je aansloot bij een Russische motorbende. Soames schatte in dat de kerel minstens honderdvijftig kilo woog. Zijn reusachtige lijf was in een eenvoudig tweedelig pak met een wit overhemd geperst waarvan het bovenste knoopje open was, en hij had een arrogante grijns op zijn gezicht. Om zijn linkerpols droeg hij een Breitling, die eruitzag als een zilveren handboei die hem te groot was.

Soames gaf de huisjongen een knikje. ‘Laat ons alleen, Vandi.’

Vandi maakte een buiging en draaide zich om om weg te lopen. Agron wachtte tot de huisjongen de deur achter zich had dichtgedaan. Toen paradeerde hij naar de stoel voor Soames’ bureau en ging wijdbeens zitten. Er hing een gespannen stilte in het kantoor. Angstaanjagend gespannen.

‘Het verbaast me dat je hier nog bent, Ronald,’ zei Agron.

Hij sprak langzaam en lijzig. Soames maakte een geluid diep in zijn keel en haalde zijn schouders op.

‘Dacht je dat ik zou vluchten?’

‘Het is wel bij me opgekomen ja,’ antwoordde de Rus. ‘Heb je de berichten op de radio niet gehoord? De rebellen staan op vijftig kilometer van Freetown. We weten allebei wat er met je gebeurt als ze de stad innemen.’

‘Zo ver komen ze niet. Dat gebeurt nooit.’

‘Ik hoop voor jou dat je gelijk hebt,’ zei Agron met een brede grijns. ‘Je bent per slot van rekening een van de belangrijkste adviseurs van president Fofana. Ik betwijfel of ze genade zullen hebben voor iemand in jouw positie.’

Soames keek de Rus kwaad aan. ‘Ik neem aan dat je alleen bent?’

‘Zoals afgesproken. Maar ik zou me maar niets in mijn hoofd halen. Mijn mensen zitten overal. We hebben dit huis omsingeld.’

Soames schraapte zijn keel en zei: ‘Ik heb over je aanbod nagedacht.’

Agron glimlachte. ‘Overhandig je onderneminkje in Kono en in ruil blijft het ons geheim. Niemand hoeft het ooit te weten. Dat waren de voorwaarden, dacht ik. Meer dan redelijk. En? Heb je een besluit genomen?'

Soames aarzelde. Opeens was zijn mond gortdroog. 'Mijn antwoord is nee. We hebben geen deal.'

Agron fronste zijn wenkbrauwen en keek pissig. Soames had het gevoel alsof hij lang bleef zwijgen, maar waarschijnlijk duurde het maar twee, drie seconden.

'Dat is teleurstellend,' zei de Rus ten slotte. 'Uitermate teleurstellend. Maar ik had al zo'n vermoeden dat je dat zou zeggen.' Hij zuchtte. 'In dat geval geef je me geen andere keus. We zullen het op de hardhandige manier moeten doen.'

Soames snoof. 'Bedreig je me nou?'

Agron haalde zijn schouders op en stak zijn handpalmen naar voren, alsof hij in beide handen een zakje munten vasthield en probeerde vast te stellen welk van de twee het zwaarst was. 'Geen bedreiging, Ronald. Ik leg gewoon de naakte feiten op tafel. We hebben je een fair voorstel gedaan. Méér dan fair, eerlijk gezegd. Je bent zo stom dat af te wijzen. Aangezien je niet van plan bent me te geven wat ik wil, zal ik het met geweld van je moeten afnemen.'

'Probeer het maar.'

Er verscheen een glimlach om Agrons mondhoeken. 'We zijn er al mee bezig, als je het weten wilt.'

'Wat bedoel je daarmee?' vroeg Soames.

'Op dit moment zijn vrienden van me op weg naar de grens. Het soort vrienden met wie niet te spotten valt. Ze hebben opdracht gekregen je alles af te pakken. De hele onderneming.' De Rus leunde naar achteren en sloeg zijn armen voor zijn borst over elkaar, duidelijk heel erg tevreden met zichzelf. 'We plukken je helemaal kaal.'

Het nieuws trof Soames als een mokerslag. Hij klapte zijn kaken op elkaar en staarde de Rus aan.

'Gelul. Je weet helemaal niet waar je moet zoeken.'

'Misschien niet,' antwoordde Agron schouderophalend. 'Maar je gaat het ons vertellen.'

'Waarom zou ik dat in godsnaam doen?'

Agrons glimlach verbreedde zich. 'Omdat ik anders de Britse ambassadeur bel en hem alles vertel wat we weten. Ik zal hem al het bewijs geven dat we hebben, tot het allerlaatste snippertje. We weten genoeg om je carrière kapot te maken, zodra het in Londen bekend wordt. Dan is het met je gedaan.'

Angst kroop langs Soames' ruggengraat omhoog en hij voelde een rilling in zijn nek. Hij schudde zijn hoofd. 'Nee.'

'Je hebt het nog steeds zelf in de hand,' zei Agron. 'Geef je bedrijf aan ons en de ambassadeur komt er niet achter wat je aan het doen bent. Je kunt nog altijd het vege lijf redden.'

'Lul,' beet Soames hem toe.

De Rus gniffelde. 'Nee, Ronald. Jíj bent hier de lul. Gigantisch de lul, zelfs. Je weet wat je te doen staat. Geef ons wat we willen. Het is je enige uitweg.'

De stem in Soames' achterhoofd zei: *Je kunt dit probleem oplossen. Je weet wat je te doen staat.*

Soames zuchtte en gaf een knikje. 'Als we moeten onderhandelen, laten we het dan in elk geval beschaafd doen. Zullen we iets drinken? Ik heb ergens een fles Grey Goose staan.'

Agrons ogen begonnen te schitteren. 'Nu spreken we dezelfde taal. Heb je enig idee hoe lastig het is om in dit kutland een goede fles wodka op de kop te tikken?'

Soames glimlachte en stond op van zijn bureau. Hij liep met grote passen naar de drankenkast die in de verre hoek van het kantoor stond. Hij beschikte hier over een drankvoorraad voor noodgevallen. In Sierra Leone was omkoperij een levenswijze. Politiemensen, soldaten, slippendragers van de overheid: allemaal moesten ze worden omgekocht als je iets gedaan wilde krijgen. Sommige mensen betaalden met Amerikaanse dollars of met de plaatselijke muntsoort. Anderen gebruikten sigaretten. Soames gaf er de voorkeur aan om mensen om te kopen met flessen Chivas Regal en Laphroaig. Hij pakte de Grey Goose. Naast de fles lag een supersterke kabelbinder in de vorm van een lus met grofweg de omtrek van een mensennek. Het was zo'n ding dat je gebruikt om elektrische snoeren bij elkaar te houden. Soames had er een paar weken geleden een pak van gekocht omdat hij van plan was orde te scheppen in de wirwar van kabels op de kantoorvloer. Daar was hij nooit aan toegekomen, maar nu kwam een kabelbinder goed van pas.

Hij keek even over zijn schouder om zich ervan te vergewissen dat Agron nog met zijn rug naar hem toe zat. De man keek op zijn horloge, alsof hij heel veel haast had om ergens anders heen te gaan. Soames haalde diep adem en pakte de fles Grey Goose bij de hals. Met zijn vrije hand pakte hij de kabelbinder. Toen draaide hij zich om en liep langzaam naar Agron toe, tot hij vlak achter hem stond en een schaduw over zijn rug wierp.

De Rus draaide zich half om in zijn stoel en keek op naar Soames. Zag de fles. Zag de kabelbinder.

Zijn gezicht vertrok.

'Waar ben je godver...'

Hij kreeg de kans niet om zijn zin af te maken. Razendsnel zwaaide Soames zijn linkerarm naar achteren en ramde de wodkafles tegen Agrons schedel. Met een bevredigend gerinkel sloeg de fles tegen het harde bot, als een honkbalknuppel die een bal het stadion uit slaat. Argon maakte een zacht geluid in zijn keel en viel uit de stoel. Papieren vlogen in het rond toen hij met zijn armen over het bureau maaide en hij viel met zijn hoofd hard op de tegelvloer. Meteen zat Soames bovenop hem. Razendsnel trok hij het lusachtige uiteinde van de kabelbinder over Agrons hoofd terwijl de man kronkelend op zijn buik lag. Toen trok hij het andere uiteinde zo strak mogelijk aan zodat Agron geen adem meer kon halen.

De Rus wist zich half overeind te hijsen en ging op zijn knieën zitten. Kreunend hapte hij naar adem en zijn ogen werden zo groot als steelpannetjes. Hij bracht zijn handen naar zijn hals en probeerde zijn vingers onder de kabelbinder te krijgen, in een wanhopige poging het ding los te wrikken. De kabelbinder werd echter te strak aangetrokken en het plastic sneed steeds dieper in zijn vlees, als een draad door een stuk kaas. Het was uitgesloten dat hij het plastic van zijn keel kon krijgen.

Agron deed er lang over om te sterven. Zijn gezicht werd rood. Toen paars. Toen blauw. Hij bleef met zijn vingers naar de kabelbinder klauwen. Het snot liep uit zijn opengesperde neusgaten. Diep in zijn keel klonk een wanhopig raspend geluid terwijl hij langzaam zijn verzet opgaf. In zijn laatste stuiptrekkingen schraapte hij met zijn zwarte leren schoenen over de vloer, zodat er onregelmatige zwarte strepen op de glanzende tegels ontstonden. Als de streepjes waarmee een gevangene de dagen afvinkt.

Twintig seconden later stopte hij met ademen.

Soames wachtte nog even. Een doordringende pis- en poeplucht steeg op van de plek waar de Rus in de laatste seconden van zijn leven zijn darmen had geleegd. Soames bedwong de neiging om te kokhalzen, ging op een knie zitten en voelde aan Agrons pols. Geen hartslag. Soames had geen enkele wroeging. Wat hem betrof had de Rus er zelf om gevraagd. De kerel had zijn doodvonnis getekend zodra hij had geprobeerd Soames te chanteren.

Nou, de tering voor ’m.

En nu? dacht Soames.

Hem lozen. En dan naar Kono gaan. Voordat de Russen daar zijn en je alles afpakken.

Het eerste deel van het plan was makkelijk genoeg. Hij wist wel hoe hij Agron moest laten verdwijnen: hem van zijn portemonnee, horloge en kleren ontdoen, het lijk naar buiten slepen en het achter in de Land Rover hijsen. Er stond een twee meter hoge muur om het terrein, zodat de buren het niet zouden zien als hij het lichaam meenam naar de voortuin. Vervolgens zou hij de stad uitrijden en Agron ergens in de buurt van Makeni langs de weg dumpen. Het zou dagen duren voor de autoriteiten het lichaam ontdekten, en dan zouden ze ervan uitgaan dat de man in zijn auto was overvallen en vermoord. Een klassiek geval van op het verkeerde moment op de verkeerde plek zijn. Op de wegen rondom Freetown wemelde het van de gewapende rebellen die helemaal opgefokt waren van de hasj en de poyo, het plaatselijke bier. Er werden om de haverklap westerlingen aangevallen.

Tegen de tijd dat Agrons lichaam werd gevonden zou Soames al in Kono zijn, de boel daar hebben leeggehaald en zijn sporen hebben uitgewist. Over vierentwintig uur kon hij het land uit zijn en met een koel biertje in de hand ontspannen in Kaapstad. Hij boog voorover om de Breitling van de man af te doen toen hij verstijfde.

Uit de zijkant van het horloge liep een roodwit kabeltje, niet dikker dan een mensenhaar, tot in de mouw van het jasje van de Rus. Daardoor had Soames het niet eerder opgemerkt; Agron had ervoor gezorgd dat niemand het kon zien. Soames wist meteen wat het was. Een gps-zendertje. Hij had zo'n ding al wel eens eerder gezien. De antenne gaf op een bepaalde frequentie een locatie door, die werd opgevangen door degene die aan de ontvangende kant de drager volgde.

Mijn mensen zitten overal, had Agron gezegd. *We hebben dit huis omsingeld.*

De deur vloog open. Toen Soames opkeek zag hij Vandi staan. Zijn magere gezicht was vertrokken van angst. Even kon de huisjongen geen woord uitbrengen. Hij staarde als verdoofd naar het dode lichaam. Toen richtte hij zijn doodsbange blik weer op Soames en wees naar het raam.

'Mannen komen, meneer Ronald,' riep hij uit. 'Kijk!'

Soames rende langs het joch naar het raam dat uitkeek over het terrein. Twee witte Toyota Carolla's reden op vijfentwintig meter afstand met volle snelheid door de hoofdpoort en langs de verwaarloosde tuin. Ze kwamen voor het huis tot stiltand, tien meter van de oude Land Rover 110 die Soames gebruikte om door de stad te rijden. Meteen vlogen de passagiersdeuren open en stapten er vier mannen uit, twee uit elke wagen. Alle vier droegen ze safarikleding en een designer zonnebril. En alle vier hadden ze een log uitziend pistool in hun hand. Soames realiseerde zich dat het semiautomatische PSM's waren. Wapens van Sovjetmakelij die vroeger populair waren bij de KGB en geschikt waren voor de 5,45×18mm-patronen. Typisch zo'n betrouwbaar Russisch vuurwapen dat in de Derde Wereld nooit uit de mode raakte. De vier gewapende mannen renden vijftien meter verderop naar de hoofdingang. Even keek Soames als de dood toe.

Shit.

De vrienden van de Rus.

Ze komen voor mij.

Er was geen tijd te verliezen. Hij draaide zich om en snelde weg van het raam, terwijl hij als een bezetene nadacht. Hij had nog acht, negen seconden voor de mannen zijn kantoor binnen kwamen stormen. Het koelbloedige deel van zijn hersenen kwam in actie en maakte hem duidelijk dat hij het lijk niet meer kon verbergen. Er was geen tijd meer om zijn sporen te wissen. Hij moest het huis uit, nú. Maar hoe? Via de voordeur was duidelijk geen optie. Hij zou kunnen proberen de trap op te rennen en zich op het dak te verstoppen. Maar de mannen wisten al waar ze hem moesten zoeken. Het zou slechts een kwestie van tijd zijn voor ze hem ontdekten.

Nee, zei Soames tegen zichzelf. Er is maar één mogelijkheid.

Hij kwam meteen in actie en rende langs het bureau en de dode Rus. Vandi spreidde zijn armen en smeekte zijn meester hem te laten meegaan. Soames schreeuwde dat hij opzij moest gaan en duwde hem aan de kant. Met het hart in de keel rende hij naar het balkon aan de andere kant van het kantoor. Achter hem, op de trap, klonken boze kreten en het zware gedreun van laarzen. De stemmen kwamen dichterbij. Over zes tellen zouden de gewapende mannen het kantoor binnen stormen.

Vijf.

Toen er nog vier seconden over waren was Soames bij de balkondeur. Hij gooide hem open en stapte naar buiten. De hitte omgaf hem meteen. Hij leunde over de reling en keek naar beneden. Vanaf het balkon had hij uitzicht over de tuin aan de achterkant van het huis, die vergeven was van onkruid en vol stond met verwaarloosde tuinmeubels. Er stond een vervallen stenen muur omheen met prikkeldraad erop om inbrekers te weren. Achter de muur kon Soames nog net een doolhof van krotten zien waarvan de golfplaten daken in de felle zon wel blikkerend kleingeld leken. Als hij zijn achtervolgers wilde afschudden, moest het daar gebeuren.

Nog drie seconden. Soames pakte de reling met twee handen vast en zwaaide zijn linkerbeen eroverheen. Het balkon bevond zich zeven meter boven de grond – hoog genoeg om verdomd veel pijn te doen maar laag genoeg om de sprong te wagen. Hij begon ook zijn rechterbeen over de reling te werken, die hij met twee handen vasthield. Uit zijn ooghoek zag hij links van hem Vandi de gammele kledingkast in duiken, in een vergeefse poging zich voor de gewapende kerels te verstoppen. Soames kon nu aan de andere kant van de deur stemmen horen. De Russen waren bijna in het kantoor. Hij haalde diep adem. Toen zwaaide hij zijn rechterbeen over de rand en liet los op het moment dat de mannen de deur intrapten en het vertrek binnen kwamen stormen.

Hij maakte een harde landing en viel met zijn zij op de uitgedroogde grond. Het leek wel of hij onder een rijdende vrachtwagen was gegooid. Soames voelde een hevige pijn in zijn schouder, die omhoogschoot naar zijn schedel. Hij voelde iets kraken in zijn borstkas, als een tak die doormidden brak. Zijn kaak deed pijn. Zijn benen voelden aan alsof iemand er betonblokken op had laten vallen. Even lag hij naar adem happend op de grond.

Toen schreeuwde de stem in zijn hoofd: *Sta op! Lópen, godverdomme!*

Soames dwong zichzelf om overeind te komen en kromp in elkaar van de pijn. Elke ademhaling, elke beweging deed zeer. Er schoot een scherpe pijnscheut omhoog in zijn borst en hij vroeg zich af of hij een rib had gebroken. Hij dwong zichzelf de pijn te negeren en rende half struikelend door het onkruid in de richting van de oostkant van het huis, tien meter verderop. Hij kon alleen ontkomen door via het zijpad naar de voorkant van het huis te rennen, in de Landy te stappen en de hoofdpoort door te rijden voor de mannen doorhadden wat er allemaal gebeurde. Hij wist dat het een plan van niks was, maar het enige alternatief was dat hij zich overgaf. En als de mannen hem te pakken kregen, was zijn doodvonnis getekend.

Toen hoorde Soames geschreeuw achter zich. Hij keek even om en zag een van de gewapende mannen het balkon op komen. De kerel wees naar Soames en riep zijn maten in het kantoor. Pakte zijn PSM. Een fractie van een seconde bleef Soames als versteend staan. Hij zag de mondingsvlam van het wapen. Een halve meter achter hem stoof droge aarde op toen de kogel de grond raakte. De man richtte opnieuw en de andere stemmen werden luider toen de andere mannen naar het balkon renden. Soames dwong zichzelf weer in beweging te komen. Hij draaide zich om en begon te rennen op het moment dat de Rus voor de tweede keer schoot. Soames hoorde achter zich opnieuw een kogel in de droge grond slaan en verhoogde het tempo.

Even later ging hij de hoek om en haastte hij zich over het met rommel bezaaide pad naar de voorkant van het huis. Hij zag de Land Rover twintig meter verderop midden op de oprijlaan geparkeerd staan. Niet ver meer, hield hij zichzelf voor. Zijn hart klopte zo snel dat hij het in zijn keel voelde kloppen. De pijn in zijn borst nam even af doordat angst en adrenaline in zijn bloedbaan stroomden. Nog tien meter tot de oprijlaan. Vijftien meter tot de Land Rover.

Nog heel even.

Nu niet opgeven.

Het voertuig stond voor het huis geparkeerd, met de bestuurdersplaats vanaf de ingang gezien aan de andere kant van de wagen. Soames rende voor het huis langs en bereikte de Land Rover in zes reuzenstappen. Hij liep snel om de wagen heen naar het bestuurdersportier en haalde buiten adem en met wilde bewegingen zijn sleutels uit zijn broekzak. Toen rukte hij de deur open en dook achter het stuur, terwijl hij voetstappen uit de voordeur van het huis hoorde komen. Soames stak de sleutel in het contact en startte de motor. De Landy kwam sputterend tot leven. Soames keek door het raam naar rechts en zag twee van de mannen naar buiten stormen, met hun semiautomatische wapen in de hand. De andere twee volgden een paar meter achter hen. De twee dichtstbijzijnde Russen waren minder dan twaalf meter van de Landy. En vanaf die afstand bevond Soames zich ruimschoots binnen het schootsveld van hun PSM's.

Godver, rijden, zei Soames tegen zichzelf.

De Russen schoten. Soames zag de mondingsvlammen en er klonken een paar luide knallen over de oprijlaan. Hij boog zijn hoofd tot onder het dashboard terwijl de kogels in de zijkant van de Landy vlogen, het chassis doorboorden en het metaal aan flarden scheurden. Hij bleef zijn hoofd laag houden toen er nog vier kogels over de oprijlaan scheerden en de zijkant van de wagen raakten. Een vijfde kogel kwam als een vuist door het passagiersraam. De ruit werd verbrijzeld en de stoel naast Soames werd bedekt door een regen van honderden glassplinters.

Even hield het schieten op. De mannen probeerden de wagen ongetwijfeld te omsingelen. De adrenaline nam het over. Soames schakelde in de eerste versnelling en trapte het gaspedaal in. De Landy maakte en grommend geluid en reed toen in de richting van de hoofdpoort, vijftien meter verderop aan de andere kant van de oprijlaan. Daarmee creëerde hij wat afstand tussen hem en de schutters. In zijn achteruitkijkspiegel zag Soames dat de mannen nu twaalf meter achter hem stonden.

Veertien. Zestien.

Nog elf meter tot de poort, dacht Soames.

Tien meter.

Negen.

De Landy stoof op de poort af. Nog acht meter. Achter Soames begonnen de vier mannen een regen van kogels op de Landy af te vuren, waarvan de meeste niet eens in de buurt kwamen. Drie kogels raakten de muur aan weerszijden van de poort; stukken mortel werden weggeslagen en er schoot heet stof de lucht in. Een van de kogels kwam in de passagiersstoel terecht, een andere vloog door het gat in de achterruit, scheerde rakelings langs Soames' hoofd en veroorzaakte een grote ster in de voorruit. Eén angstaanjagend ogenblik dacht Soames dat hij er geweest was. Hij bleef doorrijden. De mannen renden over de oprijlaan achter de Landy aan maar verloren terrein. De afstand tussen de schutters en Soames bedroeg nu twintig meter. Hij begon te geloven dat hij het ging redden.

Ik laat die teringrussen mijn hielen zien.

Hij was vlak bij de poort toen hij in zijn ooghoek iets zag bewegen. Een derde Toyota Corolla kwam met hoge snelheid op de openstaande poort af. De wagen was van hetzelfde model en had dezelfde kleur als de twee wagens voor het huis. Voorin zaten twee blanke gasten, in dezelfde kledij als de vier gewapende Russen die in het huis waren geweest. Ondersteuning, natuurlijk. De Russen hadden uiteraard een derde team bij het huis gepositioneerd voor het geval hij probeerde te vluchten. Nu kwamen de kerels in de derde Corolla eraan om hem voor de poort de pas af te snijden en zijn enige ontsnappingsroute te blokkeren, zodat hij het terrein niet kon verlaten.

De Corolla kwam met gierende banden voor de poort tot stilstand. Soames gaf plankgas en reed er recht op af. De motor van de Landy brulde het uit terwijl de snelheidsmeter zienderogen omhoog ging. Er klonk een luid gekraak toen de Land Rover tegen de kleinere auto botste. De voorwielen van de Corolla kwamen even van de grond toen Soames' wagen de auto van opzij ramde en de motorkap door de kracht van de botsing in elkaar schoof. De Landy spoot langs de Corolla, de poort door en de straat in. Soames trapte op de rem en draaide het stuur zo hard hij kon naar rechts, waarbij hij ternauwernood een rij aftandse motoren aan de overkant wist te ontwijken. Hij voelde de wagen helemaal naar rechts hellen, de banden gierden en het chassis schudde heen en weer. De Land Rover zwenkte weg van de geparkeerde auto's en ging weer recht rijden, in noordelijke richting over Spur Road.

Soames keek even naar rechts en zag de gehavende Corolla bij de hoofdpoort staan. De voorkant van de motor leek wel een vertrapt bierblikje. Er kringelde rook omhoog uit de motor. De grond lag bezaaid met glas. Achter de Corolla ving Soames een glimp op van de vier Russen, die in de richting van de poort renden. Twee van hen gingen naar een van de twee Corolla's op de oprijlaan, de andere twee renden verder, om de zwaar beschadigde auto heen, en richtten hun PSM op de Land Rover om die onder vuur te nemen.

Soames aarzelde geen seconde en trapte het gaspedaal zo ver mogelijk in. De Landy reed slingerend weg van het huis en ging steeds sneller rijden. Soames hoorde achter zich vijf, zes schoten terwijl de twee schutters de straat in renden. De kogels raakten de achterkant van de Landy en ketsten af tegen de carrosserie. Soames scheurde verder; de snelheidsmeter steeg tot boven de tachtig kilometer per uur. Een van de schutters vuurde opnieuw drie schoten af. Soames zag niet waar de kogels terechtkwamen. Het kon hem ook niet schelen. Hij bleef in noordelijke richting rijden en liet de mannen achter zich. De schutters stonden nu honderdvijftig meter achter hem. De snelheidsmeter ging voorbij de honderd. Tweehonderd meter. Hij zag een van de Corolla's met gierende banden de straat inrijden, langs de beschadigde auto. De twee mannen die op de weg stonden lieten hun wapen zakken en gingen op de achterbank zitten. Even later schoot de wagen naar voren en zette de achtervolging in.

Soames bleef plankgas geven en reed zo hard als hij durfde. De Corolla was niet meer dan een stipje in de achteruitkijkspiegel, maar de afstand werd langzaam kleiner, en Soames wist dat hij van de hoofdweg af moest voordat de Russen hem inhaalden. Na tweehonderd meter kwam hij langs het Mamba Point Guest House en sloeg met hoge snelheid rechtsaf. Opeens werd de weg een stuk slechter en stonk het naar afval dat lag te rotten in de tropische hitte. De wagen schudde heen en weer terwijl hij door diepe gaten in de weg reed. Overal lagen hoge stapels verrotte groenten en ander afval. Alles hier was bruin. De huizen, de weg. De mensen.

Soames ging een aantal keren kort na elkaar een hoek om terwijl hij door de achterstraten reed. Voordurend keek hij in de achteruitkijkspiegel om te zien of de Russen hem nog volgden, maar hij zag niets. Hij nam aan dat hij ze had afgeschud. Hij wilde echter geen risico nemen. Hij sloeg nog een keer af en kwam tot stilstand naast een rij krotten van golfplaten. Hij zette de motor uit, duwde het portier open en sprong uit de met kogels doorzeefde wagen.

Die wagen kan ik niet meer gebruiken. Soames wist dat de Land

Rover nu gezocht werd. En je had maar weinig 101 Defenders in de stad. Als hij er in rondreed zou hij veel te veel opvallen. Nee, hij zou te voet verder moeten. Hij haastte zich de straat door en negeerde de vijandige blikken van de mensen. Voortdurend keek hij om, om zich ervan te verzekeren dat de Russen niet achter hem aan kwamen. De hitte was ondraaglijk. Het leek wel of hij werd gesmoord met een hete handdoek. Het zweet plakte zijn overhemd aan zijn rug en liep in zijn ogen. Zijn mond was kurkdroog. Zijn lichaam schreeuwde om rust, maar hij bleef niet staan. Hij wist dat hij verder moest.

Ik mag de Russen dan van me hebben afgeschud, mijn moeilijkheden zijn nog lang niet voorbij, dacht Soames. Om te beginnen lag er een lijk in zijn kantoor. Nu had hij de Russische veiligheidsdiensten achter zich aan, en die zouden hem nooit laten wegkomen met de moord op een van hun mensen. Ze zouden jacht op hem maken en niet rusten voor ze hem gevonden hadden. Dat betekende dat hij op dit moment de meest gezochte man in Sierra Leone was. Hij had geen paspoort, geen geld, geen wapen. Hij had alles moeten achterlaten in zijn kantoor toen de vrienden van Viktor Agron kwamen opdagen.

Soames wist dat hij naar Kono moest, vóór de Russen erachter kwamen waar hij alles verborgen hield en hem kaalplukten. Dat zou in gewone omstandigheden al moeilijk genoeg zou zijn, maar nu werd hij ook nog gezocht, in de gevaarlijkste stad ter wereld. Tussen Freetown en de diamantvelden in Kono bevonden zich een stuk of twaalf controleposten en lag ruim driehonderd kilometer rebellengebied. Hij kon daar niet zomaar even naartoe. Dat was te gevaarlijk. Hij werd door te veel mensen gezocht. Bovendien kon de stad elk moment door de rebellen worden ingenomen. Nee, Kono zou moeten wachten.

Allereerst moest hij een vriend te pakken zien te krijgen.

Zestien uur later ging de pieper van John Porter.

2

Londen, Engeland

Vrijdag 5 mei 2000, 04.02 uur

Een kleine tienduizend kilometer verderop zat John Porter achter in een Ford Transit en probeerde hij het gebons in zijn hoofd te negeren.

De Transit 350 reed met een gestage snelheid van 25 kilometer per uur door Stradbrooke Road, een straat met vervallen rijtjeshuizen. Er zaten acht mannen achter in het busje: Porter en zijn maat John Bald plus zes mensen van SO19, de bewapende eenheid van de Londense politie. De jongens van SO19 zagen eruit alsof ze op weg waren een gijzeling te beëindigen. Ze droegen brandwerende tenues, kogelvrije vesten en ballistische helmen en hadden allemaal een Heckler & Koch MP5 karabijn met 9mm-dumdumkogels in hun handen. Zwijgend telden ze de seconden af tot het begin van de operatie. Bald en Porter droegen eenvoudige burgerkleding, met hun kevlarvest verborgen onder hun trui en hun door de politie verstrekte semiautomatische Glock 17 in een holster om hun middel. Bald droeg ook een Petzl-hoofdlamp met een kleine rode lichtstraal.

Nog minder dan een minuut, maar het enige waar Porter aan kon denken was hoe lang geleden hij voor het laatst iets gedronken had.

Zes uur, en ik lig verdomme nu al op apegapen.

Porter voelde zich klote. Hij had knallende koppijn, trilde behoorlijk en had een smaak in zijn mond alsof iemand er een asbak in had geleegd. Er kwam misselijkheid uit zijn keel omhoog toen de Transit met een schok over een gat in de weg reed.

'Nog een halve minuut, jongens,' zei David Kemper, een stevige SO19-officier. 'Maak je klaar. En niet vergeten: zodra we buiten zijn, maken we geen geluid meer.'

Hun bestemming was een rijtjeshuis van drie verdiepingen, honderd meter Stradbrooke Road in en recht tegenover een supermarkt. Volgens de geheime informatie hielden zich in dat huis de leiders van een van de meest gevreesde drugsbendes van Europa schuil. Sami Hoda en zijn broers Berat en Bekim waren tegenwoordig de grootste handelaren in cocaïne en heroïne van Zuid-Engeland. De broers gebruikten een Litouws bedrijf dat voedsel importeerde als façade om hun producten het Verenigd Koninkrijk binnen te brengen; ze smokkelden de drugs in de lambrisering van vrachtwagens van het bedrijf. Wanneer de drugs eenmaal de grens over waren, werden ze uitgeladen in een magazijn en vervolgens over heel Londen gedistribueerd in bestelbusjes met het bedrijfslogo. Vervolgens werden ze verdund en in consignatie aan dealers verkocht. Die verkochten het spul op straat in enkele van de armste wijken van het land. De Hoda-broers hadden hun grootste concurrenten verminkt, gemarteld en vermoord en verdienden tientallen miljoenen door mensen verslaafd te maken aan heroïne.

Nu gingen ze ten onder. En goed ook.

Scotland Yard had de Albanezen de afgelopen maanden net zo lang geobserveerd tot er genoeg bewijs was om Sami Hoda en zijn kompanen levenslang achter de tralies te krijgen. Twee dagen geleden vond er met veel geluk een doorbraak plaats. Een van de compagnons van de broers had een dealer gemarteld van wie ze vermoedden dat hij een deel van de winst in eigen zak had gestoken, en hem voor dood achtergelaten. De dealer had het echter overleefd. Hij had alles opgebiecht en de politie naar een garagebox in Hackney gebracht die op naam stond van Berat Hoda. De politie regelde een huiszoekingsbevel en ontdekte dat er brandkasten stonden met honderd kilo cocaïne, vijftig kilo heroïne, snijgereedschap en een half miljoen pond aan contant geld. Nu gingen ze de broers oppakken voordat die erachter kwamen dat de garage was doorzocht en op de vlucht konden slaan.

Het huis en de broers waren de afgelopen vierentwintig uur onafgebroken geobserveerd. Het plan was om het pand op meerdere verdiepingen tegelijk binnen te vallen en drie teams geluidloos hun positie te laten innemen voordat er hardhandige arrestaties zouden worden verricht. De hele operatie zou niet langer dan een minuut in beslag nemen.

Er was alle reden om heimelijk te werk te gaan. Er werd aangenomen dat de Albanezen over zware wapens beschikten, en Scotland Yard wilde geen enkel risico nemen. Als alles volgens plan verliep, zouden Sami Hoda en zijn maten in de boeien zijn geslagen voor ze verzet hadden kunnen bieden.

En daar moesten Bald en Porter een rol spelen.

Dertien maanden geleden was het de twee mannen van het Regiment gelukt een Servische crimineel te arresteren die het brein was achter een aanval op een SAS-eenheid. Nu hadden ze een vaste aanstelling bij MI5 en MI6; ze voerden observaties uit, plukten doelwitten van de straat en namen bevelen aan van een glibberige nicht in een duur pak die Clarence Hawkridge heette. Die kerel gaf leiding aan de afdeling Contraterrorisme in Thames House en was een echte lul. Twaalf uur geleden had Hawkridge te horen gekregen dat de Hoda's gearresteerd zouden worden.

Elf uur geleden had hij Bald en Porter benaderd.

Buiten medeweten van de Met had Sami Hoda het de afgelopen twee jaar op een akkoordje gegooid met de Firma en MI5, in ruil voor bescherming had hij ze voorzien van informatie over de belangrijkste huurmoordenaars in de drugswereld. Het was een deal die beide partijen naar tevredenheid hadden gesloten. De Firma kreeg gegevens over enkele van de meest gezochte criminele kopstukken in het land en Sami Hoda bleef buiten schot. Maar als de politie Sami Hoda gevangennam en hij alles vertelde, zou dat het einde betekenen van de hele operatie.

'Als dat gebeurt, jongens, zullen er koppen rollen,' had Hawkridge hun de vorige avond tijdens de briefing laten weten. 'De media kunnen hun geluk niet op als ze erachter komen dat MI5 een stelletje sadistische Albanese criminelen heeft geholpen om buiten schot te blijven. Dat kunnen we natuurlijk niet laten gebeuren.'

'Wat is het plan?' had Bald gevraagd.

'Er is maar één oplossing,' had Hawkridge doodkalm gezegd. 'Sami Hoda moet uitgeschakeld worden. Voorgoed.'

Bald en Porter maakten deel uit van het team om ervoor te zorgen dat Sami Hodi eraan ging. Nu zou de operatie over een paar seconden van start gaan, en Porter had een vreselijke kater.

'Ben je er klaar voor, maat?' vroeg Bald.

Porter knikte. 'Ik voel me prima, Jock.'

Bald trok een wenkbrauw op. 'Weet je het zeker? Jezus man, kijk nou. Je trilt als een rietje.'

'Het is niks,' snauwde Porter.

Maar de waarheid was dat het helemaal niet prima ging. Het was Porter gelukt te stoppen met drinken nadat hij van Hereford was overgeplaatst naar de geheime dienst. Hij mocht alleen bij de Firma blijven werken als hij de fles liet staan. Maar toen had Diana de scheidingspapieren gestuurd. Ze woonden tegen die tijd al een paar jaar niet meer bij elkaar, dus de scheiding kwam niet als een grote verrassing. De echte pijn zat hem in de kleine lettertjes. Diana wilde de volledige voogdij over hun dochter Sandy, en de rechter stemde daarmee in omdat Porter volgens hem geen stabiele leefomgeving kon bieden. Nu mocht hij Sandy nog maar één keer per maand een uur bezoeken, in de onafgebroken aanwezigheid van een maatschappelijk werker. Van het ene op het andere moment stortte Porters wereld in. Eerst was zijn leven bij het Regiment hem ontnomen. Nu pakte de rechter hem ook zijn dochter af.

Als je een zware drinker bent, heb je alleen maar een excuus nodig. En excuses heb ik zat, dacht Porter. Hij begon elke dag na het fitnessen geraffineerd een paar blikjes bier mee naar binnen te smokkelen. Een, twee biertjes werden er al snel meer dan tien. Voor hij het wist was hij aan de drank. 's Ochtends een paar glaasjes whisky om een beetje te ontspannen, en dan dronk hij de fles 's avonds leeg en spoelde alles weg met nog paar een paar biertjes. Porter wist dat hij een probleem had maar probeerde het geheim te houden voor Bald en zijn bazen bij de Firma. Hij bleef uit de buurt van de slijterijen in de omgeving van zijn flat en kocht zijn drank meestal bij een Turkse supermarkt in Kentish Town. Hij betaalde altijd contant en dumpte de lege flessen in een glascontainer, een paar straten verderop. Als hij tijdens het werk iets te drinken nodig had, vulde hij een plastic waterfles met wodka waar hij zo nu en dan van dronk. Maar hoe geraffineerd hij ook te werk ging, hij was ervan overtuigd dat Bald hem doorhad.

Je kunt ervoor zorgen dat je adem niet naar drank ruikt en de lege flessen weggooien. Maar hoe goed je je sporen ook uitwist, die glazige blik in je ogen kun je niet verbergen.

Het gebons in Porters hoofd nam toe. Zijn rechterhand trilde. Hij zweette flink, ondanks alles wat hij aan had. Jezus, hij moest echt iets te drinken hebben.

Zorg gewoon dat je deze operatie doorkomt. Dan kun je daarna je gang gaan. Je hoeft alleen maar de komende minuten zien door te komen zonder te worden doodgeschoten.

Plotseling ging de Transit stapvoets rijden. De bestuurder riep naar de jongens achterin dat ze moesten uitstappen. Kemper trok de schuifdeur open. Porter en Bald sprongen uit het busje op het asfalt, dat glad was van de regen. De SO19-jongens kwamen direct achter hen aan. Zodra de laatste was uitgestapt trok Kemper de deur dicht en sloeg met zijn vuist tegen de zijkant van de Transit. De bestuurder reed met toenemende snelheid vijftig meter in oostelijke richting de straat door en sloeg toen linksaf de parkeerplaats van de supermarkt op. Het busje speelde een cruciale rol in de operatie. Iemand die de parkeerplaats in de gaten hield zou denken dat de bestuurder een handelaar was die vroeg producten kwam leveren. Zo kon het team naderen zonder argwaan te wekken bij mensen in het huis.

'Opschieten,' zei Bald.

De twee Blades gingen voorop en staken de weg over in de richting van het rijtjeshuis, twaalf meter verderop. Het was onnatuurlijk stil in de straat, die aan weerszijden was afgesloten voor het verkeer. Porter zag in de verte een paar politieauto's en ambulances achter het lint staan. Aan de linkerkant van de straat bevond zich de supermarkt, die werd omringd door een zee van asfalt. Er tegenover stond een lange rij groezelige huizen van drie verdiepingen, en een eindje verderop bevonden zich winkels met rolluiken voor de ramen. Het huis van de Hoda-broers was het laatste in de rij. Porter en Bald liepen eropaf; hun Timberlands dreunden op het natte asfalt. In het huis brandde nergens licht en op de begane grond waren smoezelige witte gordijnen dicht. Nergens was een teken van leven te bekennen.

Nog twee meter tot de portiek. Dave Kemper stak een hand op om aan te geven dat het team moest blijven staan. Hij wees naar Bald en Porter.

'Ga je gang,' fluisterde hij.

De SO19-jongens hielden afstand terwijl Bald zachtjes naar de voordeur liep, met Porter achter zich aan. De twee voormalige SAS-'ers moesten bij deze operatie als eersten naar binnen. Dat betekende dat ze het slot in de voordeur moesten forceren voor de andere jongens het huis in moesten gaan. Daar zouden de zes SO19'ers zich opsplitsen in twee teams van drie man en hun positie innemen op de begane grond en de eerste verdieping. Bald en Porter zouden naar de tweede verdieping gaan. Zodra iedereen klaar was zouden ze de kamers binnenvallen, de verdachten ontwapenen en hen meenemen naar de afzetting. Dankzij de briefing wisten ze dat de slaapkamer van Sami Hoda zich op de tweede verdieping bevond. Bald en Porter zouden zijn kamer binnenstormen op hetzelfde moment waarop de jongens van SO19 op de ondergelegen verdiepingen hun invallen deden. Ze zouden een seconde of vijftien de tijd hebben om Sami Hoda om te leggen voordat de politie de trap op kwam stormen.

Porter hurkte neer voor de muur naast de deur, zijn rechterhand op de holster van zijn Glock, terwijl Bald op één knie naast de voordeur ging zitten en zijn hoofd zo draaide dat de Petzl-zaklamp het slot felrood verlichtte. Vervolgens haalde hij een standaard lockpickset uit de zak van zijn spijkerbroek en ging aan het werk. De vorige dag had een van de jongens van het observatieteam met een langeafstandscamera een foto van het slot genomen, dus Bald en Porter wisten exact met welk type ze te maken hadden. Het was een cilinderslot, zoals bij veel oudere huizen. Eitje voor een Blade. Het Regiment had een speciale lockpickafdeling. De jongens die daar werkten werden regelmatig door de Londense politie ingeschakeld om allerlei verschillende deuren en sloten te openen.

Bald haalde de tension wrench en een titanium rake-pick uit zijn blikje. Hij liet de tension wrench in het sleutelgat glijden en zette er druk op, zodat de wrench iets verboog en daardoor de pinnen in het slot tot boven de scheerlijn omhoog kwamen. Toen stak hij de rake-pick in de bovenkant van het slot en begon die heen en weer te bewegen.

'Schiet op, Jock,' zei Porter zacht terwijl hij om zich heen keek.

'Ik doe godverdomme wat ik kan, maat.'

'Stel je maar voor dat er aan de andere kant twee tieten op je wachten.'

Bald wierp zijn maat een dreigende blik toe. Hij morrelde nog wat aan het slot en bleef de rake-pick heen en weer bewegen tot alle pinnen recht achter elkaar stonden. Na nog een paar keer draaien klonk er een zachte maar onmiskenbare klik toen de cilinder helemaal ronddraaide en het slot openging.

'We zijn binnen,' fluisterde Porter in zijn microfoon.

Bald duwde de deur langzaam open en zorgde ervoor dat hij geen enkel geluid maakte. Toen stapte hij voorzichtig de gang in. Porter kwam met getrokken pistool achter hem aan. Hij keek de gang in en spitste zijn oren. Het stonk in het huis naar wiet en zweet. Overal lagen afhaalverpakkingen en bierblikjes. Porter haalde zo zacht mogelijk adem en liep verder de gang in terwijl zijn ogen langzaam maar zeker aan het donker wenden. Twee meter voor zich zag hij de trap naar de eerste verdieping. De gang liep verder naar de achterkant van het huis. Onder aan de trap bleef Porter staan. Hij keek over zijn schouder en wees omhoog. Bald knikte. Achter hem gebaarde Dave Kemper naar de drie leden van het eerste team dat ze binnen moesten komen.

Porter draaide zich om en sloop de trap op, op zijn tanden bijtend tegen de monsterlijke kater die broeide in zijn schedel. De treden kraakten een beetje onder zijn gewicht. Halverwege de trap bleef hij even staan om omlaag te kijken naar de voordeur en de andere teams. Kemper ging het team dat de benedenverdieping voor zijn rekening zou nemen voor naar de slaapkamers aan de achterkant van het huis. Alle mannen duwden de kolf van hun karabijn stevig tegen hun schouder, en allemaal hadden ze een brandende lamp op hun wapen. Achter hen volgden de drie mannen van het tweede team. Porter keek weer voor zich en liep verder de trap op. Na twee stappen was hij op de overloop. Hij bewoog zijn Glock van links naar rechts, alert op de minste beweging.

Niets.

Nog één verdieping te gaan.

Stapje voor stapje liepen Porter en Bald de overloop over, in de richting van de tweede trap. Ze keken goed waar ze liepen en letten goed op dat ze niets van de troep aanraakten waar alles mee lag bezaaid. De Hoda-broers mochten dan multimiljonairs zijn, ze leefden als uitschot. Overal waar Porter keek zag hij stapels afval, rottende kippenvleugels en pizzapunten, asbakken die tot de rand waren gevuld met sigarettenpeuken. Even later was hij bij de trap en ging hij omhoog, richting de slaapkamer op de tweede verdieping. Bald liep achter hem, het tweede so19-team bevond zich op de overloop van de eerste verdieping en liep naar de eerste gesloten deur.

In zijn oortje hoorde Porter Kemper zeggen: 'Team Eén gereed.'

Porter en Bald waren nu vier treden verwijderd van de overloop op de tweede verdieping. In zijn oortje hoorde Porter nog een krakende stem. Het was Steve Crabb, die het tweede team leidde. 'Team Twee gereed.'

Vrijwel op hetzelfde moment was Porter op de overloop. Hij liep naar de slaapkamer en ging met zijn rug tegen de muur links van de deur staan. Bald stond bij de muur aan de andere kant. Ze hielden allebei hun wapen in de aanslag.

'Team Drie gereed,' zei Porter.

Er volgde een stilte van twee, drie seconden. Porter negeerde de knallende hoofdpijn en greep de polymeren kolf van de Glock 17 steviger vast. Kempers stem klonk weer over de radio: 'Iedereen klaar... nu!'

Beneden ging alles heel lawaaierig en heel snel. De doodse stilte werd verbroken toen de twee SO19-teams de kamers op de lagergelegen verdiepingen binnenvielen. In zijn oortje hoorde Porter het harde gekraak van deuren die werden ingetrapt, gevolgd door agressief geschreeuw; Dave Kemper die tegen iemand riep dat hij moest staan, Steve Crabb die riep: 'Politie! We zijn gewapend!'

Zodra de deur was opengezwaaid stormde Porter voor Bald uit naar binnen, met zijn wijsvinger tegen de trekker van de Glock, die hij in een brede boog van links naar rechts zwaaide terwijl hij om zich heen keek of hij Sami Hoda ergens zag.

De kamer was vier bij vier meter groot. Buiten voor het raam brandde een straatlantaarn, die het interieur oranje verlichtte. In een hoek stond een televisie met een stapel dvd's en een PlayStation. Op een koffietafel stond een fles Stolichnaya, met een paar joints en blikjes Tyskie ernaast. Uit een vuilniszak in een van de hoeken puilden kleren. Op het bed, dat tegen de achterste muur stond, waren de lakens teruggeschoven, zodat er een matras zichtbaar was dat onder de vlekken zat. De kamer was een soort combinatie van een studentenkamer en een junkhol. Waar Sami Hoda zijn poen ook aan uitgaf, niet aan de inrichting van zijn huis.

Sami Hoda stond naast het bed, gekleed in een hemd en een boxershort. Hij had een wazige blik in zijn ogen en staarde naar Porter met een verwarde uitdrukking op zijn gezicht, dat onder de acne zat. Intussen was ook Bald de kamer binnengekomen. Hij ging naast Porter staan en richtte zijn Glock op de Albanees.

'Politie, politie!' schreeuwde Porter, zo hard dat de jongens op de andere verdiepingen zijn stem ongetwijfeld via de microfoon hoorden. 'Geen beweging! Geen beweging!'

Sami Hoda gehoorzaamde. Zijn ogen schoten heen en weer tussen Bald en Porter. In zijn oortje kon Porter een van de verdachten met zijn buitenlandse accent vol keelklanken tegen de politiemensen horen schreeuwen. Hij schatte dat de andere twee teams hun doelwitten over een seconde of twintig onder controle hadden.

Porter gaf Bald een knikje, en de Schot knikte terug. *Laten we het doen.*

Porter stopte zijn Glock in zijn holster en liep met grote passen op Sami Hoda af. Bald stond vlak voor de deuropening en hield de Albanees onder schot. Hoda bleef hoofdschuddend van Bald naar Porter kijken, alsof zijn problemen op een magische manier zouden verdwijnen als hij maar vaak genoeg zijn hoofd schudde.

'Jullie kunnen dit niet doen, klootzakken,' zei hij. 'Dit is een grote fout.'

Porter negeerde hem. Hij liep langs de Albanees en ging naast het bed op zijn knieën zitten. Volgens de gegevens van de Firma bewaarde deze gast een illegaal wapen in een schoenendoos onder het bed. Porter stak een arm onder het bed en voelde de schoenendoos, die bijna tegen de muur stond. Hij trok hem tevoorschijn en haalde het deksel eraf. Er zat een roestvrijstalen pistool in dat Porter herkende als een oude Tsjechische semiautomatische CZ 75. Negen millimeter, een magazijn met twaalf patronen, een stompe loop. Solide maar weinig bijzonders, zoals je ook wel kon verwachten van het land waar de Skoda was ontworpen. Hij opende de schuif en zag een glanzende patroon in de kamer. Toen sprong hij overeind en draaide zich om om het doelwit aan te kijken.

Sami Hoda keek over zijn schouder naar Porter. Hij zag de CZ 75 die Porter vasthield en zijn ogen werden zo groot dat ze wel uit zijn schedel leken te ploppen. 'Die is niet van mij. Ik heb geen idee hoe dat ding daar terecht is gekomen.'

'Handen achter je rug,' beval Bald.

De Albanees hield op met protesteren en zweeg. Hij zuchtte, keek voor zich uit en stak zijn polsen uit naar Porter. Alsof het weinig om het lijf had. Alsof hij dacht dat hij over een paar uur zijn contactpersoon bij MI5 aan de lijn zou hebben en weer vrij man zou zijn.

Hij vergiste zich.

Porter ging rechts achter de Albanees staan. Hij deed met zijn duim de veiligheidsgrendel aan de zijkant van de CZ 75 omhoog en hief het wapen. Richtte met de korrel en de keep een halve meter rechts van Bald op de muur. Hij ontspande zijn onderarm en spande de spieren in zijn schouder.

Haalde de trekker twee keer over.

De kamer werd verlicht. De CZ donderde. De mondingsvlam flitste. Twee kogels vlogen met een luide knal uit de loop van het pistool. Het geluid was oorverdovend. Porter voelde de terugslag van het wapen. De eerste kogel raakte een centimeter of dertig rechts van Bald de muur. De tweede belandde in de deurpost, op minder dan vijftien centimeter van Bald, en sloeg een stuk uit het hout. Het regende splinters op Bald, die intuïtief in elkaar kromp. Hij deed er een halve seconde over om zijn Glock op het hoofd van Sami Hoda te richten. Porter sprong weg van de Albanees zodat hij niet getroffen zou worden.

De drugsbaas zette grote ogen op. Hij had nog net genoeg tijd om zich te realiseren wat er ging gebeuren. Hij stak een hand naar Bald op.

'Godver, nee, niet...'

Bald haalde de trekker over en loste twee schoten. De 9mm-kogels verdwenen in het hoofd van Sami Hoda en verwoestten de voorkant van zijn schedel. Zijn nek schoot naar achteren en hij viel opzij, terwijl zijn armen door de lucht zwaaiden. Alsof iemand zijn touwen had losgelaten. Hij was dood voor hij op de grond viel en zakte met open mond tegen de muur. De kamer vulde zich met de warme stank van bloed.

Porter staarde naar het kogelgat in de muur rechts naast Bald. Het was nodig geweest om met Sami Hoda's pistool te schieten om zijn dood gerechtvaardigd te laten lijken. Dat betekende dat Porter een paar keer zo dicht naast Bald had moeten schieten dat het leek of Hoda op hem gericht had. Maar Porter had niet goed gemikt en had bijna Balds kop eraf geschoten.

Jezus, dacht hij. Misschien ben ik wel echt gek aan het worden.

Ik heb bijna mijn maat doodgeschoten.

Er klonken meerdere stemmen tegelijk in zijn oortje. Kemper, Crabb en een stel anderen die reageerden op de schoten op de tweede verdieping en zich afvroegen wat er in godsnaam aan de hand was. Porter en Bald hadden een paar seconden de tijd voordat de mannen van SO19 de trap op kwamen stormen. Porter schrok op uit zijn verdoving, ging op zijn knieën naast de doodgeschoten Albanees zitten en begon snel de CZ 75 af te vegen met zijn trui. Hij hoorde dreunende voetstappen op de trap. Hij had nog een paar seconden voor de mannen op de tweede verdieping waren.

'Godverdomme, schiet op,' zei Bald.

Porter stopte het Tsjechische semiautomatische wapen in Sami Hoda's rechterhand en klemde diens mollige vingers om de handgreep. Toen sprong hij overeind en rende langs Bald de gang in, terwijl hij zijn Glock 17 uit zijn holster haalde. Hij draaide zich snel om zodat hij buiten de deur stond, terwijl Bald een paar stappen over de drempel zette. Kemper kwam met grote stappen de trap op, met Crabb en nog iemand anders achter zich aan. Hij keek Porter even aan, bleef in de deuropening staan en keek de slaapkamer in. Hij zag Sami Hoda tegen de muur liggen, terwijl het bloed uit de gaten in diens schedel gutste en over zijn gezicht liep. Bald stond over de dode Albanees heen gebogen, hield zijn Glock 17 stevig vast en schudde zijn hoofd.

'Jezus,' zei Bald. 'Téring. Ik heb iemand gedood.'

Kemper werd bleek. 'Wat is er gebeurd?'

'Ik kon niet anders,' zei Bald terwijl hij zich omdraaide en Kemper zo gekweld mogelijk probeerde aan te kijken. 'Die lul begon op ons te schieten.'

'Dat is zo,' zei Porter. 'We kwamen de kamer binnen om het doelwit te arresteren en riepen dat hij zijn handen omhoog moest doen, zoals ons was gezegd. Die teringlijer trok zijn wapen en schoot een paar keer op ons. Daarom hebben we teruggeschoten.'

'De verdachte gebruikte zijn wapen?' vroeg Kemper, terwijl er een diepe frons op zijn gezicht verscheen.

'Yep,' antwoordde Porter. 'Twee keer.' Hij gaf een knikje naar de kogelgaten in de muur en de deurpost. 'Daar vindt u de kogels.'

Kemper draaide zijn hoofd naar Porter. 'Waar was jij toen dit gebeurde?'

'Buiten de kamer, om Jock dekking te geven.'

'Shit,' mompelde Kemper.

'Ik kan godverdomme niet geloven dat ik hem heb doodgeschoten,' zei Bald, terwijl hij naar de neergeschoten Albanees staarde.

Kemper wendde zich tot Crabb. 'Zet de omgeving af. Hou iedereen op afstand en laat de SOCO hier zo snel mogelijk heen komen. Ik wil vingerafdrukken, bloedspetters, de hele zooi. Niemand raakt hier ook maar iets met z'n poten aan. Vanaf nu is dit huis een plaats delict, begrepen?'

'Ja, baas.'

'En houd in godsnaam de pers weg.'

Crabb knikte, draaide zich om en liep met grote passen de trap af, samen met de andere SO19-man. Kemper keen hen na. Toen draaide hij zich om naar Bald en zoog lucht tussen zijn tanden. 'Ik zal hier melding van moeten maken. Dat zijn we wettelijk verplicht als er door de politie is geschoten. Ze zullen jullie tweeën ongetwijfeld bij de debriefing willen spreken.' Bald opende zijn mond om iets te zeggen, maar Kemper kapte hem af. 'Luister, jongens. Ik weet dat jullie het volste recht hadden om te schieten, maar we moeten het volgens de regels doen. Dat snappen jullie wel.'

Bald en Porter wisselden een blik. Toen keek Porter Kemper weer aan. Knikte. 'We zullen alle vragen beantwoorden.'

Kemper knikte en schraapte zijn keel. 'Nou, goed dan. Jullie kunnen beter naar de afzetting. Daar zal een rechercheur op jullie wachten om jullie verklaring af te nemen.'

Porter en Bald gingen samen naar de hal en liepen de straat op. Het geluid van de inval had de omwonenden opgeschrikt uit hun slaap. Overal in de straat gingen lichten aan. Een paar bewoners stonden voor hun huis om zich aan het tafereel te vergapen. Bij het afzetlint gonsde het van de activiteit. Drie politiemensen vingen de Albanezen op terwijl een vierde hun hun rechten voorlas. Hondengeleiders bleven in de buurt voor het geval een van de verdachten probeerde te vluchten. Medisch personeel was bezig een brancard uit een ambulance te laten zakken. Daar is het een beetje laat voor, dacht Porter. Hij grijnsde naar Bald.

'Je verdient een Oscar, Jock,' zei hij. ' Ik trapte er bijna in. Het ziet ernaar uit dat Kemper het geloofde.'

'Zal wel.' Bald haalde zijn schouders op. 'We hadden de operatie bijna verkloot, dankzij jou.'

'Wat bedoel je dáár nou mee, godverdomme?'

Bald draaide zich om naar Porter. Zijn gezicht was vertrokken van kwaadheid. 'Je knalde me daarbinnen bijna overhoop, vriend. Het scheelde niks of je had die tweede kogel in mijn gezicht geschoten. Het scheelde maar een paar centimeter of ik had met een gat in mijn kop op het vloerkleed gelegen.'

Porter klemde zijn kaken op elkaar en trotseerde Balds priemende blik. 'Ik kon er niks aan doen. Het pistool werkte zeker niet goed. Jezus, je kent die oude CZ's toch? Die zijn nog onbetrouwbaarder dan een wegwerphorloge.'

Bald schudde zijn hoofd. 'Dat pistool was het probleem niet, maat. Dat was jij.'

‘Het was gewoon een fout, meer niet,’ zei Porter. De kater speelde weer op. Hij voelde bonzende pijn in zijn schedel.

‘Gelul.’ Bald kwam vlak voor Porter staan en keek hem dreigend aan. ‘Je kunt er maar beter voor zorgen dat je jezelf in de hand krijgt. Want de volgende keer dat je me bijna raakt, schiet ik je zelf neer. En geloof me, ik zal godverdomme niet missen.’

3

06.17 uur

De ondervraging duurde negenenveertig lange minuten. Bald en Porter waren naar een somber kantoorgebouw met een glazen pui in High Holborn gebracht, tegenover een rij sjofele souvenirwinkels en shabby kroegen. In een sobere verhoorkamer met een confrontatiespiegel zat een man in pak op ze te wachten, die zich voorstelde als Charles Capewell. Hij legde uit dat hij een advocaat van de Firma was en was ingeschakeld om Bald en Porter tijdens de ondervraging bij te staan. Als een van hen een vraag kreeg die mogelijk bezwarend was, zou hij tussenbeide komen en het gesprek afkappen. Bald en Porter knikten allebei. Ze hadden al eerder met dit bijltje gehakt.

Even later kwamen er twee onderzoekers binnen, die zich voorstelden als Westwood en Steer. Ze hadden allebei vroeger bij de politie gewerkt, en dat kon je ook aan ze zien, met hun vermoeide blik in de ogen en een bierbuik die uit hun gekreukelde witte overhemd dreigde te barsten. Ze gingen tegenover Bald, Porter en Capewell zitten en zeiden dat ze een paar vragen hadden. Westwood maakte duidelijk dat ze heel welwillend waren en dat ze nog steeds vrienden bij de politie hadden. Ze wisten hoe die dingen werkten. Ze luisterden geduldig toen Bald en Porter hun alles over de schietpartij vertelden. Eerst Bald, toen Porter. En toen nog een keer. De onderzoekers maakten aantekeningen, stelden een paar vragen maar drongen nauwelijks aan. Alsof ze het voor de vorm deden. Zo nu en dan onderbrak Capewell hen om stellig maar beleefd te zeggen dat zijn cliënten een bepaalde vraag niet zouden beantwoorden. Toen ze klaar waren zei Westwood tegen Bald en Porter dat ze konden gaan. Hij zei dat ze Kemper en de andere leden van het arrestatieteam na de debriefing moesten ondervragen. Steer voegde daar aan toe dat ze nog contact zouden opnemen als ze verdere vragen hadden. Hij bedankte Bald en Porter voor hun tijd. Capewell excuseerde zich en vertrok.

Twee minuten nadat ze het gebouw hadden verlaten ging Porters pieper.

Bald en hij hadden allebei een Motorola-pieper aan hun riem, die was verstrekt door het ministerie van Defensie. Zo kon hun baas vierentwintig uur per dag contact met ze opnemen, wanneer hij maar wilde. De piepers ontvingen twee proefberichten per dag, een om zeven uur 's morgens en een om zeven uur 's avonds. Zodra de jongens zo'n bericht ontvingen, moesten ze de beveiligde lijn van Thames House bellen. Dus toen Porters pieper zoemde, dacht hij dat het het eerste proefbericht van die dag was. Toen keek hij op zijn horloge. 06.20 uur. Te vroeg. En dat betekende dat iemand van de Firma hem wilde spreken.

Hij maakte de pieper los van zijn riem en keek op het verlichte schermpje. Berichten van de Firma bestonden altijd uit een code van drie cijfers. De verschillende getallen correspondeerden met verschillende instructies die Bald en Porter uit hun hoofd hadden geleerd toen ze vanuit Hereford de overstap hadden gemaakt. Zo betekende 555 dat ze zo snel mogelijk contact moesten opnemen met Thames House, terwijl 111 hun duidelijk maakte dat ze onmiddellijk naar het dichtstbijzijnde safehouse moesten gaan. Een 111 was het dringendste bericht dat de Blades konden krijgen.

Porter bleef staan en staarde naar de pieper.

Op het schermpje stond *111*.

Even later hielden ze een taxi aan.

Het safehouse bevond zich in de buurt van Edgware Road, nog geen vijf kilometer ver, maar zelfs om half zeven in de ochtend was het een rit van drie kwartier. De trottoirs waren grotendeels leeg, met uitzondering van een paar joggers en een paar mensen die in ploegendienst werkten, maar de wegen waren al helemaal dichtgeslibd met auto's, bestelbusjes, taxi's, bussen en fietsers. Ze stonden stil of reden met een slakkengang. De taxichauffeur reed in noordelijke richting over Southampton Row, langs metrostation Russel Square, sloeg toen linksaf en kroop verder door Euston Road. Overal waar Porter keek werd de skyline gedomineerd door grote hijskranen en de contouren van wolkenkrabbers en hoge flatgebouwen in aanbouw. De stad onderging een metamorfose. Er is heel wat veranderd sinds ik ben opgegroeid in Bethnal Green, dacht Porter. *Over tien jaar herken ik bijna niets meer.*

Ze reden tweeënhalve kilometer in oostelijke richting door Euston Road. Langs de gebouwen van staal en glas rondom Great Portland Street, de drommen toeristen in Baker Street en de huizen van ettelijke miljoenen langs Regent Park. Ze reden stapvoets door Marylebone en gingen na Westminster Magistrates' Court kronkelend naar links. Reden een paar honderd meter door Old Marylebone Road. Staken Edgware Road over en reden langs de shishabars, Turkse koffiehuizen en sjofele Libanese restaurants. Na Sussex Gardens nam de chauffeur de eerste afslag rechts, Sale Place in. Na vijftig meter haalde hij zijn voet van het gaspedaal en kwam tot stilstand naast het trottoir. Porter gaf hem een briefje van twintig en kreeg er een handvol kleingeld voor terug. Toen stapte hij samen met Bald uit en wachtten ze tot de taxi uit het zicht was verdwenen. Ze liepen veertig meter in noordelijke richting Sale door en sloegen toen linksaf Star Street in.

Het safehouse stond midden in een rij onopvallende witgekalkte huizen. Het viel op geen enkele manier uit de toon, met het betegelde portiekje en het smeedijzeren hek met daarachter het souterrain. Het enige verschil was dat achter alle ramen de gordijnen dicht waren. Vanaf de straat zag het huis er netjes, opgeruimd uit. Anoniem. Het soort huis dat geen aandacht trok. En dat maakte het perfect als safehouse. Bald viste een sleutelbos uit zijn broekzak, draaide het slot van de voordeur open en stapte de hal in.

Toen bleef hij stokstijf staan en luisterde.

'Het alarm is uitgezet,' zei hij.

Porter knikte. *Dan zijn we hier dus niet de eersten.*

Ze liepen de gang door naar de trap. Het was een modern maar spaarzaam gemeubileerd huis dat wel iets weg had van een showroom van IKEA vijf minuten na afloop van de opruimingsuitverkoop. Porter liep achter Bald de trap af naar de kelder. Ze liepen met grote passen een korte gang door, naar de gepantserde deur aan het uiteinde. Aan weerszijden stond een vent in een glanzend pak. Een van hen zei iets in zijn microfoon terwijl de andere de deur opentrok. Vervolgens stapten de mannen opzij en gingen Bald en Porter naar binnen.

De briefingroom zag eruit als een opnamestudio, maar dan zonder instrumenten. De muren en het plafond waren afgedekt met schuimrubber in de vorm van eierdozen, speciaal ontworpen om geluid te absorberen. Dat betekende dat gesprekken die hier werden gevoerd niet te verstaan waren voor iemand die buiten stond te luisteren. Er waren geen ramen en het enige licht was afkomstig van twee lange halogeenlampen die brandden in twee afzonderlijke hoeken van het vertrek. Tegen de verste muur stond een brandkast van American Security ter grootte van een Smeg-koelkast, zo'n ding waar een Texaanse wapenfanaat zijn geweren in zou kunnen bewaren. In het midden van de kamer stond een doorsnee metalen bureau waar een

Cisco-telefoon op stond die was aangesloten op een beveiligde lijn. Om het bureau heen stonden vier metalen stoelen. Porter kende het keldervertrek als zijn broekzak. Hij zou bij god niet meer weten hoe vaak hij hier het afgelopen jaar was geweest. De Firma had tientallen van dit soort safehouses, verspreid over de hoofdstad.

Hij richtte zijn aandacht op de twee personen in het midden van de kamer. Clarence Hawkridge stond tegen de rand van het bureau geleund. Hij had zijn armen over elkaar geslagen en tikte met een zwartleren gaatjesschoen op de vloer. Een vrouw die Porter niet kende zat achter het bureau op een stoel, met haar handen op een stapel dikke dossiermappen. Ze droeg een zwarte kokerrok en een donkergrijs jasje met daaronder een bloes met lange mouwen. De zakelijke look. Porter schatte haar eind dertig, begin veertig, maar door de rimpels in haar gezicht zag ze er wel tien jaar ouder uit. Ze had grijze strepen in haar middellange haar, bloeddoorlopen ogen en diepe rimpels in haar voorhoofd.

Hawkridge rechtte zijn rug en keek ongeduldig op zijn horloge. 'Jullie hebben wel de tijd genomen om hiernaartoe te komen.'

'Kwam door het verkeer,' zei Bald schouderophalend. 'We hadden het trouwens ook heel druk met het opruimen van je troep.'

Hawkridge stak zijn kin uit naar Porter. 'En? Is alles goed gegaan?'

Porter wierp Bald een blik toe. De Schot keek op een merkwaardige manier terug. Porter richtte zich weer tot Hawkridge en knikte stijfjes. 'Het ging precies zoals we hadden besproken. Wat de politie betreft was het gerechtvaardigd dat er werd geschoten. We hebben een verklaring moeten afleggen, maar het zou kunnen dat die nog een staartje krijgt.'

Hawkridge glimlachte en maakte een wegwerpgebaar. Alsof hij een vieze lucht probeerde weg te wuiven. 'Maak je daar maar geen zorgen over, ouwe jongen. Dat hebben we geregeld. Jullie gaan vrijuit.'

'Mooi zo,' zei Bald droog. 'Wanneer gaat de champagne open?'

'Ik ben bang dat jullie het feestje nog even moeten uitstellen. We hebben een andere klus voor jullie.'

'Nou, laat maar horen,' zei Porter.

Hawkridge gebaarde naar de twee lege stoelen die voor het bureau stonden. 'Waarom gaan jullie niet zitten, heren.'

Porter en Bald gehoorzaamden en wachtten tot Hawkridge verder ging. Porter betrapte zich erop dat hij om zich heen keek om te zien of hij ergens drank zag. Hij vroeg zich af hoelang hij nog zonder kon zonder weer te gaan trillen. De laatste tijd kon hij nauwelijks een paar uur zonder een paar slokken sterkedrank.

Hawkridge draaide zijn hoofd naar de vrouw. 'Voordat we verder gaan wil ik jullie voorstellen aan Angela March. Zij zal bij dit gesprek aanwezig zijn. Angela is van Buitenlandse Zaken en zal helpen bij het coördineren van de operatie.'

'Aangenaam, heren,' zei March. Ze had een rokersstem en een beheerste, professionele uitstraling. Porter gaf haar een knikje, maar hij vroeg zich af waarom iemand van Buitenlandse Zaken belangstelling had voor een operatie van MI5.

March tikte op de mappen. 'Ik heb jullie dossiers gelezen. Het oprollen van de bende van Radoslav Brozovic was voortreffelijk werk. Jullie zijn in Whitehall zo ongeveer beroemdheden. Doodzonde dat jullie nooit publiekelijk lof zullen krijgen voor wat jullie gedaan hebben.'

'We hebben het niet voor de eer gedaan,' zei Bald. 'We deden het omdat Brozovic onze maten had gedood.'

'Dat had ik begrepen, ja. Eerlijk gezegd is dat ook een van de redenen waarom we geïnteresseerd zijn geraakt in jullie. Ik heb gehoord dat jullie allebei ervaren zijn en in staat zijn om langere tijd te overleven in een vijandige omgeving. Qua gevechtservaring doen jullie voor niemand onder. En jullie zijn allebei extreem loyaal aan jullie mede-SAS'ers. Dat is belangrijk voor deze specifieke operatie.'

Porter fronste zijn wenkbrauwen. 'Hoe bedoelt u?'

Hawkridge ging zitten en streek met zijn hand door zijn dunne haar. 'Ik neem aan dat jullie allemaal ene Ronald Soames wel kennen?'

Toen ze die naam hoorden waren ze een en al oor. Porter ging kaarsrecht zitten en verstrakte.

'Soames?' vroeg hij. Hij spoog de naam bijna uit. 'Ja, daar hebben we weleens van gehoord.'

March trok een van de onderste mappen uit de stapel, opende die en liet haar ogen over de eerste bladzijde glijden. Toen keek ze Porter aan. 'Ik begrijp dat Ronald commandant was van 22 SAS in de tijd dat jullie samen bij de eenheid zaten.'

'Even maar. Hij werd een paar maanden nadat ik door de selectie kwam overgeplaatst, als ik het me goed herinner.'

March begon te lezen van de pagina die voor haar lag. 'Ronald Soames, geboren in Esher, Surrey, in 1947. Opgegroeid in een vooraanstaand militair gezin. Vader Onslow diende bij het Corps of Guides in India en werd later parlementslid voor Henley-on-Thames voor de Conservatieven. Ronald werd in 1969 toegelaten tot Sandhurst en ging bij de Household Cavalry Division. Hij werd gepromoveerd tot kapitein en kwam in 1977 door de selectie voor de SAS. Later werd hij gepromoveerd tot luitenant-kolonel en hij was van 1987 tot 1989 commandant van 22 SAS. Werd Hoofd Special Forces in 1994 voordat hij in 1997 met pensioen ging. Ronald begon zijn eigen particuliere militaire bedrijf, Janus International. Dat werkt met beveiligingscontracten, hoofdzakelijk in Afrika.'

Ze stopte met lezen. Maakte een foto los van de voorkant van de map en schoof die over het bureau. Porter en Bald bogen zich er dichter naartoe. Het was een foto van Ronald Soames, zo te zien een recente. Ná Whitehall. Hij zag er goed uit voor zijn leeftijd en droeg een duur uitziend linnen pak met daaronder een lichtblauw overhemd, waarvan het bovenste knoopje open was. Alles aan hem straalde geld uit – het pak, het horloge, de kaken met de goed verzorgde stoppelbaard. Op de foto keek Soames niet in de camera, maar iets naar links. Zijn ogen waren koud en zwart, als natte stenen. Zijn dunne lippen krulden in de hoeken omhoog en vormden een arrogante glimlach. Soames zag er op de een of andere manier tegelijkertijd charmant en hardvochtig uit. Hij was echt zo'n kerel die deed alsof de hele wereld van hem was en die iedereen die daar anders over dacht keihard aanpakte.

Porter keek March aan en haalde zijn schouders op. 'Zo te zien heeft Soames goed geboerd.'

March antwoordde niet. Ze sloot de map en haalde een pakje Camel uit haar Marc Jacobs-handtas. Ze stak een sigaret op en nam een diepe haal.

'Ronald is niet zomaar een gepensioneerde generaal. Hij is een van de meest onderscheiden Britse militairen.' Ze las weer voor van zijn cv. 'Hij ontving het Military Cross voor zijn daden tijdens een IRA-hinderlaag bij Belfast. Ook ontving hij de Distuinguished Service Order en mag hij zich Knight Commander of the Order of the British Empire noemen.'

'Dat betekent niks.' Porter lachte. 'Dat zijn bullshitmedailles.'

March keek hem streng aan. 'Volgens mij is dat alleen maar jaloezie, denk je ook niet?'

Porter voelde woede omhoogkomen in zijn borst. Hij schudde en zijn hoofd en zei: 'Alsjeblieft. Het is in Hereford een publiek geheim dat Soames het Military Cross niet verdiend heeft. Die lul zat gewoon achter een bureau in de kazerne terwijl de andere jongens de kastanjes uit het vuur haalden. Hij heeft naderhand zijn eigen eervolle vermelding geschreven.'

'Hoe je er ook over denkt, de eenvoudige waarheid is dat Ronald voor ons heel waardevol is,' zei March kortaf.

'Hoe bedoelt u?' vroeg Bald.

March wachtte met antwoorden tot ze nog een trekje van haar sigaret had genomen. 'Ronald bewijst ons zo nu en dan een dienst.'

Grijnzend zei Bald: 'Dat doen de meisjes in Spearmint Rhino ook.'

March keek hem kwaad aan voordat ze verderging. 'Ronald heeft specifieke vaardigheden. Hij is op zijn best in de grijze gebieden, de schemergebieden. Toevallig beschikt hij ook nog eens over uitstekende connecties. Hij kent iedereen die ertoe doet. En belangrijker, hij weet alles van ze.' Ze tikte as in een asbak en glimlachte even. 'Laat ik het erop houden dat hij weet hoe hij dingen gedaan moet krijgen.'

'Zo kun je het zeggen, ja,' zei Porter. 'Je kunt ook zeggen dat hij geslepener en onbetrouwbaarder is dan een louche shoarmazaak. Hij heeft heel wat jongens van het Regiment verraden. Ik ken niemand die er zo goed in is om mensen een mes in de rug te steken.'

'Dat kan zijn,' gaf March toe. 'Maar Ronald heeft zijn nut op plekken waar het politiek ongepast is dat wij er betrokken raken. Plekken waar we invloed nodig hebben maar waar niemand dat mag zien. De wereld verandert. Transparantie is nu het toverwoord. De tijd van direct ingrijpen is voorbij. Mannen als Soames kopen macht voor ons zonder laarzen op de grond.'

'Dan zal dan wel lekker betalen,' zei Bald. 'Ik heb nooit onder Soames bij het Regiment gezeten, maar ik heb gehoord dat die kerel ontiegelijk rijk is.'

'Ronald doet dit niet voor het geld,' diende Hawkridge hem van repliek. 'Hij houdt van zijn land. Hij heeft heel veel vrienden in Whitehall. Mensen die dankbaar zijn voor het werk dat hij voor ons heeft gedaan. En nu zit hij in de penarie.'

'Hoe dan?'

Hawkridge tikte met zijn vingers op het bureaublad en keek met zijn kleine donkere ogen van Bald naar Porter. 'Vertel me eens,' zei hij. 'Wat weten jullie van de situatie in Sierra Leone?'

‘Het is een strontgat vol zwartjes en aids,’ flapte Bald eruit.

Hawkridge kuchte beleefd. ‘Dat lijkt me een heel bondige manier om het te zeggen, al ligt de werkelijkheid wat gecompliceerder. Zoals jullie waarschijnlijk wel weten woedt er in Sierra Leone al tientallen jaren een burgeroorlog. Negen jaar geleden hebben de rebellen van het Revolutionair Verenigd Front, het RUF, met steun van soldaten uit Liberia geprobeerd de regering van Sierra Leone onder president Joseph Momoh omver te werpen. Het RUF, dat geleid wordt door Foday Sankoh, veroverde al snel grote delen van het land en dwong Momoh met een militaire coup om in ballingschap te gaan. Sindsdien zijn het RUF en de burgerregering in staat van oorlog. We hebben het over een eindeloze cyclus van staatsgrepen, opstanden en massamoorden.’

‘Net als elk Afrikaans schijtgat dus,’ zei Bald.

‘Nou, nee. Sierra Leone beschikt namelijk over gigantische diamantvoorraden. Véél meer dan andere landen in de regio, en niet diep onder de grond. Dat betekent dat je geen dure apparatuur nodig hebt om de diamanten te delven. En dát betekent dat het RUF de beschikking had over kant-en-klare inkomsten waarmee de militaire operaties betaald konden worden.’

‘Bloeddiamanten,’ zei Porter.

Hawkridge knikte. ‘Precies. In het verleden heeft het RUF zwaar geleund op de handel in bloeddiamanten om de opstand te betalen. Hun soldaten smokkelen de stenen over de grens naar Liberia, waar ze worden verwerkt en schoongemaakt door Libanese helers. Vervolgens worden ze verkocht op de westerse markt. We hebben het over een handel ter waarde van honderden miljoenen dollars per jaar. Geld dat rechtstreeks in de oorlogskas van het RUF vloeit.’

March zei: ‘Vier jaar geleden besloot de Britse regering in te grijpen. Er werd een resolutie ingediend en er werd een VN-vredesmacht naar het land gestuurd. Voor het eerst kwam er een democratisch gekozen president, David Ibrahim Fofana.’

March nam een laatste trekje van haar Camel, blies de rook uit en drukte de peuk uit in de asbak. Toen veegde ze haar haren naar achteren en ging verder.

'De verkiezingen verliepen niet vlekkeloos. En ook niet bepaald eerlijk. Maar onze regering en onze vrienden in Washington vonden het kennelijk eerlijk genoeg om de nieuwe man te steunen. Fofana's positie is echter zwak. Grote delen van het land zijn nog altijd in handen van de rebellen. Buiten Freetown is het land een oorlogsgebied. Als Fofana aan de macht wilde blijven, moesten we de diamantvelden beveiligen en de rebellen ervan weerhouden de diamanten in handen te krijgen. En daar hadden we Ronald voor nodig.'

'Hoezo?' vroeg Bald.

'Janus International kreeg een contract om de diamantvelden in Kono te beschermen, op het platteland in het oosten van Sierra Leone,' zei March. 'Kono is de grootste regio waar diamant wordt gewonnen, en daarmee misschien wel de grootste van West-Afrika. En daarmee misschien wel de grootste ter wereld.'

'De diamantvelden van Kono zijn van levensbelang voor Fofana als hij aan de macht wil blijven en het RUF wil verslaan,' vulde Hawkridge haar aan. 'Als de rebellen erin slagen Kono in te nemen, kunnen ze hun operaties de komende jaren financieren. Alle hoop op een beëindiging van het conflict zou de bodem in worden geslagen.'

Hij keek naar March. Die zei: 'Soames was in Sierra Leone actief met onze impliciete toestemming. Je zou kunnen zeggen dat we er gevestigde belangen bij hebben dat Soames verantwoordelijk is voor de veiligheid in de diamantenmijn.'

'Of beter gezegd: die hadden we,' zei Hawkridge. 'Tot vierentwintig uur geleden.'

'Wat is er dan gebeurd?' vroeg Porter.

Hawkridge aarzelde en keek even naar March. Toen zei hij: 'De situatie is veranderd.'

'Op welke manier?' vroeg Bald.

'De rebellen zijn een nieuw offensief begonnen. Het kwam voor iedereen als een verrassing. Ze hebben controleposten van de regering overrompeld en kwamen helemaal tot Port Loko, op minder dan tachtig kilometer van Freetown. President Fofana is met zijn adviseurs naar Conakry gevlucht, in Guinee.'

March schraapte haar keel. 'Zonder Fofana is de burgerregering in feite gevallen. De rebellen hebben heel veel moed geput uit het vertrek van de president. We denken dat ze zich voorbereiden op een grootscheepse aanval op de hoofdstad. Op straat heerst overal paniek. Iedereen weet nog wat er de vorige keer gebeurde nadat het RUF de stad binnen kwam rijden. Hun soldaten maakten zich schuldig aan een orgie van geweld. Plunderingen, verkrachtingen, moorden. Er werden duizenden mensen vermoord en er raakten er nog veel meer ontheemd.'

Porter krabde aan zijn wang. 'En waar zit Soames ondertussen?'

'Ergens in Freetown,' antwoordde Hawkridge. 'Het is absoluut noodzakelijk dat we hem onmiddellijk de stad uitkrijgen, voor de situatie daar verder verslechtert.'

Bald haalde zijn schouders op. 'Nou, zet die kerel op het vliegtuig. Jezus, jullie hoeven ons toch niet de halve wereld over te sturen om zijn handje vast te houden?'

'Zo simpel is het niet.'

Bald staarde de kerel aan. 'Wát een verrassing. Tering zeg, wanneer is het dat ooit eens wel bij jullie?'

Hawkridges kaak verstrakte en hij zei: 'Gisteren heeft het GCHQ een gesprek opgevangen in Moskou van mensen van de FSB, de Russische geheime dienst. Het lijkt erop dat ze een team naar Sierra Leone sturen.'

Porter reageerde nu ook. 'De Russen? Op welke manier zijn die hierbij betrokken?'

'Dat weten we niet precies. Maar we denken dat het te maken heeft met de diamantvelden.'

'Dit is wat we weten,' zei March. 'De Russen hebben een overeenkomst gesloten met de militaire leider van het RUF. Een charmante man die zich generaal Mosquita noemt. De deal bestaat uit wapens in ruil voor concessies op de diamantvelden voor wanneer de rebellen het land overnemen.'

Porter knikte. 'Dat is de reden waarom de rebellen hun zaakjes opeens zo goed voor elkaar hebben. Ze hebben gloednieuwe spullen van de Russen.'

'Precies,' zei Hawkridge. 'We denken dat de Russen een team hebben gestuurd om de zaak te bespoedigen. Om te profiteren van de chaos in het land en Soames buitenspel te zetten. Als hij eenmaal uit de weg is geruimd, kunnen ze de controle over de velden in Kono overnemen. Daarmee zouden ze tegelijkertijd alle pogingen van Fofana om aan de macht te blijven verijdelen en de macht over het land in handen geven van het RUF.'

'En de nieuwe president van Rusland kan een vroege overwinning bijschrijven,' voegde March daaraan toe.

'Dus Soames is een doelwit,' zei Porter.

March knikte behoedzaam. 'Op dit moment wordt in Downing Street de mogelijkheid besproken om militair in te grijpen en de rebellen terug te drijven, zodat Fofana het initiatief weer kan nemen. Maar onze eerste prioriteit moet zijn om Ronald het land uit te krijgen. Hij wordt bedreigd en heeft onze hulp nodig.'

Porter luisterde zwijgend toe. Hij had echt knallende hoofdpijn. Het leek wel of iemand met een ijspriem in de achterkant van zijn oogballen stak.

'Wat is het plan?' vroeg Bald.

'Ronald heeft ons in het verleden een paar keer uit de penarie geholpen,' zei March. 'Nu gaan we hem een wederdienst bewijzen. Jullie moeten het vliegtuig naar Freetown nemen en Soames vinden. Vervolgens moeten jullie hem als de sodemieter weghalen uit het land, voordat de Russen hem eerder vinden.'

4

07.29 uur

Even zei niemand iets. Je kon een speld horen vallen. March stak een nieuwe sigaret op en observeerde de operateurs aandachtig. Alsof ze hun reactie wilde peilen. Ten slotte verbrak Porter de stilte.

'Als jullie zo bezorgd zijn om Soames, waarom laten jullie hem dan niet gewoon op het vliegtuig stappen?'

'Twee redenen.' March nam een haal van haar sigaret en legde die toen op de asbak. De rook kringelde langzaam in de richting van het met schuimrubber afgedekte plafond. 'Ten eerste wordt de situatie in het land steeds minder stabiel. Er zijn onbevestigde berichten dat zich nu al gewapende groepen in Freetown bevinden die de rebellen goedgezind zijn. Dat maakt elke westerling tot een potentieel doelwit. We hebben alle Britse onderdanen in de stad al geadviseerd om binnen te blijven tenzij het echt niet anders kan. Als Soames op eigen houtje het land probeert te verlaten, zou hij weleens in de problemen kunnen raken, vooral omdat hij goed bevriend is met president Fofana. Dat maakt hem tot een gezworen vijand van het RUF.'

Bald zei: 'En een militaire evacuatie? Al die andere expats zullen ook gered moeten worden als de hel daar losbreekt. Laat het leger die ouwe zak daar weghalen.'

'Daar zijn we mee bezig.' Hawkridge deed zijn bril met hoornen montuur af en wreef over zijn vermoeide ogen. 'Maar het kost tijd. We hebben geen schepen in de omgeving en de dichtstbijzijnde troepen zitten in Senegal.' Hij zette de bril weer op zijn lange neus. 'Het zal een paar dagen duren voor we een strijdmacht hebben samengesteld waarmee we Britse onderdanen kunnen evacueren. Minstens. En dan is het misschien al te laat.'

'En de tweede reden?' vroeg Porter.

'We hebben herhaaldelijk geprobeerd in contact te komen met Ronald sinds we van de dreiging hebben gehoord,' antwoordde March. 'Maar er wordt niet opgenomen op zijn kantoren.'

'En bij hem thuis?' vroeg Bald.

'Zelfde. Ook daar geen gehoor.'

'Het zou kunnen dat de netwerken eruit liggen,' voegde Hawkridge eraan toe. 'Die zijn onder ideale omstandigheden al onbetrouwbaar. Of misschien zit Soames ergens anders in de stad vast.'

'Waar hij ook is,' zei March, 'we kunnen hem niet waarschuwen voor de Russen.'

'Zit er niemand anders in het land?' vroeg Porter. 'Iemand die even naar hem toe kan rijden om bij hem aan te bellen?'

'Helaas niet,' zei Hawkridge. 'De enige mensen die we daar hebben zitten zijn van de Britse ambassade, en die werken daar met een absolute basisbezetting. Zoals je je kunt voorstellen worden ze overspoeld door expats die het land uit willen. Zelfs als we iemand zouden kunnen missen om Ronald te waarschuwen, zou dat niets veranderen aan het probleem dat hij een vliegtuig in moet zonder op gewapende Russen te stuiten. Het opsporen van Soames is maar de helft van het probleem. Als jullie hem eenmaal gevonden hebben, zullen jullie hem goed moeten beschermen.' Hij haalde zijn schouders op. 'Misschien zitten de Russen al wel in Freetown.'

'Trouwens,' bracht March naar voren, 'het gaat er niet alleen om dat Soames beschermd moet worden. Er spelen ook nationale belangen.'

Bald trok een wenkbrauw op. 'Hoezo?"

March zei: 'Ronald is zo ongeveer een instituut in Whitehall. Hij heeft twintig jaar een belangrijke functie bij het ministerie van Defensie gehad en is goed ingevoerd in kwesties met betrekking tot de nationale veiligheid. Als de Russen hem te pakken krijgen, bestaat er een reële kans dat ze hem verhoren en erachter komen wat hij weet.'

Porter zei: 'Zijn jullie bang dat hij doorslaat?'

'Het is een reden tot zorg.' March nam weer een trekje van haar sigaret. 'Zelfs als hij niks loslaat, zou het heel pijnlijk zijn als hij gevangen werd genomen of werd gedood. De leden van het Koninklijk Huis en hij tutoyeren elkaar, om nog maar te zwijgen van een aantal hoge ambtenaren. Als hem iets overkomt, straalt dat slecht af op zijn compagnons. Ik hoef denk ik niet te zeggen dat die mensen graag willen dat hij veilig wordt teruggebracht naar Londen.' March pauzeerde en keek Porter strak aan. 'Héél graag.'

Porter knikte. Hij zag de koppen van de tabloids al voor zich. Een vooraanstaande internationale fixer die banden heeft met het koningshuis, op een dubieuze missie in Sierra Leone, die wordt geëxecuteerd door een stel losgeslagen rebellen. De pers zou ervan smullen.

'Oké,' zei hij. 'Dus de hoge piefen schijten zeven kleuren en willen dat wij een van hen gaan redden. Maar hoe moeten we Soames vinden?'

'Probeer eerst zijn kantoor,' antwoordde Hawkridge stijfjes. 'Het is daar veiliger dan in zijn woning, en op de begane grond heeft hij een logeerkamer. Het zou heel goed kunnen dat hij daar zit om alles af te wachten.'

'En als dat niet zo is?'

'Er is een huisjongen aanwezig op het kantoor. Een jonge knaap die Vandi heet. Als Soames ergens heen is, kan hij jullie misschien helpen. Intussen zullen wij hier blijven proberen hem te bereiken.'

'Jullie zullen snel moeten zijn,' zei March. 'De situatie in Sierra Leone verslechtert met het uur. De laatste inlichtingen lijken erop te wijzen dat we nog achtenveertig uur de tijd hebben voor de rebellen een aanval op Freetown inzetten. Misschien minder. Zodra jullie in Sierra Leone zijn moeten jullie Soames zien te vinden, vóór de stad valt.'

'En als Soames hem al uit Freetown is gesmeerd?' vroeg Bald. 'Hij heeft de bui misschien al voelen hangen en besloten de benen te nemen.'

'Dat is niet erg waarschijnlijk,' zei Hawkridge met een vinnig handgebaar. 'De omgeving buiten Freetown is grotendeels in handen van de rebellen. Ze hebben overal checkpoints. Zelfs als het Soames zou lukken de rebellen te ontwijken, dan bestaat er nog altijd de kans dat hij de West Side Boys tegen het lijf loopt.'

'Daar heb ik weleens van gehoord,' zei Bald. 'Crackjunks die zich uitdossen als een stelletje nichten.'

Hawkridge trok een grimas. 'Zo zou je het zeker kunnen zeggen. De West Side Boys hebben zich niet aangesloten bij andere rebellengroeperingen. Hun leider is ene brigadegeneraal Foday Kallay. Hij is dol op verkrachten, plunderen en moorden. De meeste van hun soldaten zijn als kind ontvoerd, en als onderdeel van hun inwijding zijn ze gedwongen om te martelen en te doden. Ze dragen vrouwenpruiken en slippers om de vijand te intimideren en zijn altijd onder invloed van wiet en heroïne.'

'Klinkt als een doorsnee vrijdagavond in Brixton,' zei Porter.

'Laat je geen zand in de ogen strooien. De West Side Boys zijn wispelturig en gevaarlijk. Twee maanden geleden vielen Kallays mannen een dorp ten zuiden van Freetown binnen en verzamelden ze iedereen die ze ervan verdachten met de regering te collaboreren. In totaal drieëntwintig mannen, vrouwen en kinderen. Ze brachten ze naar een kuil en executeerden ze een voor een. Geloof me, Soames heeft de stad niet verlaten. Niet zolang de West Side Boys tekeergaan op het platteland.'

Porter luisterde zwijgend. Zijn handen waren gaan trillen. Hij luisterde half naar de briefing en half naar het stemmetje in zijn hoofd. Het stemmetje dat tegen hem zei dat hij dringend iets te drinken nodig had. Nog heel even, hield Porter zichzelf voor. Hij greep met zijn rechterhand zijn linkerhand vast om het trillen te laten stoppen.

Hawkridge klapte in zijn handen. 'Vragen, heren?'

'Hoe zit het met wapens?' vroeg Porter.

Hawkridge zoog op zijn tong. 'Daar kan ik je niet mee helpen, ouwe jongen. We kunnen er niet voor zorgen dat jullie vuurwapens mogen meenemen aan boord van een commerciële vlucht. Dat kan alleen via de officiële kanalen. En we hebben liever dat zo min mogelijk mensen van deze operatie afweten. Het lijkt me duidelijk waarom.'

Porter keek even naar zijn maat. Die zag er verontwaardigd uit. Hij had een diepe frons op zijn voorhoofd en zijn nekspieren spanden zich.

'Wat moeten we dan doen als we de Russen tegen het lijf lopen?' gromde hij.

'Voorzie jezelf ter plaatse van wat je nodig hebt. Jullie zullen gewoon vindingrijk moeten zijn.' Hawkridge glimlachte. 'Jullie van het Regiment kunnen jezelf toch zo goed redden?'

Bald deed geen enkele poging zijn woede te verbergen. 'Nou, geweldig. Dus we moeten een of andere ouwe pief gaan redden die midden in een staatsgreep zit, en nu gaan we ook nog eens ongewapend. Het wordt allemaal steeds beter.'

Er viel opnieuw een stilte in de briefingroom. Hawkridge staarde langs zijn neus naar de twee mannen van het Regiment.

'Als jullie aan de missie twijfelen moeten jullie dat nu zeggen. Als je wilt, kun je weigeren. Ik zal er dan voor zorgen dat jullie de komende twee jaar worden gedegradeerd tot reservisteninstructeur. Zeg het maar.'

Porter verstrakte en voelde woede opwellen. Voor iemand van het Regiment was er geen grotere schande denkbaar dan om twee jaar lang bevelen te moeten schreeuwen tegen een stelletje weekendkrachten. Porter keek naar zijn maat en zag dat die er hetzelfde over dacht. *Een voormalige legerofficier weghalen uit een Afrikaans hellegat mag dan een klotemissie zijn, het is nog altijd beter dan reservisteninstructeur worden.*

'Goed dan,' zei hij tegen Hawkridge. 'We doen het.'

Hawkridges gezicht ontspande en hij glimlachte. 'Jullie vertrekken vandaag nog,' zei hij. 'Vanmiddag, om precies te zijn. We hebben de eerstvolgende vlucht van Heathrow naar Freetown geboekt. Daar worden jullie opgewacht door een plaatselijke contactpersoon. Ene Mike Shoemaker. Hij heeft een beschrijving van jullie. Wat me eraan herinnert...'

Hawkridge ging staan, liep naar de brandkast achter in het vertrek en toetste een code van zes cijfers in. Na allerlei zoemende en rammelende geluiden trok hij de zware deur open en pakte een stapeltje papieren van de bovenste plank, plus een donkergroene Motorola satelliettelefoon ter grootte van een baksteen en met een antenne die zo dik was als een buisje Smarties. Hij liet alles voor Bald en Porter op het bureau vallen.

'Voor onderweg,' zei hij. 'Volgens mij is alles geregeld.'

Porter zag twee businessclass tickets voor een British Airways-vlucht van Londen naar Lungi International Airport die vertrok om 13.55 uur, met een tussenstop in Marokko. Op de retourtickets was geen datum ingevuld. Er was nog een derde businessclass ticket, dat op naam stond van Ronald Soames. Verder lagen er vier bundels geld. De twee dikste waren leones, de Sierra Leoonse munteenheid, en de kleinere Amerikaanse dollars. Porter pakte er twee op en telde het geld: vijfhonderd dollar in briefjes van twintig en tweehonderdvijftigduizend leones. In totaal duizend dollar en ongeveer hetzelfde bedrag in Sierra Leoons geld. Porter realiseerde zich dat dat voor iemand als Soames waarschijnlijk een schijntje was. Die kerel verdiende vast meer op een dág.

'Voor uitgaven ter plaatse,' legde Hawkridge uit. 'Jullie zullen het nodig hebben. Je krijgt daar niets gedaan zonder smeergeld te betalen. Omkoperij is na de diamanthandel de op een na grootste bedrijfstak in Sierra Leone. Maar probeer het niet allemaal op te maken. We sturen jullie niet op kosten van de overheid op een soort snoepreisje.'

'Goed hoor,' zei Porter. 'We zullen de rebellen om bonnetjes vragen.'

Hawkridge trok een gezicht. Toen wees hij naar de satelliettelefoon. 'Een Iridium Motorola 9500. Er staat een Brits nummer op de simkaart. Als je dat belt word je doorgeschakeld naar een beveiligde lijn in Vauxhall. Aangezien dit een buitenlandse aangelegenheid is, zullen Angela en ik bij deze operatie samenwerken met MI6. Neem contact met ons op zodra jullie Soames hebben gevonden. De accu gaat in de stand-bystand maar zestien uur mee, maar ik denk niet dat jullie veel langer dan dat in Sierra Leone zullen zijn. Duidelijk?'

Beide mannen knikten. Hawkridge keek op zijn horloge. 'Het is kwart voor acht, heren. De tijd begint al een beetje te dringen. Een chauffeur haalt jullie om klokslag tien uur op en zet jullie af op het vliegveld.' Hij knoopte zijn jasje dicht. 'Nou, als jullie geen vragen meer hebben...'

Bald en Porter keken elkaar aan. Porter schudde zijn hoofd.

'Mooi zo. Dan stel ik voor dat jullie vertrekken en jullie spullen gaan pakken.'

De twee operateurs stonden tegelijk op en draaiden zich om om weg te gaan. Toen schraapte Hawkridge zijn keel. Bald en Porter keken hun baas vragend aan.

'Een woord van waarschuwing. Er is heel veel mensen alles aan gelegen om ervoor te zorgen dat Ronald uit de problemen blijft. Mensen die hoger in de voedselketen staan dan wij. Er staat meer op het spel dan de diamantvelden in Sierra Leone. Ronald is van heel grote waarde. Als de Russen hem het eerst vinden, bestaat het gevaar dat onze eerdere operaties waar hij bij betrokken is geweest aan het licht zullen komen. Operaties waarvan we liever hebben dat ze geheim blijven. Doe alles wat ervoor nodig is om hem Freetown uit te krijgen. Ben ik duidelijk?'

'Ja hoor,' antwoordde Porter kortaf. 'Glashelder.'

'Mooi zo.' Hawkridges keek hem met een harde blik aan. Maar Porter zag nog iets anders in zijn ogen. Een flikkering van angst. 'Als jullie het verkloten, zullen er koppen rollen op Whitehall. En reken maar dat ik ervoor zal zorgen dat die van jullie als eerste op het hakblok gaan.'

5

10.00 uur

De auto kwam precies om tien uur voorrijden tegenover het safehouse. Het was een grijze Ford Mondeo, zo'n anonieme auto waar de Firma in gespecialiseerd was. Bald en Porter stonden een paar huizen verderop te wachten, voor een slonzige bed and breakfast die The Grosvenor Park Hotel heette. Meteen na de briefing waren de twee Blades teruggekeerd naar hun door de Firma ter beschikking gestelde appartement, aan de andere kant van de stad, om hun weekendtas te pakken en hun paspoort op te halen. Ze hadden ook burgerkleding aangetrokken die geschikter was voor het klimaat in Sierra Leone. Ze droegen allebei een camouflagebroek van 5.11, een olijfgroen T-shirt onder een Valiant Softshell-jas met korte mouwen, en veterlaarzen. Met hun vliegtuigtickets in de ene hand en hun reistas in de andere zagen Bald en Porter eruit als doorsnee toeristen die wachtten op een rit naar het vliegveld.

Ze gooiden hun tas in de achterbak en namen plaats op de achterbank van de Mondeo. Ze vroegen de chauffeur niet naar zijn naam en hij stelde zich ook niet voor. De Firma had in het hele land heel wat chauffeurs op de loonlijst van Thames House staan, en die zagen er allemaal min of meer hetzelfde uit. De man gaf gas en vertrok in de richting van Heathrow. Langzaam reed hij door de verstopte Londense straten. Terwijl Porter uit het getinte raam keek, dronk hij met kleine slokjes uit een flesje Evian dat hij had meegenomen voor tijdens de vlucht. Hij had het flesje thuis leeggegoten en er wodka ingeschonken. Dat was een handige truc die hij van zijn vader had geleerd. Zo kon je een slok nemen wanneer je maar wilde, zonder dat iemand doorhad dat je aan het zuipen was.

Nu denk ik als een echte alcoholist, net als mijn vader, dacht Porter. Het kon hem geen reet schelen. Hij nam nog een slok en voelde de warme, kalmerende gloed die zich over zijn borst verspreidde terwijl de drank in zijn bloedstroom kwam. Bald staarde hem met overduidelijke minachting aan.

Hij kan ook de tering krijgen, dacht Porter. Over twaalf uur zit ik midden in de vreselijkste kutstad ter wereld. Dan kan ik net zo goed nog even wat lekkers drinken.

De rit naar het vliegveld nam zesenveertig minuten in beslag. Ze reden in westelijke richting langs Lancaster Gate, Queensway en Kensington Gardens, vervolgens linksaf naar Notting Hill Gate en High Street Kensington door, langs de te dure kledingzaken en biologische eettenten en indrukwekkende appartementen van rode baksteen die meer waard waren dan Porter zijn hele leven ooit zou verdienen. Vervolgens langs Hammersmith en de M4 op, vanwaar het vijftien kilometer rechtdoor in westelijke richting naar Heathrow was. Eindelijk kwam er wat ruimte op de weg.

Porter nam regelmatig een slok uit zijn flesje. Twintig minuten later kwam de Mondeo tot stilstand voor de ingang van Terminal 3. Ze hadden nog iets meer dan drie uur voor hun vlucht vertrok.

Bald en Porter stapten uit en pakten hun tas. Toen liepen ze de vertrekhal in, naar de balie van British Airways. Ze kregen de businessclass behandeling, wat betekende dat ze de lange rijen konden overslaan en soepel door de beveiliging kwamen. Tegen de tijd dat ze bij de belastingvrije winkels waren, snakte Porter naar een slok van zijn wodka. Ze vonden een bar op de eerste verdieping met Guinness van de tap, felle verlichting en een enorme televisie in een van de hoeken. Sky News stond op. Er werd verslag gedaan van de verslechterende situatie in Sierra Leone. Een ernstig kijkende brunette stond langs een weg in de omgeving van Freetown. Achter haar passeerde een stroom uitgemergelde inwoners van de stad, die karretjes meezeulden die waren volgestapeld met hun aardse bezittingen.

Iedereen maakt dat hij wegkomt uit Freetown, dacht Porter. Behalve wij. Wij zijn de enige sukkels die erheen gaan.

Bald trok een stoel van onder de tafel vandaan en bekeek de kaart terwijl Porter een grote slok wodka nam. De alcohol brandde in zijn keel en gleed naar zijn darmen. Een paar seconden later trilde zijn hand niet meer. De stekende pijn achter zijn ogen werd dof en regelmatig.

Ha, een heel stuk beter.

'Tering, wat zielig,' zei Bald.

Porter veegde zijn mond af en fronste zijn wenkbrauwen. 'Waar heb je het over?'

'Over jou, maat.' Bald gaf een knikje naar het flesje. 'Ik ben niet achterlijk. Ik weet heus wel wat je daar in hebt zitten. Het ís godverdomme helemaal geen water, hè?'

Porter keek naar de tv. 'Ik weet niet waar je het over hebt.'

'Sodemieter op,' snauwde Bald. 'Je mag die pennenlikkers van de Firma dan in de maling kunnen nemen, ik geloof er niks van. Je bent weer gaan drinken. Ik ruik het vanaf hier aan je adem, man.'

'Het is een slaapmutsje, dat is alles,' antwoordde Porter verdedigend. 'Een klein slokje zodat ik in het vliegtuig kan slapen.'

Bald trok een gezicht. 'Noem je dat een slaapmutsje? Daar zit genoeg drank in om een olifant buiten westen te krijgen.'

'Tering man, relax.' Porter pakte het flesje steviger vast. 'Ik heb het onder controle. Doe nou niet net of je zelf niet ook drinkt, Jock.'

'Tuurlijk drink ik, maar ik ben een Schot. Ik kan er tegen. Jij niet, kerel. Ik bedoel, kijk je nou. Ik heb nog nooit iemand gezien die er zó bescheten uitziet.'

Porter beet op zijn tanden. Er golfde woede in hem omhoog, die zich vermengde met de drank. Ergens wist Porter wel dat Bald gelijk had. Aan de andere kant wilde hij alleen maar een nieuwe slok nemen.

'Er is niks aan de hand.'

Bald snoof minachtend. 'Tuurlijk joh. Net als in dat huis van die Albanezen zeker. Je schoot godverdomme bijna mijn kop eraf.'

Porter klemde zijn kaken op elkaar en zei toen: 'Ik heb al gezegd dat er iets met dat pistool was. Het zal niet nog eens gebeuren.'

'Gelul.' Kwaad schudde Bald zijn hoofd. 'Vroeger was je goed. Sommige jongere jongens in Hereford keken tegen je op, hoe moeilijk dat ook te geloven is. En moet je nóú zien.'

Porter balde zijn hand tot een vuist maar zei niets. Misschien heeft Bald gelijk, dacht hij. Misschien maak ik het Regiment wel te schande. Maar ik heb mijn redenen.

Er was geen alcoholist die dronk omdat hij een goed gevoel over zichzelf wilde hebben. Daar ging het niet om. Je dronk om te vergeten. Om te proberen de pijn te verdoven. *En ik heb godverdomme zo veel mogelijk verdoving nodig.* Het enige wat Porter nog had was zijn dochter. Nu pakten ze Sandy ook van hem af. Ze zou een andere kerel 'papa' gaan noemen. Ik word gewoon een zielige, vage herinnering, dacht hij. Over een paar jaar herkent ze me waarschijnlijk niet eens meer op straat.

Ik heb niets meer. Dus kan ik net zo goed nog wat drinken.

'Ik ben nog steeds goed genoeg,' mompelde Porter.

Bald lachte cynisch. 'Blijf jezelf dat vooral wijsmaken, vriend. Het enige wat ik weet is dat we op de plek waar we heen gaan op ons allerbest moeten zijn, met al die gestoorden die daar rondrennen.'

'Ik red me wel.'

'Gelul.' Bald keek zijn maat recht in de ogen. 'Luister, wat je in je eigen tijd doet interesseert me geen reet. Maar zolang we samen deze operatie doen, drink je geen druppel. Anders hebben jij en ik een probleem. Begrepen?'

Heel even kwam Porter in de verleiding om tegen hem in te gaan, maar hij beheerste zich. Ze hadden in het verleden al vaker meningsverschillen gehad. Toen ze samen bij het Regiment hadden gezeten waren ze nauwelijks met elkaar omgegaan. Ze waren geen vrienden van elkaar maar hadden het afgelopen jaar, waarin ze samenwerkten voor de Firma, tegen wil en dank respect voor elkaar gekregen. Diep vanbinnen wist Porter dat Bald gelijk had. *Ik heb een probleem.* Hij was elf jaar geleden zwaar gaan drinken, nadat een poging in Beiroet om gijzelaars te bevrijden fout was gelopen en er drie Blades om het leven waren gekomen. Porter had de schuld gekregen. De andere jongens in Hereford waren hun respect voor hem verloren en hij was binnen het Regiment een paria geworden. Uiteindelijk was hij gaan drinken. Dat had hem bijna zijn loopbaan bij het Regiment gekost, en ook zijn gezin. *Als je jezelf niet in de hand krijgt, kost de drank je je leven.*

Ik hoef alleen maar deze missie door te komen, dacht Porter. Alleen deze laatste operatie, dan is alles goed. Hij wierp een ongelukkige blik op het halflege plastic flesje dat voor hem stond. Toen keek hij Bald aan en knikte.

'Goed,' zei hij. 'Ik blijf van de drank af. Voorlopig.'

Bald keek zijn maat even onderzoekend aan en wendde toen zijn blik af. Op de televisie werd overgeschakeld naar het volgende onderwerp, een live-interview met een dik parlementslid van de Conservatieve Partij die een bril met draadmontuur op had en een gekreukt pak met een opzichtig geel overhemd en een paarse stropdas droeg. Porter herkende de man vaag door zijn zelfingenomen grijns en glanzende kale kop. Hij hoorde bij de nieuwe lichting carrièrepolitici. Die zagen er overal hetzelfde uit, klonken hetzelfde en deden dezelfde loze beloften. Porter haatte ze.

'Denk je dat we Soames zullen vinden voor de rebellen aanvallen?' vroeg Bald.

Porter dacht daar even over na terwijl hij over zijn kaak wreef. 'Zelfs als we daar eerder aankomen dan zij, moeten we nog altijd de stad uit zien te komen zonder de Russen tegen het lijf te lopen.'

Bald bromde. 'Het zou godverdomme een wonder zijn als het ons lukt die ex-officier op het vliegtuig te krijgen voor in dat land de pleuris uitbreekt.'

13.40 uur

Tweeënhalf uur later gingen Porter en Bald aan boord van de Boeing 767. Omdat ze businessclass vlogen kregen ze een luxe stoel met verstelbare leuning die bijna net zo groot was als een eenpersoonsbed, een gratis *Financial Times* en een warme glimlach van een opgeruimde blonde stewardess die Tiffany heette. Het was een wereld van verschil met de all-inclusives met Diana en Sandy in de tijd voordat Porter hun gezamenlijke bankrekening was gaan plunderen om zijn zuippartijen te kunnen betalen. Hij leunde achterover in zijn stoel en liet zijn hoofd rusten tegen een stevig wit kussen. Ik zou hier best aan kunnen wennen, dacht hij. De manier van reizen, de service. De luxe levensstijl. Maar hij werkte lang genoeg voor de Firma om te weten hoe het werkte. Ze betaalden de rekening slechts zolang ze je nodig hadden.

Zodra je Soames uit Sierra Leone hebt weggehaald, sturen ze je terug naar je armoedige flat en mag je weer eindeloos gaan observeren.

De gezagvoerder werkte de gebruikelijke stroom van mededelingen af voor het opstijgen. Toen kwamen de motoren bulderend tot leven en begon het vliegtuig te taxiën. Buiten was het gaan regenen. Grote druppels vielen uit de loodgrijze wolken en kletterden op het asfalt en tegen de raampjes. Toen de Boeing opsteeg, voelde Porter een rilling van opwinding langs zijn ruggengraat. Al sinds Bald en hij waren overgeplaatst naar MI5, hadden ze gepopeld om terug te keren naar de frontlinie.

Naar de actie.

Een of andere schimmige ex-officier interesseert me geen zak. Maar dit is nog altijd een stuk beter dan crackverslaafden naar de andere wereld helpen in Hackney.

Het vliegtuig helde opzij terwijl het hoger steeg. Porter staarde uit het raam en zag Londen onder een dik grijs wolkendek verdwijnen. Toen gingen de lampjes van de veiligheidsgordels uit en trok Tiffany het gordijn tussen de businessclass en de economyclass dicht. Even later kwam ze langs met het drankenkarretje. Porter keek begerig naar de verzameling flessen. Hij zag kleine flesjes Johnnie Walker, Woodford Reserve en achttien jaar oude Glenlivet single malt, plus een grote selectie bier en wodka. Tering, dacht hij, ze hebben hier alles. En het is nog gratis ook. De verleiding was ontzettend groot om een paar drankjes naar binnen te slaan. Maar hij zag dat Bald zich omdraaide in zijn stoel en dreigend naar hem keek.

'Geef ons allebei maar een cola light, schat,' zei hij nors.

Glimlachend gaf de stewardess Porter een klein blikje plus een plastic beker halfvol ijs. Toen liep ze verder.

'Godver, maat,' zei Bald zacht terwijl hij bewonderend achteromkeek naar de stewardess, die zich voorover boog om een andere passagier te bedienen. 'Ik krijg gewoon een stijve van dat wijf.'

Hij maakte zijn riem los en stond op. 'Waar ga je heen?' vroeg Porter.

'Ik moet pissen,' zei Bald, terwijl hij naar de stewardess bleef kijken. 'En dan ga ik de oude John Bald-magie uitproberen op die meid. Eens zien of ik haar kan verleiden tot een nummertje aan boord.'

Hij wurmde zich langs Porter en liep resoluut door het gangpad naar de wc achter in het vliegtuig. Porter haalde het Evian-flesje uit zijn jaszak. Hij had op het vliegveld tegen Bald gelogen door te zeggen dat hij de wodka door het toilet had gespoeld. Nu was Porter blij dat hij de drank bewaard had. Er zat nog altijd een behoorlijke hoeveelheid in het flesje. Heimelijk schonk hij een royale hoeveelheid in zijn beker. Hij nam een slok en glimlachte. Dat lijkt er godverdomme meer op, dacht hij. Jock kan de pot op. Hij heeft het recht niet me de les te lezen.

Bald kwam een paar minuten later terug bij zijn stoel. Porter dronk van zijn cola met wodka. Binnen een paar minuten had de drank zijn magische werk gedaan. Bald wierp hem een achterdochtige blik toe maar zei niets. Dat is het verschil tussen Jock en mij, dacht Porter. Hij geniet er echt van als hij drinkt. Die zak kan zuipen wat hij wil maar blijft altijd functioneren. Hij hoeft niet te drinken om te vergeten. Hij begrijpt niet waarom ik het nodig heb. Want voor mij is het de enige manier om al die shit in mijn kop te blokkeren.

De enige manier waarop ik de pijn onder controle kan houden.

'Wat speelt er tussen jou en Soames?' vroeg Bald. 'Ik zag je wel kijken toen die chick van Buitenlandse Zaken zijn naam noemde. Het leek wel of je ontplofte.'

'Niks.' Porter haalde zijn schouders op. 'Je weet hoe al die officieren zijn, maat. Soames was geen uitzondering. Het is gewoon een lul. Meer niet.'

'Behalve dan dat hij de Firma in zijn zak heeft.'

'Het is niet belangrijk,' zei Porter.

'Jawel,' zei Bald. 'Dat is het godverdomme wél. Soames is het doel van onze missie. We moeten hem aan onze kant hebben als we hem weg willen krijgen uit Freetown. Als er oud zeer zit tussen jou en hem, heb ik het recht om daarvan af te weten.'

Porter wendde zijn blik af. 'Soames was commandant toen ik bij het Regiment kwam. Hij had de leiding bij die clusterfuck in Beiroet. Hij heeft mij de schuld gegeven van wat er is gebeurd.'

'Die drie jongens die zijn gesneuveld?'

Porter knikte. 'Na de debriefing heeft Soames gedaan wat hij kon om mijn carrière kapot te maken. Hij heeft mijn leven tot een hel gemaakt.'

Hij zweeg en keek uit het raampje. De nare herinneringen kwamen terug. Als beginnende SAS'er was je een A of een B. De A's waren degenen die echt ergens kwamen. Zij mochten alle cursussen als eersten doen, werden op de beste plekken gestationeerd en kwamen als eersten in aanmerking voor de rang van sergeant-majoor. De B's bleven achter. Toentertijd had Porter een veelbelovende toekomst bij de SAS. Hij was getrouwd met een jonge vrouw en er was een kind op komst. Hij had het allemaal uitgestippeld. Eerst regimentsergeant, dan squadronsergeant-majoor en vervolgens regimentsergeant-majoor.

'Vóór de klus in Beiroet was ik een A,' ging hij verder. 'Maar na die operatie maakte Soames een B van me. Die klootzak stuurde me naar de grootste kloteplekken en gaf me een rampzalige beoordeling in mijn personeelsdossier. Hij heeft me zelfs weggepromoveerd naar een van de onbeduidende squadrons en ons vervangen door een stelletje jaknikkers. Die lul heeft me echt heel hard genaaid.'

Porter viel weer stil. Hij haalde zich weer voor de geest hoe sommige officieren hadden geprobeerd hem over te halen om de handdoek in de ring te gooien, daar ongetwijfeld toe aangemoedigd door Soames. De andere jongens bleven daarna bij hem uit de buurt. Ze associeerden hem met mislukking. Zijn carrière bij het Regiment was helemaal aan gort. Allemaal door Soames.

Bald keek zijn maat behoedzaam aan. 'Weet je zeker dat Soames degene is geweest die je loopbaan kapot heeft gemaakt?'

'Wat bedoel je dáár nou weer mee?'

'Ik hoorde dat je in die tijd aan de drank bent geraakt. Meteen na de operatie in Libanon.' Bald haalde zijn schouders op. 'Ik bedoel maar.'

Porter klemde zijn kaken op elkaar. Toen zei hij: 'Godver, Jock, het was de drank niet. Soames heeft me genaaid om zichzelf in te dekken. Hij is een onbetrouwbare klootzak. Die gast heeft meer vingers in de pap dan een baby die voor het eerst zelf mag eten.'

'Nou en? Iedereen die veel geld verdient maakt zo nu en dan vuile handen.'

'Niet zo erg als Soames. Die kerel is echt van een andere orde.'

'Misschien,' antwoordde Bald. 'Het enige wat ik weet is dat Soames goed heeft geboerd en dat wij voor een schijntje naar Afrika vliegen om hem daar weg te krijgen. Dus wie zijn hier nou de echte sukkels?'

Porter gaf geen antwoord. Hij keek hoofdschuddend naar buiten. Bald weet niet wat voor type Soames is, dacht hij. De meeste officieren in opleiding volgden hetzelfde traject. Ze kwamen rechtstreeks van de stafschool naar het Regiment en begonnen meteen heel gewichtig te doen, alsof ze Lawrence of Arabia waren. Vervolgens hoepelden ze na een paar jaar weer op en eindigden in een hoekkantoor in Whitehall met een pensioen dat net zo groot was als het salaris van een topvoetballer. De meesten waren rukkers. Maar Soames was erger. Veel erger. Die kerel was een meedogenloze klootzak, iemand die bereid was iedereen die het waagde hem voor de voeten te lopen te slopen.

Porter herinnerde zich dat Soames altijd rondhing op de basis, de vriendelijke vent uithing en deed alsof hij gewoon een van de jongens was. Soames kuierde altijd gezellig door de kantine van de laagste rangen en betaalde biertjes voor de sergeanten in de plaatselijke kroegen. Maar Porter had hem doorgehad. Hij had de kwaadaardige glinstering in Soames' ogen gezien, de manier waarop hij op de andere

Blades neerkeek. En er waren de geruchten die de ronde hadden gedaan in de tijd dat hij de leiding had. De verhalen over de louche zaken waar Soames zich mee inliet – dat hij rotzooide met de boekhouding en geld jatte. Iedereen die daar vragen over stelde zat al snel in de problemen. Soames werkte een paar jongens uit het Circuit. Hij beëindigde de contracten van concurrerende militaire bedrijven. Hij maakte de carrière van zijn vijanden kapot. Net zoals hij dat bij mij heeft gedaan, dacht Porter.

Te veel slechte herinneringen. *Het wordt tijd dat je ze vergeet.* Hij nam een grote slok van zijn cola met wodka, leunde achterover en probeerde niet aan het verleden te denken.

6

02.04 uur

De rest van de reis verliep in een alcoholische roes. Bald en Porter landden om 18.25 uur plaatselijke tijd op Mohammed v International Airport in Casablanca. Vier uur later gingen ze aan boord van een oude Boeing 737 voor de laatste etappe van hun reis. Het vliegtuig was voor meer dan helft leeg. De enige andere passagiers waren een paar Sierra Leoners en een handjevol nerveus uitziende Arabische zakenmannen die naar goedkope sigaretten en eau de cologne stonken. Niemand vloog naar Freetown als het niet absoluut noodzakelijk was.

De vlucht van Marokko naar Sierra Leone duurde iets langer dan drie uur. Porter doodde de tijd door slokjes te nemen van zijn frisdrank met wodka zodra Bald even met zijn rug naar hem toe zat. Tegen de tijd dat de piloot meedeelde dat ze hun bestemming, Lungi Airport, hadden bereikt, voelde hij zich goed doorgesmeerd en zat hij een stuk beter in zijn vel. Terwijl de krakkemikkige Boeing door de wolken dook sloeg Porter de laatste restjes wodka achterover en keek hij door het raampje naar het landschap onder zich. Sierra Leone was lelijk, in elk geval 's nachts. Het grootste deel van het oerwoud was in duisternis gehuld, als een doodskist die bedekt was met aarde. Verderop langs de kust gloeide een eiland van licht. Porter realiseerde zich dat dat Freetown was.

Tweeëntwintig minuten later waren ze geland.

02.35 uur

Toen ze uit het vliegtuig kwamen, stapten ze onder een deken van tropische hitte. De lucht was klam en heet. Even kon Porter nauwelijks ademhalen. Hij had het gevoel alsof hij met een duikuitrusting een sauna inliep. Met hun tas om hun schouder liepen Bald en hij de vliegtuigtrap af, waarna ze in een shuttlebus stapten. Het was een miljoen graden in de bus. Porter voelde het zweet over zijn rug lopen terwijl ze ratelend over de landingsbaan naar de hoofdterminal reden. Een minuutje later kwamen ze tot stilstand. De deuren gingen sissend open en de passagiers stapten voor de terminal uit. De voorkant van het gebouw zat onder de kogelgaten. Boven de hoofdingang hing een gehavend bord waarop stond: COCA-COLA HEET U WELKOM OP FREETOWN INTERNATIONAL AIRPORT. Daaronder hing een kleiner bord met de tekst: VERKRACHT GEEN VROUWEN. U KUNT ER AIDS VAN KRIJGEN.

Welkom in Afrika, dacht Porter.

Buiten voor de terminal heerste chaos. Gewapende beveiligers stonden gespannen voor de glazen deuren. Ze hielden hun AK-47 stevig vast en blaften bevelen tegen de passagiers die uit de bus stapten. Aan de andere kant van het asfalt was vliegveldpersoneel bezig kratten uit een oud Russisch vrachtvliegtuig te laden. Voor de terminal hingen verscheidene Sierra Leoners rond die onderhandelden met passagiers. Een magere kruier kwam op Bald en Porter af strompelen en probeerde hun tassen te pakken terwijl hij aanbood hen naar de stad te brengen. Bald duwde hem opzij. Toen kreeg hij achter de deinende mensenmassa hun contactpersoon in het oog.

Hij was makkelijk te herkennen, deels omdat hij de enige andere blanke op het hele vliegveld leek te zijn maar vooral omdat hij zijn uiterste best deed zo min mogelijk op te vallen. Hij stond aan de zijkant van de terminal, met een klembord in zijn rechterhand en kauwend op pruimtabak. Hij had een Ray-Ban op met daarboven een honkbalpet waarop in grote gouden letters EVERGREEN CARGO stond. De man was van middelbare leeftijd en had een gemiddeld postuur. Álles aan hem was gemiddeld. Hij zag er zo anoniem en onopvallend uit als voor een blanke in Sierra Leone maar mogelijk was. Zodra hij Bald en Porter in het oog kreeg kwam hij naar hen toe, zich zigzaggend een weg banend door de menigte.

'U bent John Bald, hè?' zei de man terwijl hij zijn hand uitstak. Porter hoorde dat hij een rauw Midwest-accent had. De kerel nam zijn zonnebril niet af.

'Aye,' antwoordde Bald, terwijl hij hem de hand schudde. 'Dat ben ik.'

'Mike Shoemaker. Ik ben hier de logistiekmanager van Evergreen Cargo. Ik had al gehoord dat jullie zouden komen.' Hij keek Porter aan en knikte hem nauwelijks waarneembaar toe. 'Dan zult u John Porter wel zijn.'

Met een grijns vroeg Porter: 'Je bent van Catholics in Action?'

Shoemaker krabde aan zijn baard. 'Pardon, meneer?' Hij staarde Porter van achter zijn zonnebril aan. Aan zijn gezicht viel niets af te lezen. 'Met alle respect, meneer, maar ik heb geen idee waar u het over hebt. Ik ben gewoon de logistiekmanager.' Hij verschoof zijn pet en zei: 'Als de heren me willen volgen...'

Hij draaide zich om en liep gedecideerd naar de terminal, met Bald en Porter achter zich aan. Bald keek zijn maat aan. 'Wat was dat nou?' vroeg hij zacht, zodat Shoemaker het niet kon horen.

'Hij is van de CIA,' fluisterde Porter terwijl hij naar de achterkant van Shoemakers pet wees. 'Ik herkende de naam van het bedrijf waar hij voor werkt.'

'Evergreen Cargo?'

Porter knikte. 'De CIA gebruikt het voor operaties in Afrika. Hun mensen werkten voor hetzelfde bedrijf in Zaïre, in de tijd dat Mobutu stampij maakte.'

'Weet je het zeker, maat?'

Bald klonk een beetje sceptisch. Porter zei: 'Ik mag dan een drankprobleem hebben, dat wil niet zeggen dat ik ze zie vliegen. Die gast werkt absoluut voor de CIA, Jock.'

Ze haalden Shoemaker in en liepen met hem mee naar een hal met een laag plafond en een chaotische rij balies van de immigratiedienst, de douane en een onbemande balie van Hertz. Er hing een gespannen sfeer. Een paar gewapende beveiligers stonden over een oude radio gebogen en luisterden al rokend naar de uitzending. Shoemaker leidde Bald en Porter langs de rijen wachtenden en liep naar een zijdeur. Hij gaf twintig dollar aan een immigratiebeambte, en toen nog een om te voorkomen dat hij hun tassen doorzocht. Shoemaker leek iedereen op het vliegveld persoonlijk te kennen. Zo iemand was hij. Binnen een paar minuten liepen ze de terminal uit. Het kan me niet schelen wat hij zegt, dacht Porter. Hij is van de CIA. Daar durf ik mijn leven op te zetten.

En dat maakte dat hij zich afvroeg waarom de CIA in vredesnaam zou helpen bij het weghalen van een of andere Britse voormalige officier. Porter had geen idee wat dat de yanks opleverde. *Maar ik begin het gevoel te krijgen dat iemand iets voor ons achterhoudt.*

Porter zag dat er buiten voor de vertrekhal een lange rij mensen stond. Zeker vierhonderd man, schatte hij. Het waren hoofdzakelijk westerlingen en een paar Sierra Leoners. Ze zagen er rijk uit, als mensen die zich een vliegticket van tweehonderd dollar konden veroorloven in een land waar het gemiddelde dagloon een dollar bedroeg. Sommige reizigers zaten op de grond, omringd door hun haastig bij elkaar gepakte bezittingen. Mannen stonden te ruziën met de gewapende beveiligers en probeerden hen om te kopen. Hun stemmen klonken wanhopig en bang.

'Wat is er in godsnaam aan de hand?' vroeg Bald terwijl ze in looppas naar een rij auto's tegenover de terminal liepen.

Shoemaker deed zijn pet af en veegde het zweet van zijn voorhoofd. 'Dat is waar ook. Ik vergat dat jullie een tijdje het nieuws niet hebben kunnen volgen. De situatie is hier enorm verslechterd. Het RUF is al in Freetown.'

'Sinds wanneer?' vroeg Bald.

'Gisteravond. De troepen van generaal Mosquito zijn door de checkpoints van het leger bij Port Loko gebroken en zijn Freetown rond half acht binnengekomen.'

Porter bleef staan. 'De stad is gevallen?'

'Daar lijkt het wel op,' antwoordde Shoemaker. 'Ik weet niet alle details, maar er gaan geruchten dat de rebellen helemaal door het lint gaan. Ze plunderen magazijnen van het Wereldvoedselprogramma, stelen voertuigen van het Rode Kruis, roven dure huizen leeg. Gisterenavond hebben ze de Pademba Road Prison bereikt en daar alle gevangenen vrijgelaten. Ze hebben die fuckers opgenomen in hun leger. Er wordt ook gezegd dat een paar van hun mensen een paar uur geleden een mortieraanval op de Amerikaanse ambassade hebben uitgevoerd.' Hij zwaaide met een hand naar de rij voor de terminal. 'Iedereen probeert weg te komen zolang het nog kan. De verstandige mensen in elk geval. De rest heeft zich thuis opgesloten en bidt dat de rebellen ze niet komen halen.'

'Onze timing is echt fantastisch, godverdomme,' mompelde Bald. 'Zoals gebruikelijk.'

Een gevoel van onbehagen verspreidde zich als zuur door Porters maag. Hij vroeg aan Shoemaker: ‘Hoe moeten we in godsnaam de stad binnenkomen als de rebellen die in handen hebben?’

‘Dat is jullie minste zorg. De meeste rebellen zullen geen aandacht voor jullie hebben. Ze hebben het veel te druk met het vullen van hun zakken en het vereffenen van oude rekeningen. Zolang jullie in de achterafstraten blijven en proberen niet op te vallen, zal het allemaal wel loslopen. Als het jullie te heet onder de voeten wordt, probeer dan Lumley Beach te bereiken, in het westen van Freetown. Daar zitten de dure hotels. De rebellen zullen dat gebied niet durven aanvallen. Nog niet.’

‘Waarom niet?’

‘Eén woord,’ zei Shoemaker. ‘ECOMOG.’

‘Wat is dát in godsnaam?’ vroeg Bald. ‘Een fancy vorm van aids?’

‘De plaatselijke vredesmacht hier in Sierra Leone. Soldaten uit Nigeria en Guinee die hier de vrede helpen bewaren sinds de vorige rebellencoup. Er zijn zo’n driehonderd Nigeriaanse troepen gestationeerd in Freetown, die onder bevel staan van generaal-majoor Godwin Bassey.’

Porter glimlachte. ‘Voor een logistiekmanager weet je een hoop van Sierra Leone.’

Shoemaker keek hem aan, maar er veranderde niets aan zijn gezichtsuitdrukking. ‘Zolang Bassey en zijn mannen in de stad zijn, zullen de rebellen de hotels niet zo snel aanvallen. Het zijn gestoorde klootzakken, maar ze zijn niet zo gek dat ze een confrontatie met de Nigerianen aandurven.’

‘Dan ga je ervan uit dat die Nigerianen daar blijven,’ zei Bald. ‘Wat gebeurt er als ze zich terugtrekken?’

Shoemaker haalde slechts zijn schouders op. ‘Dan, broeder, doe je het enige verstandige en maak je je als de sodemieter uit de voeten.’

Hij bleef staan voor een halfglanzende witte Range Rover en haalde een sleutelbos tevoorschijn.

‘Hier,’ zei hij, terwijl hij Porter de sleutels toegooide. ‘De tank zit vol en er liggen nog een paar extra jerrycans in de achterbak voor als jullie zonder komen te zitten. Het is anderhalf uur rijden naar de stad. Hoe je daar komt is heel simpel. Je volgt de weg naar het zuiden, net zolang tot je bij de oversteekplaats bij Tagrin komt. Kan niet missen. Koop een paar vipkaartjes voor jezelf en de veerboot brengt jullie naar Kissy, aan de andere kant van de rivier de Sierra Leone.’

Bald zei: ‘Is er geen snellere manier?’

Shoemaker pakte zijn pruimtabak uit zijn zak en stopte een plukje in zijn mond. ‘Normaal gesproken wel, ja. Een stel Russische piloten heeft een Mi-17. Ze runnen een helikopterservice die je in een minuut of twintig naar Freetown brengt. Alleen vliegt de helikopter vandaag niet. Ze volgen het geld. En dat betekent dat ze nu expats van Freetown naar Conakry brengen. Jullie zullen het met de veerboot moeten doen.’ Hij haalde zijn schouders op. ‘Het is niet jullie geluksdag.’

‘Dat is oud nieuws, maat.’

Shoemaker lachte schamper en wees in zuidelijke richting over de weg. ‘Een kilometer verderop zit een checkpoint van de regeringstroepen. De soldaten zijn gespannen door alles wat er aan de overkant van de rivier gebeurt. Ze zullen ook wel argwaan krijgen als twee blanken tijdens een coup naar Freetown willen. Jullie moeten gewoon blijven glimlachen, rustig blijven en alle soldaten wat geld geven. Niet te veel, een of twee dollar per persoon zou genoeg moeten zijn. Als je te veel geeft, denken ze dat je meer geld verstopt hebt en is de kans groot dat ze je beroven. De truc is om ze te laten denken dat jullie blut zijn en ze alles geven wat jullie nog hebben. Duidelijk?’

‘Maak je om ons maar geen zorgen,’ zei Porter. ‘Wij zijn grote jongens. We kunnen wel voor onszelf zorgen.’

‘Daar twijfel ik niet aan.’ Shoemaker haalde een visitekaartje uit zijn portemonnee en gaf dat aan Porter. Het was een eenvoudig kaartje zonder opsmuk met het logo van Evergreen Cargo erop. Onderaan stond een nummer in Freetown. 'Als jullie in de problemen komen bij het checkpoint of iets anders nodig hebben, bel me dan. Ik kan niks beloven, maar ik zal zien wat ik kan doen.'

'Doen we, hoor,' zei Porter terwijl hij het kaartje wegstopte. Toen hij zich wilde omdraaien, zei Shoemaker: 'Als ik een advies mag geven.'

'Wat dan?'

'Ik weet niet wat jullie in Freetown gaan doen, en eerlijk gezegd wil ik het ook niet weten. Maar wat het ook is, doe het snel. Volgens de geruchten maken de rebellen zich op voor een aanval op het vliegveld. Als dat gebeurt, hoeven jullie niet te verwachten dat de regeringstroepen hier gaan vechten. Geloof me, die slaan op de vlucht zodra ze de rebellen zien verschijnen.'

'En de Nigerianen dan?' vroeg Bald.

'Die zitten in de stad. Ze moeten belangrijke overheidsgebouwen en de buitenlanders beschermen. Het vliegveld valt niet onder hun bevoegdheid. Als de rebellen hier aanvallen, zal ECOMOG niet kunnen helpen.'

'En als het vliegveld valt,' zei Porter, 'zitten wij in de val.'

Shoemaker knikte. 'Het enige wat ik zeg is: doe wat jullie moeten doen, maar blijf geen seconde langer hangen dan nodig is.'

Ze gaven elkaar een hand. Toen draaide Shoemaker zich om en haastte zich terug in de richting van de terminal, terwijl hij iets schreeuwde naar een van de luchthavenofficials. Bald en Porter stapten in de Range Rover. Porter ging achter het stuur zitten. Hij stak de sleutel in het contact en startte de wagen. Ze lieten het vliegveld achter zich en reden over de hoofdweg naar het zuiden, naar de veerboot. Koplampen brandden in het schemerdonker en banden deden handenvol paarsachtig stof in de lucht opstuiven. Porter voelde dat zijn kater plaatsmaakte voor een rauw gevoel van onbehagen. Ze waren op weg naar een stad die in de greep was van een gewelddadige coup en waar het vergeven was van moordlustige rebellen en ontsnapte gevangenen die op zoek waren naar makkelijke slachtoffers. En wat het allemaal nog erger maakte, was dat ze allebei ongewapend waren.

Hoe meer hij erover nadacht, hoe meer Porter zich begon te realiseren dat deze hele operatie godverdomme echt een vreselijk slecht idee was.

7

03.29 uur

De rit naar de veerboot nam iets minder dan een half uur in beslag. Na ongeveer een kilometer kwamen ze bij het checkpoint van het regeringsleger, precies zoals Shoemaker had gezegd. Een stuk of twintig sjofel geklede soldaten stonden in een rij tussen twee aftandse pick-ups in en blokkeerden de weg. Sommige droegen een AK-47, andere waren gewapend met een granaatwerper of een pistool. De soldaten oogden gespannen en leken te snakken naar een beetje actie. Porter bleef zo rustig mogelijk, speelde de onnozele westerling en haalde de dollarbiljetten tevoorschijn. De aanblik van harde cash veranderde de gemoedsgesteldheid van de soldaten. Met een grijns gaven ze aan dat de Range Rover door kon rijden. Porter trapte het gaspedaal in en reed verder richting de veerboot.

Ze passeerden een eindeloze rij mensen die in tegenovergestelde richting langs de weg sjokten. Het leek wel of het halve land probeerde te vluchten. Porter zag mannen op blote voeten en met smerige T-shirts naast vrouwen in vieze rokken met patronen. Ze staarden onverschillig naar de Range Rover, hun uitpuilende ogen glinsterend in het allereerste ochtendlicht. Sommigen misten een arm of een been. Op veel van de gezichten zag Porter vreselijke littekens – een erfenis van de vorige keer dat de rebellen de stad waren binnengekomen. Het verandert ook nooit, dacht Porter. Hij was al eerder op missies naar Afrika geweest en verbaasde zich altijd weer over de enorme hoeveelheid ellende waar mensen in dit deel van de wereld mee te maken kregen. De verpletterende armoede, de wanhoop, de voortdurende dreiging van geweld. Het maakt niet uit wie de president is, dacht hij. Deze mensen hadden hiervoor geen stuiver en ze zullen nog steeds geen stuiver hebben als het stof is neergedaald.

In Tagrin stopten ze voor het gammele loket en legden tienduizend leone neer voor twee plekken op de eerstvolgende veerboot, plus nog eens vijfduizend voor de Range Rover. Omgerekend een dollar of drie. Een paar haveloze drommels hingen rond op de steiger en staarden naar het vieze grijze water dat Tagrin van de hoofdstad scheidde. Porter manoeuvreerde de Range Rover de achterkant van de veerboot op. Het leek wel een oude vissersboot met een paar extra dekken aan de voorkant. De reling zat onder de roest en in de meeste ramen op de bovenste dekken zat geen glas meer. Het rook naar kots en dieselolie, vermengd met de stank van het rivierwater. Porter en Bald stapten uit om hun benen te strekken. Ze bleven in de buurt van de reling zodat ze een oogje op de Range Rover konden houden.

Toen Porter naar de steiger keek, zag hij drie kleinere houten boten met buitenboordmotor aan komen varen, tjokvol mensen die hadden weten te ontkomen aan het bloedbad dat zich aan de andere kant van de rivier afspeelde. Honderden burgers stapten half in paniek uit de boot en begonnen aan de reis naar het noorden, in de richting van het vliegveld. Het viel Porter op dat er maar een paar passagiers op de veerboot zaten die de andere kant op ging.

Bald schudde zijn hoofd. 'We moeten ons laten nakijken, godverdomme.'

'Hoezo?'

‘Omdat we de stad in gaan.’ Bald knikte naar de rivier. ‘Die ouwe kan maar beter dankbaar zijn wanneer we hem vinden. Misschien geeft hij ons wel een mooi baantje als dit eenmaal achter de rug is.’

Porter lachte schamper. ‘Ik zou er maar niet te veel op hopen. Soames zal ons geen gunsten verlenen. Die klootzak zorgt alleen maar voor zichzelf.’

‘Dat klinkt als een goed carrièreadvies,’ zei Bald schouderophalend. ‘Hoe dan ook, ik zou nog altijd liever voor hem werken dan voor die lul van een Hawkridge.’

‘Echt niet.’ Porter schudde verbitterd zijn hoofd. ‘Geloof me, dat is niet zo.’

Bald staarde zijn maat aan. ‘Je haat hem echt, hè?’

Porter antwoordde niet. Zijn blik verhardde terwijl hij naar de weinige brandende lichten in de verte keek, aan de overkant van de donkere riviermonding. Toen zei hij: ‘Laten we ons concentreren op het vinden van Soames. Het enige wat me nu interesseert is dat we hem weg krijgen voor de rebellen de rest van de stad innemen.’

‘Dan hebben we niet veel tijd. Je weet hoe die zwartjes zijn. Die pissen in hun broek zodra de eerste moeilijkheden zich voordoen. Als de vlam in de pan slaat smeren die Nigerianen hem sneller dan een uitkeringstrekker bij een sollicitatiegesprek.’

Om vijf uur in de ochtend klonk de scheepshoorn. De veerboot voer langzaam weg van de steiger en begon zijn reis in zuidwestelijke richting naar Kissy. Aan de horizon kwam het eerste zonlicht omhoog uit de krochten van de aarde. Terwijl ze Tagrin en de massa’s wachtende Sierra Leoners achter zich lieten, voelde Porter een knoop van kille angst in zijn maag. Hij realiseerde zich dat ze nu niet meer terug konden. Ze moesten hopen dat ze Soames zouden vinden en hem op tijd de stad uit zouden krijgen, voordat de Russen eerder bij hem waren. Voordat de rebellen het vliegveld veroverden en hun ontsnappingsroute afsneden.

De veerboot voer ronkend dieper de deprimerende, inktzwarte afgrond in.

Richting Freetown.

Richting Soames.

05.47 uur

Zesenveertig minuten later waren ze in Kissy. De veerboot kwam trillend tot stilstand bij een vervallen terminal. De laadklep werd neergelaten en Porter en Bald gingen weer in de Range Rover zitten. Toen reed Porter de wagen achteruit de weg op. Twee minuten later waren ze door de menigte die rondhing bij de met afval bezaaide steiger en reden ze in zuidelijke richting, langs de werven.

De straten in Freetown waren afgeladen vol. Voetgangers zeulden met hun bezittingen of trokken karren mee die waren volgestouwd met voedsel en kleren. Aftandse oude auto's reden rond met matrassen en meubels die waren vastgemaakt aan het dak. Iedereen leek als een dolle de eerstvolgende veerboot naar Tagrin te willen halen. De meeste burgers droegen vieze oude vodden of een verschoten broek met grote gaten erin. Porter baande zich met nog geen tien kilometer per uur een weg door de stad. Ze kwamen langs bergen rottend afval en rivieren van poep die in de riolen liepen. Langs vervallen huizen waar het onkruid uit de scheuren groeide en met muurschilderingen op de zijkant. Een daarvan, die met felle kleuren was aangebracht op de zijkant van een met kogels doorzeefd flatgebouw, trok Porters aandacht. Er stonden verscheidene Afrikaanse vrouwen op afgebeeld die door de straten marcheerden en posters met de gezichten van jonge meisjes en jongens omhoog hielden. Onder het schilderij stond in rode letters: 'Mothers of the Lost Children'.

'Wat zou dat betekenen, denk je?' vroeg Porter.

'Geen idee,' antwoordde Bald. 'Laten we nou maar gewoon naar dat kantoor gaan en maken dat we hier wegkomen.'

Na een kleine kilometer sloeg Porter linksaf, Kissy Road in. Die straat liep naar de westkant van Freetown.

In dit deel van de stad waren de straten uitgestorven. Overal waar ze keken zagen ze sporen van de recente aanval door het RUF. Winkelruiten lagen open en de grond was bezaaid met glas en rotzooi. Er stonden meerdere uitgebrande auto's en overal hing de giftige geur van verbrand rubber. Veel gebouwen lagen in puin, en Porter zag verscheidene met kogels doorzeefde lijken in een plas bloed langs de weg liggen. Bald fronste zijn voorhoofd.

'Ik dacht dat de rebellen het aan deze kant van de stad voor het zeggen hadden?'

'Dat zei Shoemaker, ja.'

'Waar is iedereen dan in godsnaam?'

Porter dacht daar even over na en zei toen: 'Waarschijnlijk zijn ze hun roes aan het uitslapen na al het plunderen van afgelopen nacht. Die gasten zijn geen getrainde soldaten. Die staan alleen bij het krieken van de dag op als er iets te halen valt voor ze.' De walging droop van zijn gezicht.

'In elk geval hebben we nog een paar uur voor ze wakker worden. Laten we hopen dat we Soames voor die tijd gevonden hebben.'

Honderd meter verderop kreeg Porter voor het eerst rebellen in het oog. Een man of zes waren een elektronicawinkel aan het plunderen. Drie rebellen kwamen naar buiten met tv's en radio's en zette die in de laadbak van een gestolen VN-pick-up. Ze hadden het te druk met plunderen om Bald en Porter op te merken. Drie andere rebellen leunden tegen de zijkant van de pick-up. Ze droegen allemaal een dure zonnebril en een rood T-shirt en gaven een fles poyo aan elkaar door.

Terwijl Porter langsreed kwamen er nog twee rebellen de winkel uit. Ze trokken een mager meisje met zich mee dat een rok onder de bloedvlekken en een vieze bloes aanhad. Ze leek hem niet ouder dan een jaar of dertien, veertien. De rebellen trokken haar mee naar de pick-up en probeerden haar in de laadbak te krijgen, maar het meisje verzette zich hevig. Ze trapte wild om zich heen en gilde luidkeels om hulp. Toen een van de mannen haar met de kolf van zijn AK-47 keihard in haar ribben ramde viel ze op de grond, die bedekt was met rood zand. De rebel drukte haar tegen de grond, trok haar rok en onderbroek van haar lijf en deed zijn korte broek omlaag. De andere zes rebellen begonnen te schreeuwen en te joelen en schoten met automatische geweren in de lucht terwijl hun maat zich in het meisje drong. Ze gilde het uit, tot groot vermaak van de rebellen die om haar heen stonden. Bald draaide zich om in zijn stoel en keek toe.

'Stoppen,' zei hij.

Porter schudde zijn hoofd. 'We kunnen ons er niet mee bemoeien.'

Bald draaide zich naar zijn maat toe en keek hem kwaad aan. 'Wil je dat meisje maar gewoon laten verkrachten door dat stelletje wilden?'

'Wat moeten we doen? Ze zijn met z'n zevenen en ze zijn gewapend. Wij hebben godverdomme niet eens een proppenschieter. Als we ons ermee bemoeien, vallen ze óns aan.'

Bald staarde zijn maat een tijdje aan. Toen wendde hij zijn blik af en balde zijn vuisten. 'Wat een kútzooi.'

Porter greep het stuur steviger vast en reed verder. Het gegil van het meisje kwam boven het regelmatige geronk van de motor uit.

Na een meter of honderd verlieten ze de hoofdweg en reden ze naar een achterafstraat die door een van de sloppenwijken liep. Porter had de kaart van Freetown goed in zijn hoofd geprent tijdens de vlucht van Heathrow naar Marokko en wist in grote lijnen hoe hij moest rijden. De wegen in de sloppenwijken waren zo goed als uitgestorven. En dat was ook wel logisch. Er was hier minder te beleven voor de rebellen. Minder kostbare spullen om te stelen. Op straat bevonden zich nauwelijks mensen. Magere, gespannen gezichten keken door de half openstaande deuren of door met vuil en roet bedekte ramen naar de langsrijdende Range Rover. Zoals Shoemaker had voorspeld, hadden de meeste inwoners van Freetown zich opgesloten in hun huis en wachtten ze tot de slachtpartijen achter de rug waren. Een paar mensen zaten op straat, een transistorradio tegen hun oor gedrukt. Porter reed verder, terwijl de stilte van de ontluikende ochtend werd verbroken door geweervuur in de verte en de zware bassen van harde rapmuziek die uit de wagens van de rebellen kwam. In de verte zag hij vanaf meerdere gebouwen rook omhoog komen – zwarte, kolkende vlekken tegen de roodkoperen lucht. Met het licht van de opkomende zon erbij leek het wel of de complete stad in brand stond.

De rit naar Soames' kantoor was lang, kronkelend en lastig. Porter deed er drie kwartier over om de Range Rover door de achterafstraten naar Spur Road te manoeuvreren, ongeveer twee keer zo lang als het in Londen zou duren om dezelfde afstand af te leggen. Hoe dieper ze zich in Freetown waagden, des te meer tekenen van verwoesting ze tegenkwamen. In de straten lagen tientallen in stukken gehakte lichamen. De grotere huizen en winkels waren helemaal leeggehaald, tot de fittingen aan toe. Twee keer ramden Bald en Porter bijna een groep rebellen die in een oude jeep over de weg scheurde. De mannen hingen juichend en lachend uit de achterkant van de wagen. Beide keren zwenkte Porter een paar zijstraten in en uit en wist hij ternauwernood te ontkomen. Op Spur Road sloegen ze bij de Britse ambassade linksaf en reden ze een straat vol kuilen door met aan weerszijden omheinde huizen en verlaten hotels. Na tweehonderd meter stopten ze bij een oud koloniaal herenhuis met een smeedijzeren hek. Op een koperen plaquette stond INDIA HOUSE.

'Zo te zien heeft die ouwe zijn zaakjes goed voor elkaar,' zei Bald terwijl hij goedkeurend zijn blik over de oprijlaan liet gaan. 'Ik zie mezelf echt wel voor hem werken in de toekomst.'

Porter wierp zijn maat een blik toe. 'Je hebt het over de klootzak die mijn carrière kapot heeft gemaakt.'

'Misschien wordt het tijd om de strijdbijl begraven. Hij kan je misschien wel een baan bezorgen. Je weet het maar nooit,' zei Bald grijnzend.

Porter luisterde niet meer en keek fronsend naar de oprijlaan. 'Er klopt iets niet, maar wat?'

Bald krabde aan zijn wang. Toen zag hij het ook. 'Het hek staat wijd open.'

'Terwijl de rebellen een coup plegen en alles plunderen.'

'Misschien is Soames hier niet en is hij hem gesmeerd zodra ze de stad binnenkwamen,' opperde Bald.

Misschien, dacht Porter. *Of de Russen waren hier eerder.*

Hij stuurde de Range Rover behoedzaam door het hek, de oprijlaan over. De voortuin met palmbomen en struiken liep door tot aan een groot herenhuis dat vijfentwintig meter verderop stond. Het had twee verdiepingen en een portaal met witte zuilen. Het leek eerder het huis van een plantage-eigenaar dan het hoofdkantoor van een privaat militair bedrijf.

Er stonden geen andere auto's voor het huis. Dat was het tweede wat Porter merkwaardig voorkwam. *Als Soames nog hier is, waar is zijn auto dan?* Hij parkeerde de Range Rover voor de ingang, zette de motor af en stapte uit. Toen keek hij omlaag en viel hem nog een derde ding op.

'Jock, moet je kijken. Hier.'

Bald volgde zijn blik. 'Shit.'

Het portaal was bezaaid met afgeschoten patronen, die glinsterden in het zwakke ochtendlicht. Porter telde minstens twaalf hulzen rondom zijn voeten. Sommige kogels lagen dicht bij de voordeur, de rest lag op de oprijlaan, tussen allemaal glasscherven. Porter zag dat er kogelgaten in de muur naast de hoofdpoort zaten. Hij kreeg een knoop in zijn maag.

We denken dat de Russen een team hebben gestuurd om te profiteren van de chaos in het land, had Hawkridge tijdens de briefing gezegd.

Bald hurkte neer om een paar van de kogelhulzen beter te bekijken. 'Zo te zien had je gelijk. Er is iemand bij Soames op bezoek geweest. En niet met goede bedoelingen.'

'De Russen,' zei Porter. 'Misschien zijn we wel te laat.'

'Er is maar één manier om daarachter te komen.'

Ze liepen naar de voordeur, die niet op slot bleek te zijn toen Porter de deurkruk probeerde. Hij duwde de deur open en Bald kwam achter hem aan de halfdonkere, koele hal in. Porter keek om zich heen en spitste zijn oren, maar er hing een kille stilte die slechts werd verbroken door het geluid van hun voetstappen op de tegelvloer. Porter liep voor Bald uit langs een aantal gemeubileerde kamers naar de trap. Door de briefing wist hij dat Soames zijn kantoor als extra veiligheidsmaatregel op de eerste verdieping had. Als die kerel zich in het huis schuilhield, moest hij daar zitten.

Hij liep zo zachtjes mogelijk de trap op, kwam op de overloop en liep naar de kantoordeur, links van hem. De koperkleurige letters die op het glas waren gegraveerd maakten hem duidelijk dat dit het kantoor was van Ronald M. Soames, de directeur van Janus International Ltd. De deur stond op een kier, maar de houten lambrisering was in het midden versplinterd en toen Porter de deurkruk vastpakte, voelde hij dat die helemaal loszat. Alsof iemand de deur had ingetrapt. *Iemand die het op Soames had gemunt.* Hij liep voorzichtig verder en duwde de deur zacht weer in zijn scharnieren. Toen stapte hij door de opening en ging voor Bald uit Soames' kantoor binnen.

Dat zag eruit alsof de eigenaar in alle haast was vertrokken. Alles stond nog aan en brandde nog. Een Psion-laptop zoemde luid op het bureau dat midden in het vertrek stond. Er stond een ouderwets ogende HF-radio op een zijtafel, naast een faxapparaat en een stapel geprinte papieren. Soames was nergens te bekennen. Porter deed nog een stap het kantoor in en hoorde iets kraken onder zijn voeten. Hij keek omlaag. De tegelvloer was bezaaid met glas. Naast een verbrijzelde fles Grey Goose zat een donkere vlek in het tapijt.

Toen verstijfde Porter.

Naast het bureau lag het opgezwollen, blauw aangelopen lijk van een man.

8

06.49 uur

Even bleven Porter en Bald stokstijf staan en staarden ze zwijgend naar het lijk op de grond. Porter hurkte neer om het beter te bekijken en zag meteen dat het Soames niet was. Deze man was een stuk jonger dan de voormalige commandant van het Regiment. Zijn gezicht was na het overlijden opgezwollen, waardoor zijn gelaatstrekken waren vervormd. Zijn handen leken wel twee rubberen handschoenen vol water en er zat een donkere vlek op de plek waar hij in de laatste momenten van zijn leven in zijn broek had gepoept en gepist. Porter zag dat er een plastic kabelbinder strak om zijn keel zat. Er zaten bloederige striemen in zijn nek op de plekken waar hij wanhopig had geprobeerd het plastic los te wrikken. Boven de kabelbinder was een tatoeage zichtbaar in zijn nek: de kop van een wolf die met open bek gromde.

'Het lichaam is stijf,' zei Porter. 'Hij moet al één, twee dagen dood zijn.'

'Wie is het?'

Porter fouilleerde de man, vond een bruinleren portefeuille in zijn borstzak en klapte die open. Er zat tweehonderd dollar in, wat Sierra

Leoons geld en een plastic identiteitskaart ter grootte van een creditcard. Daar stond een foto van de dode man op, plus een hoop woorden in een vreemde taal die Porter niet kon lezen. Een of ander cyrillisch schrift. Hij liet het aan Bald zien.

'Lijkt me Oost-Europees, Russisch misschien.'

Porter herinnerde zich wat Hawkridge in de briefingroom over de Russen had gezegd. Dat ze van Soames probeerden af te komen. *We denken dat de Russen een team hebben gestuurd om de zaak te bespoedigen,* had hij gezegd.

Misschien hébben de Russen Soames al, dacht Porter.

Of misschien wist Soames dat ze hem kwamen halen.

De hoofdpijn kwam terug. Het effect van de drank begon weg te ebben. Porter zag een drankenkast in een hoek staan, met genoeg flessen om een slijterij te beginnen. Hij zag vooral dure gin en cognac staan, maar hij was niet kieskeurig. Hij had alleen maar iets nodig om de ergste pijn te verzachten. *Ik zou nog een glas accuzuur opdrinken als iemand me die aanbood.* Hij nam zich voor een paar flessen mee te pikken als ze het kantoor verlieten.

'We moeten bellen,' zei Bald.

Porter knikte afwezig en pakte de satelliettelefoon uit zijn tas. Op dat moment hoorde hij ergens dichtbij een geluid – een zacht, gedempt gejammer. Toen hij om zich heen keek viel zijn blik op de balkondeuren aan de andere kant van het kantoor. Die waren gesloten, en de gerafelde donkere gordijnen waren dichtgetrokken en hielden het meeste zonlicht tegen. Porter gaf Bald een knikje. De beide operateurs dachten hetzelfde: *er is hier nog iemand anders.*

Porter legde de satelliettelefoon neer en liep langzaam om het stinkende lijk heen naar de balkondeuren. Het gesnuif werd harder. Er bevindt zich absoluut iemand aan de andere kant van die deur, dacht Porter. *Misschien is het Soames wel. Misschien heeft die ouwe zak zich hier wel de hele tijd verborgen gehouden.*

Hij pakte de koperen deurkruk vast en rukte de balkondeur open. De gestalte op het balkon slaakte een zacht, kinderlijk kreetje. Porter stormde naar buiten en trof daar een broodmager donker joch aan dat op zijn hurken tegen de balustrade aan zat gedrukt. De jongen was niet ouder dan een jaar of elf, twaalf. Hij droeg een vieze korte broek en een Arsenalshirt dat hem minstens twee maten te groot was en als een tent om zijn skeletachtige lijf hing. Zo te zien was het joch in paniek. Hij hief zijn armen als teken van overgave hoog boven zijn hoofd. Zijn handen trilden en hij keek met grote, angstige ogen naar Porter op.

'Alstublieft meneer,' zei de jongen. 'Ik wil geen problemen. Doe me geen pijn. Alstublieft.'

'Wie bén jij, godverdomme?' vroeg Bald bars. Hij was naast Porter op het balkon komen staan en richtte zijn ijzige blauwe ogen op het joch.

'Ik heet Vandi.' Slikkend keek de jongen afwisselend van Bald naar Porter. De tranen stroomden over zijn gezicht. 'Alstublieft. Vandi is geen slechte jongen. Vandi maakt geen problemen. Vandi werkt alleen maar voor meneer Ronald.'

'Ben jij de huisjongen?' vroeg Porter.

Het joch knikte.

Porter wist dat elk welgesteld huishouden in het land een huisjongen had, meestal een arme jongen uit de sloppenwijken die alle huishoudelijke klusjes deed, het gras maaide, boodschappen deed en de vloeren veegde, in ruil voor kost en inwoning. Het was niet meer dan logisch dat Soames iemand in dienst had genomen om hem te helpen met het dagelijkse onderhoud van zijn huis. Toen bedacht Porter nog iets anders. *Misschien weet dit joch waar we Soames kunnen vinden. En kan hij ons vertellen waarom er een dode Rus in het kantoor ligt.*

'Sta op,' snauwde hij.

Vandi ging wankel op zijn benen staan en liet zijn armen langs zijn lichaam vallen. Bald pakte hem bij de bovenkant van zijn shirt en duwde hem de deuren door, het benauwde, halfdonkere kantoor in. Het joch liep struikelend naar binnen, huilend en trillend. Bald zei dat hij op de leren stoel achter het bureau moest gaan zitten. Het joch gehoorzaamde en keek met een mengeling van angst en hulpeloosheid op naar Bald en Porter.

'Maak me niet dood, meneer. Alstublieft, ik smeek het u,' zei hij, terwijl hij verwoed zijn hoofd schudde. Alsof hij iets uit zijn oren probeerde te schudden. 'Ik was het niet. Ik zweer het. Vandi is niet slecht.'

'Hou je bek,' zei Bald.

Het joch begon weer te jammeren en wiegde heen en weer op de stoel. Het was Porter duidelijk dat ze met de ruwe aanpak geen stap verder kwamen. Iemand had de huisjongen gewaarschuwd dat hem iets zou overkomen. Hij knielde naast Vandi neer, legde een hand op zijn schouder en sprak hem met zachte stem toe.

'Luister, knul. We zijn hier niet om je kwaad te doen, oké? We zijn vrienden van Ronald.'

De jongen hield op met snuiven. Hij veegde de tranen uit zijn ogen en keek op naar Porter. Zijn gezicht ontspande een beetje en de angst maakte plaats voor iets wat meer op nieuwsgierigheid leek.

'Vrienden? Kennen jullie meneer Ronald?'

Porter grijnsde. 'Inderdaad. Ronald is een oude maat van ons. We zijn bang dat er iets met hem is gebeurd. Dus als je iets weet wat ons zou kunnen helpen, moet je ons dat nu vertellen.'

Vandi snoof. 'Oké.'

Porter wees naar de dode man en zei: 'Weet je wie dat heeft gedaan?'

De jongen boog zijn hoofd. 'Meneer Ronald,' zei hij, zo zacht dat hij nauwelijks te verstaan was. 'Meneer Ronald heeft hem gedood.'

Porter schrok. Hij kreeg een knoop in zijn maag en het bloed stolde hem in de aderen. Plotseling was hij de hele drankenkast vergeten. Nu begreep hij waarom Soames spoorloos verdwenen was. Waarom Hawkridge en March geen contact met hem hadden kunnen krijgen in de uren voorafgaand aan de briefing.

Omdat Soames is gevlucht. Hij heeft iemand vermoord en is hem toen gesmeerd.

Hij keek de jongen weer aan. 'Wat is er gebeurd?'

'Meneer Ronald had een afspraak met deze man. Eergisteren.' Hij keek even naar het lijk. De stank van ontlasting begon ondraaglijk te worden en vermengde zich met de hitte, het zweet en het stof. Porter voelde een gevoel van misselijkheid opkomen in zijn borst.

'Wie is hij?' vroeg hij.

'Dat zei meneer Ronald niet. Maar het was een heel belangrijke afspraak.'

'Waar ging die over?'

'Dat weet ik niet. Ik ben de huisjongen maar. Ik liet de man naar binnen in het kantoor van meneer Ronald en daarna ging ik weg.' Vandi zweeg even en zei toen: 'Maar ik luisterde ze af. De deur is niet zo dik. Ik hoorde ze ruziemaken. De andere man bedreigde meneer Ronald. Hij ging hem beroven.'

Porter wisselde een blik met Bald. Toen wendde hij zich weer tot Vandi. 'Ga verder.'

De jongen wreef over zijn knokkels en liet zijn hoofd zakken. 'Toen kwamen de slechte mannen. Ik zag ze. Dus ging ik terug om meneer Ronald te waarschuwen. En toen zag ik de dode man.'

Porter staarde de huisjongen strak aan. 'Wacht even. Welke slechte mannen?'

'De mannen met wapens.'

'Rebellen?' vroeg Porter.

'Nee. Blanke mannen.' Vandi keek met wijd open ogen even naar de dode man. 'Net als hij.'

'Hoeveel waren het er?'

'Vier,' zei de jongen. 'Ze hadden wapens.'

'De Russen,' zei Bald. 'Moet wel.'

Porter knikte. Dat kon maar één ding betekenen. *We zijn te laat. De Russen hebben Soames eerder te pakken gekregen.*

'Wat is er met Ronald gebeurd?' vroeg Porter. 'Toen de slechte mannen kwamen?'

'Meneer Ronald is gevlucht. Ik hoorde hun pistolen – pang, pang.' De jongen beeldde met zijn duim en wijsvinger een wapen uit. 'Toen reed meneer Ronald weg in zijn auto. De slechte mannen gingen het huis uit en gingen achter hem aan.'

Bald knikte naar de huisjongen. 'En wat deed jij?'

'Ik verstopte me daar.' Vandi wees naar een kast in de verre hoek van de kamer naast de balkondeuren, een groot oud ding met houten panelen en aftandse koperen deurkrukken. 'Ik heb gewacht tot de slechte mannen weg waren.'

Porter zei: 'Waar is meneer Ronald nu?'

Vandi haalde zijn schouders op. 'Dat weet ik niet. Ik ben niet naar buiten gegaan. Niet veilig. Te veel rebellen. Ik bleef hier en wachtte op meneer Ronald.' Hij trok een pijnlijk gezicht. 'Maar hij kwam niet.'

'Dus daarom verstopte je je op het balkon,' zei Bald.

De huisjongen knikte. 'Ik hoorde buiten een auto. Even dacht ik dat meneer Ronald thuiskwam. Dat hij me toch niet in de steek had gelaten.' Hij zuchtte. 'Toen zag ik jullie. Ik dacht dat jullie misschien bij de slechte mannen hoorden. Dat jullie terugkwamen om me te doden.'

'Heb je enig idee waar Soames naartoe kan zijn gegaan?' vroeg Bald.

Vandi keek de twee mannen achterdochtig aan. 'Zweren jullie dat jullie vrienden zijn van meneer Ronald?'

'Aye,' zei Porter. 'We zijn heel goede maten. We kennen elkaar al heel lang.'

De jongen dacht daar even over na. Toen zei hij: 'Meneer Ronald heeft een vriend. Ze praatten over de telefoon voordat de slechte mannen kwamen.'

'Hoe heet hij?' vroeg Bald.

'Dat weet ik niet. Ik heb hem een paar keer gezien. Hij is hier eerder geweest. Hij en meneer Ronald zijn goede vrienden. Zo.' Vandi deed zijn middelvinger over zijn wijsvinger om zijn punt kracht bij te zetten.

'Heb je gehoord waar ze het over hadden?' vroeg Porter.

'Niet echt. Ik heb ze maar een paar minuten horen praten. Maar meneer Ronald maakte zich zorgen over Kono.'

'Het diamantveld?'

Vandi knikte. 'Ja. Hij klonk heel bezorgd. Hij zei dat de Russen van Kono afwisten en van plan waren hem alles af te pakken. Ik heb hem nog nooit zo bezorgd gezien.'

Porter moest even verwerken wat de jongen had gezegd en haalde toen de Iridium Motorola 9500 uit zijn achterzak. Hij had het toestel voor hun vlucht uitgeschakeld om de batterij te sparen. Nu trok hij de dikke antenne uit en drukte hij op de rode knop om het toestel aan te zetten. Op het scherm verscheen een grafische afbeelding terwijl de telefoon begon te zoeken naar een signaal. Porter zei tegen Bald dat hij de huisjongen in de gaten moest houden en liep toen het balkon op. Hij richtte de antenne op de lucht tot er drie streepjes op het scherm verschenen. Zodra hij bereik had opende Porter de lijst met contacten en selecteerde het enige nummer dat daar in stond. Hij maakte verbinding. Even hoorde hij alleen geruis terwijl het gesprek werd doorgeschakeld naar Londen. Toen ging de telefoon over. Na vier keer werd er opgenomen.

'John, ben jij dat?'

Hij herkende de nasale stem meteen. Hawkridge. Porters baas klonk buiten adem. Geërgerd. Kwaad.

'Ja, ik ben het,' zei hij. 'Luister, we zijn in zijn kantoor. Soames is er niet. Het lijkt erop dat hij op de vlucht is geslagen.' Porter keek over zijn schouder naar het lijk op de grond. 'En hij heeft een cadeautje voor ons achtergelaten.'

'Hè?' Hawkridge snoof verachtelijk. 'Waar héb je het over, man?'

'Er ligt een dode kerel in Soames' kantoor. We hebben een identiteitsbewijs gevonden. We weten het niet zeker, maar we vermoeden dat het een Rus is.'

Er viel een lange stilte. Toen zei Hawkridge: 'Dat weten we.'

'Wát?'

'We zijn jullie een stap voor, ouwe jongen.' Er viel weer een stilte en Porter hoorde geritsel met papieren. 'De dode man heet Viktor Sergejevitsj Agron. Hij is een hoofdagent van de Russische veiligheidsdienst. 1 meter 90 lang, donker haar, een tatoeage van een wolf in zijn nek, het symbool van een Moskouse motorbende. De nieuwe Russische president schijnt een groot fan van de Nachtwolven te zijn. Ze maken zich heel nuttig met het aftuigen van politieke tegenstanders, het ontvoeren van journalisten, dat soort dingen. Hij heeft verscheidene van die gasten bij de FSB ondergebracht. Volgens onze informatie is Agron drie dagen geleden in Freetown aangekomen op een diplomatenpaspoort.'

Porter werd witheet. Hij kneep zo hard in de telefoon dat die bijna brak.

'Hoelang weet je dat al?' vroeg hij.

'Van de moord? Een paar uur. Het GCHQ heeft inkomende boodschappen naar de FSB van een van hun agenten onderschept waarin openlijk over de moord op Agron werd gesproken. Ze zijn ervan overtuigd dat Soames verantwoordelijk is.'

'Dat had je ons moeten vertellen.'

‘We hebben geprobeerd jullie te bereiken, maar je satelliettelefoon was uitgeschakeld.’

‘We proberen de accu te...’

‘Je bedoelt dat je geen bevelen opvolgt.’ De stem van Hawkridge kreeg een scherpe ondertoon. ‘Vanaf nu doe je godverdomme precies wat ik zeg en houd je die telefoon te allen tijde ingeschakeld, begrepen?’

‘Goed hoor,’ zei Porter.

‘Heb je nog iets anders gevonden?’

‘Er is een huisjongen.’ Porter keek even naar Vandi. ‘Hij had zich achter in het kantoor verstopt. Volgens hem heeft Soames die Rus vermoord en is hij gevlucht toen zijn maten op kwamen dagen.’

Er viel een zware stilte. ‘Dat weet hij zeker?’

‘Ja.’

‘En jij gelooft hem?’

‘Ik zou niet weten waarom hij zou liegen.’

Hawkridge mompelde iets onverstaanbaars. ‘Heeft hij nog iets anders gezegd?’

‘Hij heeft Soames en de Rus ruzie horen maken. Het lijkt erop dat de Rus Soames heeft bedreigd. Die is over de rooie gegaan en heeft hem gewurgd.’

‘Dat klinkt niet onlogisch. Het strookt met een theorie waar we mee werken sinds we weten dat Agron dood is. We denken dat Viktor Agron Soames namens de FSB een aanbod heeft gedaan.’

‘Wat voor aanbod?’

‘Dat hij de controle over de diamantvelden moest opgeven of anders zou sterven. Soames weigerde natuurlijk. Zo’n deal was voor hem onbespreekbaar.’

‘Maar hij was toch bereid hem te spreken.’

‘Hij moest wel. Anders zou Agron de geruchten openbaar hebben gemaakt.’

Porter verstrakte. 'Wat voor geruchten?'

Hawkridge nam even de tijd voor hij antwoordde. 'Er wordt beweerd dat Soames diamanten heeft weggesmokkeld en zijn kennis als hoofd van de beveiliging heeft gebruikt om diezelfde beveiliging te omzeilen. Vervolgens heeft hij de diamanten op de zwarte markt met flinke winst verkocht.' Hij voegde er haastig aan toe: 'Er is natuurlijk niets bewezen.'

'Waarom heb je ons dat niet eerder verteld? Of zijn jullie er in Thames House soms allergisch voor om de waarheid te vertellen?'

'We vonden het niet van belang voor de operatie. Je hoeft niet alles te weten, John. Jullie hoeven hem alleen maar op te halen.'

Kwaad schudde Porter zijn hoofd. 'Dus Soames was al die tijd al van plan om Viktor Agron te doden? Die afspraak was alleen maar een makkelijke manier om die Rus alleen te kunnen spreken?'

'Daar lijkt het wel op. Helaas had Soames niet gerekend op die andere Russen. En dat verklaart waarom hij is ondergedoken.'

'Wat wil je dat we doen?'

'Wat ons betreft verandert deze ontwikkeling niets,' zei Hawkridge lijzig. 'Feit blijft dat Soames van grote waarde is voor Groot-Brittannië en dat jullie hem absoluut moeten vinden voordat zij dat doen, vooral nu de Russen weten dat hij een van hen heeft gedood.'

'Hoe moeten we die kerel vinden?' snauwde Porter. 'Misschien wist je het nog niet, maar het stikt hier godverdomme van de rebellen.'

'Is al geregeld, ouwe jongen,'antwoordde Hawkridge luchtig. 'We zijn er intussen achter waar hij zit. Het Ambassadors Hotel, aan de westkant van Freetown, bij Lumley Beach.'

'Wat doet hij daar?'

'Zich schuilhouden, zoals alle andere expats in de stad. Sinds de gebeurtenissen van gisteren zijn de meeste westerlingen naar het hotel gevlucht. Hulpverleners, ambassadepersoneel, journalisten. Op dit moment is het de veiligste plek in Freetown. Er zitten daar honderden mensen op elkaar gepakt. Onder wie Soames.'

Porter herinnerde zich wat Shoemaker op het vliegveld tegen hem had gezegd. *Als het jullie te heet onder de voeten wordt, probeer dan Lumley Beach te bereiken, in het westen van Freetown. Daar zitten de dure hotels. De rebellen zullen dat gebied niet durven aanvallen.*

Nog niet.

'Hoe weet je dat hij daar is?'

'Omdat we er iemand hebben zitten die hem in de gaten houdt.'

'Een van jullie eigen mensen?'

'Een vriendin, beter gezegd,' zei Hawkridge. 'Angela March heeft een contactpersoon bij de Britse ambassade. Dominique Tannon. Zij is de viceambassadeur. Ze was een collega van Angela toen die bij Buitenlandse Zaken werkte. Tannon heeft bij de militaire inlichtingendienst gezeten. Sinds Soames in Freetown zit, heeft ze geholpen een oogje in het zeil te houden.'

'Om ervoor te zorgen dat hij op het rechte pad blijft?'

'Zoiets ja. Een van Tannons contacten heeft haar vanmorgen gebeld en gezegd dat er iemand heeft ingecheckt in het Ambassadors Hotel onder de naam Soames. Tannon heeft het meteen aan ons gemeld.'

'Wanneer was dat?'

'Een uur geleden.' Hawkridge' stem werd urgenter toen hij verderging: 'We weten niet hoelang Soames nog in dat hotel blijft. Je moet opschieten, John. Ga er onmiddellijk heen, voordat hij weer verdwijnt.'

Porter keek op zijn G-Shock Mudman. Het was 07.28 uur. Op de kaart van Freetown die hij eerder had bestudeerd, had hij gezien dat het westelijke puntje van Lumley Beach zich een kilometer of zes van hun huidige locatie bevond. Een kwartiertje rijden. Misschien een half uur, als ze zich tot de achterstraten beperkten en niet op het RUF stuitten. Dat betekende dat Bald en hij tegen achten bij het hotel konden zijn.

Hawkridge zei: 'Viceambassadeur Tannon wacht daar op jullie. Zij zal jullie direct naar Soames brengen.'

'We vertrekken nu,' zei Porter. Hij wilde ophangen.

'Nog één ding,' zei Hawkridge snel.

'Wat dan?'

'Die dode Rus. Hij vormt een probleem. We willen niet dat iemand het lijk vindt en een opsporingsbevel voor Soames uitvaardigt. Kun je ervoor zorgen dat hij verdwijnt?'

Porter keek omlaag, de achtertuin in. Tussen het onkruid en de lege patroonhulzen zag hij een vierkant putdeksel die een bakstenen verhoging in een hoek van de tuin afdekte. Aan de vorm te zien was het een septic tank. Hij kreeg een idee.

'Nou?' vroeg Hawkridge.

'Ik denk wel dat ik een plek weet,' antwoordde Porter.

'Regel het. En ga dan als de sodemieter op zoek naar Soames. Opschieten, man. Er is geen tijd te verliezen.'

9

07.33 uur

Negentien minuten later verlieten Bald en Porter het huis. Ze deden er zestien minuten over om de dode Rus te dumpen. Ze sleepten het opgezwollen lijk het kantoor uit, de trap af en de achtertuin in, wankelend onder het enorme gewicht. Ze dumpten het naast het putdeksel, dat Porter openwrikte met een paar staven die Vandi uit de schuur had gehaald. Er steeg een doordringende stank op uit de tank toen Porter het deksel opzijschoof, en zijn ogen prikten van de gassen. De opening was ongeveer zo groot als een straatput, en Viktor Agron was een grote kerel. Met een uiterste krachtinspanning duwden Bald en Porter hem met het hoofd naar beneden in de halflege tank. Het lichaam landde met een natte klap in de rottende ontlasting. De donkerbruine drab omsloot het lijk vrijwel meteen. Toen was de Rus verdwenen.

‘En ik?’ vroeg Vandi, terwijl hij hoopvol omhoog keek naar de twee operateurs die zich klaarmaakten om te vertrekken.

Porter zei: ‘Kun je ergens naartoe?’

‘Mijn tante,’ antwoordde de jongen. ‘Zij woont in de oude stad. Maar het is ver weg. Er zijn veel slechte mannen op straat.’

Met een zucht haalde Porter de bundel bankbiljetten uit de portefeuille van de dode Rus en gaf die aan Vandi. Het was ruim tweehonderd Amerikaanse dollar, ongeveer een jaarsalaris in Sierra Leone. De ogen van de jongen puilden bijna uit hun kassen.

'Hier,' zei Porter. 'Dat zou genoeg moeten zijn om langs de checkpoints te komen. Ga op zoek naar je tante en neem de eerstvolgende veerboot om hier weg te komen.'

Vandi knikte gretig. 'Ja, baas. De volgende veerboot.'

Hij stopte het geld weg en rende de tuin uit, in de richting van de voordeur. Bald staarde zijn maat met grote ogen aan terwijl Vandi vertrok. 'Is dat alles wat die gast in zijn portefeuille had zitten? Een paar honderd dollar?'

Porter knikte.

'Tering,' zei Bald. 'Ik wist dat de Russen krap bij kas zaten, maar dit is gewoon een lachertje. Straks sturen ze hun agenten nog met maaltijdbonnen op pad.'

Terwijl ze vertrokken dacht Porter met spijt aan Soames' drankenkast. Heel even overwoog hij een fles mee te pikken, maar daar was geen tijd voor. Bald had een groep rebellen in het oog gekregen die een van de hotels in koloniale stijl plunderden die verderop in de straat stonden. Een paar plunderaars hadden Soames' kantoor gespot en wezen hun maten op de Range Rover die op de oprijlaan stond. Porter wist dat ze absoluut geen seconde langer bij het huis konden blijven dan nodig was. We moeten als de bliksem naar het Ambassadors Hotel, dacht hij.

Voor Soames ons ontglipt.

Toen ze de tank weer met het putdeksel hadden afgesloten, renden ze naar de voordeur en stapten ze in de Range Rover. Even later reden ze over Spur Road, in de richting van Lumley Beach.

De zon hing nu hoog in de lucht. Het viel Porter op dat er veel meer rebellen op straat waren dan eerder die ochtend. Er werd volop geplunderd. Hordes rebellen gingen het hotel in en uit dat ten zuiden van Soames' kantoor lag. Sommigen zwaaiden met schilderijen of andere kunstwerken. Anderen kwamen naar buiten met radio's en dvd-spelers. Ze schreeuwden het uit van opwinding en tilden hun gestolen spullen triomfantelijk boven hun hoofd, alsof ze zojuist de wereldbeker hadden gewonnen. Een paar rebellen waren aan het ruziën over de buit. Porter zag dat een stuk of vijf van hen een leger- of politie-uniform droegen.

Godverdomme, zelfs de gezagsdragers verzuimen hun plicht en doen mee met de pret, dacht Porter. *De situatie moet nu wel heel wanhopig zijn.*

Honderd meter verderop zag hij rook opstijgen van een politiebureau. Drie dode agenten lagen naast het brandende gebouw met hun gezicht naar de grond terwijl rebellen uitzinnig de tientallen kalasjnikovs, geweren en pistolen uitdeelden die ze binnen hadden gestolen. Zes van hen stonden in een halve cirkel om de dode politiemensen heen en gaven flessen poyo en joints aan elkaar door. Sommigen droegen vele lagen kleding. Ze hadden sportbroekjes aan over een felgekleurde lange broek en meerdere T-shirts onder hun jas, en niet bij elkaar passende sportschoenen van Nike en Reebok aan hun voeten.

Porter verliet de hoofdweg en reed door de smalle achterstraatjes. Overal waar hij keek zag hij gestrande auto's, ingeslagen winkelruiten en vernielde huizen. Hij telde minstens twaalf lijken langs de weg, waarvan sommige waren verbrand of in stukken gehakt. Andere waren doorzeefd met kogels. Bald zette de radio aan en ging de zenders langs. Overal werd dezelfde boodschap uitgezonden. Een woordvoerder van het RUF deelde in gebroken Engels mee dat de rebellen de staatsmedia en de schatkist controleerden en het nu in feite voor het zeggen hadden in het land. Hij kwam met het gebruikelijke gelul over een nieuw tijdperk voor het onverschrokken Sierra Leone en drong er bij de burgerbevolking op aan gewoon verder te gaan met hun leven. Bald schoot in de lach.

'Vergeet het maar,' zei hij. 'Niet zolang die beesten de boel op stelten zetten.' Hij knikte naar een nieuwe groep rebellen die langs de weg een man in burgerkleding met stokken aan het aftuigen was terwijl een vrouw met haar kind toekeek en hysterisch gilde. 'Het is altijd de bevolking die het meest te lijden heeft.'

Porter keek behoedzaam naar de rebellen. 'Ik vraag me af waarom ze ons nog steeds niet aanvallen.'

'Dat gaat niet gebeuren, maat,' zei Bald terwijl hij stellig zijn hoofd schudde. 'Niet zolang er slachtoffers zijn die ze makkelijker kunnen beroven. Wij hoeven ons pas zorgen te maken als er voor die lui niets meer te plunderen valt.'

Porter haalde diep adem. *Hoe sneller we bij het hotel zijn, hoe eerder we Soames hebben en hem kunnen smeren uit deze hel.*

Ze reden verder. Nadat ze zich anderhalve kilometer bijna stapvoets door de chaotische achterafstraten hadden bewogen sloeg Porter rechtsaf, Lumley Beach Road op. De omgeving veranderde totaal terwijl ze in noordelijke richting reden. Glinsterend wit zand en palmbomen aan hun linkerhand, en rechts verlaten villa's en appartementencomplexen. Een eindje verderop kwamen ze langs een uitgestorven golfbaan, die onder de mortierkraters zat en was bezaaid met granaatscherven. Het leek wel een vakantiepark dat midden in een oorlogszone lag. In de verte klonk geweervuur, en in het oosten ging de horizon schuil achter donkere rookwolken. Alsof iemand met een soldeerbout de hemel bewerkte.

Ze passeerden twee controleposten. Bij allebei waren de rebellen die daar geposteerd waren gespannen, rusteloos en humeurig. Waarschijnlijk waren ze teleurgesteld omdat zij de straten moesten bewaken terwijl hun kornuiten zich te buiten konden gaan aan verkrachtingen en plunderingen. Bald deelde pakjes sigaretten en leones uit aan de soldaten, wat de stemming behoorlijk verbeterde. In beide gevallen namen de rebellen alles gretig aan en liet ze Porter en Bald doorrijden.

Na vijf kilometer werd de weg breder en kwamen ze bij het meest noordwestelijke puntje van de stad. De afgeschermde stranden maakten plaats voor luxe appartementencomplexen, strandpaviljoens en trendy restaurants, die allemaal gesloten waren. Ruim een kilometer ten noorden van het schiereiland zag Porter een steiger liggen in de baai, waarvan de golven schitterden als glasscherven. Hij sloeg bij de volgende rotonde rechtsaf en reed tweehonderd meter door Cape Road. Drie minuten later kwamen ze bij het Ambassadors Hotel.

Het zag eruit als een torenflat uit de jaren zeventig die doormidden was gehakt en een nieuw likje verf had gehad. Het gebouw van zeven verdiepingen lag vijftig meter van de straat, aan het einde van een smalle toegangsweg met aan weerzijden palmbomen en gras dat zo groen was dat het wel geschilderd leek. Honderd meter ten westen van het hotel lag een helikopterlandingsplaats, en in oostelijke richting kon hij een kilometer of anderhalf verderop vaag de Aberdeen Road Bridge onderscheiden, die zich uitstrekte over een kleine rivier en het schiereiland met de rest van Freetown verbond.

Zo'n dertig Nigeriaanse soldaten vormden een dubbele rij en sloten het einde van de toegangsweg af. Voor hen stond een onrustige mensenmassa. Nog eens twintig soldaten waren achter twee stapels zandzakken aan weerszijden van de toegangsweg geposteerd en hielden angstvallig de menigte in de gaten die zich tegenover hen had opgesteld. De soldaten droegen groene legeruniformen en helmen met camouflagenetten. Porter begreep dat het de ECOMOG-troepen waren.

'Het lijkt hier allemaal te beginnen,' zei Bald, gebarend naar de menigte.

Porter liet zijn blik langs de krioelende massa gaan. Het waren hoofdzakelijk Sierra Leoners, en het waren er vele honderden. Sommigen hielden een radio bij hun oor om via een staatszender op de hoogte te blijven van de couppoging. Anderen waren aan het ruziën met de Nigeriaanse soldaten en smeekten hun te worden doorgelaten naar de relatieve veiligheid van het hotel. De Nigerianen schreeuwden dat iedereen afstand moest houden en haalden uit naar iedereen die binnen bereik van hun wapenstokken kwam. Porter liet zijn professionele blik over de soldaten gaan en zag dat ze gewapend waren met semiautomatische geweren. Een paar van hen droegen een granaatwerper over hun schouder. Eén man had een machinegeweer met munitieband. Porter stelde vast dat ze er in elk geval indrukwekkend uitzagen.

Hij remde af en parkeerde langs Cape Road. Toen stapten Bald en hij uit en liepen ze doelbewust in de richting van de mensenmassa die voor de ECOMOG-troepen stond. Er hing een gespannen sfeer voor het hotel. Porter kon het voelen terwijl hij zich een weg door de dichte mensenmassa baande en naar de Nigerianen liep die de toegangsweg bewaakten. Voor zover hij het kon inschatten was er sprake van een soort impasse tussen de burgers en de soldaten. Een paar westerlingen en Libanezen zwaaiden met hun paspoort naar een potige sergeant. Voordat hij mensen doorliet, controleerde zijn ondergeschikte op een lijst op een klembord of hun naam daar op stond. Elke keer wanneer een van de westerlingen door het kordon glipte, begon de menigte de soldaten uit te schelden. Sommige mensen smeekten de Nigerianen hen door te laten, maar die gaven geen krimp en hielden iedereen op afstand.

Porter duwde een paar burgers met zijn ellebogen opzij en liep op de sergeant af. De man deed een stap naar voren en stak een bezwete hand uit naar de twee Blades om aan te geven dat ze moesten blijven staan. 'Paspoorten!' Hij had een zware, bulderende stem waar de vijandigheid van afdroop.

Bald en Porter overhandigden hem hun paspoorten. De sergeant duwde die in de hand van zijn ondergeschikte, die naging of hun namen op een lange lijst stonden. De man schudde zijn hoofd en gaf de reisdocumenten terug aan de sergeant.

'Ga terug,' zei de commandant. 'Jullie staan niet op de lijst. Alleen gasten mogen het hotel in.'

Bald keek de Nigeriaan woest aan. 'We moeten binnen iets regelen.'

De sergeant hield voet bij stuk. 'Dat is niet mijn probleem. Je mag alleen naar binnen als je een gast bent of geregistreerd staat bij de hulporganisaties. Dat zijn de bevelen van generaal-majoor Bassey.'

Bald deed een stap dichter naar de soldaat toe en trok een gezicht alsof hij rotte meloen at. 'Wat je baas zegt interesseert me geen reet. We hebben orders om onze contactpersoon te spreken, en die zit in dat hotel. Godver man, laat ons erin.'

'Nee, ik kan het niet toestaan.'

Porter kon zien dat zijn maat zijn zelfbeheersing verloor. Hij stapte zelf ook naar voren en drukte de Nigeriaan twintig dollar in de hand. 'Luister, vriend. We zijn bevriend met de Britse viceambassadeur, Dominique Tannon. Ze is in dat hotel en we moeten haar onmiddellijk spreken. Als je ons niet doorlaat, wordt ze helemaal gek. Maar wij zullen niet de wind van voren krijgen. Jij wel.'

De sergeant sloot zijn vuist om het bankbiljet en staarde Porter bedachtzaam aan. Toen ging hij opzij en knikte in de richting van de ingang van het hotel. 'Oké. Jullie mogen erdoor. Maar zorg ervoor dat jullie iets bij je hebben voor me als jullie weer vertrekken, oké?'

Porter en Bald liepen terug naar de Range Rover terwijl de Nigerianen een pad door de menigte begonnen vrij te maken. Terwijl Porter het portier opende klonken er kreten van paniek. Hij keek in oostelijke richting Cape Road af en kreeg een Toyota Hilux in het oog die in hoog tempo op hen af kwam rijden. Vier RUF-strijders stonden in de laadklep, met hun AK-47 in de lucht gericht. De Hilux remde af toen hij langs de mensenmassa reed en de rebellen schudden hun vuisten en maakten een snijgebaar langs hun keel naar de Nigerianen. De EMOGOG-soldaten gaven geen krimp maar keken elkaar onzeker aan.

Een van de rebellen veroorzaakte paniek door drie keer in de lucht te schieten. Mensen doken in elkaar, pakten hun kinderen vast en gilden. Toen gaf de bestuurder gas en scheurde de pick-up weg. De rebellen lachten en joelden terwijl ze nog meer salvo's in de lucht schoten. Porter keek ze na terwijl ze in de richting van Lumley Beach reden.

'Moeten we daar bang van worden of zo?' vroeg hij grijnzend.

Maar Bald vond het helemaal niet grappig. Hij staarde alleen maar naar de kleiner wordende Hilux en zijn kaken verstrakten. 'Dat was niet voor ons bedoeld, maat.'

'Hoe bedoel je?'

Bald wees met zijn kin naar de Nigerianen. 'De rebellen testen hoe stevig ze in hun schoenen staan. Ze proberen ze van streek te maken. Te intimideren.' Hij tuitte zijn lippen. 'En zo te zien werkt het.'

Tandenknarsend keek Porter om naar de Nigerianen. Hij besefte dat Bald gelijk had. De gezichten van de soldaten waren vertrokken van angst. Met een onrustige menigte die in hun nek hijgde en rebellen die hen bedreigden, vermoedde Porter dat het een kwestie van tijd was voor de ECOMOG-troepen het hazenpad kozen. Als dat gebeurde, waren de gasten in het hotel aan de genade van de rebellen overgeleverd. Ze zouden dan vastzitten in het hotel zonder een kant op te kunnen.

En wij ook.

10

08.12 uur

Porter startte de motor van de Range Rover en reed langs het veiligheidskordon naar de voorkant van het hotel. Vijftien meter van de ingang splitste de weg zich in twee rijstroken, die door een middenberm werden gescheiden. De linkerweg liep naar de glazen deuren die de ingang van het hotel vormden, de rechterweg omlaag naar een ondergrondse parkeergarage. Voor het hotel was geen plek meer, dus reed Porter de garage in, die baadde in abrikooskleurig licht. Hij vond een plekje bij de dienstingang en zette de motor uit. Toen stapten de twee Blades uit en liepen snel via de dichtstbijzijnde trap naar de receptie.

Daar werden de operateurs overspoeld door een zee van mensen. Het leek wel of alle buitenlanders in Freetown in het hotel bij elkaar waren gepropt. Er klonken meer talen dan in een Hongkongs bordeel. Frans, Duits, Scandinavisch en verschillende Amerikaanse accenten. Een groep van twaalf Libanese zakenmannen die waren gekleed in opzichtig gekleurde pakken verdrong zich rondom de receptie. Ze schreeuwden bevelen naar de medewerker achter de balie, die zich duidelijk kapot ergerde. Overal stonden groepjes mensen, en anderen sliepen op de grond of zaten tegen een muur geleund. De lobby was bezaaid met bagage. In een van de hoeken hadden hulporganisaties van tafels en stoelen een provisorisch standje gemaakt. Met de grootste moeite verwerkten de medewerkers de menigte die zich in het hotel bevond. Ze moesten schreeuwen om boven het lawaai van de boze zakenmannen en bezorgde expats uit te komen.

'Tering,' zei Bald, 'er zijn hier honderden mensen.'

'Minstens vijfhonderd,' schatte Porter.

'Als de Nigerianen het voor gezien houden, kunnen de rebellen hun lol op. Dan wordt het hier één grote slachtpartij.'

Porter zei niets en keek om zich heen, zoekend naar hun contactpersoon. Even later drong een professioneel ogende vrouw zich een weg door de mensenmassa voor de standjes van de hulporganisaties. Ze kwam zo snel ze kon naar Bald en Porter toe. Porter schatte haar midden twintig. De vrouw had bruin haar tot op haar schouders, dunne lippen en grote ronde ogen die fonkelden als twee gepoetste munten. Ze droeg een effen witte bloes onder een zwart jasje en een rok tot op haar knieën. Ze zag er zakelijk en atletisch uit, maar tegelijkertijd leek de situatie haar boven het hoofd te groeien. Porter zag het aan haar onzekere manier van doen, haar geforceerde glimlach en de nerveuze blik in haar ogen. Ze deed hem denken aan een gewone manager die opeens tot CEO van het bedrijf is gebombardeerd.

'Dominique Tannon. Viceambassadeur in Freetown,' zei ze met uitgestoken hand. Het viel Porter op dat ze iets te snel praatte. 'Ik vermoed dat jullie de heren zijn over wie Angela me heeft verteld.'

'Klopt, schat.' Porter schudde haar de hand en de twee Blades stelden zich voor. Tannon kwam heel zakelijk en efficiënt op hem over. Ze maakte deel uit van de nieuwe generatie. Het stikte tegenwoordig binnen de Firma van dit soort lui – mensen die kruidenthee dronken, als tussendoortje een glutenvrije reep namen en om vijf uur 's morgens opstonden om te gaan hardlopen. Ze leefden sober, verantwoord, gezond. *Precies het tegenovergestelde van jongens als Bald en ik.*

'Ik vrees dat jullie hier in een moeilijke tijd naartoe zijn gekomen.' Tannon glimlachte verontschuldigend en wees met een weids armgebaar naar de lobby. 'Zoals jullie kunnen zien.'

'Wat is er aan de hand?' vroeg Porter.

'Het is een gekkenhuis. We weten de ambassade nog altijd draaiende te houden, maar vrijwel alle andere instanties hebben zich gedwongen gezien hun kantoren te verlaten en hiernaartoe te vluchten.'

'Net als de helft van de stad, zo te zien,' zei Bald.

Tannon haalde haar schouders op. 'Mensen kunnen nergens heen. Alle internationale zenders laten dezelfde boodschap horen. Buitenlanders die nog in Freetown zijn moeten naar het Ambassadors Hotel gaan. Freetown is momenteel een spookstad.'

'Dat weten we, wijffie,' antwoordde Bald. 'We zijn er net doorheen gereden.'

'Waarom gaan deze mensen niet naar het vliegveld?' vroeg Porter terwijl hij zijn blik over de lobby liet gaan.

'Zo makkelijk is dat niet,' zei Tannon. 'De rebellen hebben het gebied ten zuiden van de veerbootterminal in Kissy veroverd. Ze controleren ook de meeste in- en uitgaande wegen in de stad. Het is te gevaarlijk om naar het vliegveld te vluchten.'

Bald vroeg: 'Hoe moeten we Soames dan in godsnaam het land uitkrijgen?'

'We moeten het er gewoon op wagen.' Porter wendde zich weer tot Tannon. 'En deze mensen? Wat gaan die doen?'

'Er komt een officiële evacuatie. Mijn baas probeert op dit moment tot een overeenkomst te komen met Downing Street. De Amerikanen en de Fransen doen hetzelfde met hun regering. Maar er zal pas op zijn vroegst morgenochtend iets gebeuren. We zijn hier niet in Bosnië. Sierra Leone staat helemaal onder aan de prioriteitenlijst.'

'En wat moet je tot die tijd dan doen?'

'Hier wachten. Er zit niets anders op.'

Tannon wist het op te brengen om te glimlachen, maar haar mondhoeken trilden. Porter realiseerde zich dat ze zich zorgen maakte. En daar had ze godverdomme alle reden toe. *Er bevindt zich daarbuiten een leger van gestoorden die popelen om iedereen die zich hier bevindt aan stukken te snijden.*

'Waar is Soames?' vroeg hij.

'Op zijn kamer.' Tannon wees naar de trap aan de andere kant van de lobby. 'Daar is hij heen gegaan toen het hier vol begon te raken. Samen met zijn vriend.'

Porter wierp zijn maat een blik toe en keek toen de viceambassadeur weer aan. 'Soames zit hier met een maat?'

Tannon knikte. 'Een vriend, of misschien een zakenpartner? Ik herkende hem niet. Maar ik had het idee dat ze elkaar goed kenden. Ze hebben een tijdje bij elkaar in de lobby gezeten om de situatie buiten in te schatten. Daarna zijn ze naar boven gegaan.'

'In welke kamer zit hij?'

'201. Hij heeft ingecheckt onder zijn eigen naam. Ik ben bevriend met de hotelmanager.'

Porter wierp haar een blik toe. 'Ken je soms álle managers in Freetown?'

'Alleen de managers die aardig tegen me doen.' Ze glimlachte naar Porter, en nu een stuk minder nerveus dan bij haar eerste poging. 'Ik dacht al wel dat Soames hier misschien naartoe zou komen. Vooral omdat het in Freetown nu verder bijna nergens veilig is. Daarom had ik mijn vriend gevraagd om naar hem uit te kijken. Zodra Soames arriveerde, regelde hij een kamer voor hem en belde hij mij.'

Porter trok een wenkbrauw op. Tannon mag dan zenuwachtig

zijn, dacht hij, ze is ook slim. Hij vroeg zich af wat iemand met haar capaciteiten in een godvergeten gat als Freetown deed.

'Waar wachten we op?' vroeg Bald. 'Laten we Soames gaan halen. Hoe sneller we hem te pakken hebben, hoe sneller we hier weg kunnen.'

Ze liepen met z'n drieën de lobby door naar de trap, langs de bagage waar de marmeren vloer mee bezaaid lag. Het was benauwd in de lobby en Porter zweette als een otter in zijn T-shirt. Bald en hij hadden hun jasje met korte mouwen in de achterbak van de Range Rover gegooid toen ze Soames' kantoor hadden verlaten.

Opeens hoorden ze achter zich, aan de voorkant van het hotel, geweerschoten. Toen ze zich omdraaiden zagen ze dat de rebellen in hun pick-up weer met een wijde boog langs het kordon reden en in de lucht schoten. Porter voelde een rilling van angst langs zijn rug lopen. Hij vroeg zich af hoelang de rebellen zouden wachten tot ze de confrontatie met de Nigerianen aangingen.

Hij draaide zich om en snelde achter Bald en Tannon aan de trap op. Bijna liep hij tegen een groepje van vijf blanke mannen aan die op dat moment naar beneden kwamen. Ze waren zwaargebouwd en gebruind door de zon en zagen eruit als een stel tandartsen op safari. Ze droegen allemaal een safari-jasje met lange mouwen, een beige korte broek tot op de knieën, hiking schoenen en een leren hoed met een brede rand. Ze praatten met elkaar in een taal die Porter een beetje het midden vond houden tussen Frans en Nederlands. Ze oogden als een stel breedgeschouderde, stoere arbeiders. Porter was vaak genoeg op een operatie in Afrika geweest om het type te herkennen. Misschien waren het bouwvakkers, of ingenieurs die waren ingevlogen om in de diamantmijnen machines te repareren. Een klus waar specialistische kennis voor vereist was, met veel buitenwerk en zwaar tilwerk.

Toen Porter het groepje passeerde stootte hij een van hen lichtjes aan. De man bleef abrupt staan en draaide zich als door een adder gebeten om. Hij mompelde iets. Porter draaide zich ook om, zodat hij met zijn gezicht naar de safariman en diens maten toe stond. Alsof hij een dreiging inschatte. De kerel waar hij tegenaan was gelopen had grote neusvleugels, een zwart sikje en een opvallend litteken dat van zijn bovenlip naar de linkerkant van zijn neus liep. Het deed Porter denken aan een litteken dat ontstaat na een operatie van een hazenlip. Even bleef de kerel alleen maar staan en keek hij Porter dreigend aan, alsof hij overwoog hem een ram te verkopen. Porter gaf geen krimp. De buitenlander lachte even, waardoor een paar verkleurde tanden zichtbaar werden. Toen draaide hij zich om en mompelde weer iets tegen zijn maten. Lachend liepen ze verder de trap af. Porter keek hen na.

'Wat moest die lul nou?' vroeg Bald.

'Geen idee. Kom, we gaan verder.'

Hij haastte zich samen met Bald en Tannon omhoog. Op de overloop van de tweede verdieping gingen ze rechtsaf, en de twee operateurs liepen achter Tannon aan door een onopvallende, roomkleurige gang met gedempte plafondverlichting. De gang zag er net zo uit als alle andere gangen in vijfsterrenhotels, waar ook ter wereld, concludeerde Porter.

Alleen staat er hier een leger gekken voor de deur dat staat te popelen om ons in stukken te hakken.

Aan het einde van de gang gingen ze naar links en liepen ze nog eens vijfentwintig meter verder, tot ze voor de deur van kamer 201 bleven staan. Even kreeg Porter kriebels in zijn buik. Daar gaan we dan, dacht hij. Mijn voormalige baas bevindt zich achter die deur.

We hebben die zak eindelijk gevonden.

Tannon kwam tussen Bald en Porter in staan en haalde een zwarte sleutelkaart met de naam van het hotel erop uit een zak van haar jasje. 'Reservesleutel van de kamer,' zei ze grijnzend. 'Met de complimenten van de manager.'

Bald keek onder de indruk en een beetje jaloers. ‘Die kerel is zeker een goede vriend van je.’

‘Niet echt. Maar hij is een man. En dat betekent dat hij er alles voor over heeft om mijn tieten even te zien.’

Grijnzend vroeg Bald: ‘Heb je nog iets anders nodig?’

Ze negeerde hem en stak de kaart in de gleuf onder de deurkruk. Het lampje ernaast werd even groen. Toen deed Tannon de deurkruk omlaag, maar de deur ging niet open. Ze probeerde het nog een keer, maar zonder succes.

‘Hij zit op slot,’ zei ze.

‘Laat mij eens,’ zei Bald.

‘Omdat je een man bent en het beter kan?’

Bald schudde zijn hoofd. ‘Omdat sloten open krijgen mijn beroep is.’

Tannon gaf hem de kaart. Bald herhaalde het proces: kaart in en uit de gleuf, groen lampje, deurkruk. De deur ging nog altijd niet open.

‘We hebben een probleem,’ zei hij tegen Porter. ‘Die lul heeft de deur geblokkeerd.’

Soames is bang, dacht Porter.

Bang voor moeilijkheden.

Hij kwam tussen Bald en Tannon in staan en bonsde drie keer met zijn vuist op de deur. ‘Ronald,’ riep hij, ‘dit is John Porter. Ik ben hier samen met John Bald. We zijn je goedgezind. We weten dat je daar bent. Doe open!’

Even bleef het stil. Toen hoorde Porter gedempte stemmen aan de andere kant van de deur. Ruziënde stemmen. Soames en zijn maat natuurlijk. Tannon had gezegd dat ze close met elkaar waren. Opnieuw vroeg hij zich af wie die mysterieuze vriend van Soames was.

Toen ging de deurkruk omlaag en ging de deur een stukje open. Porter zag een lange, slanke man in het halletje staan. Hij droeg een zandkleurig overhemd en een camouflagebroek en keek Porter verbaasd aan.

Porter verstijfde. Het was Ronald Soames niet.

Hij keek naar een gezicht dat hij zes jaar niet had gezien.

11

08.23 uur

Even verroerde niemand zich. Porter staarde als aan de grond genageld naar de man in de deuropening. Die had donkere, doffe ogen die wel boorgaten leken, dun bruin haar en een lange neus die duidelijk een keer was gebroken. Zijn gezichtsuitdrukking hield het midden tussen wezenloos en kil. Hij zag er echt uit als iemand die een heel gezin zou kunnen uitmoorden en vervolgens op zijn gemak een goed glas merlot kon drinken.

Porter herkende hem meteen. Het was Bob Tully, de grootste klootzak van het Regiment. Hij was natuurlijk de vriend over wie Tannon het had gehad en die ze samen met Soames in de lobby had zien zitten.

Toen dacht Porter: wat hebben Tully en Soames met elkaar te maken?

'Bob,' zei Bald. 'Wat doe jíj hier in godsnaam, man?'

Tully glimlachte. Zijn dunne lippen gingen in de hoeken gevaarlijk omhoog. 'Ik wilde jullie net hetzelfde vragen,' zei hij met zijn zware Birminghamse accent.

Tannon keek van Tully naar Porter en weer terug. 'Kennen jullie elkaar?'

'Aye,' zei Tully. 'Dat klopt, schat. We hebben samen in Hereford gezeten. Toch, jongens?'

Porter zei niets. Ze hadden begin jaren negentig vier jaar samen bij de SAS gediend. Maar hij kende Bob Tully goed genoeg om te weten dat hij op zijn hoede moest zijn. Tully had de reputatie de gevaarlijkste man te zijn die ooit voet in Hereford had gezet. Hij kende nauwelijks grenzen. En hij was er ook een meester in om bruggen achter zich te verbranden. Zes jaar geleden was hij in ongenade gevallen bij de SAS, en hij had er zelf ontslag genomen voor hij de bons zou krijgen. Sindsdien had Porter via de Herefordse tamtam geruchten gehoord – geruchten dat Tully zich inliet met duistere zaken. Het laatste wat Porter had gehoord, was dat Tully in Zuid-Afrika voor een paar louche particuliere militaire bedrijven had gewerkt en zich tussen de klussen door maandenlang had uitgeleefd met zijn twee favoriete hobby's: drinken en hoeren naaien.

'Dat is lang geleden,' zei Porter uiteindelijk.

'Zes jaar,' zei Tully. 'Niet zo heel lang. Maar zal ik je eens wat zeggen? Weggaan bij het Regiment is de beste beslissing die ik ooit heb genomen. Ik loop tegenwoordig helemaal binnen in het Circuit.' Hij grijnsde en nam Porter op. 'Tering, maat. Je bent wel een stukje ouder geworden. Je ziet er niet uit.'

Porter dwong zichzelf om rustig te blijven. 'We zijn op zoek naar Ronald Soames. Hij zou in deze kamer ingecheckt zijn. Heb je hem gezien?'

Tully fronste zijn wenkbrauwen. 'Onze vroegere baas? Wat moet je van hem?'

'We werken voor de Firma,' legde Bald uit. 'We hebben opdacht Soames onmiddellijk naar Londen te begeleiden.'

'Sorry jongens,' zei Tully. Hij schudde zijn hoofd. 'Ik kan jullie niet helpen. Hij is hier niet.'

Porter bestudeerde Tully's gezicht, zoekend naar de kleinste aanwijzing dat die kerel iets achterhield. Er viel echter niets aan af te lezen. Of Tully wist het echt niet, of hij was de beste leugenaar ter wereld.

Tully zag de sceptische blik op Porters gezicht en zei: ‘Kom maar binnen als je me niet gelooft.’

Hij gebaarde dat ze door konden lopen en Bald en Porter volgden hem het spaarzaam verlichte halletje door, de hotelkamer in. Het meubilair was stijlvol maar gedateerd. Het deed Porter denken aan een Hilton-hotel dat al sinds de jaren zeventig niet was gerenoveerd. Op de rand van het grote bed zat een donkere vrouw, gekleed in een laag topje en een latex minirokje. Ze keek behoedzaam naar de drie personen die naast Tully stonden. Een glazen deur leidde naar het balkon, vanwaar je uitkeek op de voorkant van het hotel. Links van hen was de badkamer en rechts bevond zich nog een andere deur, met een slot erop – Porter nam aan dat je daardoor in de naastgelegen kamer kwam. Buiten in de verte hoorde hij schoten, het zachte gegil van doodsbange burgers en de jeeps van de rebellen. Maar van Soames geen spoor.

Hij keek Tully aan. ‘Wat doe jij in deze kamer, Bob?’

‘Soames is mijn baas,’ antwoordde Tully.

‘Werk je voor Soames?’ vroeg Bald verbaasd.

Tully knikte. ‘Al een half jaar. Ik werk mee aan de beveiliging van het diamantveld in Kono. De werktijden zijn gunstig en het betaalt fantastisch. En er zijn onnoemelijk veel andere voordeeltjes,’ voegde hij daaraan toe, terwijl hij knipoogde naar de vrouw die op het bed zat. ‘Je kunt in deze contreien doen wat je wilt. Echt alles.’

Porter zei: ‘Als je betaald wordt om dat veld te beveiligen, wat doe je dan hier?’

‘Orders van de baas. Door alle onrust die de rebellen veroorzaken werken er veel minder mensen op de diamantvelden. We zijn teruggeroepen naar Freetown tot alles weer rustig is. Ik dacht, laat ik van de gelegenheid profiteren door wat stoom af te blazen met Claudette. We konden hier niet meer weg toen de rebellen de stad in kwamen.'

Tully wenkte de donkere vrouw. Even aarzelde ze, toen stond ze op en kwam nerveus aanlopen. Toen ze dichterbij kwam zag Porter dat haar onderlip gescheurd was. Haar kaken waren gezwollen en ze had pijnlijk uitziende blauwe plekken in haar nek. Ze huiverde toen Tully een arm om haar heen sloeg.

'Je moet de hoertjes hier echt eens uitproberen,' zei hij grijnzend tegen Bald. 'De wijven zijn hier spotgoedkoop. Je kunt je voor de prijs van een Big Mac laten pijpen. Voor een paar dollar extra kun je ze alle hoeken van de kamer laten zien. Je zou het te gek vinden.'

Hij lachte en gaf de prostituee een tik op haar gezwollen wang. Bald staarde hem aan, met een blik die het midden hield tussen jaloezie en walging.

'Wat is er met Soames? Zit hij in de problemen of zo?'

'Kunnen we niet zeggen,' zei Porter. 'Je weet hoe het is. Ik kan alleen vertellen dat we hem moeten vinden en zo snel mogelijk op het vliegtuig naar huis moeten zien te krijgen. Als je weet waar we hem kunnen vinden, moet je het ons vertellen.'

'Zoals ik al zei, jongens, ik weet het niet.'

Precies op dat moment hoorde Porter het geluid van een grendel die opzij werd geschoven. De deur rechts van hem ging open en er kwam iemand uit de naastgelegen kamer naar binnen. De man glimlachte intimiderend naar Porter.

'Hallo, John,' zei Ronald Soames.

Even staarde Porter zijn voormalige baas alleen maar aan. Soames zag er nauwelijks ouder uit sinds Porter hem voor het laatst had gezien. Zijn haar was iets grijzer en dunner en zijn wangen waren iets zachter, maar hij had nog steeds hetzelfde brede lichaam. Dezelfde harde blik in zijn ogen. Porter vond hem op een rugbytrainer op school lijken. Of op een net gepensioneerde bankdirecteur. Hij droeg een donker overhemd met korte mouwen, een beige broek en perfect gepoetste Timberlands. Het Blancpainhorloge om zijn pols had waarschijnlijk meer gekost dan Porter in een jaar verdiende.

'Ik moet toegeven dat dit wel enigszins een verrassing is,' zei Soames met een stem die zo glad was als een biljartlaken. 'Jij bent wel de laatste persoon die ik had verwacht hier tegen het lijf te lopen.'

Soames dwong zichzelf te glimlachen en probeerde te ontspannen, maar zijn ogen verraadden hem. Ze schoten heen en weer, alsof hij wilde zien hoe hij weg kon komen uit de kamer. Porter vond hem nerveus overkomen. Gespannen, ongemakkelijk. Alsof hij een overhemd droeg dat hem rond de nek te klein was.

Tully deed een stap naar voren en ging tussen Porter en Soames in staan. Als een lijfwacht die zijn cliënt beschermt tegen een boze menigte. Soames wuifde hem weg. 'Het is in orde, Bob. Ik kan dit zelf wel regelen.'

Tully knikte maar bleef met strakke blik naar Porter en Bald kijken, klaar om in te grijpen als een van hen een verkeerde beweging maakte. Soames wendde zich tot Porter en rechtte zijn rug. Zijn glimlach was verdwenen.

'Five heeft je gestuurd, hè? Het verbaast me dat ze je werk hebben gegeven, gezien je verleden. Ze moeten tegenwoordig echt met de handen in het haar zitten in Whitehall.'

Porter klemde zijn kaken op elkaar. Toen zei hij: 'We zijn hier om je te beschermen. We hebben opdracht je onmiddellijk het land uit begeleiden.'

Soames glimlachte opnieuw en schudde zijn hoofd. 'Dat is heel attent van mijn vrienden in Thames House. Maar je kunt tegen ze zeggen dat ik geen bescherming nodig heb. Het is hier veilig genoeg.'

'Het is geen vriendelijk verzoek,' zei Porter. 'Je komt met ons mee, zonder mitsen of maren.'

Soames negeerde hem en richtte zijn aandacht op Bald. Hij kneep zijn ogen samen en zei: 'Jock Bald, nietwaar? Ik heb nooit eerder het genoegen gehad je te ontmoeten. Ik heb natuurlijk wel veel over je gehoord. Jij bent degene die een paar jaar geleden dat diplomatieke incident in Belfast heeft veroorzaakt, toch?'

'Aye,' zei Bald. 'Dat ben ik.'

Soames knikte ernstig. Iedereen in Hereford kende het verhaal. Bald was de Ierse grens overgestoken, had een ontvoerde MI5-agent opgespoord en verscheidene kopstukken van de beruchte Nutting Squad van de IRA gedood. Zijn moedige optreden leidde bijna tot een enorm conflict tussen de Britse en Ierse regering, maar hij verdiende er in één klap het respect van de andere jongens van het Regiment mee. Zelfs Porter was onder de indruk geweest toen hij ervan hoorde.

'Daar had je ballen voor nodig, en grote ook,' zei Soames. 'En nu ben je kennelijk gedegradeerd tot babysitter. Wat een verspilling van talent.'

Bald zei niets. Porter keek Soames kwaad aan. 'Waarom verstopte je je in die andere kamer?'

'Ik dacht dat jullie misschien iemand anders waren.'

'Russen?'

Soames hield zijn hoofd een beetje schuin en keek Porter aan. 'Dus daar weet je van.'

'We weten het ook van Viktor Agron. We hebben zijn lijk in dat krot van je gevonden. We hebben jouw teringzooi moeten opruimen.'

'Ja,' antwoordde Soames handenwringend. 'Jammer dat ik hem moest doden. Viktors vrienden arriveerden net toen ik wilde vertrekken. Toen kwamen de rebellen de stad in en moest ik een plek vinden waar ik me even gedeisd kon houden tot de opstand doodbloedde. Dus heb ik Tully opgehaald bij zijn, eh, vriendin, en kwam ik hiernaartoe.'

'Maar in de hotelcomputer stond je geregistreerd in deze kamer,' zei Porter. 'Niet die hiernaast.'

Soames knikte. 'Het leek me beter als Tully onder mijn naam in deze kamer verbleef en ik in die hiernaast onder de naam van een zakenman hier uit Freetown, een kennis van me. Ik wilde geen risico nemen.'

Wat een geslepen klootzak is het toch, dacht Porter. Die gast heeft Bob Tully zover gekregen om zijn kamer te nemen, zodat hij gewaarschuwd zou worden als iemand hem kwam zoeken.

'Dus daarom zijn jullie echt hier?' vroeg Soames terwijl hij de twee Blades behoedzaam aankeek. 'Om mij te arresteren?'

'Dat kunnen jullie niet doen,' protesteerde Tully. 'Niet zonder aanhoudingsbevel.'

'Zo zit het niet,' zei Bald. 'Je moet er niet te veel achter zoeken. Je zit in een lastig parket en wij zijn hiernaartoe gestuurd om je daar uit te halen. Meer is het niet.'

Porter vond Balds toon verrassend rustig en gelijkmatig. Alsof hij een zekere mate van respect voor Soames had. Alsof hij de kerel niet tegen zich in het harnas wilde jagen.

'Het is vergeefse moeite,' antwoordde Soames kortaf. 'Ik ga nergens heen.'

Porter deed een stap naar zijn voormalige baas toe. Tully stapte ook naar voren. Ze leken wel schaakstukken die werden gezet.

'We geven je de keus niet,' zei Porter. 'Je komt met ons mee. Nou, ga je koffers pakken, godverdomme. We hebben niet veel tijd.'

'Je begrijpt het niet. Ik kan niet weg. Niet nu. Mijn zakelijke belangen liggen in Sierra Leone. Ik ben een van de naaste adviseurs van president Fofana, en vooral ook een van zijn belangrijkste financiers. Hij heeft me nodig als hij terugkeert uit ballingschap. Het is van cruciaal belang dat ik hier blijf.'

Porter wees naar het balkon. In de verte klonk het geluid van geweervuur. 'Je kunt niet blijven. Misschien is het je ontgaan, maar het hele land gaat naar de tyfus. We moeten hier weg nu het nog kan.'

Soames glimlachte neerbuigend. 'Wat ben je toch een arrogante eikel, Porter. Ik zit hier lang genoeg om te weten hoe het werkt. Dit is niet de eerste keer dat de rebellen proberen de regering omver te werpen, en ik zal je eerlijk zeggen dat het ook niet de laatste keer zal zijn. Maar het lukt ze nooit. Over een paar dagen zullen onze jongens de rebellen samen met de Amerikanen het land uitschoppen en komt Fofana terugvliegen uit Guinee. De waarheid is dat er simpelweg veel te veel op het spel staat voor de Britse regering om Fofana's regering te laten vallen.'

'Bedoel je het diamantveld in Kono?'

Soames aarzelde even en knikte toen. 'Ons lot is onlosmakelijk verbonden met dat van president Fofana. Als zijn regering valt, komen onze belangen onder druk te staan. Ik kan veel beter hier blijven en wachten tot dit allemaal is overgewaaid.'

Hij sloeg zijn armen over elkaar voor zijn brede borst en staarde de twee Blades uitdagend aan. Na een korte stilte zei Porter: 'Je hebt vijf minuten om je tas te pakken. Dan gaan we. We pakken de eerstvolgende vlucht vanaf Lungi. Je ticket hebben we al, alles is geregeld.'

Soames keek Porter aan alsof hij kwaad was. 'Wou je naar het vliegveld rijden? Terwijl honderden rebellen de straten onveilig maken? Dat kun je niet menen. Dat is zelfmoord.'

'We kunnen niet anders,' zei Bald. 'Wij zijn alleen maar de boodschappers. Als je een klacht hebt, moet je bij de lui in Thames House zijn. Niet bij ons.'

Porter fronste een wenkbrauw, van zijn stuk gebracht door de vriendelijke toon waarop Bald sprak. Ik weet wel wat hier gebeurt, dacht hij. Bald probeert op goede voet te blijven met Soames, voor het geval die hem later een contract aanbiedt. Niet voor de eerste keer sinds ze met elkaar samenwerkten vroeg Porter zich af of hij Bald wel echt kon vertrouwen. Hij keek weer naar Soames.

'Kom op. We verdoen onze tijd.' Hij gaf een knikje naar Tully. 'Als ik jou was zou ik ook maar overwegen om mijn biezen te pakken, Bob.'

'Onzin!' snauwde Soames. 'Luister, ik woon al lang genoeg in dit land. Ik weet hoe het hier werkt. En ik zeg je, veiliger dan hier is het nergens.' Hij maakte een handgebaar naar het raam. 'Dit hotel wordt bewaakt door vijftig ECOMOG-soldaten. Nog eens honderd Nigerianen zijn gestationeerd op de Aberdeen Road Bridge, van en naar het stadscentrum. Zij zullen ons beschermen tot onze Amerikaanse vrienden de rebellen hebben verjaagd.'

Tully knikte instemmend. 'Ronald heeft gelijk. Het is een gekkenhuis daarbuiten. We hebben gehoord dat er al regeringssoldaten meedoen aan de plunderingen. Die rebellen storten zich op ons zodra we één voet buiten het hotel zetten. We kunnen beter hier blijven.'

Bald stak gefrustreerd zijn armen in de lucht. 'Hoelang denk je dat die zwartjes het uithouden wanneer het ze te heet onder de voeten wordt? Die lui hijsen de witte vlag zodra de rebellen het hotel onder vuur nemen.'

'Onze beslissing is definitief,' zei Soames. 'We blijven in Freetown.'

Er knapte iets bij Porter. Hij draaide zich met op elkaar geklemde kaken om naar zijn voormalige baas. 'Ik vraag het je niet nog eens. Je komt met ons mee en stapt op dat vliegtuig, of jij en ik hebben een gigantisch probleem.'

Soames staarde hem ijzig aan. 'Vergeet niet tegen wie je het hebt, Porter.' Hij gaf geen duimbreed toe. Porter had ontzettend veel zin zijn ex-baas een ram in zijn maag te verkopen. Zijn hartslag versnelde van woede terwijl de herinneringen weer bovenkwamen. Aan de manier waarop Soames zijn carrière bij het Regiment kapot had gemaakt na de operatie in Beiroet. Hij herinnerde zich dat de andere jongens na de debriefing anders naar hem waren gaan kijken, hem in de kroeg begonnen te ontwijken en in het wachthuis in Hereford hun blik afwendden. Ze wisten allemaal hoe de vork in de steel zat. Porter was aangeschoten wild. Toen Soames zijn reputatie kapot had gemaakt, wilde niemand meer iets met hem te maken hebben. Iedereen die nog met hem omging, liep het risico in de B-stroom terecht te komen.

Die klootzak heeft mijn leven kapotgemaakt. Ik heb geen vijfduizend kilometer gereisd om zijn gelul aan te horen.

Een gespannen stilte werd verbroken door een hard trillend geluid. Porter haalde zijn satelliettelefoon uit zijn zak en zag het schermpje branden. Hij werd gebeld door een Brits nummer. Hij trok de langwerpige antenne uit, drukte op de groene knop en hield de telefoon tegen zijn oor.

Hawkridge. 'Je hebt de telefoon aan laten staan, merk ik.' Hij was nauwelijks verstaanbaar met al het harde geruis. Het leek wel of hij in een tunnel zat. 'Goddank. Luister, waar ben je nu?'

Porter draaide zijn rug naar Soames toe en liep naar de balkondeur om een betere ontvangst te krijgen. 'In het Ambassadors Hotel. We hebben Soames gevonden. Hij zit hier met een van de jongens van zijn militaire bedrijf.'

'Wie?'

'Bob Tully. We kennen hem. Hij zat vroeger bij het Regiment. Bob zat in een hotelkamer met een of ander hoertje toen Soames contact met hem opnam. Hij houdt zich hier al een paar dagen schuil.'

'Goed werk.' Er viel een lange stilte. Toen schraapte Hawkridge zijn keel en zei: 'Helaas hebben we een probleem.'

'Laat me raden. Je viagra is op.'

'Het is ernstig. Er hebben zich de afgelopen paar uur bepaalde ontwikkelingen voorgedaan.'

'Wat voor ontwikkelingen?'

'Slechte. De rebellen hebben Lungi Airport veroverd. Alle regeringsgezinden moeten het gebied verlaten. Alle vluchten zijn tot nader order uitgesteld.'

Shit.

'Dus we kunnen niet meer weg?' vroeg Porter.

'Niet tot we het vliegveld heroverd hebben, nee.'

'Hoelang gaat dat duren?'

'Een paar dagen. Mensen van 1 Para zijn zich aan het mobiliseren, maar ze zijn op dit moment bezig met een oefening in Dakar. In het gunstigste geval kunnen ze ergens in de komende achtenveertig uur met een operatie beginnen.'

Porter voelde woede opwellen terwijl hij luisterde. In de verte klonk overal in de stad het geluid van vuurgevechten. Hij zag dat de mensenmassa onder het balkon onrustiger werd. De Nigerianen werden massaal uitgescholden. Steeds meer rebellen reden in gestolen VN-pickups door de hoofdstraat. Een paar Nigeriaanse soldaten balden hun vuist naar ze om duidelijk te maken dat ze niet bang waren, maar de meeste zagen er net zo zenuwachtig uit als de burgers. Porter drukte zijn vinger tegen zijn linkeroor en probeerde zich af te sluiten voor het lawaai buiten.

'Als het vliegveld platligt, hoe komen we dan godverdomme het land uit?'

'Niet,' antwoordde Hawkridge op scherpe toon. 'De enige andere optie is om naar het noorden te rijden en naar Guinee te gaan, maar die route is lang en gevaarlijk en vergeven van de rebellencheckpoints. Dat risico kunnen we niet nemen, tenzij het absoluut noodzakelijk is.'

'Wat is het plan dan?'

'Blijf waar je bent. We mobiliseren medestanders om samen met de Amerikanen een evacuatieplan op poten te zetten. Een van hun vliegdekschepen was toevallig op de terugweg van een patrouille bij de kust van Gabon toen de rebellencoup begon. De USS Lauderdale. Het plan is om een paar Sea Stallions bij het hotel te laten landen en mensen zo snel mogelijk over te brengen naar de Lauderdale.'

'Hoelang duurt het voordat die hier zijn?'

'Ze zijn er op z'n vroegst morgen,' zei Hawkridge. 'We wachten nog op bevestiging. Je zult begrijpen dat de situatie in Sierra Leone extreem instabiel is.'

Porter schudde zijn hoofd. 'De situatie kan me geen reet schelen. Je luistert niet. De rebellen hebben het hotel al op het oog. Ik zeg je dat ze zich al voorbereiden op een aanval. Als dat gebeurt, zijn we de lul.'

Er kwam zo lang geen antwoord dat Porter even dacht dat de verbinding was verbroken. Toen hoorde hij Hawkridge weer.

'Ik begrijp je zorgen. Ik verzeker je dat we de situatie op de voet blijven volgen. Als zich een probleem voordoet bij de evacuatie, zul je Soames over land Sierra Leone uit moet krijgen. Maar dat doen we alleen als het echt niet anders kan. Je orders zijn om Soames koste wat kost beschermen. Is dat duidelijk?'

'Ja hoor,' antwoordde Porter.

Ik zal ervoor zorgen dat Soames niets overkomt, dacht hij. Ik zal de bevelen opvolgen. *Maar als het ergste gebeurt, ga ik geen kogel voor die lul opvangen.*

Hawkridge zei: 'Ik neem contact op zodra we meer weten over de evacuatie. Blijf tot die tijd waar je bent en verlies Soames niet uit het oog. Als hem iets overkomt, zijn we allebei de sjaak. Laat het zover niet komen.'

12

08.49 uur

Peinzend bleef Porter op het balkon staan, terwijl de warme wind over zijn gezicht blies. Hij schermde het scherm van de telefoon af tegen het zonlicht om het batterij-icoontje te controleren. Drie streepjes. Dat betekende dat de telefoon nog voor een uur of acht stroom had. *Ik zit vast in een hotel in de vreselijkste stad ter wereld, omsingeld door psychopathische rebellen, zonder wapens en met alleen een satelliettelefoon die het nog maar even doet.* Hij stopte het toestel weg en liep de kamer weer in.

Soames stond op en keek hem aan. 'En? Wat is er aan de hand?'

Porter vertelde iedereen het slechte nieuws. Toen hij was uitgesproken sloeg Soames zijn armen over elkaar en glimlachte triomfantelijk.

'Zei ik het niet? Het is te gevaarlijk om te vertrekken. Zelfs je bazen zijn het met me eens. Misschien moet je de volgende keer gewoon naar me luisteren als ik advies geef.'

Porter voelde dat de spieren in zijn nek zich spanden en keek de voormalige officier dreigend aan. Nu moet ik nog eens vierentwintig uur met die zelfingenomen klootzak in een hotel zitten. *Nog een volle dag deze shit verdragen.*

‘Wat gebeurt er nu?’ vroeg Tannon.

‘Het belangrijkste is dat we het hotel beveiligen,’ zei Porter. Er begon zich al een plan te vormen in zijn hoofd. Hij gaf Tannon een knikje. ‘Je staat op goede voet met de hotelmanager?’

‘Ja.’

‘Laten we even met hem gaan kletsen.’

‘Nu?’

Porter knikte.

‘Ik ga mee,’ zei Tully, terwijl hij even naar Soames keek. ‘Het begint uit de hand te lopen buiten. Je zult alle hulp nodig hebben die je maar kunt krijgen.’

Daar dacht Porter even over na. Toen knikte hij. ‘Prima.’

De hoer trok een pruillip. ‘En ik dan?’

Tully grijnsde naar haar ‘Jij blijft hier, schatje.’ Hij streek over haar gezwollen wang. ‘Je kunt maar beter hier zijn als ik terugkom. Anders word ik echt pissig. En je wilt me niet pissig hebben, of wel soms?’

De hoer boog gehoorzaam haar hoofd. ‘Nee,’ zei ze zacht.

‘Wat nee?’

‘Nee, meester.’

‘Dat lijkt er meer op.’ Tully ging met zijn vingers over een van de blauwe plekken in haar nek, zodat de vrouw in elkaar kromp van de pijn. Hij draaide zijn rug naar haar toe en gaf Porter en Bald een knikje. ‘Oké jongens, laten we gaan.’

‘Wat zal ik doen?’ vroeg Soames.

‘Jij kunt hier blijven om deze dame gezelschap te houden. Houd de deur op slot en blijf in godsnaam uit de buurt van het raam.’

Hij wendde zich af voor Soames antwoord kon geven en liep met grote passen de kamer uit, met Tannon, Bald en Tully achter zich aan. Snel liepen ze achter elkaar de trap naar de begane grond af. In de lobby leek het zo mogelijk nog drukker te zijn. Porter schatte dat er minstens zevenhonderd mensen op elkaar waren gepakt. Samen met de gasten die op hun kamer zaten bevonden zich waarschijnlijk een kleine duizend burgers in het hotel. Door de hoofdingang kwam een gestage stroom wanhopige en bange expats die hun toevlucht zochten tot het hotel. Velen van hen hadden nauwelijks of geen bagage bij zich. Mannen en vrouwen lieten zich uitgeput tegen de muur zakken, doorweekt van het zweet. Sommigen zagen eruit alsof ze elk moment van hun stokje konden gaan in de verstikkende hitte. Ontwikkelingswerkers haastten zich naar degenen die er het slechtst aan toe waren en deelden flesjes water uit.

Met bonzend hart volgde Porter Tannon door de mensenmassa naar een deur aan de zijkant van de receptie. Grimmig realiseerde hij zich dat de situatie in het hotel kritiek begon te worden. Hij keek over zijn schouder naar de voorkant van het hotel, waar de Nigerianen nogal altijd een kordon vormden aan het einde van de toegangsweg. Ze zagen er geagiteerd uit, en elke keer wanneer de rebellen langsscheurden in hun pick-ups reageerden ze nerveus. Porter wist dat het slechts een kwestie van tijd was voordat de soldaten hun post verlieten en het hotel in vluchtten.

Tannon duwde de deur van het kantoor van de manager open en liep naar binnen. Het was er rommelig. Er stond een eenvoudig metalen bureau naast het raam en aan de muren hingen een paar getuigschriften. In de hoek stond een ventilator luidruchtig te snorren. Achter het bureau zat een grote man die een wit overhemd met korte mouwen droeg en een Cisco-telefoon onder zijn kin hield. Hij stopte met bellen en stond op om Tannon te begroeten. De drie mannen naast haar gaf hij een knikje. Porter schatte hem ergens in de vijftig. Hij had dun grijzend haar, diepe rimpels in zijn gezicht en zweetplekken onder zijn oksels zo groot als China.

'Jim, ik wil je voorstellen aan een paar vrienden van me,' zei Tannon. Ze gebaarde naar de drie mannen uit Hereford en stelde ze kort voor. 'Jim Crowder is de manager van dit hotel,' zei ze.

'Dus jullie kennen Dominique,' zei hij. Hij praatte lijzig en een beetje zangerig en sprak alle woorden langgerekt uit. Een Amerikaan, dacht Porter, maar niet afkomstig van een van de kusten. Eerder uit het Zuiden of de Mid-West. 'Wat kan ik voor jullie betekenen? Ik ben bang dat we geen kamers meer beschikbaar hebben, als het jullie daar om gaat. Het is wat hectisch hier op het moment.'

'We hoeven geen kamer,' zei Porter. 'We zijn hier om te helpen bij de verdediging van het hotel.'

Crowder leunde naar achteren in zijn stoel en bekeek Bald en Porter aandachtig. 'Dat is echt heel aardig van jullie. Maar we hebben alle hulp die we ons maar kunnen wensen.'

Porter deed een nieuwe poging. 'Luister, vriend. Wij hebben alle drie in het Britse leger gediend. Geloof ons, dat zooitje buiten valt ons vroeg of laat aan. We moeten het hotel afgrendelen voor het te laat is.'

'We hebben al voorzorgsmaatregelen genomen. De Nigerianen buiten zullen ons verdedigen.'

'Nee,' zei Bald. 'Dat zullen ze niet.'

Er verscheen een diepe frons op Crowders voorhoofd. 'Waarom denk je dat?'

'Dit hotel wordt bewaakt door vijftig soldaten. Er lopen tien keer zoveel rebellen door de straten, als het er niet meer zijn. Zodra die de rest van de stad hebben kaalgeplukt, zullen ze proberen de boel hier leeg te plunderen. De Nigerianen zullen ze niet kunnen tegenhouden.'

'Dat zeg jij. Maar zij zeggen iets anders. Ik had net hun kolonel aan de lijn. Hij heeft me zijn woord gegeven dat zijn manschappen ons bij een aanval zullen beschermen.'

De manager zette zijn hakken in het zand. Porter zag wel in dat ze zo niets opschoten. De beroepseer van die man stond op het spel. Zijn hotel zat tjokvol gasten, en nu kwamen drie onbekenden hem vertellen dat hij een ernstige inschattingsfout maakte.

'Zelfs als dat zo is,' zei Porter, 'denkt u dan niet dat we op het ergste voorbereid moeten zijn?'

Crowder leek niet overtuigd. Hij spreidde zijn dikke vingers op het bureaublad. 'Denk je echt dat we gevaar lopen?'

Bald knikte. 'We hebben dergelijke situaties al eerder meegemaakt. Dit is ons werk. En we zeggen u dat we nú moeten handelen als we kans willen maken ons de rebellen van het lijf te houden. Het enige alternatief is dat we rustig afwachten tot ze ons in stukken komen hakken.'

'We moeten echt naar ze luisteren, Jim,' kwam Tannon tussenbeide. 'Ze weten waar ze het over hebben.'

Crowder keek haar aan. 'Vertrouw jij ze?'

'Ja.'

Crowder nam uitgebreid de tijd om alles te verwerken. Hij leek wel een koe met vijf magen. Toen stak hij zijn zweterige handen in de lucht. 'Oké, zeg het maar,' zei hij. 'Wat stellen jullie voor?'

Porter had het plan voor zichzelf al uitgewerkt en sprak de manager toe op een kalme toon die gezag uitstraalde. 'Onze eerste prioriteit is om de begane grond leeg te maken. De hoofdingang is het meest voor de hand liggende doelwit. Als de rebellen daar doorbreken, vormt iedereen in de lobby een doelwit. Hetzelfde geldt voor de eerste verdieping.'

'Waar moeten al die mensen in godsnaam heen?' vroeg Crowder. De frons op zijn voorhoofd werd dieper.

'Naar de hogergelegen verdiepingen. Daar is het het veiligst in geval van een aanval.'

'Dat is nog niet zo eenvoudig. Er bevinden zich een kleine duizend gasten in het hotel, en er komen voortdurend meer mensen binnen. Sommigen hebben zich dagenlang verstopt in hun kelder. Ze zijn doodsbang. Ik kan die mensen niet wegsturen.'

'Hoeveel kamers heeft het hotel?' vroeg Porter.

'Honderdtachtig. Plus nog twaalf suites op de bovenste verdieping.'

'Dat komt neer op zo'n vijf mensen per kamer. Zes, als we de kamers op de onderste verdieping niet meerekenen. Dat betekent dat iedereen moet inschikken. Gezinnen hebben prioriteit. Zij krijgen samen een kamer. Echtparen en koppels ook. Iedereen zal een ruimte met onbekenden moeten delen. Ze moeten te allen tijde op hun kamer blijven en roosters maken voor het schoonhouden van de badkamer. Het zal ongemakkelijk zijn, maar het is de beste manier om ervoor te zorgen dat niemand iets overkomt als het erom gaat spannen.'

Crowder keek moeilijk en kronkelde heen en weer in zijn stoel, alsof hij aambeien had. 'Sommige gasten zullen helemaal niet blij zijn. Er zitten mensen op de bovenste verdieping die hiernaartoe zijn gekomen voor een beetje ontspanning, als je begrijpt wat ik bedoel. Zakenmannen, hoofdzakelijk Europeanen. Die zullen de verstoring niet kunnen waarderen.'

'Rot voor ze,' zei Bald. 'Maar het kan niet anders. We moeten er zo snel mogelijk voor zorgen dat iedereen veilig is. Als de rebellen het hotel onder vuur gaan nemen, loopt iedereen op de onderste verdiepingen gevaar.'

'Ik zal zien wat ik kan doen.'

Porter knikte. 'Als je iedereen maar duidelijk maakt dat ze uit de buurt van de ramen moeten blijven. Laat iedereen de matrassen van hun bedden halen en die tegen hun raam plaatsen. We moeten dit hotel ombouwen tot een fort.'

'Waar moeten mensen slapen?' vroeg Tannon.

'Op de grond. Dat is het veiligst.'

Crowder knikte. 'Ik zal mijn personeel inlichten en het laten doorgeven aan de gasten.'

'Mooi,' antwoordde Porter. Toen schoot hem nog iets anders te binnen. 'Hoeveel mensen kunnen er met een beetje passen en meten in het restaurant?'

De manager streek langs zijn kin. 'Tweehonderd. Als het echt moet tweehonderdvijftig. Hoezo?'

'We zullen moeten werken met een eetrooster. Een uur per groep.

Zodra ze hun maaltijd ophebben, moeten ze terug naar hun kamer. Zorg ervoor dat iedereen begrijpt hoe het werkt.'

Crowder klakte met zijn tong. 'Het zal lastig worden om iedereen van eten te voorzien. De voorraden beginnen op te raken. De rebellen hebben de route naar de opslagplaats aan de andere kant van de stad afgesloten. We kunnen niks aanvullen.'

'Dan gaan we water uitdelen en al het eten dat niet kan bederven. Wij hebben begrepen dat het een dag of twee kan duren voordat er hulp komt.'

Tannon zei: 'Er is nog een ander probleem. We moeten mensen informeren. Heel veel gasten maken zich grote zorgen. Als we ze niets vertellen, wordt dat alleen maar erger.'

Porter dacht daar even over na en knikte toen. 'We houden twee keer per dag een briefing. Een na het ontbijt en dan nog een na het avondeten. Op die manier kunnen we iedereen op de hoogte houden van de evacuaties en kunnen de gasten vragen stellen en hun gal spuwen. Het belangrijkste is dat we iedereen ervan verzekeren dat er hulp onderweg is en dat absoluut niemand het hotel mag verlaten. Wie dat wel doet, wordt te grazen genomen door de rebellen.'

Crowder zei: 'Nog meer?'

We zullen alle in- en uitgangen van het hotel moeten barricaderen. Elke ingang die de rebellen kunnen gebruiken om ongemerkt binnen te komen moet afgesloten worden.'

Crowder schrok duidelijk. 'Is dat echt nodig?'

Bald knikte. 'De Nigerianen schermen de hoofdingang af. Voorlopig tenminste. Maar dat betekent dat de rest van het gebouw onbewaakt is.'

'Denken jullie dat de rebellen naar de achterkant zouden kunnen sluipen?'

'Die kans is niet zo groot. Maar we moeten alles afgrendelen, voor het geval dat.'

'We hebben ook vrijwilligers nodig. Zes per verdieping. Zij moeten de kamerindeling voor hun rekening nemen en ervoor zorgen dat iedereen zijn eigen bagage krijgt.'

'Dat zou geen probleem moeten zijn,' zei Tannon. 'Er zijn heel veel ontwikkelingswerkers die willen helpen.'

'Wat doen we met Soames?' vroeg Bald. 'We kunnen hem niet gewoon maar in zijn kamer laten.'

'Waarom niet?' vroeg Tannon.

Porter zei: 'Jock heeft gelijk. Hij zou kunnen proberen te ontsnappen. Hij staat niet bepaald te springen om Sierra Leone te verlaten. Hij moet naar een plek waar hij veilig is en niet kan ontsnappen. Een plek waar we hem in de gaten kunnen houden.'

Crowder zei: 'Op de tweede verdieping zit een opslagruimte van de conciërge. Geen ramen, versterkte betonnen muren, een stevig slot op de deur. Jullie vriend kan daarnaartoe.'

Porter knikte. 'We zullen hem verplaatsen.'

'Hoeveel tijd hebben we?' vroeg Tannon. Porter zag iets van bezorgdheid in haar lichtgroene ogen. 'Tot de rebellen aanvallen?'

Porter dacht even na. 'Niet veel. Als er een aanval komt, gebeurt dat vlak voordat het licht wordt. Dat zou ik doen als ik hen was. Eerst mijn strijdkrachten versterken en vervolgens aanvallen bij zonsopgang, wanneer iedereen nog diep in slaap is. Op dit moment versterken ze zich alleen nog maar. Ze zullen pas een poging wagen als ze er genoeg manschappen voor hebben.'

Tannons bezorgdheid nam toe. 'Hoelang tot het zover is?'

'Dat weet ik niet,' zei Porter.

Tannon beet op lip, haalde diep adem en knikte. Ze begon steeds banger te kijken.

'Wat weerhoudt ze ervan om 's nachts aan te vallen?' vroeg Crowder.

''s Nachts zuipen ze zich helemaal klem.'

‘Dat zeg jij.’

‘Het is niet de Delta Force,’ zei Bald. ‘We hebben die gasten op straat gezien. Ze kunnen totaal niet schieten en zijn heel slecht getraind. Geloof me, als er een aanval komt, zal die niet heel geraffineerd zijn. Ze zullen ons vol aanvallen met alles wat ze hebben.’

‘En wat doen we dan?’ vroeg Tannon onzeker.

Porter keek haar aan. ‘Heb je een satelliettelefoon?’

Ze knikte. ‘Al het hogere personeel heeft er een.’

‘Bel iedereen die je nog iets schuldig is en laat ze achter de schermen druk uitoefenen. Laat al het andere ambassadepersoneel in het hotel hetzelfde doen. Iedereen moet begrijpen dat de evacuatie van de hotelgasten de allerhoogste prioriteit heeft. Want als we nog binnen zijn als de rebellen doorbreken, zijn we echt ontzettend de lul.’

13

09.28 uur

Toen ze klaar waren met het gesprek ging Porter met Bald, Tully en Tannon terug naar de lobby. Terwijl Crowder zijn staf ging inlichten, begonnen de anderen zich een weg door de mensenmassa te werken om vrijwilligers te werven. Iedereen was vol van de toenemende dreiging van de rebellen, en binnen een paar minuten hadden ze dertig mensen gevonden die bereid waren te helpen.

Terwijl ze bezig waren kreeg Porter de vijf mannen in het oog die hij eerder op de trap tegen het lijf was gelopen. Ze hingen rond in de verste hoek van de lobby en deden hun best er zo nonchalant mogelijk uit te zien. Met hun handen in hun zakken lieten ze hun blik over de zee van gezichten gaan. Alsof ze een vriend zochten. De man met het stomme sikje tegen wie Porter was opgebotst stond iets apart van zijn maten. Hij was aan het bellen met een logge mobiele telefoon. Aan zijn lichaamstaal te zien was hij in een verhitte discussie verwikkeld met de persoon aan de andere kant van de lijn.

Tannon keek voortdurend over haar schouder naar de hotelingang terwijl Bald en Tully de grote groep vrijwilligers verzamelden. Porter zag dat ze nerveus met haar rechtervoet op de marmeren tegels tikte.

'Gaat het, schat?'

Ze knikte. Snel. 'Komt goed. Ik hoop alleen... nou ja, dat je je vergist.'

'Over de Nigerianen?'

Tannon knikte weer.

'Ik ook,' zei Porter.

Even later kwam Crowder terug met een stuk of twaalf hotelmedewerkers in zijn kielzog. Hij ging iedereen voor naar het restaurant, dat aan de achterkant van het hotel lag. Porter, Tully en Tannon liepen achter hen aan. Twee personeelsleden schoven eettafels aan de kant zodat iedereen bij elkaar kon staan. Toen gaf Crowder Porter het woord. Die probeerde zo diplomatiek mogelijk te klinken terwijl hij de situatie uitlegde.

'Hulp is onderweg. Er is een evacuatieplan van kracht, maar we moeten ervoor zorgen dat de gasten veilig zijn en dat het hotel zo goed mogelijk beveiligd is voor het geval er een aanval komt. Vanaf nu komt er niemand meer het hotel in of uit.'

Een paar medewerkers begonnen te mompelen. Een van hen stak haar hand op, een vrouw van middelbare leeftijd met een zwaar Frans accent. Ze had een badge van Artsen zonder Grenzen om haar nek.

'En de gewonden buiten dan?' vroeg ze. 'Die kunnen we niet gewoon maar op straat laten. Sommige van die mensen hebben medische verzorging nodig, anders gaan ze dood.'

'We kunnen ze niet helpen,' antwoordde Porter. 'Onze prioriteit ligt bij de mensen in het hotel. Dat betekent dat we dat moeten versterken tegen een eventuele aanval.'

Opnieuw stak een vrijwilliger zijn hand op, deze keer een medewerker van het Rode Kruis. 'Als we in gevaar zijn, waarom ontruimen we het hotel dan niet meteen, voordat we worden aangevallen?'

Anderen mompelden instemmend. Bald stapte naar voren en zei: 'Dat is te gevaarlijk. Het wemelt in de straten van de rebellen. We zouden geheid op een vijandelijk checkpoint stuiten voor we iedereen in veiligheid konden brengen. Je kunt maar via één route de stad uitkomen, en die zou ons recht naar de rebellen leiden.'

'Wat willen jullie dan dat we doen?' vroeg de Française terwijl ze haar handen in de lucht stak. Ze zag er wanhopig uit. 'Moeten we maar gewoon afwachten en er het beste van hopen?'

'We verschansen ons in het hotel tot er hulp komt,' antwoordde Porter stellig, om ervoor te zorgen dat iedereen begreep hoe ernstig de situatie was. 'We verschansen ons hiér. Dat moeten jullie duidelijk maken aan alle gasten. Iedereen die van de zenuwen de benen neemt, valt in handen van de rebellen en is er geweest. Begrepen?'

Bijna alle aanwezigen knikten. Porter was tevreden. Zijn woorden hadden geholpen de vrijwilligers zich te laten focussen op de taak die voor hen lag, en aandachtig luisterden ze naar de rest van de briefing, waarin hij gedetailleerd de plannen uiteenzette. Hij verdeelde de vrijwilligers in vijftien paren. Twee daarvan zouden helpen om alle bagage weg te halen uit de lobby en naar een ongebruikte vergaderruimte op de eerste verdieping te brengen. Acht andere vrijwilligers gingen helpen met het leegruimen van de gangen en trappenhuizen op de bovenste verdiepingen, zodat het personeel de gasten makkelijk naar hun nieuwe kamers kon brengen. De resterende twintig vrijwilligers moesten de bovenste verdiepingen versterken door al het meubilair voor de ramen te plaatsen en lang houdbare etenswaren naar boven brengen.

Ook zouden de hotelmedewerkers de gasten naar de kamers op de bovenste vier verdiepingen brengen, terwijl het keukenpersoneel werd gevraagd de voorraden op rantsoen te stellen en voor iedereen maaltijdroosters te maken. Gasten moesten zich elke dag om negen uur 's morgens en vijf uur 's middags melden voor een dagelijkse update door Tannon. Toen hij klaar was nam Porter alles nog een keer door zodat iedereen wist wat hem te doen stond. Vervolgens beëindigde Crowder de bijeenkomst en gingen ze aan het werk.

In de lobby was het een drukte van belang. Hotelmedewerkers begonnen de gasten naar de trap te loodsen en vrijwilligers haastten zich door de lobby, pakten koffers, reistassen en rugzakken en alle andere bagage waarmee de lobby bezaaid lag. Ze zeulden alles omhoog, naar de vergaderruimte op de eerste verdieping. Keukenpersoneel droeg extra tafels en stoelen het restaurant in voor het avondeten. Terwijl de mensen de lobby uitstroomden kwam Crowder op Porter en Bald aflopen, met naast zich een oudere blanke man in een overall met een gereedschapsriem.

'Dit is Fischer,' zei Crowder. 'Hij is onze klusjesman. Hij zal je de in- en uitgangen wijzen.'

'U weet hier de weg?' vroeg Porter.

Fischer knikte. 'Ik werk hier al sinds de opening van het gebouw,' zei hij met een sterk Afrikaans accent. 'Niemand kent dit gebouw beter dan ik, *bru*. Zelfs de mensen die het gebouwd hebben niet.'

Porter knikte en keek naar Tully. 'Jij gaat met Fischer mee. Alle in- en uitgangen moeten worden dichtgetimmerd, met uitzondering van de nooduitgangen. Dienstingangen, goederenontvangst. Sluit ze af met alles wat je maar kunt vinden.'

'En de hoofdingang?' vroeg Fischer.

'Laat die voorlopig nog maar open. De voorkant wordt afgeschermd door de Nigerianen. Maar verder moet alles worden afgesloten.'

'We zullen het regelen,' zei Tully. 'Waar gaan jullie heen?'

'Naar boven. Jock en ik zullen de bovenste verdiepingen verkennen en overal bluspunten inrichten. Op weg hiernaartoe hebben we rebellen met granaatwerpers gezien. Als een van die hufters het hotel daarmee raakt, zou het hele gebouw weleens in vlammen op kunnen gaan.' Tegen Crowder zei hij: 'We hebben bij elk bluspunt brandblussers nodig. We zullen je een lijst geven zodra we overal zijn geweest.

Je mensen moeten badkuipen en wastafels in de badkamers laten vollopen. Als het water wordt afgesloten, moeten we drinkwater in het hotel hebben.'

'Goed,' zei Crowder. 'Ik ga het meteen regelen.' Hij draaide zich om en ging terug naar de receptie. Tully liep achter de klusjesman aan de lobby door. Toen Porter zich omdraaide om naar de trap te lopen, hoorde hij bij de hoofdingang mensen ruziemaken. Toen hij omkeek, zag hij dat een van de vrijwilligers het aan de stok had met drie mannen met donker haar die alle drie een opzichtig gekleurd pak droegen. Afgaand op hun accent en kleren gokte Porter dat het Libanezen waren. Overal waar in Afrika diamanten werden gevonden, trof je een gemeenschap van Libanezen aan die de merchandising rond de handel voor hun rekening namen en de diamanten verkochten aan de grote westerse bedrijven. Porter liep met Bald naar de mannen toe, die maar tegen de vrijwilligster bleven schreeuwen. Toen een van hen de Blades hoorde aankomen, draaide hij zich naar hen toe. Het was een behaarde, ziekelijk zware kerel met een dun snorretje en aan al zijn vingers een opzichtige gouden ring. Hij stonk naar aftershave.

'Wat is hier aan de hand?' vroeg Porter. Hij richtte zich op de vrijwilliger.

'Deze vrouw zegt dat we het hotel niet uit mogen,' zei de Libanees kwaad, terwijl hij met een dikke hand naar de vrijwilligster gebaarde die de ingang blokkeerde.

Porter knikte. 'Dat klopt. Iedereen moet vanaf nu binnen blijven. Het is voor uw eigen veiligheid.'

De Libanees schudde zijn dikke hoofd. 'Dat is onaanvaardbaar! We moeten zaken afhandelen. Hoe moeten we onze winkels beschermen tegen de rebellen als we hier vastzitten?'

'Niemand kan het hotel nog in of uit,' zei Bald. 'Hou nou je bek maar en leg je erbij neer.'

De man keek hem kwaad aan en zijn dikke gezicht was verwrongen van woede. 'Jij hebt het hier niet voor het zeggen.' Zijn ogen schoten naar Porter. 'En jij ook niet. We gaan.'

Hij wilde naar de deur lopen, maar Porter stapte naar voren en sneed hem de pas af. Hij keek de zakenman dreigend aan.

'Weg bij die deur.'

'Je kunt me niet vertellen wat ik moet doen.'

'Als je naar buiten gaat, ben je er geweest. De rebellen zullen je te pakken krijgen voor je ook maar in de buurt van je mooie winkels bent. Ze zullen je martelen op manieren die je je niet eens kunt voorstellen. Tegen de tijd dat die beesten klaar zijn met je, zul je ze smeken om een kogel tussen je ogen schieten.'

Even aarzelde de Libanees. Zijn ogen vernauwden zich en trilden rond de hoeken. Hij leek te besluiten of hij zich moest omdraaien en weglopen of Porter opzij moest duwen. Toen schraapte een van de andere mannen zijn keel en legde een hand op de schouder van de dikzak. Deze man was jonger. Hij droeg een felblauw pak en had een volle baard en borstelige wenkbrauwen.

'Misschien heeft deze man gelijk, oom,' zei hij. 'Misschien is het veiliger om te blijven.'

De trots van de Libanees vereiste dat hij nog een paar seconden bleef staan. Toen snoof hij minachtend naar Bald en Porter, draaide zich om en liep weg, terwijl hij binnensmonds vloekte. Bald keek de mannen na terwijl ze met de rest van de gasten de trap opliepen en uit het zicht verdwenen.

'Laten we hopen dat er verder niemand probeert weg te gaan,' mompelde hij. 'We hebben al genoeg op ons bordje zonder dat de gasten heibel maken.'

Toen de lobby leeg was gingen Porter en Bald aan het werk. Ze gingen alle verdiepingen van het hotel af en controleerden of de nooduitgangen goed dicht zaten en toegankelijk waren. Ook bekeken ze de brandtrappen om er zeker van te zijn dat de vrijwilligers zonder problemen van de ene verdieping naar de andere konden. Terwijl ze bezig waren, gaf Bald op een blok blanco schrijfpapier dat hij bij de receptie had gepakt aan waar op elke verdieping een bluspunt moest komen. Rond het middaguur hadden ze de meeste verdiepingen afgewerkt en terwijl ze de trap naar de bovenste verdieping op gingen, slaakte Porter een zucht van verlichting. Ze hadden een klein beetje orde geschapen in de chaos en ervoor gezorgd dat de aanwezigen in het hotel een reële kans hadden om te overleven.

De veiligheid van Soames interesseert me geen reet, dacht Porter. Maar het is mijn verantwoordelijkheid om duizend mensen hier in leven te houden. Die ga ik niet aan hun lot overlaten. *No way.*

Toen ze op de overloop van de zesde verdieping waren, hoorden ze een doordringende gil. Porter en Bald bleven staan en keken de gang in. Links van hen stond op tien meter afstand een gast voor de deur van een van de luxe suites. Hij maakte ruzie met een van de portiers van het hotel, die het hoteluniform droeg: een wit overhemd met korte mouwen, een donkere broek en glimmende zwarte schoenen.

Hij was misschien wel de grootste kerel die Porter ooit had gezien. Zijn schouders leken wel een paar basketballen die in een zak waren gestopt. Zijn nek was zo breed als een lampenkap. Hij torende boven de gast uit, die Porter ergens in de zestig schatte. Deze man droeg een kakibroek en een gekreukeld linnen overhemd. Zijn linkerhand, die onder de levervlekken zat, had hij om het middel van een broodmagere vrouw geslagen. De vrouw droeg hetzelfde soort kleren als Tully's hoertje en ook zij keek doodsbang. Ze hadden wel tweelingzussen van elkaar kunnen zijn, dacht Porter. De vrouw gilde weer toen de oude man haar dichter naar zich toe trok.

'Meneer, alstublieft,' zei de portier. 'U moet haar loslaten.'

'Hou godverdomme je bek,' snauwde de man.

De portier deed een nieuwe poging. 'Meneer, zoals ik al heb uitgelegd moeten alle gasten hun kamer delen. Opdracht van de baas.'

'Zeg maar tegen je manager dat hij de tering kan krijgen,' zei de man met een hard, schraperig accent. Hij was ongetwijfeld een Duitser. 'Ik deel mijn kamer met niemand. Ik heb voor deze kamer betaald, en ook voor deze hoer. Ze blijft bij mij.'

'Alstublieft...' jammerde de vrouw terwijl ze zich los probeerde te rukken. 'Laat me gaan. U doet me pijn.'

'Hou je bek, hoer!' snauwde de Duitser tegen haar. 'Ga de kamer weer in. Ik vraag het niet nog een keer.'

De vrouw gaf een gilletje toen hij haar de kamer in duwde. De reus keek toe, zijn handen gebald tot vuisten zo groot als bowlingballen. De aderen in zijn nek waren zo groot als kronkelende tuinslangen.

'Meneer, ik kan niet toestaan dat u dit doet.'

De Duitser draaide zich als door een adder gebeten naar hem om en keek hem dreigend aan. 'Wat jij vindt interesseert me geen reet. Als je een probleem hebt, moet je bij je baas zijn. Hij wil vast van je horen hoe je een van zijn belangrijkste gasten hebt behandeld. En nu wegwezen.'

De portier verroerde zich niet en staarde de oude man alleen maar aan. Die staarde terug en glimlachte arrogant. Opeens reikte hij met een hand naar de achterkant van zijn broek en haalde een pistool onder zijn overhemd vandaan. Het was een korte, zwarte Russische PSM met een stalen loop en een lange, gebogen trekkerbeugel. De oude man deed zijn rechterarm omhoog en richtte het pistool tussen de ogen van de portier.

Die stak zijn handen in de lucht en staarde naar het zwarte gat in de loop dat zich een decimeter van zijn gezicht bevond. Het zweet liep over zijn gezicht en zijn handen trilden.

'Alstublieft, meneer,' zei hij. 'Ik smeek u om...'

'Vertel me godverdomme niet wat ik moet doen!'

De oude man spande de trekker. Hij richtte zich volledig op het wapen in zijn hand en op het reusachtige doelwit dat zich voor hem bevond, zodat hij niet merkte dat Bald van achteren op hem afstormde. Op het allerlaatste moment hoorde de Duitser de zware voetstappen op het zachte tapijt en draaide hij weg van de reus om de nieuwe dreiging onder ogen te zien. Bald sprong naar voren voordat de oude man kon reageren en haalde met zijn rechterarm uit naar zijn keel. De Duitser hapte naar adem toen de buitenkant van Balds hand tegen zijn luchtpijp sloeg en de lucht uit zijn longen perste. Hij sloeg van schrik dubbel. Zijn rechterarm viel opzij en het semiautomatische wapen viel uit zijn hand op de grond.

De man probeerde weg te komen maar kwam niet ver. Bald pakte de Duitser bij zijn haar en bracht zijn rechterknie met een snelle beweging omhoog. Er klonk een misselijkmakend gekraak toen Balds knie in het gezicht van de man ramde en zijn neus en meerdere tanden brak. Bald liet hem los. De Duitser liep struikelend naar achteren en legde kreunend zijn hand over zijn gebroken neus. Toen deed Bald een stap naar voren en gaf de kerel zo'n harde uppercut onder zijn kin dat zijn kaak een heel stuk omhoog schoot.

De oude man kreunde weer, viel achterover en kwam naast de reus op de grond terecht. Hij rolde opzij en probeerde het pistool van het tapijt te pakken. Bald schopte het wapen bij hem weg. Om het karwei af te maken trapte hij de man keihard met zijn laars in zijn ballen. De Duitser hapte naar adem, sloeg een hand over zijn kruis terwijl hij met de andere het bloed probeerde te stelpen dat uit zijn neus stroomde.

Bald pakte snel het pistool op, opende de kamer en haalde het magazijn eruit. Er zaten acht 5,45×18mm-patronen in. Hij deed het magazijn weer in de onderkant van de kolf en stopte het pistool achter zijn broeksband. De reus staarde hem perplex en met open mond aan.

'U heeft mijn leven gered, meneer,' zei hij zacht. 'Dank u wel.'

'Het is niks, maat. Die eikel vroeg erom.' Bald rolde de Duitser op zijn buik en draaide zijn armen op zijn rug terwijl hij met zijn rechterknie de ruggengraat omlaag drukte.

'Klootzak!' riep de oude man raspend. 'Ga van me af!'

'Help me even om die zak in bedwang te houden,' riep Bald.

Porter dook de suite in om iets te zoeken waarmee hij de handen van de man kon vastbinden. De hoer lag op het grote bed en wreef over haar pijnlijke polsen. Ze staarde vol afgrijzen naar het schouwspel op de gang. Porter snelde naar het raam, greep het dikke koord dat om de gordijnen hing en rukte het los. Toen liep hij naar het bed en reikte de prostituee zijn hand. Ze staarde hem even aan voordat ze die vastpakte. Porter hielp haar overeind en leidde haar de kamer uit. Hij gaf het koord aan Bald. De oude man kreunde toen zijn polsen zo stevig werden vastgebonden dat de bloedtoevoer bijna werd afgesneden. Toen Bald klaar was trok hij de Duitser overeind en duwde hem naar de reus toe.

'Dump deze lul maar in een van de kamers op de eerste verdieping. Daar kan hij in zijn sop gaarkoken.'

'Deze man... hij wilde me vermoorden.' De portier boog zijn hoofd naar Bald. 'Ik ben u heel dankbaar. Als ik ooit iets terug kan doen...'

Bald maakte een wegwerpgebaar. 'Koop maar een drankje voor me als dit achter de rug is.'

'Noemt u me alstublieft Solomon, meneer.'

'Hier krijg je spijt van,' beet de Duitser Bald toe. 'Jij en dat nikkervriendje van je. Ik heb vrienden bij de politie. Ik zal ervoor zorgen dat ze hiervan horen. Ze zullen jullie laten boeten. Allebei.'

Voordat Bald kon antwoorden, hoorden ze buiten in de verte een paar knallen kort achter elkaar. Porter wisselde een blik met zijn maat. Beide mannen herkenden het geluid onmiddellijk als dat van geweervuur.

Solomon schrok duidelijk. 'Wat was dat?'

‘Niks,’ loog Bald. ‘Waarschijnlijk de terugslag van een motor.’ Hij wees naar de Duitser. ‘Breng hem weg en maak in een van de kamers ruimte vrij voor het hoertje. Nu meteen!’

Solomon draaide zich om en duwde de oude man ruw de gang door, in de richting van de trap. De hoer pakte haar handtas en haastte zich achter hen aan. Toen gingen Porter en Bald de juniorsuite in en renden naar het raam.

Driehonderd meter ten oosten van het hotel zag Porter een aftandse atletiekbaan met aan een van de zijkanten een bouwvallig paviljoen. Een paar honderd meter ten oosten van de baan lag een grote rotonde met in het midden een baobab. De koperkleurige stam van de boom had van die karakteristieke takken die wel iets weghadden van omgekeerde wortels. Achter de rotonde kreeg Porter een groepje gewonde ECOMOG-soldaten in het oog die zich over de weg vanuit de richting van de Aberdeen Road Bridge haastten. Het waren er zeker twaalf. Sommige van de Nigerianen liepen mank of hadden noodverband om hun hoofd of ledematen. In de verte werd weer geschoten. De soldaten verhoogden hun tempo terwijl ze over de rotonde liepen, weg van het geluid van het vuurgevecht en richting de vijftig andere ECOMOG-soldaten bij de toegangsweg. De moed zonk Porter in de schoenen.

‘Het lijkt erop dat de rebellen de brug aanvallen,’ zei hij.

‘Die fuckers komen dichterbij,’ gromde Bald.

‘Hoelang denk je dat de Nigerianen op de brug het volhouden?’

‘Geen idee. Maar welk evacuatieplan Hawkridge en zijn vriendjes ook hebben bedacht, ze kunnen maar beter opschieten. We zullen het niet lang kunnen uithouden als het hier eenmaal losbarst.’

‘Nee.’

‘In elk geval hebben we dit,’ zei Bald, terwijl hij het pistool van de Duitser tevoorschijn haalde.

Porter trok een wenkbrauw op. ‘Wat moeten we daarmee beginnen tegen honderden rebellen?’

Bald schudde zijn hoofd. ‘Hij is niet voor die zwartjes.’

Porter staarde zijn maat vol afgrijzen aan.

‘Mooi dat ik me niet levend laat pakken door die fuckers, vriend.’

Porter keerde zich van het raam af en liep naar de gang.

‘Waar ga je heen?’ vroeg Bald.

‘Soames halen,’ zei Porter. ‘Voordat die bende de deuren door komt stormen.’

14

13.22 uur

Het geweervuur bleef in de verte klinken terwijl Bald en Porter de trap af stoven. Vervolgens liepen ze met grote passen de gang op de tweede verdieping door. Tully was nergens te bekennen. Porter nam aan dat hij nog altijd met Fischer de uitgangen op de begane grond aan het vergrendelen was. Ze kwamen langs een rij van zo'n veertig onrustige en angstige gasten die door de vrijwilligers uit hun kamer waren gehaald en in de richting van de overloop en de veiligheid van de hogergelegen verdiepingen werden geleid. De meeste gasten deden niet moeilijk, maar enkele protesteerden. Ze bonden echter snel in toen ze buiten de schoten hoorden. Het was benauwd en heet in het hotel en Porter voelde zijn overhemd van het zweet aan zijn lijf plakken. Ik zou een moord doen voor een koud pilsje, dacht hij. Jezus, ik kan het bijna proeven. Maar toen concentreerde hij zich weer op zijn missie.

Soames beschermen. De zak die mijn carrière om zeep heeft geholpen.

We hoeven hem nog maar een paar uur uit handen van de Russen te houden, hield Porter zichzelf voor. Zodra de evacuatie achter de rug is, zetten we hem op de eerste de beste helikopter de stad uit en brengen we hem naar huis. Dan zit de klus erop en kan ik weer aan de wodka.

Tenzij de rebellen ons al eerder van kant maken.

Hij haalde de sleutelkaart die hij eerder van Tannon had gekregen door de gleuf van kamer 201. De deur ging met een klik open en Porter liep naar binnen, met Bald achter zich aan. Tully's hoertje zat op de rand van het bed en staarde naargeestig naar haar voeten. Soames ijsbeerde voor het balkon heen en weer en maakte diepe afdrukken in het verkleurde tapijt. Toen de twee Blades binnenkwamen bleef hij staan en keek naar hen op.

'Wat is er buiten allemaal aan de hand?' vroeg hij.

'De rebellen vallen de brug aan,' antwoordde Porter. 'Een paar Nigerianen hebben zich laten terugzakken naar het kordon voor het hotel. We weten niet hoelang de anderen het zullen volhouden.'

Soames leek te schrikken. 'Shit. Zo ver zijn ze nog nooit gekomen.'

'We hebben weinig tijd,' zei Porter. 'Meekomen.'

'Waar breng je me heen?'

'Naar een kamer waar het veiliger is.'

De voormalige commandant kneep zijn ogen toe en keek Porter aan. 'Ergens waar je me in de gaten kunt houden?' vroeg hij spottend.

'Het is voor je eigen bestwil.'

'Ik zit hier prima. Hoe dan ook, ik denk dat het allemaal wel losloopt. De Nigerianen zullen zich niet terugtrekken. Mensen zoals ik zijn te belangrijk om te worden overgeleverd aan rebellen. President Fofana weet dat. De Nigerianen vast ook.'

Glimlachend bleef hij staan waar hij stond. Porter staarde hem aan en voelde woede opborrelen. *Die lul mag dan vriendjes in Whitehall hebben, hij is godverdomme niet langer mijn baas. Hij bepaalt nu niet wat er gebeurt.*

'Ik ga er niet over in discussie,' zei hij. 'Je wisselt van kamer, basta. Nou, hup, lopen. Jock brengt je wel.'

Soames bleef nog even staan. Toen pakte hij zijn jasje en liep binnensmonds mompelend naar de deur. Bald volgde hem de kamer uit. Porter gebaarde naar de hoer. 'Jij ook, schat. Opschieten.'

De vrouw bleef even naar de deur kijken, wachtend tot ze ervan overtuigd was dat Soames en Bald buiten gehoorsafstand waren. Toen liep ze om het bed heen en kwam voor Porter staan. Heel even dacht hij dat ze hem probeerde te verleiden. Ze zit natuurlijk dringend om inkomsten verlegen, dacht hij. Toen keek hij haar in de ogen, en wat hij daar zag was angst.

'Alstublieft,' zei ze. 'Ik moet weg. Ik kan hier niet blijven.'

Porter schudde zijn hoofd. 'Niemand mag het hotel in of uit tot de rebellen zijn verdwenen.'

De hoer deed een stap dichter naar Porter toe. Hij zag dat haar onderlip bloedde en trilde. 'U moet me helpen,' zei ze. 'U moet hem bij me uit de buurt houden.'

'Over wie heb je het?'

'Mister Tully.' Ze wierp een angstige blik op de deur. 'Hij doet me pijn.'

Op harde toon zei Porter: 'Ik kan je niet helpen.'

Ze legde haar hand op de zijne. 'U begrijpt het niet. Hij sloeg sommige meisjes altijd al. Iedereen weet dat mister Tully ervan houdt om ons ruw aan te pakken. Maar deze keer is het erger. Hij wurgt me bijna. Soms schopt hij me in mijn buik en stompt hij me in mijn gezicht.'

'Waarom ben je niet weggegaan?'

'Dat heb ik geprobeerd. Hij kreeg me te pakken voor ik kon ontsnappen. Toen zei hij dat hij me een lesje zou leren dat me zou heugen. Hij heeft me twee keer verkracht. Hij zei dat hij wist waar mijn familie woont en dat hij mijn broers en zussen zou opzoeken en vermoorden als ik nog een keer probeerde bij hem weg te gaan.'

De tranen stroomden over haar gezicht. Ze wendde beschaamd

haar blik af. Porter was te verbijsterd om iets te zeggen. Hij herinnerde zich wat Tully eerder die dag tegen hem had gezegd: *Je kunt in deze contreien doen wat je wilt. Echt alles.* Tully was altijd al een beetje gestoord geweest, bij het Regiment al. Maar nu sloeg hij echt door. Prostituees van kant maken en dreigen hun familie te vermoorden...

Waar is hij nog meer toe in staat?

Porter zette die verontrustende gedachte van zich af toen de hoer dichter bij hem kwam staan. Zo dicht dat hij haar parfum kon ruiken en haar warme adem op zijn gezicht voelde. Ze keek hem smekend aan.

'U moet me redden van mister Tully,' zei ze terwijl ze haar hand uitstak naar Porters kruis. 'Ik kan u verwennen. Beter dan andere vrouwen. Ik kan u gelukkig maken.'

Porter pakte haar pols vast en duwde haar hand weg. 'Misschien een ander keertje, schat. We gaan.'

'Houdt u me uit de buurt van mister Tully?'

'Ik zal zien wat ik kan doen.'

Dat scheen de hoer te kalmeren. Ze liepen de kamer uit, gingen linksaf en haastten zich de gang door. Voor hen werden tientallen gasten weggeleid in de richting van de bovengelegen verdiepingen. Porter versnelde zijn pas en haalde zijn maat in. Hij duwde de hoer naar Bald toe.

'Hier,' zei hij. 'Breng haar onder in een van de andere kamers. Waar er maar plek is. Ik neem Soames wel mee naar de opslagruimte.'

Bald keek fronsend naar de vrouw. Even leek hij bedenkingen te hebben. Toen haalde hij zijn schouders op, pakte haar bij haar pols en trok haar mee in de richting van de gasten die naar boven werden gebracht. Porter pakte Soames bij zijn schouder en duwde hem voor zich uit de trap af naar de eerste verdieping.

'Je hoeft dit niet te doen,' zei Soames. 'Je kunt nog steeds zo wijs zijn me te laten gaan.'

'Waarom zou ik dat doen?'

'Ik kan jou en Bald werk geven.'

Porter schoot in de lach.

'Ik meen het,' ging Soames verder. 'Het was knap van jullie om me hier te vinden. Dat was vast niet makkelijk, zeker niet met de omstandigheden buiten. Ik kan goede mensen altijd gebruiken. Als dit gedoe met het RUF achter de rug is, heb ik extra beveiligers voor het diamantveld nodig. Jullie zouden daar wijzer van kunnen worden. Een heel stuk wijzer.'

'Als je denkt dat ik weer bevelen van jou ga opvolgen, ben je godverdomme niet goed bij je hoofd.'

'Gebruik je kop toch een keer, man. In het Circuit werkt het anders. Praat met je vriend Tully als je me niet gelooft. Het leven hier is spotgoedkoop. Je krijgt alle vrouwen en alle drank die je maar wilt en wanneer je maar wilt. En het salaris is goed. Extreem goed. Je zou heel wat meer verdienen dan wanneer je voor een of andere lijnmanager in Thames House werkte.'

Porter hoorde Soames knarsetandend aan terwijl ze door de gang van de eerste verdieping liepen.

'Denk even na! Wat gebeurt er als je me naar Londen brengt? Dan werk je je weer voor een schijntje in het zweet voor de Firma. Dat is toch niks voor een SAS'er. Laat me gaan, dan leven Jock Bald en jij als koningen. Dat beloof ik je.'

Porter zei nog altijd niets. Soames bleef tegen hem aan praten terwijl ze naar een deur liepen die zich aan het einde van de gang bevond. Hij wist het overtuigend te brengen. *Misschien heeft Soames gelijk*, zei het stemmetje in Porters hoofd. *Misschien moet je echt weg bij de Firma. Wat hebben ze ooit voor je gedaan?* Heel even kwam hij in de verleiding om Soames' aanbod aan te nemen. Maar toen herinnerde hij zich met wie hij te maken had. *Je kunt deze kerel niet vertrouwen*, zei een tweede stemmetje. *Je weet hoe Soames is. Hij is glad-*

der dan de lul van een slager. Hij zegt alles om maar te krijgen wat hij wil. Vijf minuten geleden kraakte hij je nog af en nu biedt hij je de baan van je leven aan. En dat maakte dat Porter zich afvroeg: *Waarom wil mijn ex-baas zo ontzettend graag in Sierra Leone blijven?*

Ze kwamen bij de ingang van de opslagruimte, een ongemarkeerde bruine deur midden in de gang. Porter pakte de sleutels die hij van Crowder had gekregen en probeerde er een heleboel voordat hij de sleutel vond waarmee de deur openging. Hij duwde Soames de kamer in en deed het licht aan. Eén enkele gloeilamp ging aan en verspreidde een zwak licht. Er werd een kleine kamer zichtbaar met kale wanden van betonblokken en met planken aan de achterste muur die waren volgestouwd met kartonnen dozen. Rechts van hen stond een bureau en links zagen ze een vies aanrecht met een tostiapparaat en een waterkoker. In het kastje boven de gootsteen stonden grote flessen schoonmaakmiddel. Werkelijk overal lag een dikke laag stof. Soames keek om zich heen en zijn gezicht vertrok van walging.

'Je bent toch zeker niet van plan me hier achter te laten?'

'Ik zal je eten en drinken laten brengen als het tijd is voor het avondeten,' zei Porter. 'Zodra de evacuatie begint komen we je halen. Tot die tijd blijf je hier.'

Soames' gelaatstrekken verhardden zich. 'Dat kun je me niet aandoen, Porter. Bedenk even wie je voor je hebt. Ik heb vrienden, weet je. Die zullen er niet over te spreken zijn als ze horen hoe je me behandelt.'

Porter schudde zijn hoofd. 'Wat je vrienden vinden interesseert me geen reet. Het enige wat me op dit moment iets kan schelen is dat we in leven blijven.'

'En als ik naar de wc moet?'

'Dan pis je maar in de gootsteen.'

Porter trok de deur dicht en draaide hem op slot, zodat Soames binnen werd opgesloten. De ex-commandant schreeuwde scheldwoorden terwijl Porter terugliep door de gang in de richting van de overloop. Op de trap kwam hij Bald tegen, die terugkwam van de bovenste verdiepingen. Hij knikte zijn maat toe. 'Dat hoertje is onder de pannen. En nu?'

'Nu wachten we rustig af,' zei Porter.

En bidden we dat het evacuatieteam hier op tijd is.

De middag verstreek in een roes van hectiek en bedrijvigheid. Bald, Porter en Tully kwamen weer bij elkaar in de lobby en de drie mannen controleerden of alle in- en uitgangen op de begane grond goed waren afgesloten. Ze verkenden vluchtig de ondergrondse parkeergarage om te zien of de metalen rolluiken bij de ingang waren neergelaten en alle dienstingangen geblokkeerd waren. Toen ze hadden vastgesteld dat het hotel afdoende was afgeschermd, haastten ze zich naar het kantoor van de manager om de plattegrond te kopiëren die Bald had getekend en waarop de bluspunten stonden aangegeven. Crowder deelde de kopieën uit aan zijn personeel, zodat iedereen wist waar hij heen moest als er brand uitbrak.

In de lobby leken de hotelmedewerkers en vrijwilligers wel een leger termieten; er werd meubilair uit de lounge gesleept en naar de achterkant van het restaurant gebracht, waar de ramen en deuren die uitkeken over het terrein aan de achterzijde van het hotel werden afgeschermd. Anderen droegen brandblussers en dozen conservenmiddelen naar boven voor het geval de vijand de onderste verdiepingen wist te bereiken en de gasten werden afgesneden van de voedselvoorraden in de keuken. Porter, Bald en Tully zagen op de hele operatie toe. Tannon had zich teruggetrokken in het kantoor en belde om de zoveel tijd met haar meerderen om op de hoogte te worden gehouden over de evacuatie. Alleen de twaalf Libanezen weigerden te helpen. Zij hingen rond in een hoek van de lobby, rookten stinkende sigaretten en keken nerveus naar de Nigeriaanse soldaten.

De rest van de middag hielden Bald en Porter afwisselend door de ramen op de begane grond de ontwikkelingen buiten in de gaten en informeerden ze bij Tannon of ze al meer wist. Porter keek ook zo nu en dan op het scherm van zijn mobiele telefoon om te zien of Hawkridge misschien had geprobeerd hen te bereiken. Hij hoefde in elk geval niet meer bang te zijn dat de accu leeg zou raken: Tannon had een overtollige satelliettelefoonoplader weten los te krijgen van een medewerker van de Nederlandse ambassade, zodat Porter het toestel op een tafeltje in het kantoor kon opladen.

Naarmate de dag verstreek klonken er zo nu en dan geweersalvo's op het schiereiland. Bald, Porter en Tully gingen op het dak even poolshoogte nemen om de situatie van bovenaf beter te kunnen inschatten. Er stegen nu langzaam meerdere gitzwarte rookwolken op vanuit de richting van Aberdeen Road Bridge naarmate er daar langer gevochten werd. Gewonde Nigerianen keerden druppelsgewijs van de brug terug naar het hotel, en heimelijk was Porter bang dat de resterende soldaten hun post spoedig zouden verlaten. Als ze door het vijandelijke hoofdleger waren gebroken, zou niets de rebellen er meer van weerhouden om het hotel aan te vallen.

Rond de avondschemer hield het schieten op. De laatste restjes zonlicht doofden uit aan de horizon, als sigaretten die werden uitgedrukt in een gigantische asbak. Toen werd de lucht donker en vulden de straten van Freetown zich al snel met uitzinnig gejoel en het gedreun van gangsterrap, van rebellen die een nieuwe dag vol plunderingen vierden. Nadat de laatste gasten hun avondmaaltijd ophadden en waren teruggekeerd naar hun kamers, verdeelde Porter het personeel in groepen van zes. Die zouden in shifts van drie uur om beurten 's nachts de wacht te houden, ervoor zorgen dat de gangen en overlopen leeg bleven en alert zijn op mogelijke doorbraken van de vijand. Toen liep Porter weg om iets te drinken.

Hij liep de met afval bezaaide lobby door en wierp een blik naar buiten terwijl hij naar de bar naast het restaurant liep. Door de dubbele deuren aan de voorkant van het hotel kon hij de Nigeriaanse soldaten aan het einde van de toegangsweg zien. Ze zaten in groepjes bij elkaar en rookten sigaretten. Ze hadden allemaal hun riem afgedaan en hadden hun wapen op schoot. Porter vond ze er niet bepaald als een vastberaden strijdmacht uitzien. Er zit niet één goede soldaat tussen, dacht hij.

De deuren van de bar waren dicht maar zaten niet op slot. Ondanks het feit dat het licht uit was kon Porter verscheidene flessen sterkedrank op een rek achter de bar zien staan. Snel liep hij er langs de tafels en stoelen recht op af. Het meeste goede spul was al opgedronken door dorstige gasten, maar achter een paar lege flessen Cockburn's Special Reserve-port stond een fles Absolut-wodka. Porter pakte hem en liet zich in een stoel aan de dichtstbijzijnde tafel ploffen. Toen draaide hij de dop los en nam een lange teug rechtstreeks uit de fles. Zijn eerste slok in bijna vierentwintig uur. De drank gleed door zijn keel, stroomde door zijn aderen en verdoofde zijn zenuwuiteinden. Een warme gloed spoelde over hem heen. Godverdomme zeg, wat voelde dát goed.

Opeens werd hij ontzettend moe. Toen hij op zijn horloge keek, realiseerde hij zich dat het meer dan twee dagen geleden was sinds hij behoorlijk geslapen had. De afgelopen paar uur had hij vol op zijn reserves geteerd, en nu kwamen de stress en de uitputting extra hard aan. Zijn oogleden waren zwaar, het leek wel of iemand er stukken ijzer in had genaaid. Achter zijn oogbollen daalde een soort doffe mist neer. Hij sloot zijn ogen even en zuchtte.

'Mag ik bij je komen zitten?'

Porter keek op en zag Tannon ongeveer een meter van hem af staan. Ze had haar jasje uitgedaan en rolde de mouwen van haar gekreukte witte bloes op. Bruine haarlokken plakten aan haar slanke gezicht. Porter vond de viceambassadeur er gestrest uitzien. *Dat gevoel ken ik wel.*

Hij knikte naar de bar. 'Schenk lekker wat in.'

'Gratis drank,' zei ze. 'Dat blijft de lekkerste.'

Ze slenterde naar de bar, pakte een glas van het rek onder de bar en ging in de stoel tegenover Porter zitten. Schonk een dubbele Absolut in en sloeg die in één keer naar binnen. Of ze is een zware drinker, dacht Porter, of ze maakt zich nóg meer zorgen om de situatie dan ze laat merken.

'Hoelang hebben we nog, denk je?'

Porter haalde zijn schouders op en nam weer een slok uit de fles. 'Niet lang. Ik vermoed dat de rebellen morgenochtend vroeg de brug opnieuw aanvallen. Ze zullen toeslaan wanneer het moreel onder de Nigerianen laag is. Het zal niet lang duren voor ze doorbreken. We hebben nog maximaal vierentwintig uur. Waarschijnlijk minder.'

Tannon schonk nieuwe wodka in haar glas. 'Laten we hopen dat je het mis hebt. Ik heb net met de ambassadeur gebeld. Het lijkt erop dat Downing Street eindelijk doorheeft hoe ernstig de situatie is. De evacuatie staat gepland voor morgenmiddag. We wachten nog op het exacte tijdstip. Het wordt een gezamenlijke Amerikaans-Britse operatie.'

Ze keek op van haar glas en glimlachte nerveus. Hij zag zowel hoop als angst in haar ogen.

'Denk je dat we het zullen redden?'

'Het zal erom hangen,' zei Porter. 'Maar ik heb wel erger meegemaakt.'

Tannon nam een slok. 'Jij vertrekt zeker met de eerste helikopter?'

Porter knikte. 'We hebben onze orders. En jij?'

'Ik vlieg met de ambassadeur naar Conakry om president Fofana te ontmoeten. We komen hier terug zodra het weer veilig is. Downing Street wil dat we het voortouw nemen in het afdwingen van een wapenstilstand met de rebellen.'

'Gaat niet werken. Het werkt nooit als je te maken hebt met zulk tuig. Geloof me, schat, de enige taal die zij begrijpen zijn kogels.'

'Deze keer is het anders.'

'Hoezo?'

'De rebellen hebben nu het volk aan hun kant. In het verleden was dat vaak niet zo. Hun leger bestond hoofdzakelijk uit een stelletje egoïstische legerofficieren die naam voor zichzelf wilden maken. Deze keer staan veel mensen uit het zuiden van het land achter de rebellen. Als de president ze hard aanpakt, verliest hij de volgende verkiezingen.'

'Ik dacht dat de bevolking als de dood was voor ze,' zei Porter.

'Dat is ook zo. Maar ze zijn ook kwaad op de president. Vanwege de vermiste kinderen.'

Porter fronste zijn wenkbrauwen. 'Welke vermiste kinderen?'

'Had je dat niet gehoord?' Tannon zag Porters niet-begrijpende blik en ging verder. 'Het afgelopen jaar zijn tientallen kinderen in Sierra Leone vermist geraakt. De meeste kwamen uit arme dorpen en van boerderijen in het zuiden. Eerst nam iedereen aan dat ze ontvoerd waren door de West Side Boys.'

'Klinkt logisch. Zij zijn degenen die al die kindsoldaten rekruteren.'

'Precies. Maar er spelen twee dingen. Ten eerste zijn de vermiste kinderen te jong, zelfs voor de West Side Boys. We hebben het over zes- en zevenjarigen. Kinderen die niet oud genoeg zijn om een geweer vast te houden, laat staan dat ze dat behoorlijk kunnen gebruiken.'

'En het tweede?'

'Niet lang na de verdwijningen hebben Fofana's mannen een commandant van de Boys gevangen genomen. Hij heeft een heleboel dingen bekend, maar bezwoer dat zijn mannen die kinderen niet ontvoerd hadden.'

'Wie dan wel?'

'Dat weten we niet. Maar wie er ook verantwoordelijk is, de bevolking is woedend. De mensen vinden dat Fofana niet genoeg doet om de vermiste kinderen te vinden. Er is hier in Freetown zelfs een belangengroep opgericht om de president een petitie aan te bieden. Mothers of the Lost Children.'

Porter knikte. 'Ik heb de posters gezien.'

'Die moeders hebben voor heel wat opschudding gezorgd. De rebellen hebben van de volkswoede geprofiteerd door de stad aan te vallen. De positie van de president hangt aan een zijden draadje en ze ruiken bloed. Fofana kan alleen overleven als hij een wapenstilstand met de rebellen afdwingt en een einde aan het bloedvergieten maakt. Maar dat zal moeilijk worden. De rebellenleiders zullen alleen bereid zijn tot een staakt-het-vuren als de president zijn banden met Soames verbreekt.'

'En zal hij dat doen?'

Tannon schudde lachend haar hoofd. 'Dat kan niet. Fofana heeft Soames nodig om zijn politieke comeback te maken.'

'Omdat Soames de diamantvelden beveiligt?'

'Precies. Zonder de controle over de velden is Fofana machteloos. Trouwens, Soames beschikt over de politieke betrekkingen in Westminster om dingen gedaan te krijgen. Buitenlandse investeringen veiligstellen, dat soort dingen. Zonder Soames drogen de geldstromen op.'

'Wil Angela March daarom dat je een oogje op Soames houdt?'

Tannon knikte. 'Sommige mensen bij Buitenlandse Zaken zijn bang dat Soames geen schone handen heeft. Angela is een van hen.'

'De diamantsmokkel. Dat hebben Hawkridge en je vriendin Angela ons tijdens de briefing verteld.'

'De geruchten gaan al een tijdje. Angela was bang dat als Soames betrapt werd, dat slecht zou afstralen op de president en de positie van de rebellen zou versterken. We kunnen ons geen schandalen veroorloven. Niet als we Fofana aan de macht willen houden. Dus heb ik me erin verdiept.'

'Heb je iets gevonden?'

'Ik heb het wel geprobeerd, maar ik kon niet in de buurt van de diamantvelden komen. Soames heeft de beveiliging daar enorm opgeschroefd. En dat vond ik merkwaardig.'

'We hebben het wel over velden midden in het gevaarlijkste land van Afrika. Dat soort plekken wordt strenger beveiligd dan de kut van een non.'

'Dit is anders. Vergeleken met dat diamantveld lijkt Fort Knox een doorsnee bankfiliaal. Ik weet zeker dat Soames daar iets verborgen houdt. Iets groots.' Ze liet een stilte vallen en zei toen: 'En dan zijn er nog de onaangekondigde bezoekjes.'

'Wat voor bezoekjes?' vroeg Porter.

'De afgelopen maanden hebben meerdere vooraanstaande militairen en politici onaangekondigd een bezoek aan het grootste veld in Kono gebracht. We weten het niet zeker, maar we vermoeden dat ze iets willen controleren.'

'Wat bijvoorbeeld?"

'Dat weten we niet.'

Porter zei niets. Hij dacht terug aan zijn gesprek met Hawkridge nadat ze het lijk van de Rus in Soames' kantoor hadden gevonden. Hij herinnerde zich dat de MI5-agent hem had verteld welke geruchten er over Soames de ronde deden; dat hij diamanten stal en die verkocht aan schimmige helers.

Er is niets bewezen, had Hawkridge gezegd.

Maar ik ken Soames, dacht Porter. Ik weet hoe die klootzak denkt. Het geld kan hem niets schelen. Hij is toch al schatrijk. Het enige waar hij om geeft is zijn carrière, steeds hogerop komen, geridderd te worden, en de levensstijl die daar bij komt kijken. De feestjes met de superrijken op hun jachten in Monte Carlo. De uitnodigingen voor een weekendje in Chequers. Zoete broodjes bakken met mediatycoons en toekomstige premiers.

Maar als hij geen diamanten smokkelt, wat doet hij dan in godsnaam wél?

Hij vergat al die dingen toen Tannon het restant van haar wodka achteroversloeg. Ze veegde een haarlok achter haar oor en glimlachte naar Porter. Eerst verlegen, alsof het slechts de zweem van een glimlach was. Maar die glimlach had ergens de belofte in zich van méér. Toen boog ze zich over de tafel heen en gaf Porter een vluchtige kus op zijn wang. Hij rook haar huid toen ze zich vooroverboog en voelde zijn bloed warm worden. Probeerde Tannon hem nou te verleiden? *Tering. Ik zou er misschien nog op ingaan ook.*

'Dank je,' zei Tannon terwijl ze weer in haar stoel ging zitten. Er verscheen nu een vollere glimlach op haar gezicht. Ze begon onbezorgder te worden door de drank. 'Voor alles wat je vandaag voor ons gedaan hebt.'

Porter nam nog een slok en maakte toen een wegwerpgebaar. 'Bedank me nog maar niet. We moeten eerst morgen door zien te komen.'

Tannon schonk een beetje wodka in haar glas en dronk zichzelf meer moed in. Toen verscheen er echt een brede glimlach op haar gezicht. Eigenlijk was het meer een uitnodiging dan een glimlach. Ze bevochtigde haar lippen en streek met haar vinger langs de rand van het glas.

'Misschien zie ik je morgen wel voor het laatst,' zei ze. 'Ik wou dat er een manier was om je te bedanken.'

Porter zat als door de bliksem getroffen in zijn stoel. Hij kon zijn oren niet geloven. Het was al best lang geleden dat hij een vrouw had gehad. Zijn laatste nummertje was een dronken stoeipartij in het donker geweest met een foeilelijke Ierse serveerster. Porter was er eigenlijk van uitgegaan dat zijn dagen als vrouwenversierder achter hem lagen. Tegenwoordig werd hij door de meeste vrouwen genegeerd. Of erger nog, ze hadden medelijden met hem. Ze konden van kilometers afstand ruiken dat hij al heel lang droog stond. *Nu zit ik midden in oorlogsgebied met een geile griet die met me de koffer in wil.*

Tannon boog zich dichter naar Porter toe. Ze fluisterde nu. 'Ik heb een eigen kamer op de vierde verdieping. Crowder stond erop. Er is ook een volle minibar. Wat zou je ervan vinden om daar verder te gaan met het feestje?'

Dat hoefde ze geen twee keer te vragen. Hij zette de wodkafles op tafel en kwam overeind. Tannon ging ook staan, deed haar hoge hakken aan en slenterde met hypnotisch heen en weer wiegende billen de bar uit. Porter staarde naar haar prachtige kont en volgde haar met een brede grijns door de lobby. Hij kon zijn geluk niet op. *Vijf minuten geleden ging ik de nacht doorbrengen met de fles en mezelf bewusteloos drinken. Nu beland ik misschien wel in bed met de viceambassadeur, iemand met hoge connecties bij Buitenlandse Zaken.* Hij lachte zachtjes in zichzelf toen hij zich de blik op Jock Balds gezicht voorstelde wanneer die erachter kwam dat Porter de nacht met Tannon had doorgebracht.

Zijn hart bonsde van verwachting toen hij de viceambassadeur haar kamer in volgde. Porter keek de kamer rond terwijl Tannon haar schoenen uitschopte en een paar kleine flesjes uit de minibar pakte. De dubbele matras was tegen het raam gezet en de meubels waren tegen de muren geschoven. Naast het nachtkastje lag een provisorische hoop kussens en dekbedden op de grond. Porter zag dat er op het tafeltje meerdere medicijnpotjes stonden. Hij las de etiketten. Zoloft, Xanax en een potje slaappillen zonder merk.

'Voor mijn angsten,' zei Tannon terwijl ze met twee Jim Beam-flesjes naar Porter toe kwam lopen. 'Ik krijg soms paniekaanvallen.'

Porter knikte naar de flesjes. 'Moet je dan wel drinken met al die pillen?'

'Het stelt niet veel voor. Ik ben het intussen wel gewend. Trouwens, moet je horen wie het zegt. Met de hoeveelheid die jij drinkt had je al dood moeten zijn.'

'Wie heeft je dat verteld?'

'Kijk niet zo verbaasd. Angela heeft me je dossier gestuurd. Het stond er allemaal in.'

Ze gaf Porter een van de flesjes en draaide van het andere de dop los. Toen gingen ze naast elkaar op het bed zitten; haar lange been raakt zijn dij terwijl ze van hun drankje dronken.

'Wat is er met je hand gebeurd?' vroeg Tannon terwijl ze naar de twee stompjes wees op de plek waar vroeger zijn wijsvinger en middelvinger hadden gezeten.

'We waren op een missie in Beiroet. Ik moest met een paar andere jongens een Britse zakenman bevrijden die daar werd gegijzeld. Het liep helemaal verkeerd. Ik werd in mijn hand geschoten door een van de mannen die hem bewaakten.'

Tannon strekte haar hand uit en streek langs de stompjes. 'Wat naar,' zei ze zacht.

Porter haalde zijn schouders op. 'Ik ben er nog goed vanaf gekomen. Drie jongens van het Regiment zijn die dag gesneuveld.'

'Wat is er gebeurd?'

'Er was een kleine jongen bij. Hij was een van de gijzelnemers.' Porter dronk het halve flesje leeg voordat hij verderging. 'Ik kan me zijn gezicht nog altijd herinneren. Ik denk dat hij een jaar of dertien was. Ik heb hem bewusteloos geslagen tijdens de missie. Normaal gesproken had dat gastje dood moeten zijn van zo'n klap van een vent zo groot als ik. Maar hij ging niet dood. Hij kwam weer overeind terwijl we ons terugtrokken en schoot drie van de jongens neer. Als ik dat joch had omgelegd, zouden die drie jongens nu nog leven.'

'Wanneer was dat?'

'In 1989. Niet lang nadat ik door de selectie was gekomen.' Porter zweeg en staarde naar zijn flesje. 'Er gaat geen dag voorbij dat ik niet aan die kerels denk.'

Tannon legde haar hand op die van Porter. 'Je kunt jezelf niet de schuld geven van wat er is gebeurd.'

Porter keek haar aan. 'Ik heb gedaan wat ik heb gedaan. Tijdens een gevecht bestaan er geen makkelijke beslissingen. Als ik dat joch had neergeschoten, had ik het Verdrag van Genève geschonden en was ik nu waarschijnlijk aan het wegrotten in een cel. Ik heb mijn keuze gemaakt en er de prijs voor betaald. Een hoge prijs. Maar ik kan het Soames niet vergeven.'

'Hoezo?'

'Hij was toentertijd de commandant van het Regiment. Hij gaf mij de schuld van wat er in Beiroet gebeurd was. Wat mij overkwam had alle jongens uit Hereford kunnen overkomen, maar Soames zag het anders. Hij vond dat ik de operatie had verkloot en dat dat slecht op hem was afgestraald. Hij moest een zondebok hebben. Dus nam hij me te grazen. Mijn veelbelovende carrière was in één klap helemaal kapot.'

'Echt?' vroeg Tannon. 'Haat je hem daarom zo?'

Porter knikte. 'Ik was niet de beste soldaat van het Regiment. Lang niet. Maar ik was een behoorlijk goeie, en de toekomst lachte me toe. Ik heb bloed aan mijn handen, en dat is mijn eigen schuld. Maar Soames heeft de gebeurtenissen aangegrepen om mijn loopbaan te verwoesten. Hij had het voor me moeten opnemen. In plaats daarvan heeft hij me laten vallen om zijn eigen hachje te redden. Die klootzak was er veel meer mee bezig om in een goed blaadje te komen bij de hoge piefen dan dat hij drie van zijn mannen verloor. Nu denkt iedereen godverdomme dat hij een held is.'

Tannon streek met haar vingers langs zijn stevige armspieren. 'Het zal wel heel moeilijk zijn om Soames te moeten beschermen na alles wat er is gebeurd.'

'Ik kan niet anders. De Firma heeft ons hierheen gestuurd. En je vriendin Angela van Buitenlandse Zaken. Het lijkt wel of die kerel half Whitehall in zijn zak heeft zitten.'

Tannon fronste haar wenkbrauwen. 'Hoe komt het dat je überhaupt voor Angela werkt? Ik wist niet dat de SAS er een gewoonte van maakte om samen te werken met Buitenlandse Zaken.'

'Dat is ook niet zo.' Porter schudde zijn hoofd. 'We zijn overgeplaatst naar de Firma. We hebben een jaar geleden een klus voor ze gedaan en ze hebben besloten om met ons door te gaan. Sindsdien werken we voor ze. Zij zijn degenen die Angela erbij hebben betrokken.' Hij keek Tannon aan. 'En jij? Hoe ben jij hier beland?'

Tannon glimlachte flauwtjes. 'Dat vraag ik me soms ook weleens af. Ik kom uit een militaire familie. Mijn vader was officier bij de Coldstream Guards, mijn opa heeft met 1 Para op Sicilië gevochten. Ik heb de familietraditie gevolgd en ben bij het First Military Intelligence Battalion gegaan. Dat heb ik vier jaar gedaan, toen ben ik overgestapt naar Buitenlandse Zaken en ben ik hiernaartoe overgeplaatst. Je begrijpt wel dat mijn vader daar niet blij mee was. Hij dacht altijd dat ik met een rijke kerel uit de City zou trouwen, me zou settelen en een paar kinderen zou uitpoepen. Maar dat heb ik nooit gewild.'

'Wat wilde je dan wel?' vroeg Porter.

'Avontuur. Een kans om de wereld te zien.' Ze sloeg haar ogen neer. 'Ik denk dat ik ergens wilde bewijzen dat mijn vader het mis had. Dat ik hem wilde laten zien dat ik meer in mijn mars had dan fulltime moeder worden.' Ze keek Porter aan en haalde haar schouders op. 'Ik had onopgeloste daddy issues, denk ik.'

'Hij is vast trots op je,' zei Porter, omdat hij het gevoel had dat hij iets moest zeggen.

De opgelaten stilte werd verbroken door nieuwe schoten in de verte. Tannon wierp een blik naar het raam terwijl de rebellen begonnen te juichen en te joelen.

‘Denk je dat we het morgen zullen redden?’ vroeg ze terwijl ze Porter weer aankeek.

‘Dat weet ik niet. Maar ik kan je twee dingen beloven. Als de rebellen ons aanvallen zullen Jock en ik onze huid duur verkopen. Die klootzakken zullen niet weten wat ze overkomt.’

‘En het tweede?’

Porter glimlachte flauwtjes. ‘Zodra dit achter de rug is, krijgt Soames vast een medaille. Die lul is net een Tefalpan. Er blijft hem niks aankleven. Zijn reputatie heeft nooit ergens onder te lijden.’

Even zweeg Tannon. Toen keek ze hem diep in de ogen en zei: ‘Soames en zijn medailles kunnen me gestolen worden. Ik weet wie de echte held is.’

Ze boog zich voorover en kuste hem. Hartstochtelijk. Het was een lange, opwindende kus die hen beiden trillend naar adem deed happen terwijl ze elkaars tong zochten. Toen rukten ze elkaar de kleren van het lijf. Porter maakte haar bloes open en maakte met zijn grote, onhandige vingers haar beha los. Haar kleine, sierlijke borsten plopten naar buiten. Porter nam er een in zijn hand, wat Tannon een gelukzalig gekreun ontlokte. Toen maakte ze zich los, stond hijgend op van het voeteneind van het bed en liep eromheen, terwijl ze Porters hand bleef vasthouden. Ze trok zijn overhemd uit, hield even in toen ze de littekens op zijn borst zag en trok hem toen naar zich toe. Haar onderlichaam drukte tegen het zijne en Porter voelde haar warme borsten tegen zijn blote borstkas terwijl hij haar bleke nek kuste.

‘Neuk me,’ hijgde ze. ‘Neuk me hard.’

Tannon liet haar hand naar zijn kruis glijden en maakte zijn broek open. Toen reikte ze naar achteren en trok haar rok langs haar gladde benen omlaag. Even kon Porter alleen maar naar haar staren. Ze had zo’n prachtig figuur dat het hem duizelde. Ze was niet alleen maar knap. Ze was volledig getransformeerd. Een totaal andere vrouw dan het bezorgde, gespannen, schuchtere schepsel dat hij in de hotellobby had ontmoet. Tannon had zo'n lichaam dat er naakt beter uitzag dan met kleren aan. Ze was slank, maar niet mager. Tenger, maar niet benig. Het soort vrouw dat goed voor zichzelf zorgde, maar zich ook prima wist te vermaken. Porter grijnsde.

Jock Bald wordt gek als hij dit hoort, dacht hij weer terwijl toekeek hoe Tannon haar slipje van zwarte zijde uittrok. Ze glimlachte naar hem met vochtige lippen en een verrukkelijke, speelse blik in haar ogen. 'Nou?' vroeg ze. 'Waar wacht je nog op?'

Porter vergat zijn maat. Hij vergat de drank en de missie, Soames en al het andere. *Morgen om deze tijd zijn we misschien wel allemaal dood. Dus kan ik het er vanavond net zo goed van nemen.* Hij trok Tannon dicht tegen zich aan, sloeg zijn handen om haar stevige billen en kuste haar alsof het misschien wel zijn laatste kus ooit was.

15

06.39 uur

De volgende ochtend scheen fel zonlicht de kamer in. Porter werd al vroeg wakker. Voldaan luisterde hij naar Tannons lichte ademhaling terwijl ze met haar hoofd op zijn borst lag. In de koele kamer hing de doordringende geur van seks en parfum. Hij had trek en voelde zich heerlijk. *Wakker worden in een bed met een mooie vrouw naast je en zonder de knallende koppijn van een kater. Dus zo voelt het om nuchter te zijn,* dacht Porter. *Tering. Ik zou hier best aan kunnen wennen.*

Plotseling werd de stilte verbroken door een luid gesuis dat werd gevolgd door een harde klap. Een granaatwerper, realiseerde Porter zich. Het geluid klonk dichtbij. Gevaarlijk dichtbij zelfs. Hij stapte uit het provisorische bed, pakte zijn kleren en kleedde zich snel aan. Toen liep hij snel naar het raam en keek door een opening naast het matras.

Het raam keek uit op het noorden en Porter zag vijftig meter verderop een deel van het kordon aan het einde van de toegangsweg. De vijftig soldaten die de toegangsweg hadden afgeschermd begonnen zich terug te trekken naar de ingang van het hotel, terwijl ze zo nu dan onder vuur werden genomen. Ze werden vergezeld door de ongeveer twintig andere Nigerianen die zich de vorige middag hadden teruggetrokken van de brug. Verder naar het noorden zag Porter dat de groep burgers zich snel over de hoofdweg verspreidde. Mensen renden alle kanten op om dekking te zoeken en gilden het uit van angst. Er klonken meer geweerschoten en er sloegen verscheidene kogels rondom de toegangweg in de grond. Twee ECOMOG-soldaten waren naast de zandzakken in elkaar gezakt en lagen in een plas bloed op het wegdek.

Achter Porter bewoog Tannon in het bed, en ze ging meteen rechtop zitten. 'Wat gebeurt er?' vroeg ze bezorgd.

Porter zei niets en wendde zich af van het raam. Terwijl hij naar de deur liep werd het hotel opnieuw met een granaatwerper onder vuur genomen. Hij hoorde een oorverdovende klap die het gebouw deed trillen. De granaat raakte de palmbomen langs de weg.

Shit, dacht hij.

Het is begonnen.

'John?' vroeg Tannon.

Porter bleef staan en draaide zich naar haar toe. Hij probeerde kalm te klinken. 'Ik ga beneden kijken. Wacht hier.'

'Maar...'

Porter wachtte haar antwoord niet af. Hij rukte de deur open en stapte de gang op, terwijl het doordringende geluid van geweerschoten vanaf de voorkant van het hotel bleef klinken. Terwijl hij met grote passen door de gang naar de overloop liep, greep de angst hem bij de keel. Bald en Tully stonden bij de deur en sommeerden alle gasten om weer naar hun kamer te gaan. Toen ze Porter op hen af zagen komen, draaiden ze zich naar hem toe.

'Wat gebéúrt er allemaal?' vroeg hij hijgend.

Tully wees met een duim in de richting van de lobby. 'De brug is gevallen. De rebellen komen eraan. Die rukkers zijn met z'n honderden. Het is begonnen.'

'Waar is Soames?'

'Die is nog steeds beneden,' zei Bald. Hij fronste zijn wenkbrauwen. 'Waar heb jij de hele nacht gezeten?'

Voordat Porter kon antwoorden klonk er geschreeuw uit de lobby. Wanhopig en bang. De drie mannen keken elkaar aan. Toen draaiden ze zich om en renden met drie treden tegelijk de trap af. Intussen klonken in de verte luide geweersalvo's en harde explosies. De geluiden kwamen dichterbij.

Het is zover, dacht Porter terwijl hij achter Bald en Tully aan rende. We worden aangevallen.

Een stuk of veertig gasten stonden in de lobby dicht bij elkaar naast de trap. Mensen die vroeg waren opgestaan en zich naar beneden hadden gewaagd om te zien wat er aan de hand was. Crowder en een paar personeelsleden stonden in de buurt. Porter, Bald en Tully drongen zich een weg door de menigte en keken naar de ingang, twaalf meter verderop. Meer dan veertig Nigeriaanse soldaten hadden zich teruggetrokken van de toegangsweg en waren door de dubbele deuren gevlucht, die de vorige dag niet geblokkeerd waren. Porter liep er met grote passen naartoe en keek naar buiten. Hij zag de resterende dertig soldaten een eindje verderop. De Nigerianen hadden alle discipline laten varen en trokken zich terug naar de ingang, terwijl ze lukraak in de richting van Cape Road schoten om hun terugtocht te dekken.

Zodra de Nigerianen in de lobby waren, begonnen ze zich te ontdoen van hun uitrusting. Semiautomatische geweren, pistolen, granaatwerpers, mitrailleurbanden. De soldaten dumpten alles. Een van hen liet zelfs zijn machinegeweer vallen. Toen de soldaten hun wapens hadden afgelegd, begonnen ze de rest van hun uitrusting uit te doen. Helmen, camouflagejassen, riemen en laarzen.

'Wat dóén ze in godsnaam?' gromde Bald.

'Ze lozen alles waar de rebellen ze aan kunnen herkennen,' zei Tully.

Balds gezicht vertrok van woede. 'We moeten ze tegenhouden. Ze moeten hun positie weer innemen.'

Eén blik op de Nigerianen maakte Porter echter duidelijk dat een combinatie van een belabberde opleiding, gebrek aan discipline en pure doodsangst het zinloos maakte met hen in discussie te gaan. *We kunnen niets doen.*

Te midden van de chaos kreeg Porter de brede sergeant in het oog met wie ze de vorige dag voor het hotel te maken hadden gehad. Bald liep recht op hem af, met een gezicht waar de walging en dreiging van afdropen. Tully en Porter haastten zich achter hem aan. De Nigeriaan keek op naar Bald toen die voor hem kwam staan.

'Waar ben je in godsnaam mee bezig?' vroeg Bald.

De sergeant staarde hem lang en kil aan. 'Ik bescherm mijn mannen. Er zijn daar te veel rebellen.' Hij gebaarde naar buiten, naar de zandzakken aan de andere kant van de toegangsweg. Intussen hadden de laatste soldaten van het kordon zich teruggetrokken in het hotel. 'We kunnen ze niet langer tegenhouden. Als de vijand ons gevangen neemt maken ze ons allemaal af. De enige manier om mijn mannen in leven te houden is door de rebellen te laten denken dat we gasten zijn.'

Bald drukte een priemende wijsvinger tegen zijn borst. 'En al die andere mensen hier dan? Die kun je niet maar gewoon in de steek laten.'

De sergeant schudde zijn hoofd. 'We kunnen niets meer voor ze doen. Mijn mannen zullen hier wachten en hopen dat de rebellen ons sparen. Als jullie willen vertrekken, moeten jullie dat zelf weten.'

'Dat kan niet. Godverdomme man, het hele hotel is omsingeld.'

De Nigeriaan staarde Bald kil en onverschillig aan. 'Dat is ons probleem niet. We kunnen jullie niet helpen. En nu opzij.'

Hij drong zich langs Bald en liep naar zijn mannen toe, terwijl hij schreeuwde dat ze alle kleren moesten pakken die ze maar konden vinden om er zo onherkenbaar mogelijk uit te zien. Bald werd bleek van woede toen de Nigerianen gasten opzij duwden en de trap op snelden. Hij knarste zo hard met zijn tanden dat Porter het glazuur hoorde schrapen.

'Wát een loser,' mompelde Bald.

'Wat doen we nu?' vroeg Tully.

Terwijl hij dat vroeg klonken er drie salvo's op Cape Road, en een paar afgedwaalde kogels schoten in de betonnen muur aan weerszijden van de glazen deuren. De Nigerianen die nog onder aan de trap stonden, gingen zo snel ze konden achter hun maten aan. Sommige gasten schrokken zo van de kogels dat ze zich omdraaiden en hen volgden. Porter keek met samengeknepen ogen Cape Road af. Er waren nergens rebellen te bekennen, maar hij wist dat ze dichtbij waren. De meeste rebellen die hij op straat had gezien, waren uitgerust met een AK-47. Waarschijnlijk goedkope kopieën uit China of Oost-Europa. De AK-47 had een effectief bereik van maximaal vierhonderd meter, en een afgedwaalde kogel kwam mogelijk nog twee- of driehonderd meter verder. Dat betekende dat de rebellen zich op een afstand van tussen de vierhonderd en zevenhonderd meter van het hotel bevonden. Dichtbij, dacht Porter, maar niet héél dichtbij.

Er is nog tijd.

Hij draaide zich met zijn rug naar de ingang en keek de twee anderen aan.

'We hebben nog een kans om ze tegen te houden. We kunnen de wapens gebruiken die de Nigerianen hebben gedumpt. Laten we ons op het dak positioneren en die klootzakken onder vuur nemen voor ze bij de ingang zijn. Het is onze enige kans.'

Tully trok een grimas. 'Alleen wij drieën? Ik ben er helemaal voor om die teringlijers om te leggen, maar we kunnen ze nooit tegenhouden tot er hulp komt.'

'We hebben die gasten in actie gezien,' zei Bald. 'Ze kunnen voor geen meter schieten.'

Tully keek onzeker.

Porter zei: 'Het is onze enige mogelijkheid. Of we beginnen de vijand nu meteen te bestoken, of onze kop gaat eraf.'

'En Soames?' vroeg Tully. 'We kunnen hem ook een wapen geven. Dan zijn we al met zijn vieren.'

'Dat risico kunnen we niet nemen. Als hij wordt geraakt, krijgen wij straks de schuld. Hij blijft in die opslagruimte.'

Tully perste zijn lippen op elkaar. Toen haalde hij zijn schouders op en zei: 'Fuck it. We gaan.'

De drie mannen renden naar de berg wapens die de Nigerianen hadden achtergelaten. Bald pakte het machinegeweer plus meerdere banden 7.62-kogels die tussen de helmen en jassen in lagen. Porter gooide een van de semiautomatische geweren naar Tully en pakte toen een wapen voor zichzelf. Het gaf hem een geruststellend, vertrouwd gevoel om het vast te houden. Zoals alle mannen uit Hereford had Porter heel wat tijd doorgebracht met de SLR. Door de jaren heen had hij met dat geweer duizenden kogels afgeschoten op de schietbanen in de Brecons. Het was een robuust, betrouwbaar wapen. In een rechtstreeks vuurgevecht deed de SLR absoluut niet onder voor de imitatie-AK-47's waar Porter de meeste rebellen in de straten van de hoofdstad mee had zien rondlopen.

Een snelle blik op de vuurregelaar maakte hem duidelijk dat het geweer een L1A1-variant was, met slechts twee standen in plaats van drie: semiautomatisch en veilig. Met zijn duim ontgrendelde Porter het magazijn met de knop aan de zijkant van het wapen en trok het er voorzichtig uit. Het zat vol met dof glanzende 7.62-patronen, twintig in totaal. Hij pakte nog vier magazijnen op en haalde er twee uit een paar andere semiautomatische geweren. Zes extra magazijnen plus de twintig patronen in zijn wapen. In totaal honderdveertig patronen. Meer munitie kon hij niet dragen.

Terwijl hij de magazijnen in zijn zakken stopte, kwam een van de gasten uit de menigte naar hem toe lopen en schraapte zijn keel. Porter schrok even toen hij de man herkende. Het was de kerel met het litteken boven zijn lip. Een van de vijf mannen in safari-outfit die hij had zien rondhangen in het hotel. Iets achter hem stonden zijn vier maten, die het tafereel bij de ingang aandachtig gadesloegen. De man met het litteken keek even naar Tully en Bald en wendde zich toen tot Porter.

'Neem me niet kwalijk, maar ik hoorde jullie praten,' zei hij. Ik denk dat mijn vrienden en ik wel kunnen helpen.'

'Dat kunnen jullie zeker door als de sodemieter naar jullie kamer te gaan,' zei Bald terwijl hij het machinegeweer optilde, met patroonbanden over zijn schouder. 'Het is niet veilig hier beneden.'

De man glimlachte flauwtjes. 'Jullie hebben meer mensen nodig om de rebellen op afstand te houden, niet?'

'Ja,' zei Porter terwijl hij opstond. 'En wat dan nog?'

De man stak zijn hand in de zak van zijn korte broek en haalde een glanzende leren portemonnee tevoorschijn. Daar haalde hij een visitekaartje uit en gaf dat aan Porter. Op het kaartje stond: 'Vincent Nilis, Senior Engineer Worldwide Exploration.' Hij werkte voor een bedrijf dat Perutz Mining Corp heette. Onder het bedrijfslogo stond een telefoonnummer en een postadres in Antwerpen.

'We zijn een paar dagen geleden gearriveerd om de installaties van ons bedrijf te inspecteren. We zitten hier vast sinds de rebellen in de stad zijn.' Nilis gebaarde naar zijn maten. 'Mijn vrienden en ik hebben in België in militaire dienst gezeten. We kunnen allemaal met een geweer omgaan. Laat ons helpen.'

Porter gaf het kaartje terug aan Nilis en liet zijn blik over de vier andere Belgen glijden. Hij schatte ze allemaal eind dertig, begin veertig en vermoedde zo dat het lang geleden was dat een van hen een schot had gelost. Toen werd er buiten opnieuw geschoten, in de richting van de hoofdweg. Het geluid klonk luider dan eerdere keren en nu renden ook de laatste gasten achter de Nigerianen aan de trap op. De rebellen komen dichterbij, dacht Porter.

Als we nu niet in actie komen, gaan we er allemaal aan.

'Nou?' vroeg Nilis.

Bald boog zich naar Porter toe. 'Misschien moeten we eerst met Hawkridge overleggen. Als dat zootje het verkloot, hebben wij het gedaan.'

Porter schudde zijn hoofd. 'Daar is geen tijd voor.' Toen keek hij Nilis weer aan en vroeg: 'Hoelang geleden hebben jullie in dienst gezeten?'

'Ik achttien jaar. De anderen ongeveer even lang geleden.'

'Hebben jullie weleens een SLR gebruikt?'

'Nee, maar we hebben heel vaak geoefend met de FN FAL.'

Porter knikte. De Britse SLR was een kopie van de FN FAL. Het wapen had een maatvoering in Britse eenheden in plaats van metrieke, maar verder leken de wapens als twee druppels water op elkaar. Als een stel eeneiige tweelingen. Beide geweren gebruikten dezelfde 7,62×51mm-NAVO-patronen en hadden onderling uitwisselbare onderdelen. Ze hadden dezelfde keep en korrel en een vergelijkbaar bereik. Dat alles betekende dat de Belgen de SLR snel onder de knie zouden moeten kunnen krijgen. Zolang ze zich hun basistraining maar herinneren, dacht Porter.

'Goed dan,' zei hij tegen Nilis. 'Jullie doen mee. Zeg tegen je maten dat ze allemaal een SLR moeten pakken. Pak zoveel munitie als jullie kunnen dragen en volg ons naar het dak. Opschieten, we hebben niet veel tijd.'

De Belg riep zijn maten en legde uit wat het plan was. Terwijl ze wapens en magazijnen van de stapel bij de ingang pakten, liep Porter met grote stappen naar Crowder en wees naar de voordeuren.

'Zorg ervoor dat die laatste ingang afgesloten wordt,' zei hij. 'Nu meteen, voordat de rebellen ons aanvallen.'

Crowder kwam onmiddellijk in actie. Hij blafte iets naar de vier personeelsleden in de lobby, die naar een piano renden om die door de lobby te slepen en er de glazen deuren mee te barricaderen. Porter wist wel dat het geen ondoordringbare barricade was, maar het was beter dan niets en ze zouden er kostbare seconden mee winnen als het de vijand lukte het hotel binnen te komen. Tevreden voegde hij zich bij Bald, Tully en de Belgen, die bij de trap stonden. Toen stoven ze naar boven.

Ze renden zo snel ze konden, met kletterende wapens en zuchtend onder het gewicht van de geweren en de extra munitie. Bald hield het machinegeweer vast aan de handgreep en had patroonbanden om zijn schouders hangen. Porter rende naast hem de trap op, terwijl de adrenaline door zijn aderen spoot. Opeens was hij helemaal vergeten hoe moe hij was. En dat hij een droge mond had, en de doffe pijn in zijn botten. Hij was volledig gefocust op het tegenhouden van de rebellen. Het leven van duizenden burgers hing nu van hem af. Zelfs als de rebellen het grootste deel van de gasten spaarden, zouden ze waarschijnlijk geen mededogen hebben voor een stel SAS'ers.

De rebellen krijgen het hotel niet in handen. Niet vandaag. Niet zolang ik het kan voorkomen.

Op de overloop van de vierde verdieping liep hij Tannon tegen het lijf. De viceambassadeur had zich snel aangekleed en had een verwarde uitdrukking op haar gezicht. Ze wierp een blik op de vijf Belgen die de trap op kwamen stormen.

'Wat gebeurt er allemaal?' vroeg ze aan Porter.

'De rebellen zijn doorgebroken op de brug. Ze komen hierheen.'

'En de Nigerianen dan?'

Porter schudde zijn hoofd. 'Die hebben zich teruggetrokken en doen net of ze gasten zijn.'

Tannon dwong zichzelf om rustig te worden en haalde diep adem. 'Wat kan ik doen?'

'Bel je baas,' zei Porter. 'Zeg dat de situatie bijzonder ernstig is. De yanks moeten helikopters sturen om iedereen hier weg te halen, voordat die meute ons onder de voet loopt.'

'Hoelang hebben we nog?'

'We zullen ze tegenhouden zolang we kunnen, maar ik kan niets beloven.'

Tannon knikte snel. Toen draaide ze zich om en liep terug naar haar kamer. Porter, Bald, Tully en de Belgen gingen verder naar boven. Op de overlopen van de bovenste verdiepingen was het griezelig stil, op hier en daar een huilend kind na. In de verte klonken twee nieuwe explosies toen de rebellen het hotel opnieuw met granaatwerpers onder vuur namen. Het leek een eeuwigheid te duren voor ze bij het dak waren, en tegen de tijd dat Porter de laatste trap oprende deden zijn dijen pijn en waren zijn kuiten gezwollen van de inspanning. Hij was een paar stappen eerder bij de uitgang dan Bald. Sloeg met zijn handpalm de paniekbalk omlaag en stormde naar buiten. Klaar om de confrontatie met de vijand aan te gaan.

16

07.10 uur

Porter liep tegen een muur van hitte aan toen hij het dak op stapte. Hij knipperde het zweet uit zijn ogen en keek om zich heen om zich te oriënteren. Het dak was veertig meter lang en vijfentwintig meter breed. Ongeveer half zo lang en half zo breed als een voetbalveld. Midden op het dak stond een watertoren waar een betonnen trap naartoe liep en met aan een van de zijkanten een metalen trap. De buis van de airconditioning liep kronkelend over het stoffige dak. Meerdere kleinere pijpen en buizen vertakten zich naar alle kanten. Langs de hele omtrek van het dak liep een balustrade van een meter hoog, met om elke meter vierkante afvoergaten die groot genoeg waren om er de loop van een geweer door te steken. Porter klom over de buis en rende naar een deel van de balustrade vanwaar hij uitzicht had op de noordzijde van het hotel. Tijdens het rennen keek hij naar de straten beneden.

Zestig meter ten noorden van het hotel lag de toegangsweg. Op de plek waar de Nigerianen het kordon hadden gevormd zag Porter de twee dode soldaten liggen. Pal achter de zandzakken liep Cape Road van oost naar west, als een horizontale grijze streep door stukken bruin en groen. Een verlaten garage met een blauw dak lag op één uur van Porter aan de overkant van Cape Road, tweehonderd meter van het hotel. Acht aftandse auto's stonden als metalen karkassen voor het gebouw weg te rotten in de zon. Honderd meter verder naar het oosten zag Porter op twee uur een rij half voltooide gebouwen met in de stegen ertussenin bergen afval. Achter de verlaten gebouwen lag, vierhonderd meter verderop, een bananenplantage. Ten oosten van de plantage lag de grote rotonde met de baobab in het midden, op zeshonderd meter van het hotel. Nog verder naar het oosten, anderhalve kilometer verderop op drie uur, kon Porter nog net de vage contouren van de Aberdeen Road Bridge ontwaren.

Terwijl hij keek, werd de stilte doorbroken door vier snelle vuurstoten. Porter richtte zijn blik weer op de bananenplantage. Hij zag een groep rebellen langs de bomen over de weg lopen, op vierhonderd meter van het hotel. Porter telde twintig man. Ze droegen felgekleurde shirts en liepen zigzaggend over de weg terwijl ze lukraak met hun AK-47's op een groepje van zo'n twaalf burgers schoten die voor hun leven over Cape Road renden. Drie van de burgers werden geveld door de barbaarse salvo's. De rest rende in de richting van het hotel, in een wanhopige poging te ontkomen aan de moordzucht. Voor zover Porter het kon zien zat er geen patroon in de nadering van de rebellen en was er totaal geen sprake van enige tactiek. Ze struinden door de straten en vermoordden iedereen die ze tegenkwamen, in een ongecoördineerde aanval die werd ingegeven door drugs en bloeddorst. Ze kwamen recht op het Ambassadors Hotel af.

'Daar, op drie uur,' zei Bald, die naast Porter kwam staan. 'Nóg twintig x-rays.'

Porter keek in de richting waar zijn maat heen wees, terwijl hij een hand boven zijn ogen hield tegen de zon. Zeshonderd meter in oostelijke richting zag hij een groep rebellen die vanaf de rotonde naar het hotel kwam. De donkere vormen van verscheidene afgeslachte burgers lagen aan weerszijden van Cape Road. De helft van de tweede groep rebellen rende over de weg achter de eerste groep aan. De andere helft ging naar het zuiden, over het open terrein ten oosten van het hotel.

'Er komen er nog meer,' riep een van de Belgen. Porter keek naar de man. Hij had dik blond haar dat hij in een scheiding droeg, spieren die wel van graniet leken en een huid die zo bronskleurig was dat de kleur er haast op leek te zijn gespoten. Hij leek als twee druppels water op Dolph Lundgren.

'Hoeveel zijn het er?' vroeg Porter.

Spray Tan kneep zijn ogen samen en zei: 'Ik tel er minstens vijftien.'

Porter rende naar hem toe om zelf te kijken. Hij zag een groepje rebellen die ongeorganiseerd over het lege veld een paar honderd meter ten zuiden van het hotel liepen, in de richting van de lage muur aan de achterkant van het hotel bij het zwembad en de tennisbanen.

Twintig rebellen uit noordelijke richting, dacht Porter. Nog eens twintig uit het oosten. Vijftien uit het zuiden. In totaal minstens vijfenvijftig. En te oordelen naar het geweervuur en de stemmen in de verte waren er meer onderweg.

En wij zijn maar met z'n achten.

Hij spande zijn nekspieren en wendde zich tot de anderen. 'We gaan in duo's werken.' Hij wees naar Nilis. 'Jij neemt met Bob Tully de oostkant. Neem twee van je maten mee. De andere twee kunnen de zuidkant voor hun rekening nemen. Jock, jij komt met mij mee. Wij nemen het noorden. Zo hebben we alle kanten afgedekt.'

Bald glimlachte grimmig. 'Het wordt tijd dat we die hufters op hun flikker geven.'

Porter wendde zich tot de Belgen. 'Dood alles op twee benen met een wapen. We hebben het voordeel dat we ze verrassen, want ze hebben ons nog niet gezien. Zorg ervoor dat de eerste schoten raak zijn.'

'Geen probleem,' zei Nilis, die lachend zijn duimen opstak. Bald draaide met zijn ogen.

'Nog één ding,' zei Porter, terwijl hij de Belgen een voor een aankeek. 'Let extra goed op fuckers met een granaatwerper.' Hij vroeg aan Nilis: 'Weten je kameraden hoe die dingen eruitzien?'

'Ja. We hebben er vroeger mee geoefend. Geen zorgen, we weten waar we op moeten letten.'

'Mooi zo. Als je iemand met zo'n ding ziet, schakel hem dan uit. Zij vormden de grootste bedreiging. De AK's schieten maar met kaliber 7.62. Van die afstand kunnen ze niet veel aanrichten. Maar als ze een hotelkamer met zo'n granaatwerper op de korrel nemen, maakt niemand daar een schijn van kans.'

Nilis hoefde het niet te vertalen. Zijn vier maten begrepen duidelijk wat Porter zei. Snel verdeelden ze zich in paren en verspreidden zich over het dak, terwijl ze hun geweer en de extra magazijnen meezeulden. Tully en Nilis renden naar het gedeelte van de balustrade waar ze uitzicht hadden op de noordoostkant van het hotel in de richting van de rotonde, en twee Belgen installeerden zich in de zuidoosthoek. Spray Tan en de vierde Belg namen hun positie aan de zuidkant van het dak in. Porter en Bald gingen terug naar de muur aan de noordkant en keken naar Cape Road. De eerste golf rebellen bevond zich nu op driehonderdvijftig meter van het hotel. Ze renden alle twintig over de weg, zonder enige voorzichtigheid in acht te nemen, en wezen met hun machetes en geweren naar de toegangsweg. Een soldaat die ook maar enigszins wist wat hij deed zou dekking zoeken bij het naderen, dacht Porter. Maar deze gasten waren geen getrainde soldaten. Het waren verkrachters, dieven en moordenaars. Zij dachten niet tactisch. Ze wilden alleen maar de burgers vermoorden die vastzaten in het hotel.

Maar niet vandaag.

Hij zag zes rebellen voor hun maten uitrennen. Vier van hen droegen een AK-47. De vijfde had een Liverpoolshirt aan met op de achterkant HESKEY, en hij droeg een granaatwerper op zijn schouder. De zesde droeg een roze rok en rende vlak achter de kerel met de granaatwerper. Hij droeg een tas met extra granaten. De voorste groep rebellen was nu driehonderd meter van de voorkant van het hotel verwijderd. Porter gaf Bald een seintje.

'Ik ga die gast met de granaatwerper omleggen,' zei hij rustig. 'Ik zal hem laten kronkelen van de pijn. Zijn maat schiet ik ook neer, dan kun jij de rest van die fuckers te grazen nemen.'

'*Roger*, maat.'

Bald keek toe terwijl Porter de SLR optilde en de hendel aan de rechterkant van de systeemkast omhoog deed. De eerste patroon werd met een hard klikkend geluid de kamer in geduwd en Porter drukte de kolf stevig tegen zijn rechterschouder. Hij stond wijdbeens en met zijn linkerarm recht onder het geweer om het gewicht te helpen dragen. Hij legde zijn wang op de systeemkast, keek over de korrel en richtte het wapen op de rebel met het Heskeyshirt. De gast met de granaatwerper. Die vormde het grootste gevaar, omdat een slecht gemikte granaat heel wat meer schade kon aanrichten dan een slecht gemikte vuurstoot. Heskey rende zo hard hij kon om zijn maten, die een paar meter voor hem uit liepen, in te halen, met de rebel in de roze rok vlak achter hem. Porter ontspande zijn rechterschouder en duwde met zijn wijsvinger de trekker naar achteren. Hij richtte op Heskeys kruis. Porter wilde de rebel niet doden. Bij een schot in het hoofd zouden de vijf andere rebellen alleen maar wegrennen om dekking te zoeken, en dat was niet ideaal, omdat bewegende doelen altijd lastiger te raken waren dan doelen die niet bewogen. Als hij Heskey verwondde, zou een van de anderen automatisch naar hem toerennen om te helpen. Eenvoudige guerrillaoorlogvoering die door de Vietcong was geperfectioneerd.

Porter haalde diep adem.

Ademde uit.

Schoot.

Met een bevredigende knal schoot de eerste kogel uit de loop van de SLR. De patroonhuls vloog uit de kamer en viel ongeveer een meter rechts van Porter op de grond. Beneden op de weg klapte Heskey dubbel toen de kogel hem in zijn ballen raakte.

'Doelwit geraakt,' deelde Porter droogjes mee, als een chirurg die aanwijzingen geeft tijdens een operatie. Hij was er mentaal en fysiek helemaal op gefocust zo veel mogelijk rebellen te doden.

Heskey liet de granaatwerper los en viel midden op Cape Road op het asfalt. Hij kronkelde van de pijn en gilde om hulp. Het aas was uitgegooid. *Nu hoeft er alleen nog maar iemand te happen.*

De vier rebellen die voor hun gewonde collega uitrenden bleven staan en keken grofweg in de richting van het hotel, om te zien uit welke richting het schot was gekomen. Een paar meter achter hen liet de man met de roze rok de tas met granaten vallen en rende naar voren. Zijn instinct nam het over. Porter wist dat hij geen idee had waar het schot vandaan was gekomen. Waarschijnlijk was hij zich er niet eens van bewust dat er geschoten wás. Maar hij had zijn maat zien vallen, en ongetwijfeld was zijn eerste ingeving om hem te helpen. Zijn tweede ingeving zou zijn om de granaatwerper te pakken en daarmee te schieten om wraak te nemen. Zo werkte de menselijke psyche nu eenmaal.

Porter keek over de keep en de korrel naar de gewonde rebel en wachtte tot de man in de roze rok bij hem was. Hij was onnatuurlijk kalm en geconcentreerd en had de situatie volledig in de hand. Hij bepaalde wat er ging gebeuren voordat hij het tweede schot loste.

Hij wachtte tot het doelwit stilstond.

Porter telde tot twee en keek toe hoe de tweede rebel recht in zijn gezichtsveld liep.

De man bleef staan. Boog zich voorover om de granaatwerper op te pakken.

Toen haalde Porter opnieuw de trekker over.

De SLR schoot een stukje omhoog. Achter het hoofd van de rebel (of wat er van over was) zag Porter een rood wolkje opstuiven. De man schokte en deed een dodendans. Hij viel als een marionet waarvan de touwen waren doorgeknipt naast de gewonde rebel op de grond.

De vier rebellen voor hem zagen het hoofd van hun kameraad uit elkaar spatten, keken allemaal tegelijk naar het dak, hieven hun geweer en schoten terug. Ze namen echter niet de moeite om goed te richten en schoten lukraak in de richting van waar de schoten vandaan waren gekomen. De kogels sloegen zonder schade aan te richten naast en onder Porters en Balds positie in.

'Leg die fuckers om, Jock,' zei Porter.

'Het werd tijd, godverdomme,' zei Bald.

Hij stapte rechts van Porter in het zicht, klapte de twee poten van de steun in en vouwde ze in de klem onder de loop. Hij plaatste het wapen op de betonnen balustrade en verstelde met de draaiknop het vizier. Toen zette hij de veiligheidsknop op FIRE. Op Cape Road renden de vier rebellen die hadden teruggeschoten naar de vervallen gebouwen ten noorden van de weg om dekking te zoeken. Bald haalde de trekker over. Het machinegeweer maakte een zwaar dreunend geluid dat pijn deed aan Porters oren. Het leek wel een kettingzaag die door een automotor ging. De mondingsvlam van de mitrailleur flitste. De eerste salvo's van twee patronen kwamen een kleine tien meter achter de doelwitten terecht. De vijfde kogel was de tracer. Het lichtspoor. De kogel die de schutter naar zijn doelwitten leidde. Hij schoot door de lucht als een felrode pijl die op een kaart de schat aanwijst en liet een rookwolkje achter op de grond.

De vier rebellen renden verder en strekten al hun pezen om de gebouwen te bereiken. Als sprinters die op de eindstreep naar voren bogen. Ze waren snel – maar niet snel genoeg. Bald volgde de tracer. Wijzigde zijn elevatie. Richtte.

De rebellen waren tien meter van de gebouwen verwijderd toen hij weer schoot.

Bald vuurde met twee snelle vuurstoten twaalf kogels op de rebellen af. Van een afstand van achthonderd meter kon je met een mitrailleur door een stenen muur heen schieten. Vanaf minder dan de helft van die afstand hadden de rebellen geen schijn van kans. De kogels schoten een van hen letterlijk bij zijn middel doormidden, in een fontein van bloed en ingewanden. In een ander doelwit sloegen ze gaten zo groot als colablikjes, en door de snelheid van de kogels werden zijn ingewanden door de uitgangswonden gezogen. Bald bleef schieten. De andere twee rebellen verdwenen in een wolk van stof, bloed en botsplinters.

Porter richtte zijn aandacht op de andere rebellen die deel uitmaakten van de eerste aanvalsgolf en zich vijftig meter in oostelijke richting bevonden. Sommige van hen zagen hun maten aan gort geschoten worden en renden naar de bananenplantage ten noorden van Cape Road om daar bescherming te zoeken. Een rebel met een felgele pet ging op één knie zitten en richtte zijn granaatwerper op het dak. Voordat hij kon schieten velde Bald hem met een salvo van vier schoten. De man viel door de klap op de grond. Zijn rechterarm schoot omhoog en zijn vinger haalde automatisch de trekker over. De granaat schoot met een sissend geluid over de weg en boorde zich in een geparkeerde auto. De terugslag overweldigde de rebel die vlak achter het doelwit stond en rukte zijn linkerbeen vanaf de knie af. Een van zijn maten hoorde hem gillen, rende naar de gewonde rebel toe en begon hem weg te slepen. Porter schoot hem in zijn buik en zag hem in elkaar zakken en over de grond kronkelen van de pijn. Hij hield zijn wapen op de gewonde rebel gericht om te zien of zijn maten hem kwamen helpen, maar die kwamen geen van allen uit hun dekking tevoorschijn. Ze hadden hun lesje geleerd. Ze hadden gezien wat er met de vorige kerel was gebeurd die een gewonde maat had proberen te helpen en besloten wijselijk achter de bananenbomen buiten zicht te blijven. Ze kregen vandaag een heleboel praktijkles.

Negen man uitgeschakeld, dacht Porter.

Nog vijfenveertig te gaan.

Hij keek over zijn schouder om te zien hoe het de andere jongens verging. Aan de oostkant van de balustrade namen Tully en Nilis de rebellen die vanaf de rotonde naderden onophoudelijk onder vuur. De twee Belgen in de zuidoosthoek schakelden de doelwitten uit die vanaf de atletiekbaan naar het hotel toe kwamen. Spray Tan en de vierde Belg bestookten de rebellen op het veld ten zuiden van het hotel. De Belgen communiceerden met elkaar in hun eigen taal en opereerden als een losse eenheid. Het viel Porter op dat ze opvallend vaak raak schoten. Geen van de Belgen leek last te hebben van zenuwen. Het leken wel beroepsmilitairen.

Nilis schoot opnieuw en balde opgetogen een vuist omdat hij een rebel dodelijk had getroffen. Hij keek naar Porter en stak enthousiast zijn duim naar hem op.

'Lul,' mompelde Bald.

'Hij kan wel schieten,' zei Porter.

'Zijn maten ook.'

'Ik dacht dat ze het verleerd waren,' zei Porter.

Bald haalde zijn schouders op. 'Misschien werken ze helemaal niet in de bouw.'

'Hoe bedoel je?'

'Misschien zitten ze bij het Belgische leger of zijn het special forces. Hoe dan ook, het kan me geen reet schelen. Zolang ze maar met een wapen kunnen omgaan.'

Porter keek weer naar het noorden en richtte zijn wapen op de bananenplantage. Hij kreeg vier rebellen in het oog die voorovergebogen wegrenden van de bomen, terwijl hun maten onder de bomen dekkingsvuur afgaven. Porter realiseerde zich dat de rebellen de vervallen gebouwen probeerden te bereiken die ten westen van het hotel stonden. De onbeheerste salvo's van hun maten in de plantage raakten het hotel op meerdere verdiepingen onder het dak. Die gasten mogen dan met meer zijn en meer vuurkracht hebben, dacht Porter, ze kunnen voor geen meter schieten.

'Beweging,' zei hij tegen Bald. 'Op één uur. Vier x-rays, in de richting van die gebouwen.'

'Ik zie ze.'

Bald richtte zijn wapen op de doelwitten en vuurde een serie vuurstoten van twee en drie patronen af met het machinegeweer. De kogels raakten de grond en veroorzaakten geisers van rook en stof. De rebellen zagen zich gedwongen om te keren naar de bomen en zo te ontkomen aan het dodelijke geweervuur. Porter schoot een man met een shirt van de Chicago Bulls in zijn been. De rebel viel naar voren, greep naar zijn aan gort geschoten enkel en gilde naar zijn maten om hulp. Hij was nog aan het schreeuwen toen Porter een kogel door zijn achterhoofd schoot. Zijn schedel explodeerde in een regen van kraakbeen en hersenmaterie. Porter legde een tweede, slungelige kerel die een zonnebril droeg om voordat die zich wanhopig in veiligheid kon brengen en raakte hem twee keer in zijn onderrug. De man viel en de zonnebril vloog van zijn gezicht. Bald schoot de andere zich terugtrekkende rebellen aan gort. Ze zwaaiden heftig heen en weer toen de kogels in hun lichaam sloegen. Ook nu werd de romp van een van hen bij het middel doormidden geschoten, wat gepaard ging met een felrode regen van ingewanden.

'Er komen nog meer x-rays aan!' riep Tully. 'Op drie uur. Dertig man, op zeshonderd meter.'

'Geweldig,' mompelde Bald. 'Net wat we nodig hebben, godverdomme.'

Precies op dat moment zag Porter recht voor zich een mondingsvlam. Het volgende moment sloegen er kogels in, veel dichter bij het dak dan de vorige keer, en zes ervan raakten de airconditioningsbuis, twee meter links van Porter. Ze schampten de metalen bekleding en maakten zoveel herrie dat het wel leek alsof er met duizend hamers op een loden pijp werd geslagen. Porter keek langs zijn geweer naar de overkant van de weg en zag nog net een nieuwe flits aan de zijkant van de garage ten westen van de bomen. Terwijl hij keek kwamen er nog eens drie rebellen van achter de banenbomen tevoorschijn die achter de garage verdwenen voordat Porter ze onder vuur kon nemen.

Ze veranderen van tactiek, dacht Porter. Ze weten dat ze worden afgeschoten wanneer ze zich op de weg wagen. Nu proberen ze langs ons heen te sluipen. Hij wees Bald op de garage.

'Daar zitten x-rays. Driehonderd meter van de voorkant. Het gebouw met het blauwe dak. Geef die fuckers ervanlangs.'

'Met alle plezier, maat.'

Bald richtte de mitrailleur op het gebouw. Twee mannen schoten vanaf het dak voordat ze wegdoken. De rebellen gingen ervan uit dat ze achter de zijmuur van de garage veilig waren. Ze hadden het mis. Bald bestookte de muur met tien salvo's van drie patronen en richtte op een plek in het midden, grofweg ten hoogte van de rompen van de x-rays. De kogels boorden zich door het beton alsof het papier-maché was en maakten een gat in de muur met een doorsnee van dertig centimeter. De rebellen die zich erachter schuilhielden vielen op de grond als kegels op een bowlingbaan, in een wirwar van ledematen en kleding.

Nog vijf andere rebellen renden van de plantage naar de garage. Twee van hen bleven staan om het dak onder vuur te nemen met hun granaatwerper voor ze wegdoken achter de muur. De granaten vlogen draaiend hoog over Bald en Porter heen en verdwenen met een fluitend geluid in de verte. Bald schakelde beide rebellen uit met de mitrailleur. De kogels schoten door de stenen muur en doorzeefden de doelwitten met heet lood.

'Hoeveel van die fuckers zijn er?' vroeg hij.

Daar kon Porter geen antwoord op geven. Hij keek voor zich uit, zoekend naar zijn volgende doelwit. De rebellen ging nu overduidelijk voorzichtiger te werk. Ze zochten zo veel mogelijk dekking en vuurden salvo's af op het hoteldak. Maar het bleven slechte schutters, en ze opereerden in kleine, ongeorganiseerde groepjes in plaats van dat ze het hotel met een georganiseerde militaire aanval belaagden. Zolang ze op deze manier doorgaan lukt het ons misschien wel om ze op afstand te houden, dacht Porter.

Maar als iemand met enige militaire ervaring het bevel over dit zooitje overneemt, zitten we diep in de shit.

Een vuurstoot van drie patronen sloeg op amper twee decimeter afstand links van hem in de balustrade. Er vloog heet stof in zijn gezicht. Porter zocht de mondingsvlam om te kunnen vaststellen waar de schutter zich bevond. Aan de zijkant van zijn gezichtsveld ving hij een glimp van de rebel op. De man zat bij een muur van een van de vervallen gebouwen op negen uur. Hij zocht weer dekking voor Porter hem onder vuur kon nemen. Porter bleef rustig en bracht de keep en de korrel in lijn met de plek waar hij de rebel voor het laatst had gezien. Hij trok de grendel net ver genoeg naar achteren om de haan te spannen en wachtte af.

Al na twee seconden stak de kerel zijn hoofd om de hoek. Hij was nog bezig zijn AK-47 omhoog te doen toen Porter in een soepele beweging de trekker overhaalde en de vruchten plukte van de duizenden uren die hij had doorgebracht op de schietbanen in Brecon. Er schoten hete vonken uit de loop van de SLR. Porter zag een rode nevel opstuiven toen de kogel zich in de schedel van de man boorde en er aan de achterkant weer uitkwam. Alsof iemand met een fles Veuve Clicquot had geschud en die vervolgens had ontkurkt.

Toen zag Porter twee andere rebellen die zo hard ze konden wegrenden van achter de bananenbomen, in de richting van het meest oostelijke gebouw, om de plek van hun neergeschoten maat in te nemen. Porter nam de voorste rebel met de SLR onder vuur en raakte hem in de borst. Het doelwit had de grond nog niet geraakt toen Porter twee kogels in de rug van de tweede rebel schoot, vlak voordat die kon wegduiken achter een muur. De man viel voorover op de grond en het felrode bloed gulpte uit zijn uitgangswonden.

Porter herinnerde zichzelf eraan dat hij nog dertig kogels had.

Nog zeven in het magazijn.

'Daar komt de tweede golf!' riep Tully vanaf de oostkant van het dak. 'Vierhonderd meter.'

Porter zei: 'Hoeveel mannen gaan die lui opofferen tot ze weer oprotten?'

'Gaat niet gebeuren.' Tully veegde het zweet van zijn voorhoofd. 'Het zijn net ratten, maat. Ze zullen blijven komen tot ze een doorgang hebben gevonden. Ze stoppen pas als ze allemaal dood zijn.'

Knarsetandend keek Porter weer voor zich, naar de tweede golf rebellen die het hotel vanaf de rotonde naderde. Hij telde er dertig, en ze manoeuvreerden in een ongeorganiseerde formatie. Bald maaide de naderende doelwitten neer met een paar salvo's van de mitrailleur. Hij doodde er drie kort achter elkaar en zorgde ervoor dat de rest wegstoof. Porter richtte zijn wapen weer op het open terrein tussen de bananenbomen en de verlaten gebouwen en schoot alle rebellen neer die zich rennend in veiligheid probeerden te brengen. Bald bestookte de plantage met fel mitrailleurvuur, zodat de rebellen die zich daar ophielden zich wel moesten verplaatsen. De twee Blades werkten samen als een goed geoliede machine. Ze anticipeerden op wat de ander deed en gaven elkaar dekkingsvuur wanneer ze moesten herladen. Het dak raakte rondom hun voeten bezaaid met lege kogelhulzen. Onophoudelijk klonk het harde geluid van schoten en het geschreeuw van de gewonden en stervenden.

'Hoe staat het met de evacuatie?' vroeg Bald terwijl hij over zijn schouder naar de deur naar het trapportaal keek, alsof hij verwachtte dat Tannon elk moment naar buiten kon komen rennen met nieuws.

'Geen idee, kerel. Laten we eerst die teringlijers maar te grazen nemen.'

'Wat gebeurt er als onze munitie op is voordat de rebellen door hun soldaten heen zijn?'

'Zover komt het niet,' zei Porter. 'Het is een kwestie van tijd voordat er hulp komt.'

Maar eigenlijk had hij hetzelfde gedacht als Bald. Als de rebellen ons blijven aanvallen, krijgen we vroeg of laat te maken met een munitietekort, dacht hij. Zelfs die idioten begrijpen op een gegeven moment dat we door onze patronen heen raken. Als dat gebeurt, zitten we in de shit.

En diep ook.

Intussen stond de zon recht boven de baai en had de lucht een felblauwe kleur gekregen. Toen Porter op zijn G-Shock keek, zag hij tot zijn verbazing dat het een paar minuten over acht was. Dat betekende dat ze de vijand al meer dan een uur onder vuur namen. Die leek echter geen aanstalten te maken de aanval te staken. Een stuk of tien rebellen die deel hadden uitgemaakt van de tweede golf hadden het hotel weten te naderen over het open stuk grond tussen de bananenbomen en de vervallen gebouwen, terwijl de andere vijftien vanuit de beschutting van de plantage dekkingsvuur afgaven en het hoteldak lukraak onder vuur namen. Ze schoten hele magazijnen leeg zonder ook maar te overwegen zuinig om te springen met hun munitie.

Het viel Porter op dat ze onzorgvuldig omsprongen met hun patronen. En dat kon maar één ding betekenen.

Ze hebben er heel wat meer dan wij.

Tegen negenen waren de rebellen steeds secuurder gaan schieten. Minstens twintig van hen hadden zich van de vervallen gebouwen naar de garage ten noorden van het hotel verplaatst, waar ze een positie innamen vanwaar ze het dek beter konden bereiken. Een salvo van vier patronen kwam gevaarlijk dichtbij en sloeg op een paar centimeter afstand rechts van Porter in de balustrade. De rebellen zochten weer dekking voor Porter ze onder vuur kon nemen.

'Op twaalf uur,' zei hij tegen Bald. 'De garage. Met die oude auto's ervoor.'

Bald liet zich op zijn buik vallen en vouwde de poten van de steun uit. Toen stak hij de loop van de mitrailleur door het afvoergat halverwege de balustrade en nam een groep van drie rebellen onder vuur die achter een van de verlaten auto's voor de garage weggedoken zaten. Toch verschenen er steeds meer rebellen. Groepjes van zes of tien man arriveerden om hun maten bij de plantage te ondersteunen, zodat de andere rebellen onder dekkingsvuur konden oprukken. Halverwege de ochtend bevond de vijand zich op minder dan driehonderd meter van het hotel. Een stuk of zes rebellen hielden zich schuil in de garage zelf. Bald en Porter bleven hen onder druk zetten met herhaaldelijke goed gerichte vuurstoten. Er lagen nu meer dan twintig lijken verspreid over het terrein ten noorden van het hotel. Porter schoot met de laatste kogel in het magazijn opnieuw een rebel neer en haalde een nieuw magazijn uit zijn broekzak. Hij begon nu aan zijn vierde, en dat betekende dat hij meer dan zestig patronen had verbruikt. *Nog acht en dan ben ik door mijn munitie heen.* Hij keek naar Bald en zag dat die er twee patroonbanden doorheen had gejaagd. Samen hadden ze nu bijna vijfhonderd kogels afgeschoten.

Elke keer wanneer een aanval de kop in werd gedrukt door hevig geweervuur, probeerden de rebellen het hotel langs een andere kant te bereiken. Twee keer moesten Bald en Porter het dak oversteken om Spray Tan en de vierde Belg ondersteuning te bieden. De Blades konden niet over de airconditioningsbuis klimmen, omdat ze dan het risico liepen boven de balustrade uit te komen en zichtbaar te worden voor de rebellen, dus moesten ze er op handen en voeten omheen kruipen om de andere kant van het dak te bereiken. De rebellen vielen het hotel in groepen van zes of acht man vanuit het oosten en het zuiden aan, de ene golf na de andere. Kogels maakten gaten in het beton en ketsten af tegen de watertoren.

Ze komen dichterbij, dacht Porter. Even werd hij heel bezorgd. *Als er hulp onderweg is, kan die maar beter snel komen.*

'We hebben jullie hier nodig!' riep Spray Tan bij het deel met uitzicht op het zuiden.

Bald en Porter gingen zo snel mogelijk naar hen toe. Ook Nilis voegde zich bij hen, zodat Tully en de twee andere Belgen de rebellen onder vuur namen die via de rotonde oprukten. Porter liet zich tegen de muur aan de zuidkant vallen en keek door een van de afvoergaten. Ruim twintig strijders naderden de achterkant van het hotel. Ze waren het veld aan de zuidkant overgestoken en hadden de lage muur bereikt die op honderdvijftig meter afstand stond, niet ver van het zwembad. Bald maakte een paar rebellen die de muur over klommen met een meedogenloze regen van kogels een kopje kleiner; de loop van de mitrailleur was roodgloeiend terwijl de kogels de rebellen uit elkaar reten. Hun ledematen vlogen door de lucht en sommige mannen werden onthoofd. Een paar van de slimmere rebellen hurkten neer achter de verste kant van de muur. Porter nam ze te grazen zodra ze hun hoofd boven de muur uitstaken.

Terwijl Porter zijn volgende doelwit uitzocht, zag hij tot zijn afgrijzen dat twee rebellen over de muur aan de achterkant van het hotel hadden weten te klimmen. Ze renden naar een rij schuurtjes die honderd meter van de restaurantdeuren stonden. Het viel Porter op dat deze twee rebellen er een stuk jonger uitzagen dan de anderen. Ze waren niet ouder dan een jaar of elf, twaalf. Ze bevonden zich nu op zeventig meter van de schuurtjes. Porter volgde het dichtstbijzijnde joch lang de loop van zijn geweer. Het was een benige knul, met een bloedrood mouwloos T-shirt en een groene doek om zijn geschoren hoofd. Hij leek meer op een kind dat Rambo speelde dan op een bloeddorstige rebel.

Porter zag dat Bald de mitrailleur op het joch richtte.

'Moeten we die gastjes ook neerschieten, Jock? Tering man, het zijn nog maar kinderen.'

Bald aarzelde. Voordat hij kon antwoorden hoorde Porter op negen uur de knal van een geweerschot toen Nilis één enkel schot loste met zijn SLR. De kogel raakte Rambo in zijn maag en hij viel op vijftig meter van de schuurtjes op de grond. Het tweede joch maakte de fout om om te kijken naar zijn vriendje, zodat hij heel even bleef staan – lang genoeg voor Nilis om opnieuw aan te leggen en de jongen in zijn linkerschouder te raken. Hij viel een paar stappen van Rambo op de grond. Ze grepen allebei hun gewonde lichaamsdelen vast en gilden het uit.

'Raak!' grijnsde Nilis. Hij stak weer een duim op naar Bald. 'Kijk, dát noem ik schieten, vriend.'

De twee gewonde jongens bleven kermen. Bald richtte zijn wapen op hen, klaar om ze uit hun lijden te verlossen, maar Nilis stak zijn hand uit en legde die op het machinegeweer. Hij keek Bald met een harde blik aan.

'Nee,' zei hij. 'Laat ze maar lijden.'

Hij bleef Bald even aanstaren. Toen liep hij grijnzend terug naar zijn plek bij de balustrade en nam de ruim tien rebellen onder vuur die nog altijd in de richting van het hotel kwamen. Bald staarde vol ongeloof naar hem, verbijsterd over de achteloosheid waarmee de Belg de twee jongens had neergeschoten. Alsof het niets had voorgesteld. En alsof het niet de eerste keer was geweest dat hij iemand had gedood. Misschien heeft Bald gelijk, dacht Porter. Misschien zitten deze gasten wel echt bij de Belgische special forces. Maar als dat zo is, wat hebben ze hier dan te zoeken?

Een schreeuw van Tully trok zijn aandacht.

'Technical!' riep hij. 'Op drie uur. Hij komt jullie kant op, jongens!'

Bald en Porter kropen weer over het dak, terwijl er kogels insloegen in de balustrade en afketsten tegen de airconditioningsbuis. Een halve seconde voordat de metalen bekleding door drie kogels geraakt werd, gleed Porter van de buis. Hij maakte zich zo klein mogelijk en rende naar de noordelijke muur. Daar keek hij in de richting van de rotonde. Hij zag een langwerpige stofwolk. Een aftandse witte Hilux reed met een kilometer of dertig over Cape Road in de richting van het hotel. Vier rebellen renden ernaast en gebruikten het voertuig als dekking. Een vijfde man stond in de laadbak van de Hilux. Hij bemande een zwaar machinegeweer dat op een driepootssteun stond. Zijn patronenband zwaaide heen en weer in de wind. Zelfs van vierhonderd meter afstand zag Porter meteen dat het een Russische Dushka was, een zwaar machinegeweer met het kaliber 12.7×108mm, het Sovjetequivalent van de .50 kaliber van de NAVO. Het soort wapen dat van een kilometer afstand een kudde olifanten uit de weg kon ruimen. Van vierhonderd meter afstand was het ronduit dodelijk.

'Waar hebben ze díé godverdomme vandaan?' vroeg Bald.

'Waarschijnlijk van een overgelopen legereenheid,' zei Porter. 'Of misschien uit een wapenmagazijn dat die klootzakken hebben geplunderd.'

Hoe dan ook, als de rebellen raak weten te schieten met dat ding zijn we de lul.

Onmiddellijk verplaatsten Bald en Porter hun aandacht naar de naderende Hilux. Ze richtten hun wapen niet meer op de voetsoldaten maar op de grootste dreiging. Bald schoot meteen een salvo op de technical af. Hij richtte op de man achter de Dushka. Porter wist dat het geen makkelijke opgave was. Het was een enorme uitdaging om van een afstand van driehonderdvijftig meter een snel bewegend doelwit te raken met een machinegeweer, zelfs voor een doorgewinterde SAS'er als Bald. De mitrailleur maakte een diep dreunend geluid. De zes kogels misten doel en sloegen twee meter links van de Hilux in het asfalt.

'Vuile tyfuslijer,' schold Bald.

'Driehonderd meter,' zei Porter. 'Schiet op.'

De bestuurder van de Hilux gaf opeens gas. De wagen schoot met piepende banden naar voren, zodat de vier rebellen die waren meegelopen achterbleven. Op hetzelfde ogenblik zwaaide de man achter de Dushka het zware machinegeweer omhoog, en Porter zag een witte mondingsvlam toen hij een salvo van zes patronen afvuurde op het dak. Er kwam gas omhoog uit de zijkanten van de loop. Een reeks diepe, zware knallen galmde door de lucht terwijl de kogels uit elkaar spatten. Porter zag de Hilux schokken door de terugslag van het wapen. Patroonhulzen zo groot als bierflesjes vielen langs het wapen naar beneden. Twee van de kogels velden een palmboom die vlak voor het hotel stond. Drie kogels kwamen hoger terecht en sloegen in het beton onder de balustrade, elke kogel iets hoger dan de vorige, als noten in een muziekstuk. De zesde kogel sloeg op nog geen twintig centimeter van Porter een gat in de balustrade. Zijn gezicht kreeg een regen van stukjes beton en een hete stofwolk te verwerken.

'Maak hem af!' schreeuwde hij. 'NU, JOCK!'

Bald richtte en schoot opnieuw. De eerste drie kogels vlogen over de Toyota heen, maar de drie erna waren in de roos. Ze raakten de rebel die het machinegeweer bediende dicht bij elkaar en scheurden zijn buik helemaal open. Zijn armen vielen weg van het machinegeweer terwijl Bald zijn vizier op de cabine richtte en een vuurstoot gaf van vijf patronen. Die boorden zich door het portier van de bestuurder als een kniptang door een papieren kaartje en doodden de rebel achter het stuur. Bloed spatte over de voorruit. De Hilux maakte een scherpe bocht naar rechts en knalde tegen een van de auto's die voor de garage geparkeerd stonden. Ze hoorden het doordringende geluid van verwrongen metaal en het gerinkel van glas. De wagen begon keihard te claxonneren, als een soort mechanische gil.

'Ik kan het nog,' zei Bald grijnzend.

Porter verplaatste zijn aandacht naar het oosten, naar de vier gewapende rebellen die over het midden van de weg liepen. Opeens begonnen ze naar de gehavende pick-up te rennen. Intuïtief begreep Porter wat er gebeurde.

'Vier x-rays proberen de Dushka te bereiken,' zei hij. 'Schakel die fuckers uit!'

'Komt voor de bakker, maat.'

Een van de rebellen klom in de laadbak van de Hilux en strekte zijn handen uit naar de Dushka. Bald schoot een salvo op hem af terwijl de man de hendels vastpakte. De kogels raakten hem met zoveel kracht dat hij uit de pick-up viel. Bald verplaatste de loop iets en vuurde een regen van kogels op de benzinetank af, achter in de Hilux. De eerste zes kogels schoten door de tank en de volgende zes lieten hem in brand vliegen. De drie andere rebellen die naar de pick-up waren gerend bleven staan terwijl het vuur zich over de rest van de wagen verspreidde. Door de hitte en de gassen was het onmogelijk de Dushka te bedienen. De mannen wendden zich af van de brandende pick-up en haastten zich in de richting van de garage, twaalf meter verderop. Met een paar felle vuurstoten maaiden Porter en Bald ze allemaal neer.

Uit de vervallen gebouwen kwamen nog eens tien rebellen, die de ongeveer twaalf collega's kwamen versterken die zich buiten voor de garage ophielden. Porter was bezig met zijn laatste twee magazijnen. Nog veertig schoten, dacht hij. Beneden was meer munitie, maar als de rebellen bleven komen wist hij dat er vroeg of laat een tekort zou komen.

Hij keek uit over Cape Road en zag een grotere groep rebellen tevoorschijn komen van achter de vervallen gebouwen en in de richting van de toegangsweg rennen. Het waren er veertien. De helft was uitgerust met een granaatwerper. Ze waren minder dan tweehonderd meter van het hotel. Gevaarlijk dichtbij.

'Shit,' zei Bald.

'Meer vuurkracht hierheen!' riep Porter.

Tully en Nilis kwamen aangesneld van de oostflank om te helpen de dreiging het hoofd te bieden, zodat de rebellen in het paviljoen alleen nog onder vuur werden genomen door twee andere Belgen. Spray Tan en de vierde Belg bleven de vijand langs de zuidkant van het hotel op afstand houden. Porter wilde schieten, maar toen Tully iets naar hem schreeuwde dook hij omlaag terwijl er een granaat over hem heen vloog en op een haar na miste. Toen kreeg zijn opleiding de overhand. Hij hief meteen zijn SLR, volgde het snel verdwijnende rookspoor en richtte het wapen op een rebel die naast een van de gebouwen gehurkt zat. Porter schoot de kerel neer terwijl die een nieuwe granaat in de granaatwerper deed. De man klapte dubbel, viel voorover en schoot met de granaatwerper in de grond. De granaat ging af en er spoot een heftig sissende fontein van zand, brokstukken en lichaamsdelen de lucht in. Een andere rebel hurkte neer om het hotel met zijn granaatwerper onder vuur te nemen, maar Porter trakteerde hem op een kogel in zijn hoofd.

'Hier beneden, maat! Op twaalf uur!' riep Bald.

Op hetzelfde moment sloeg er een granaat in een van de ontruimde onderste verdiepingen van het hotel. Ze hoorden het geluid van versplinterend glas en er kringelde zwarte rook omhoog tot over het dak, die brandde in de longen van de Blades en hun het zicht op de rebellen op Cape Road ontnam. Toen de rook was opgetrokken zag

Porter ze: zeven rebellen, onder hem. Ze hadden de afslag in de toegangsweg naar de voorkant van het hotel bereikt. Doordat hij er zo op gebrand was geweest de rebellen met de granaatwerpers uit te schakelen, had hij ze over het hoofd gezien. Ze waren al langs de zandzakken gerend en renden nu zigzaggend over de linkerhelft van de weg naar de ingang van het hotel. Porter schatte dat ze zo'n dertig meter ver weg waren. Een heel eind voor hun maten uit.

En ze kwamen snel dichterbij.

Hij richtte zijn geweer op de toesnellende doelwitten. Van veertig meter hoogte was de hoek lastig, en Porter moest over de balustrade leunen om de rebellen onder vuur te kunnen nemen. Hij wist dat ze elk moment uit het zicht konden verdwijnen. Hij had één kans om ze neer te schieten. Hij hield zijn adem in en haalde twee keer de trekker over. De eerste keer schoot hij mis, de tweede kogel raakte de achterste rebel in zijn buik, waardoor de man tegen de grond sloeg. De andere zes rebellen verdwenen echter uit het zicht voordat Porter op hen kon schieten. Ze renden langs de afgesloten ingang van de ondergrondse parkeergarage, recht op de hoofdingang af.

Porter draaide zich weg van de muur en keek Tully aan. 'Blijf hier en houd dat zooitje op afstand,' zei hij. 'Blijf schieten tot er niemand meer overeind staat, begrepen?'

Tully knikte. 'Waar ga jij heen?'

'Ik ga voorkomen dat die gekken het hotel binnenkomen.'

Nilis hoorde hem en zei: 'Ik ga met je mee. Ze zijn met z'n zessen. Met z'n tweeën hebben we meer kans om ze tegen te houden.' Hij grijnsde. 'Bovendien kan ik dan meer van die wilden afmaken.'

De Belg kwam ontspannen over. Zelfverzekerd. Alsof hij helemaal niet bang was. Weer vroeg Porter zich af wie die kerel eigenlijk was. Maar hij had geen tijd om zich druk te maken om Nilis en zijn maten. Hij dacht aan de provisorische blokkade van de ingang van het hotel en wist dat de rebellen er binnen de kortste keren doorheen zouden zijn. *Als we die klootzakken niet snel keihard te grazen nemen, is iedereen in het hotel er geweest.* Hij knikte naar Nilis.

'Kom mee.'

Toen draaide hij zich om en snelde het dak over, in de richting van het trappenhuis.

17

10.58 uur

Porter stormde de trap af. Het bloed suisde in zijn oren en hij had spierpijn van het vuurgevecht. Het geluid van schoten was hoorbaar op de bovenste verdiepingen van het hotel. Nilis lag een paar treden achter en ademde zwaar. Er klonk een keiharde klap op een van de lagere verdiepingen. De muren schudden toen de voorkant van het hotel opnieuw geraakt werd door een granaatwerper. Porter hoorde een regen van gebroken glas en verzengende vlammen. Hij rende verder en dacht niet aan doodgaan. Hij dacht niet aan wat er de komende uren zou kunnen gebeuren, of aan de mogelijkheid dat de vijand misschien ging winnen. Het enige waar hij aan dacht waren de komende tien seconden. *Ga naar de begane grond. Dood de rebellen. Weerhoud ze ervan de burgers af te slachten.*

Terwijl Porter en Nilis de trap afstormden kwamen ze langs verscheidene groepjes Nigerianen die rondhingen op de overlopen. Anderen hingen tegen de muren van de gangen die vanaf de overlopen naar links en naar rechts liepen. Een paar soldaten zaten bij elkaar gepropt in lege kamers die ze hadden weten te vinden. Ze staarden Porter met grote ogen aan terwijl hij langs kwam rennen. Ze toonden geen enkele schaamte of gêne omdat ze het gevecht uit de weg gingen. Porter zag alleen maar opluchting omdat ze de strijd niet hoefden aan te gaan. Porter knarsetandde van woede om hun lafheid en rende verder.

Toen ze op de tweede verdieping kwamen, zagen ze een grote zwarte rookwolk. Porter wierp een blik naar links en zag de oranje weerspiegeling van een felle brand in een kamer aan de andere kant van de gang, twintig meter verderop. Crowder en drie vrijwilligers stonden in de deuropening van de kamer, die aan de noordkant van het hotel lag. Ze doofden de vlammen met brandblussers en emmers water. Andere vrijwilligers renden door de gang en probeerden branden te bestrijden die waren uitgebroken toen er granaten waren ingeslagen. Porter rende langs hen richting de trap naar de eerste verdieping, waar hij een man met een grote baard en een blauw overhemd tegen het lijf liep die moeizaam de trap op kwam klauteren. Het was een van de Libanese zakenmannen die de vorige dag hadden geprobeerd het hotel uit te komen. De man zwaaide met zijn armen en riep Porter zwaar hijgend iets toe.

'Help! Alstublieft. Ze vermoorden ze!'

Porter bleef staan en vroeg: 'Wie?'

'Mijn ooms,' antwoordde de man terwijl hij naar beneden wees. 'Ze gingen naar de lobby om te zien of ze weg konden. Toen kwamen de rebellen naar binnen en vielen hen aan. U moet ze helpen!'

'Wacht hier,' beval Porter.

Hij passeerde de doodsbange Libanees en liep voorzichtig de trap af, met Nilis een meter achter hem. Ze hielden hun geweer tegen hun schouder gedrukt en hadden hun blik op de verdieping onder hen gericht, klaar om hun wapen omhoog te doen en bij de eerste de beste beweging te schieten. Op de eerste verdieping bleef Porter staan. Hij keek naar beide kanten de gang af. Toen hij zich ervan vergewist had dat die leeg was, liep hij langzaam naar links en keek boven aan de trap naar beneden. Halverwege de trap bevond zich een overloop, waarna de trap een draai van honderdtachtig graden maakte en recht naar de benedenverdieping liep. Porter zag geen rebellen, maar hij hoorde wel geschreeuw in de lobby. Toen wist hij dat de rebellen door de gebarricadeerde voordeur waren gebroken.

Waarom komen ze de trap niet opgestormd? dacht Porter verontrust. Dat zou ik wel doen. Ik zou meteen naar de bovenste verdieping rennen om de schutters op het dak te verrassen. Maar deze jongens zijn nog steeds op de benedenverdieping.

Waarom?

Hij verdrong de gedachte en gebaarde naar de Nilis dat die hem moest volgen. Ze slopen de treden af en kwamen op de onderste overloop. Bij de blinde hoek bleef Porter staan. Het geschreeuw klonk nu luider – bijna uitgelaten. Als een stel voetbalsupporters die juichen omdat hun club een penalty krijgt. Porter liep naar de rand van de trapleuning, gebaarde naar Nilis en stapte op de eerste tree. Toen op de tweede en de derde. Hij sloop naar beneden tot hij halverwege de trap was. Toen draaide hij zich naar links en keek om de trapleuning heen naar de voorkant van de lobby.

Zes rebellen stonden in een halve cirkel in het midden van de lobby, op vijftien meter afstand van Porter, tussen twee marmeren pilaren. Achter hen zag Porter de omgekeerde piano en een zee van glas op de plek waar de rebellen door de provisorische barricade waren gebroken. Hij keek door de openstaande deuren naar de omgeving voor het hotel. Daar waren geen andere rebellen te bekennen. Dat was ook wel logisch, want hij wist dat ze niet met elkaar samenwerkten en ongecoördineerd aanvielen. Op de een of andere manier waren deze kerels erdoorheen geglipt, maar de anderen kostte het nog altijd moeite om op te rukken doordat ze vanaf het dak zwaar onder vuur werden genomen. Porter kwam tot de conclusie dat er niet direct versterkingen zouden verschijnen.

Hij richtte zich weer op de zes rebellen. Voor hen lagen twee bebloede Libanezen. Een van de slachtoffers zat in elkaar gezakt tegen een van de pilaren aan. Uit een wond in zijn keel gulpte donker bloed. De man was al dood. De andere Libanees lag om zich heen trappend op de grond te schreeuwen terwijl een van de rebellen met een machete op hem inhakte. Het slachtoffer gilde het uit van de pijn toen de rebel zijn buik met één uithaal opensneed. Vervolgens greep de man met de machete een handvol ingewanden vast, rukte die uit de maag en hield ze omhoog, als een soort trofee. De andere rebellen stonden met hun rug naar de trap en joelden opgewonden, onder de invloed van drugs, alcohol en moordlust. Porter had aan één blik genoeg om te begrijpen waarom ze de trap nog niet waren opgerend. *Deze jongens denken niet tactisch. Ze willen alleen maar doden.*

Porter hief zijn geweer terwijl hij samen met Nilis verder de trap afliep. Ook de Belg hield zijn wapen recht voor zich uit, met zijn vinger aan de trekker.

De rebellen zagen hen niet aankomen.

Porter keek langs de loop naar de rebel die de ingewanden vasthield. Hij had geen tijd om goed te richten. Daarvoor was het doelwit te dichtbij. Van vijftien meter afstand kwam het allemaal neer op instinct. Een combinatie van reflexen, spiergeheugen en duizenden uren schietervaring. Porter schoot twee keer op de man. De kogels raakten hem vlak onder zijn nek en schoten door hem heen, recht in de brede borstkas van de rebel achter hem.

Twee doelwitten uitgeschakeld.

Alles ging in een waas. De vier andere rebellen draaiden zich om naar de trap. Een kerel in een feloranje shirt en met een Ray-Ban op zijn neus hief zijn wapen en schoot uit de heup op Porter. De klassieke Hollywoodhouding. De kogels sloegen een halve meter voor Porter in de trap en vernielden de trapleuning aan zijn linkerkant. De houtsplinters vlogen in zijn gezicht. Porter rende verder de trap af en schakelde de kerel uit voordat die weer kon schieten door twee kogels in zijn kruis te jagen. De rebel viel kreunend achterover en sloeg zijn handen over zijn verwoeste ballen. Toen schoot Porter een derde kogel tussen zijn ogen.

Op hetzelfde moment richtte een vierde rebel zijn AK-47 op de trap. Porter zag de nieuwe dreiging te laat. De man had tijd gehad om goed te mikken terwijl Porter zich bezighield met de drie andere rebellen. Porter realiseerde zich dat hij nog een halve seconde had om te reageren voordat de man schoot. Niet genoeg tijd om zich naar hem toe te draaien, te richten en te schieten. Láng niet genoeg. Even dacht Porter dat hij er geweest was. Toen zag hij op drie uur een oranje flits. Nilis sprong naar voren en schoot drie keer op het doelwit. Hij ging nauwkeurig te werk, op een manier die bij het Regiment niet zou misstaan. Het hoofd van de rebel schoot naar achteren toen de kogels in zijn schedel verdwenen. De hand waarmee hij zijn wapen vasthield draaide omhoog en in een reflex schoot de rebel op het plafond voordat hij voorover viel en het licht uit de ouderwetse kroonluchter geblazen werd.

De vijfde rebel stond naast de man die door Nilis was uitgeschakeld. Hij droeg een rok en sandalen en was de langzaamste van het stel. Nilis vuurde een salvo van drie patronen op hem af voor de man ook maar één schot kon lossen. De kogels raakten hem boven in zijn borst, schoten door zijn vitale functies en verlieten zijn lichaam door zijn rug. Ze verbrijzelden het glas in de deuren achter hem. De man strompelde naar voren en viel boven op de stapel wapens en spullen die door de Nigerianen waren achtergelaten. Hij kwam niet meer overeind.

Nog één rebel te gaan. Porter stapte op de onderste tree, nog altijd met geheven wapen. De zesde rebel draaide zijn geweer met een wazige beweging naar Porter toe. Het was een gespierde kerel met een basketbalbroek tot op zijn knieën en borstspieren zo groot als wieldoppen. Er hing een zwartleren granaattas voor zijn blote borst, waar zeker zes handgranaten in zaten. Wieldop schoot drie keer, maar de kogels vlogen over Porter heen en sloegen links van hem in de trap. De man richtte opnieuw. Hij was geen geweldige schutter, maar Porter wist dat dat van een afstand van vijftien meter ook niet nodig was. *Hij hoeft alleen maar mazzel te hebben.*

Zorg ervoor dat het volgende schot raak is.

Porter bleef kalm en richtte de loop op de romp van Wieldop. Dat vormde het grootste doelwit en bood Porter de grootste kans hem te raken. Hij haalde de trekker een fractie van een seconde eerder over dan Wieldop. De kogel trof hem iets hoger dan de plek waarop Porter had gemikt. De bovenste helft van Wieldops gezicht explodeerde. Bloed spoot uit de onderste helft en de pilaar werd besproeid met hersens en stukjes schedel. De kerel viel boven op de afgeslachte Libanees.

Porter rende naar voren en liep om de neergeschoten mannen heen. Bij de ingang zag hij door de deuren nog twee rebellen. Ze renden veertig meter verderop over de toegangsweg in de richting van het hotel. Een van hen had de hazewindachtige bouw van een marathonloper en rende voor zijn maat uit. Hij bevond zich nu een kleine dertig meter van de ingang, maar verder zou hij niet komen. Porter ging op één knie zitten, richtte zijn wapen en haalde twee keer de trekker over. Hazewind werd in zijn keel en boven in zijn borstkas geraakt. De tweede rebel bleef doorrennen. Hij droeg een blonde pruik en een bloemetjesjurk en zwaaide met een machete boven zijn hoofd terwijl hij als een bezetene gilde. Porter schoot Blondie drie kogels in de romp voordat die tegen het asfalt sloeg.

'We moeten het gat dichtmaken!' schreeuwde Porter naar Nilis.

De twee mannen haastten zich naar het gedeelte van de lounge rechts van de ingang. Daar stonden drie versleten sofa's uit het midden van de twintigste eeuw om een lange, donkerhouten koffietafel, met daaromheen een paar exotische planten. Hij pakte een uiteinde van de tafel en Nilis het andere. Ze sleepten de tafel naar de ingang en zetten hem op zijn zijkant neer zodat het gladde tafelblad tegen de deur aan stond en de poten de lobby in wezen.

Ze waren bezig een van de sofa's naar de ingang te brengen om de barricade te verstevigen toen Porter op zes uur het doordringende geluid van brekend glas hoorde. Hij liet de sofa los en keek in de richting waar het geluid vandaan was gekomen. Nilis deed hetzelfde. Door de gang, achter het kantoor van de manager en de personeelskamer. In de richting van de grote ramen aan de andere kant van de gang, die uitkeken op het terras aan de achterkant van het hotel. Porter herinnerde zich dat de ramen de vorige dag waren afgegrendeld.

Toen zag hij de rebellen.

Er waren er twee door een van de gebarricadeerde ramen geklommen. Ze hadden de ruit kapotgeslagen en de aan elkaar gekoppelde stoelen die voor het raam waren gezet opzijgeschoven. De vloer van de lobby lag bezaaid met meubilair en gebroken glas. Porter zag met afgrijzen een derde man door de opening klimmen. Hij had een AK-47 in zijn handen geklemd en voegde zich bij zijn twee maten. Over een paar seconden krijgen ze ons in de smiezen, realiseerde Porter zich. We kunnen nergens dekking zoeken. Ze zullen ons afslachten.

Nilis kwam meteen in actie. Hij rende naar Wieldop toe, knielde neer naast zijn lijk en pakte een van de granaten uit de riem. Toen trok hij de pin los en gooide de granaat bovenhands naar de drie rebellen. Het projectiel kwam op de grond terecht en stuiterde omhoog, en toen klonk er een doffe dreun waar de vloer van trilde. Porter hoorde een gil terwijl de rebellen verdwenen in een wolk van rook en staalsplinters. De explosie scheurde ze aan stukken en verwoestte de schilderijen die aan weerszijden van de gang aan de muur hingen. De vloer voor het raam raakte bezaaid met lichaamsdelen en de huid van de rebellen was helemaal aan stukken gescheurd en zwartgeblakerd.

Porter zag overal bloed. Stukken kalk vielen als verbrande sneeuwvlokken van het plafond op de levenloze lichamen.

Aan de andere kant van het raam klonken stemmen. Nilis pakte nog een granaat uit de riem om Wieldops borst, rende de gang door en gooide het ding door de opening in het raam. Weer klonk er een doffe klap toen de tweede granaat op het terras ontplofte. Porter hoorde het akelige gegil van rebellen die doorzeefd werden door granaatscherven. Hij richtte zijn geweer op het raam voor het geval er meer rebellen zouden proberen door de opening naar binnen te komen, maar dat gebeurde niet.

Nilis stapte van het raam weg en kwam teruglopen. Hij lachte gemoedelijk naar Porter. 'We hebben die eikels wel een lesje geleerd, hè?'

Porter staarde de Belg aan. Die gast is volkomen gestoord, dacht hij. Als dit achter de rug is, ga ik achterhalen wie deze kerel en zijn maten écht zijn.

Hij hoorde voetstappen uit het restaurant komen. Instinctief draaide Porter zich naar links, met zijn wijsvinger aan de trekker van zijn geweer. Drie schimmige gestalten kwamen naar de lobby toelopen. Heel even sloeg de schrik Porter om het hart omdat hij dacht dat er meer rebellen het hotel binnen waren gedrongen. Maar toen stapten ze uit de schaduw en zag hij dat ze hetzelfde goedkope pak droegen als de twee dode Libanezen. Ook hadden ze dezelfde donkere gelaatstrekken en dezelfde dikke snor. Hetzelfde kitscherige horloge om hun pols. Ze leken als twee druppels water op de dode mannen. Het enige verschil was dat ze niet waren opengereten met een machete.

Een van de Libanezen kwam behoedzaam naar Porter toelopen, met zijn mollige handen boven zijn hoofd. Toen hij zijn dode vrienden zag, veranderde zijn gelaatsuitdrukking volkomen. Zijn gezicht begon te trillen van onuitsprekelijk verdriet.

Porter had geen tijd om de man te troosten. 'Zijn daar nog meer mensen?' vroeg hij, wijzend naar het restaurant.

De dikke kerel herpakte zich en schudde zijn hoofd. 'Nee. Alleen wij. We verstopten ons in de keuken toen we de rebellen aan zagen komen.' Zijn ogen schoten weer naar de dode Libanezen. 'We hoorden ze. We hoorden onze vrienden om hulp schreeuwen, en we deden helemaal niets.'

'Maak jezelf nuttig,' zei Porter, wijzend op het raam. 'Zorg ervoor dat dat gat fatsoenlijk wordt gebarricadeerd. Zet er meubels voor en alles wat je verder maar kunt vinden. Tenzij je op dezelfde manier wilt eindigen als je vrienden.'

De Libanees staarde naar de lijken en knikte flauwtjes. Porter keek naar de twee andere Libanezen.

'Jullie. Fouilleer de rebellen op wapens en munitie.'

Een van hen staarde angstig naar de neergeschoten mannen. 'Fou... fouilleren?' vroeg hij angstig.

'Aye,' antwoordde Porter. 'We hebben alle munitie nodig waar we maar de hand op kunnen leggen. Breng alles wat je vindt naar het dak. Snel een beetje.'

De Libanees knikte naar zijn maat. Ze haalden allebei diep adem en liepen aarzelend naar de lijken toe. Porter keerde hun de rug toe en keek Nilis aan.

'Kom, we gaan terug naar boven.'

Ze renden langs de lijken van de rebellen en stormden de trap weer op. Het onophoudelijke geknal van geweervuur was afgezwakt tot zo nu en dan een doffe klap, en Porter vermoedde dat de rebellen zich aan het terugtrekken waren.

Misschien winnen we deze strijd tóch.

We moeten doorgaan.

Nu niet opgeven.

Ze kwamen op de tweede verdieping en liepen de gang door.

Crowder en zijn team van vrijwilligers waren nog altijd druk in de weer met blussen. Ze hadden de grotere branden weten te doven en bestreden nu de paar resterende brandhaarden. Opeens hoorde Porter, boven het geknetter en gesis van de vlammen uit, tientallen mensen schreeuwen en huilen op de bovengelegen verdieping. Nilis bleef staan en draaide zich naar Porter toe. 'Zouden ze zijn doorgebroken tot de bovenste verdiepingen?'

Porter luisterde en schudde toen zijn hoofd. 'Ze schreeuwen al een tijdje. Als ze aan stukken waren gehakt zou het nu wel stil zijn.'

Maar het geschreeuw maakte Porter wel iets duidelijk: de burgers waren doodsbang. Ze herinnerden hem aan de gigantische verantwoordelijkheid die op zijn schouders rustte. Er waren duizend mensen in het hotel die erop vertrouwden dat Porter en de anderen hen beschermden.

We mogen niet falen. We kunnen de rebellen niet laten winnen.

Terwijl hij naar de trap liep hoorde hij Soames met zijn vuisten op de deur van de opslagruimte beuken en schreeuwen dat hij eruit wilde. Porter liep langs een paar Nigeriaanse soldaten die naast het trappenhuis op hun luie reet zaten en ging naar de kamer. Viste de sleutelbos van de conciërge uit zijn broekzak. Draaide de sleutel om in het slot. Duwde de deur open.

Daar stond Soames, met een gezicht als een Arabier op de Gay Pride.

'Jezus, Porter!' zei hij schor. 'Dat werd tijd. Wat gebeurt er daarbuiten in godsnaam?'

'De rebellen vallen ons aan met alles wat ze maar hebben. Granaatwerpers, zware machinegeweren, van alles. Er zijn er wel honderd en er komen er met de minuut meer bij.'

'En de Nigerianen?'

'Die klootzakken hielden het voor gezien zodra het moeilijk begon te worden.'

Soames keek verbijsterd. 'Wie beschermt ons dan?'

'Wij,' zei Porter. 'Ik en Jock en Bob Tully. En een paar gasten,' voegde hij daaraan toe, terwijl hij naar Nilis wees.

Soames staarde naar de Belg. Even verscheen er een achterdochtige blik op zijn gezicht. Toen richtte hij zich weer op Porter. 'Ik begrijp het. Ik wil je graag even onder vier ogen spreken.'

Porter knikte naar Nilis. 'Ga maar vast. Ik kom zo.'

Even staarde de Belg nieuwsgierig naar Soames, toen knikte hij. 'Oké. Wat jij wilt, baas.'

Hij wendde zich af van de opslagkamer en liep naar de trap. Soames keek hem na en wachtte tot hij uit het zicht verdwenen was.

'Wie is die kerel?'

'Een ingenieur,' antwoordde Porter. 'Hij en zijn vier maten werken voor een mijnbedrijf. Ze helpen ons op het dak.'

De achterdocht keerde terug op Soames' gezicht en zijn linkerwenkbrauw ging een beetje omhoog. 'Kunnen ze met wapens omgaan?'

'Ze zijn in België in militaire dienst geweest. Zonder hen waren we nu al de lul geweest. Zoals het er nu naar uitziet gaan we het allemaal net redden.'

Soames knikte ernstig. 'Luister. We moeten hier onmiddellijk weg. Er is een haventje ten noorden van Freetown. Ik ken het daar goed. Meestal liggen er wel een paar vissersboten en ik weet zeker dat we de vissers kunnen omkopen om een van hun boten te gebruiken. Het zal natuurlijk niet genoeg zijn om iedereen weg te krijgen, maar we kunnen langs de kust ontsnappen.'

Porter dacht even na en schudde toen zijn hoofd. 'Dat kan ik niet doen. Als we weggaan, is iedereen in het hotel ten dode opgeschreven.'

'Dat zijn ze toch al. Wees eerlijk, je maakt geen schijn van kans. Een handjevol mensen die het opnemen tegen een heel leger? Dat gaat nergens over. We weten allebei dat de mensen hier in het hotel er geweest zijn. Maar wij hebben nog een kans om weg te komen.'

'Wij?'

'Jij, ik, Jock en Bob. Wie dacht je dat er anders mee kon? Er kunnen niet veel mensen op die boten. Het is onze enige optie.'

'We zouden die haven nooit bereiken,' zei Porter. 'De rebellen hebben het hele hotel omsingeld. Zodra we één voet buiten de deur zetten, snijden ze ons aan stukken. We kunnen beter wachten tot er hulp komt.'

'Doe toch niet zo achterlijk! Je kunt die rebellen nooit lang tegenhouden. Dat zie je toch zelf ook wel? Dat hotel wordt straks helemaal onder de voet gelopen. Ze zullen ons allemaal afslachten.'

Zijn bulderende stem galmde door de gang en bereikte de oren van de vrijwilligers die het vuur bestreden. Porter stapte naar Soames toe en keek hem recht in de ogen. 'Niet zo hard, lul. Straks raakt iedereen hier in paniek.'

Soames snoof spottend en sloeg zijn armen over elkaar. 'Ik laat me door jou niet bevelen, Porter. Je hebt hier niets te zeggen.'

Porter haalde zijn schouders op. 'Misschien niet. Maar dit is nu mijn wereld, niet de jouwe. Ik heb hier de touwtjes in handen. En nu terug die kamer in, anders heb je een gigantisch groot probleem met me.'

Soames keek hem kwaad aan maar zei niets. Hij heeft niet eens aangeboden om ons te helpen op het dak, dacht Porter. Die klootzak is alleen met zichzelf bezig. *Zelfs wanneer ons leven op het spel staat.*

'Denk goed na over wat je doet,' zei Soames.

'Dat doe ik ook,' zei Porter. 'En ik vertrek niet. Punt.'

'Geef me dan in elk geval een wapen. Ik moet me kunnen verdedigen als het ergste gebeurt.'

Porter schudde zijn hoofd. 'We hebben weinig munitie. We hebben elke kogel op het dak nodig.'

‘Wat moet ik dan?’ protesteerde Soames. Hij gooide zijn handen in de lucht. ‘Hier maar zitten wachten tot ze me afmaken?’

‘Schrijf maar een eervolle vermelding voor jezelf. Daar ben je toch zo goed in?’

Porter trok de deur dicht voordat Soames kon antwoorden. Toen draaide hij zich om en rende de trap op, terwijl hij buiten de geluiden hoorde van de voorturende strijd.

18

11.49 uur

Er werd bijna niet meer geschoten terwijl Porter zich naar het dak haastte. Onderweg kwam hij een paar Nigeriaanse soldaten tegen die in het betonnen trappenhuis dekking hadden gezocht. Op het dak stapte hij een verblindende witte hitte in. Porter schermde zijn ogen af tegen de zon en keek om zich heen. Bald had zich met Tully, Nilis en twee van de vier andere Belgen naar de oostkant van het dak verplaatst, vanwaar ze de rebellen sporadisch onder vuur namen met de mitrailleur. Spray Tan en de vierde Belg bevonden zich nog steeds aan de zuidzijde van het dak, die uitkeek over de achterkant van het hotel. Porter liet zich op zijn buik vallen en kroop om de airconditioningsbuis heen, zodat hij niet zichtbaar was voor de vijand. Er ketsten kogels tegen de zijkant van de watertoren terwijl hij langzaam naar de oostkant van de balustrade ging. Porter ging naast Bald op zijn buik liggen en legde zijn SLR op het muurtje. Spiedend langs de loop zocht hij zijn volgende doelwit.

De meeste rebellen waren zich in alle haast aan het terugtrekken. Een stuk of veertig van hen liepen in oostelijke richting over Cape Road. Verscheidene rebellen bleven zo nu en dan staan om richting het dak van het hotel te schieten, maar het waren wilde salvo's die ver naast of voor het dak terechtkwamen. De overige rebellen hadden hun rug al naar de verdedigers toegekeerd en vluchtten in de richting van de grote rotonde. Een groepje van zes rebellen hield koppig stand in de plantage, maar elke keer wanneer ze probeerden op te rukken bestookte Bald ze met salvo's 7.62mm-kogels. Het duurde niet lang voordat ze achter hun maten aan gingen. Porter nam een rebel op de korrel die een gewonde maat meesleepte met een bloederige plek op zijn rechterbeen. Hij richtte nog eens en maakte de klus af door de man twee keer boven in zijn borst te schieten. De tweede rebel liet zijn dode maat los, draaide zich om en rende in de richting van de rotonde. Hij verdween achter de baobab voordat Porter hem kon neerschieten.

Bald loste nog een salvo op een paar vluchtende rebellen. Een tracer vloog over het kapot geschoten asfalt en schoot bij een rebel het been los van de heup. De man viel voorover en het bloed spoot uit de afzichtelijke stomp. Bald joeg nog een salvo in zijn ingewanden. Het schieten hield op toen de laatste rebellen zich terugtrokken van de vuurlijn. Er viel een zware stilte over het dak. Porter haalde zijn vinger van de trekker. Er spoelde een bijna tastbare opluchting over hem heen. Even zei niemand iets. Bald keek Porter grijnzend aan.

'Dat was de laatste van die zwartjes. Ik geloof dat we ze een lesje hebben geleerd dat ze nog lang zal heugen.'

'Juich maar niet te vroeg, jongens. Voor je het weet zijn ze weer terug,' zei Tully. 'Die rebellen geven niet zo makkelijk op. Het zijn koppige klootzakken. Zodra ze hun wonden hebben gelikt, proberen ze het opnieuw.'

'Hoelang zal dat duren?' vroeg Porter.

Tully haalde zijn schouders op. 'Hangt ervan af.'

'Waarvan?'

'Of er zwartjes tussen zitten die in het leger hebben gezeten. Als er iemand opduikt die een militaire achtergrond heeft, zullen ze de tijd nemen om de situatie in te schatten voordat ze ons aanvallen. Anders zullen ze dat doen als ze een paar jointjes hebben gerookt en zichzelf wat moed hebben ingepraat. We zullen hoe dan ook snel weer worden aangevallen, waarschijnlijk vanmiddag nog.'

'Hoelang houden ze dat vol?' vroeg Bald.

'Zo lang als nodig is,' antwoordde Tully. 'Tot ze geen mensen meer over hebben.'

Of tot wij door onze munitie heen zijn, dacht Porter.

Nilis bleef zijn geweer op de weg gericht houden die in oostelijke richting liep. 'Er zijn nog steeds x-rays actief op de rotonde,' deelde hij mee. 'Twintig man, op zevenhonderd meter.'

'Blijf ze in de gaten houden,' zei Porter. 'En de andere toegangswegen ook. We moeten de hele omgeving blijven observeren. Zodra die teringlijers weer in beweging komen, moeten we dat weten.'

Op dat moment hoorde Porter een doordringend krakend geluid. Toen hij over zijn schouder keek zag hij Tannon door de deur van het trappenhuis komen. Ze bleef staan en keek verdwaasd het dak rond. Kruitdampen, looddeeltjes en rook hingen als een dunne, vieze nevel in de lucht. Niet heel ver weg klonken een paar luide schoten, van rebellen bij de rotonde die in het wilde weg op de verdedigers op het dak bleven schieten. Ze konden van die afstand nog geen olietanker raken, maar Porter wilde geen enkel risico nemen. 'Laag blijven!' riep hij naar Tannon. 'Zorg dat ze je niet kunnen raken.'

Ze schrok op uit haar overpeinzingen en maakte zich klein. Toen kroop ze voorzichtig om de buis heen en voegde zich bij Porter en de anderen. Ze nam behoedzaam de beschadigde balustrade, de kogelhulzen en het puin waarmee het dak was bezaaid in zich op. Toen staarde ze Porter vol afgrijzen aan. Een snelle blik op de anderen was genoeg om haar reactie te begrijpen. Porter en de andere verdedigers zagen er vreselijk uit. Hun handen en hun gezicht waren zwart van de rook. Hun kleren zaten onder het stof, bloed en zweet.

'Is het voorbij?' vroeg ze.

'Nog lang niet,' antwoordde Porter. 'Hoe staat het met de evacuatie?'

Tannon schudde haar hoofd. 'Ik krijg ze niet te pakken. Mijn satelliettelefoon heeft geen bereik en de telefoonlijnen van het hotel liggen allemaal plat. De radio doet het ook niet meer. Er is alleen nog een regeringszender in de lucht, en die herhaalt alleen nog maar dezelfde boodschap van de RUF-woordvoerder. Verder werkt niets meer.'

'De rebellen hebben de telefooncentrale zeker overgenomen,' zei Porter.

Bald knikte. 'Een eeuwenoud trucje: zend je propaganda uit op de tv en de radio en zorg ervoor dat iedereen zich tegen de regering keert.'

'Wat moeten we doen?' vroeg Tannon.

Haar stem trilde als een gitaarsnaar. Haar ogen schoten voortdurend naar de beschadigde balustrade, alsof ze verwachtte dat de rebellen elk moment weer konden aanvallen. *Ze probeert net te doen alsof er niets aan de hand is. Ze probeert niet te laten merken dat ze bezorgd is, maar het werkt voor geen meter.*

Porter haalde de satelliettelefoon uit zijn achterzak. Het toestel zat onder het stof en er zat een grote barst in het scherm. Maar het werkte en de batterij had nog drie streepjes. Goed voor grofweg drie uur. Porter gaf de telefoon aan Tannon.

'Gebruik die van ons maar. Blijf het proberen tot je je baas aan de lijn hebt. Dit ding werkt alleen op open terrein. Zolang je op het dak bent zou je signaal moeten hebben.'

Tannon keek bedenkelijk. 'Wil je dat ik hier blijf? Met al die toestanden hier?'

'We hebben geen keus,' antwoordde Porter op kordate maar kalme toon. 'Je baas moet begrijpen dat de situatie ernstig is. Als er niet binnen ongeveer een uur hulp komt, zullen we niet kunnen voorkomen dat de rebellen het hotel bestormen. Dan zijn we de lul.' Hij zag de aarzelende blik op het gezicht van de viceambassadeur en zei: 'Als je me niet gelooft, ga je maar in de lobby kijken. Daar liggen een paar Libanezen met hun darmen uit hun buik.'

'Ik kan hier niet blijven,' zei Tannon. 'Ik kán het gewoon niet.'

Porter wees naar een metalen dakventilator die op een betonnen paal van ongeveer een meter hoog stond. 'Bel daar maar achter, dan kun je niet geraakt worden. Blijf bellen tot je iemand aan de lijn hebt. En ga in godsnaam niet staan.'

Tannon tuitte haar lippen. 'Denk je echt dat de rebellen ons weer gaan aanvallen?'

'De vraag is alleen wannéér.'

Ze knikte, draaide zich om en kroop naar de ventilator. Ze verdween erachter en belde met de satelliettelefoon. Porter bleef even naar haar kijken en wendde zich toen tot Bald.

'Ga Crowder zoeken. Zeg tegen hem dat er water en medische spullen moeten komen. En munitie. We hebben elke kogel nodig die hij maar kan vinden.'

'En de Nigerianen? Misschien hebben die nog wel een paar magazijnen,' zei Bald. 'Zij hebben er toch niets meer aan.'

Porter knikte. 'Neem alles mee wat je te pakken kunt krijgen.'

Bald haastte zich over het dak naar de trap. Porter liep weg van de balustrade en zakte in elkaar. Hij was volkomen uitgeput. De adrenaline had hem tijdens het vuurgevecht op de been gehouden, samen met een grimmige vastbeslotenheid om de vijand niet te laten winnen. Maar nu was Porter bekaf. Hij had het gevoel alsof er drugs waren uitgewerkt. Hij zweette enorm van de stress van het vuurgevecht en de hitte die de geweerlopen afgaven en van het zonlicht op zijn hoofd. Hij voelde zich vies en hij had dorst. Het liefst zou hij zijn ogen dichtdoen en slapen.

Je kunt nu niet rusten, zei het stemmetje in Porters hoofd. *Als je het laat afweten, betekent dat de dood van duizend mensen.*

De minuten gingen voorbij. Tannon probeerde tevergeefs contact te krijgen met de ambassadeur. De twee Libanezen in hun goedkope pak kwamen het dak op met de munitie van de dode rebellen in de lobby. Porter en Tully hielden om beurten de rebellen achter de rotonde in de gaten, maar de vijand bleef zich schuilhouden achter de baobab en maakte geen aanstalten om in beweging te komen. Misschien hebben ze er genoeg van, dacht Porter. *Of misschien wachten ze alleen maar op hun maten.* Zo nu en dan kroop hij naar de noordkant van het dak, de kant waar de parkeergarage lag. Nergens zag hij vijandelijke activiteit, alleen de afschuwelijke stilte van de gevechtspauze, de glinstering in het zonlicht van de patroonhulzen en de misvormde lijken die op de weg lagen.

Twintig minuten later kwam Bald terug met Crowder en de reus, Solomon. Crowder droeg een groot pak met flessen mineraalwater van een of ander duur uitziend Frans merk waar Porter nog nooit van had gehoord. De hotelmanager had ook een groene schoudertas vol medische spullen bij zich. Bald sleepte een emmer vol magazijnen voor de SLR's mee terwijl Solomon een paar groene metalen kisten vol munitie droeg. Elke kist was zo groot als een gereedschapskist en had gele letters op de zijkant, waar Porter uit opmaakte dat er tweehonderd scherpe 7.62mm-patronen in een kist zaten. De kisten zagen er in Solomons reusachtige armen piepklein uit. Zo klein als broodtrommeltjes.

Solomon droeg de munitiekisten naar Porter en Tully toe en zette ze naast de mitrailleur. Tegelijkertijd begon Crowder waterflessen uit te delen aan de schutters. Porter pakte er een aan, draaide zo snel hij kon de dop los en nam een lange, verfrissende teug. Vierentwintig uur geleden had hij nog wodka uit een waterfles gedronken, nu was hij blij met echt water.

Bald leegde de emmer op de grond en verdween toen samen met Solomon en Crowder weer in het trappenhuis om de rest van de spullen te gaan halen. Toen Crowder voor de tweede keer terugkwam, zag hij eruit alsof hij elk moment een hartaanval kon krijgen. Het zweet droop van zijn gezicht en hij had rode wangen van de inspanning die het had gekost om zeven trappen op en af te rennen. Naast extra magazijnen voor de SLR's brachten ze twee granaatwerpers plus een verrekijker en drie oude semiautomatische Makarovpistolen met Russische 9×18mm-patronen. Ze legden alles midden op het dak en verdeelden de magazijnen onder de verdedigers van het hotel. Porter telde hoeveel munitie ze erbij hadden. Vierhonderd kogels voor het machinegeweer en twee extra magazijnen voor de SLR's. Veertig extra kogels de man. Porter vond het niet veel.

Als ze ons op volle kracht aanvallen, zijn we de lul.

Terwijl de andere jongens hun geweer laadden, besloot Bald Solomon te laten zien hoe hij de patroonbanden voor het machinegeweer in elkaar moest zetten. Hij knielde neer naast de mitrailleur en pakte een handvol van de gebruikte clipjes die onder aan de balustrade lagen. Toen riep hij Solomon bij zich. De reus keek toe hoe Bald de kleine zwarte metalen clipjes voor zich uitspreidde. Sommige waren wat roestig, maar ze verkeerden allemaal in redelijk goede staat. Bald pakte de eerste kogel uit de eerste doos met 7.62mm-patronen, pakte twee clipjes en drukte ze tegen elkaar om de buisjes met elkaar te verbinden. Dat deed hij nog een paar keer voordat hij het aan Solomon overliet. Die rommelde in eerste instantie onhandig wat aan, maar al snel kreeg hij door hoe het werkte en begon hij uiterst geconcentreerd de patroonbanden samen te stellen.

'Ik neem aan dat geen van de Nigerianen heeft aangeboden een handje te helpen?' vroeg Porter terwijl hij van Bald naar Crowder keek.

De hotelmanager veegde met zijn hand over zijn voorhoofd en

glimlachte grimmig. 'Grapje zeker? Ze wisten niet hoe snel ze hun munitie moesten overhandigen. Wat hen betreft hebben ze hier niets meer mee te maken.'

Hij excuseerde zich en verliet het dak om te gaan kijken bij de gasten die zaten samengepakt op de bovenste verdiepingen. Porter glimlachte flauwtjes naar Bald. 'Het ziet er dus naar uit dat wij het moeten opknappen. In elk geval maken de Belgen zich nuttig.'

'Ook de eerste keer dat dat land ergens goed voor is,' zei Bald. 'Links tuig.'

De twee Blades lachten als een boer met kiespijn. Toen werd er vanaf de andere kant van het dak geschreeuwd. 'Beweging, jongens!' riep Tully. 'Zeshonderd meter in oostelijke richting. Meerdere x-rays, en technicals.'

Bald en Porter keken elkaar even aan. Toen snelden ze over het dak naar het gedeelte waar Tully zich bevond. Porter keek met samengeknepen ogen naar de rotonde, en Bald deed hetzelfde met de verrekijker die hij van de Nigerianen had gepikt. Zo'n zestig rebellen liepen vanaf de rotonde voorzichtig in de richting van een gebouw van twee verdiepingen langs de weg, honderd meter ten westen van de baobab. Het gebouw werd gedeeltelijk aan het zicht onttrokken door een groepje bomen en een bord boven de ingang waar ABERDEEN POLICE STATION op stond. Doordat de bomen in de weg stonden, was het voor Bald en Porter onmogelijk de rebellen goed in het vizier te krijgen. Bovendien bevonden die zich op zeshonderd meter afstand, de maximale afstand voor hun keep en korrel, en Porter wist dat de kans extreem klein was dat ze een bewegend doelwit konden raken. Ze konden het zich niet veroorloven munitie te verspillen met schoten van grote afstand. Dus keken ze machteloos toe hoe de vijand om de achterkant van het gebouw verdween.

Meteen daarna kwamen er twee pick-ups met hoge snelheid op de rotonde afrijden. Ze scheurden eroverheen en reden het modderige terrein aan de zijkant van het oude politiebureau op tot achter de bomen.

'Bevoorradingstrucks ,' zei Bald terwijl hij met de verrekijker tussen de bomen door keek. 'Granaatwerpers, plus een paar mortieren. 82mm's van Russische makelij, voor zover ik kan zien. Ik denk dat ze een formatiepunt opzetten.'

Porter zei: 'Ze weten dat ze de volle laag krijgen als ze ons weer als kippen zonder kop aanvallen.'

'Misschien zijn ze toch niet zo stom als we dachten.'

'Misschien niet,' zei Porter. 'Of er heeft nu iemand de leiding die weet wat hij doet.'

Hij keek met toenemende bezorgdheid toe hoe een nieuwe golf van ongeveer veertig rebellen zich vanaf de rotonde naar het politiebureau begaf. Het leek wel een menigte die op Wembley in de richting van de tourniquets stroomt. Tussen de rebellen zag hij meerdere mannen in een militair uniform, en hij besefte dat dat regeringssoldaten waren die na de coup waren overgelopen naar de rebellen. Het is één ding om het op te nemen tegen een stelletje met machetes zwaaiende mafkezen, dacht Porter, maar nu hebben we ook nog te maken met getrainde soldaten.

Bij de volgende aanval zal het er een stuk heter aan toegaan dan bij de eerste.

Bald vroeg: 'Hoelang hebben we nog, denk je?'

Porter keek met samengeknepen ogen naar de weg en dacht even na over het antwoord. 'De rebellen zullen wachten tot hun andere soldaten vanaf de brug er zijn. Degene die het daar voor het zeggen heeft zal ons pas willen aanvallen als hij al zijn manschappen tot zijn beschikking heeft. Ik denk dat we maximaal een uur hebben.'

'Fuck.' Bald schudde zijn hoofd. 'We hebben hier zwaar geschut nodig. Een paar Black Hawks zouden heel goed van pas komen. Die zouden korte metten maken met die hufters.'

Er viel een ongemakkelijke stilte waarin beide mannen de ernst van de situatie tot zich lieten doordringen. Porter bleef de vijand een tijdje observeren en wendde zich toen tot Bald. 'Wacht hier.'

Hij liep weg van de balustrade en haastte zich naar de ventilator, waar hij Tannon in elkaar gedoken achter de betonnen paal aantrof. Ze hield de satelliettelefoon tegen haar oor en had een diepe frons op haar voorhoofd.

'En?' vroeg hij.

'Nog niks.' Met trillende vingers drukte ze op de rode knop om de oproep te beëindigen. 'Er neemt niemand op op de ambassade. Ik heb die in Conakry ook geprobeerd, maar ik krijg niemand te pakken.'

Porter stak zijn hand uit. 'Ik zal onze contactpersoon proberen. Eens zien of hij kan helpen.'

Tannon gaf hem de telefoon. Hij scrolde door het menu, selecteerde het nummer van Hawkridge en belde. Na een korte stilte werd de oproep doorgeschakeld. Na zes keer overgaan pakte Hawkridge op.

'Ben jij dat, John?' Hij klonk moe en buiten adem.

'Aye,' zei Porter.

'Goddank, je leeft nog.' Vijfduizend kilometer verderop slaakte Hawkridge een zucht van verlichting. 'Waar ben je?'

'Op het dak van het Ambassadors Hotel. We zitten hier al vanaf vanmorgen vroeg. De rebellen hebben onze positie een paar keer aangevallen en proberen door te breken. Het gaat helemaal verkeerd.'

'Ik ben me er heel goed van bewust wat er gebeurt,' zei Hawkridge geïrriteerd. 'Ik ben zojuist nog gebriefd, als je het weten wilt. Er zijn verschillende meldingen van gevechten in jullie omgeving. Wat is jullie huidige situatie?'

'We hebben die klootzakken tot nu toe van ons af weten te houden. Maar ze laten versterkingen komen. We zien ze ter plekke arriveren.'

'En Soames?'

'Die is veilig,' zei Porter. 'Luister, we hebben niet veel tijd meer. Onze positie wordt belaagd door meer dan honderd man, plus technicals, en er komen er met de minuut meer bij. Ze maken zich klaar voor een nieuwe aanval, en dan wordt het echt menens. We hebben hier een beetje hulp nodig.'

'De Sea Stallions komen er zo snel mogelijk aan,' zei Hawkridge. 'We hopen dat ze binnen twee uur bij jullie zijn. Zij kunnen met de evacuatie beginnen en jullie daar weghalen. Jullie vliegen met de eerste helikopter mee. We zijn de details op dit moment met de Amerikanen aan het uitwerken.'

Porter voelde de spieren in zijn nek verstrakken. 'We hebben geen transportheli's nodig. Godverdomme man, we moeten zwaar geschut hebben. Iemand die die fuckers ervan langs kan geven zodat ze er met de staart tussen de benen vandoor gaan.'

Hawkridge maakte een geluid alsof hij een citroen leegzoog. 'Dat wordt lastig. We beschikken niet over de middelen ter plaatse om zelf luchtsteun te geven. 1 Para is straks bij jullie in de buurt om het vliegveld te heroveren, maar ik heb begrepen dat dat pas vanavond laat zal zijn.'

'Dat duurt te lang. En de yanks?'

'Ik heb al geïnformeerd, geloof me. Maar de Amerikanen staan niet te springen om betrokken te raken bij iets wat zij als een binnenlandse aangelegenheid beschouwen. En Downing Street ook niet, eerlijk gezegd. Ze willen niet de indruk wekken dat het gezag van president Fofana ondermijnd wordt.'

Porter voelde dat hij witheet werd. Wij worden hier omringd door rebellen en niemand wil een vinger uitsteken om ons te helpen. *De wereld verandert,* had Angela March tijdens de missiebriefing gezegd. *De tijd van direct ingrijpen is voorbij. Mannen als Soames kopen macht voor ons zonder laarzen op de grond.*

'Je luistert niet,' zei hij. 'Er zitten hier duizend mensen die geen kant op kunnen, en ik zeg je dat het slecht afloopt als die fuckers ons opnieuw aanvallen. We hebben er al heel wat omgelegd. Wanneer ze doorbreken zullen ze dolgraag wraak willen nemen. Ze zullen iedereen in het hotel aan stukken snijden. Ook Soames.'

'Tot nu toe heb je ze op afstand weten te kunnen houden, toch?' vroeg Hawkridge.

'Dit is anders. Ze vallen ons deze keer niet in kleine groepjes aan. Ze bouwen een strijdkracht op voor een grote aanval. We hebben te weinig munitie en zij hebben de overhand qua aantallen en wapens. De volgende keer dat de rebellen ons aanvallen zullen ze doorbreken. Je moet de yanks bellen. Zeg dat de situatie hier kritiek is en dat we luchtsteun nodig hebben.'

Er viel een lange stilte voordat Hawkridge antwoord gaf. 'Ik zal zien wat ik kan doen. Maar het ligt gecompliceerd, John. Er zijn heel veel partijen bij betrokken. Heel veel aspecten om rekening mee te houden. Het is niet simpelweg een kwestie van even iemand bellen.'

'Dat interesseert me geen flikker,' zei Porter. 'Doe gewoon wat nodig is. Als je er niet voor zorgt dat hier binnen een uur zwaar geschut is, zijn we ten dode opgeschreven. Net als alle anderen in het hotel.'

19

12.26 uur

Porter verbrak de verbinding, schoof de antenne in en gaf de satelliettelefoon weer aan Tannon. Terwijl ze haar hand ernaar uitstrekte viel er een flesje pillen uit een zak van haar jasje, dat over het dak rolde en naast Porters schoen bleef liggen. Het was een van de amberkleurige plastic flesjes die Porter in haar hotelkamer had gezien. Tannon pakte het snel op en stopte het terug in haar zak. Ze ontweek Porters vragende blik.

'Mocht je me de les willen lezen over de gevaren van medicijnen, dan is dit daar niet het juiste moment voor,' zei ze.

Bald schreeuwde iets vanaf zijn observatiepost aan de andere kant van de balustrade, vanwaar hij uitkeek over de rotonde. Porter liet Tannon achter met de telefoon en ging weer terug naar de noordzijde van het dak, waar hij zich naast Bald op zijn buik liet vallen. Bald keek in oostelijke richting door zijn verrekijker naar Cape Road.

'Wat is er, maat?' vroeg Porter. Hij zag alleen wat stof opwaaien in de verte, meer niet.

'Kijk maar.' Bald liet zich wegglijden van de muur en gaf de verrekijker aan Porter. 'Meer toeleveringswagens, op zevenhonderd meter. Ten noorden van het benzinestation.'

Porter pakte de verrekijker aan en richtte zijn blik op het punt dat Bald had aangegeven. Honderd meter ten oosten van de rotonde zag hij een benzinestation dat niet meer in gebruik was. De lege voorkant was bezaaid met onkruid en glasscherven. Toen Porter naar de weg keek zag hij de pick-ups. Het waren er vier, en ze reden met een behoorlijke vaart in de richting van de rotonde, een paar meter achter elkaar. Porter realiseerde zich dat ze allemaal waren volgeladen met kisten munitie. Ze bevonden zich op zevenhonderd meter, te ver weg om ze te kunnen raken met de SLR's. De palmbomen aan weerszijden van de weg belemmerden het zicht op de doelwitten, zodat Bald ze niet kon bestoken met de mitrailleur.

De vier pick-ups reden over de rotonde, sloegen af in noordelijke richting en verdwenen achter het politiebureau, op zeshonderd meter ten noordoosten van het hotel. Even later volgden er twee oude Toyota-busjes tjokvol rebellen. Porter schatte dat er minstens dertig mannen in elk busje zaten. Ze volgden dezelfde route als de pick-ups: ze gingen na de rotonde naar het noorden, sloegen vervolgens linksaf en verdwenen ergens achter het politiebureau uit het zicht.

Tully zoog lucht door zijn tanden. 'Jezus, er zitten daar minstens honderd van die fuckers.'

'Ze maken zich op voor iets groots,' zei Porter.

'Zo te zien had je gelijk, maat,' zei Bald. 'Er heeft nu iemand de leiding over die zwartjes die weet wat hij doet.' Hij spuugde op de grond. 'Die yanks kunnen godverdomme maar beter opschieten, anders is het echt afgelopen.'

De stemming op het dak sloeg om. Er hing nu een beklemmende spanning. En dat was begrijpelijk. Toen de eerste golf rebellen op het hotel afkwam, was Porter er redelijk van overtuigd geweest dat ze de vijand op afstand zouden kunnen houden. Maar nu stond het er heel anders voor.

Hij negeerde het gevoel van onbehagen, wendde zich tot Tully en wees naar de plek waar de rebellen zich verzamelden. 'Iemand moet de hoofdweg observeren. Houden jullie tweeën die teringlijers in de gaten. Laat de andere Belgen de zijkanten van het hotel dekken, voor het geval de rebellen ons daar aanvallen. Als er links of rechts van het verzamelpunt beweging is, moeten we dat weten.'

'Roger,' zei Tully. Toen ging hij met Nilis de andere Belgen inlichten en liet hen aan weerszijden van het dak hun positie innemen.

Porter trok zich terug van de balustrade en gaf de verrekijker aan Bald. 'Blijf de rebellen in de gaten houden en let op of je er nog meer ziet komen. We moeten weten hoeveel van die klootzakken er zijn.'

Bald knikte. 'Waar ga jij heen?'

'Zien of ik iemand de Amerikanen kan laten bespelen.'

Hij liep weg van de balustrade, langs Nilis en de andere Belgen, en bleef bij Solomon even staan. De reus had twee patroonbanden gemaakt. Porter knikte hem waarderend toe en stuurde hem terug naar beneden. Toen ging hij naar Tannon. Die zat nog altijd weggedoken achter de ventilator en strekte haar nek om te zien wat er gebeurde. Hij zag aan haar gezicht dat ze strak stond van de zenuwen.

'Wat gebeurt er beneden?' vroeg ze.

'De rebellen verzamelen zich achter het politiebureau. Het zijn er zeker honderd. Het lijkt erop dat ze zich klaarmaken voor een nieuwe aanval.'

Tannon werd lijkbleek. 'Hoelang kunnen jullie ze tegenhouden?'

'Dat weet ik niet,' zei hij eerlijk. 'Het is een grote strijdkracht met zware wapens en wij moeten ons met heel weinig behelpen.'

Tannon haalde diep adem en knikte. 'Wat wil je dat ik doe?'

'Je bent toch bevriend met Angela?'

'Zeker. We kennen elkaar al heel lang. Angela en ik hebben samen bij Buitenlandse Zaken gezeten.'

'Bel haar en zeg dat we al het zware geschut nodig hebben dat de yanks maar tot hun beschikking hebben, nu meteen. Bewapende helikopters, luchtsteun. Alles waarmee we tijd kunnen winnen tot het evacuatieteam arriveert.'

'Je vraagt me om mijn baas te passeren.'

'We kunnen niet anders. Wij hebben onze contactpersoon geprobeerd, maar hij houdt ons aan het lijntje. We moeten iemand hebben die direct contact kan opnemen met de juiste mensen. Iemand die de yanks ervan kan overtuigen dat er hier levens op het spel staan.'

Tannon leek te aarzelen. 'Ik zal zien wat ik kan doen. Angela kent mensen in Langley. Misschien kan ze contact opnemen en iets gedaan krijgen.'

Porter zei: 'Oefen zo veel mogelijk druk op haar uit. Vertel haar dat er geen gasten meer geëvacueerd hoeven te worden als er niet heel snel een paar helikopters deze kant op komen.'

Geschrokken vroeg Tannon: 'Wat gebeurt er als de rebellen doorbreken?'

Porter pakte een van de Makarovs die Crowder en Bald hadden meegenomen naar het dak. Hij drukte op de kolfontgrendeling aan de onderkant van de handgreep, haalde het magazijn uit het wapen en zag dat er nog één kogel in de kamer zat. Voorzichtig plaatste hij het magazijn terug, schoof de slede naar achteren om het wapen door te laden, wipte met zijn duim de veiligheidspal op 'aan' en gaf het wapen met de greep naar voren aan Tannon. Ze staarde ernaar alsof het een granaat was die op scherp stond.

'Waar heb ik die voor nodig?' vroeg ze zacht en toonloos.

'Er zit één kogel in de kamer,' zei Porter terwijl hij op de zijkant van de Makarov tikte. 'Als het ergste gebeurt en de rebellen het hotel veroveren, richt dan de loop op de bovenkant van je mond en haal de trekker over.'

Tannon kromp in elkaar van schrik. 'Meen je dat?'

Porter staarde haar aan. 'Ik ben bloedserieus.'

Ze schudde verwoed haar hoofd. 'Er moet een andere oplossing zijn.'

'Die is er niet. Dit je beste optie. De rebellen zullen de gasten niet zachtzinnig aanpakken. Als ze ons onder de voet lopen, ben je beter af met een snelle kogel door je hoofd dan dat je je levend laat pakken door dat stelletje gestoorden.'

'Hoezo? Wat zouden ze met me doen?'

'Dat wil je niet weten.'

De daaropvolgende veertig minuten kwam er een gestage stroom rebellen via de rotonde naar de achterkant van het politiebureau. Om één uur 's middags hadden nog eens vijftig rebellen het verzamelpunt bereikt. Zo nu en dan kwam er een nieuwe bevoorradingstruck tot stilstand achter het gebouw om meer granaten en munitie af te leveren. Om de beurt observeerden Bald en Porter de vijand terwijl Tully en de vijf Belgen de andere drie kanten van het dak in de gaten hielden en alert waren op elke vijandelijke beweging. Maar de rebellen richtten zich volledig op het verstevigen van hun positie bij het voormalige politiebureau. Het was Porter wel duidelijk dat ze van plan waren binnen afzienbare tijd een frontale aanval in te zetten.

Degene die het daar voor het zeggen heeft is van tactiek veranderd, dacht hij. Ze vallen ons niet meer in kleine groepjes aan, maar bundelen hun krachten voor een gecoördineerde aanval.

Bij de volgende aanval maken we geen schijn van kans.

Bald vroeg: 'Weet je al meer over die helikopters?'

Porter keek vragend naar Tannon. Ze ving zijn blik en schudde gefrustreerd haar hoofd.

'Nog niets,' zei Porter terwijl hij zich weer op de omgeving voor het hotel richtte.

'Godverdomme.' Bald schudde verbitterd zijn hoofd. 'Wat duurt er zo lang? Als de yanks niet snel komen, hebben we geen schijn van kans tegen dat tuig.'

Porter zei niets en keek voor de zoveelste keer op zijn G-Shock. 13.09 uur. Hij had Hawkridge drieënveertig minuten geleden gebeld. Bij het politiebureau arriveerden nu minder rebellen, maar Porter schatte dat zich minstens honderdvijftig X-rays achter het gebouw bevonden. Er hing een doodse stilte en de lucht was heet en klam. Zijn nek brandde door de intense hitte van de zon. Alles wat hij aanraakte voelde heet aan. De betonnen muur, de plastic flessen, de trekker van zijn SLR. Er was nu al meer dan zes uur verstreken sinds het hotel voor de eerste keer was aangevallen, en alle inspanningen begonnen hun tol te eisen bij Porter. Hij was lichamelijk en geestelijk gesloopt. Zijn vermoeide spieren deden pijn en het geweer voelde nu twee keer zo zwaar aan. Hij wist dat de jongens op het dak de verdediging niet lang zouden kunnen volhouden als de aanval eenmaal op gang kwam.

Zo nu en dan riep hij naar Tannon om een update, maar ze had nog altijd niets van Angela gehoord. Langzaam maar zeker begon tot hem door te dringen dat de hulp niet op tijd zou arriveren.

De minuten verstreken. Nog eens negen rebellen haastten zich naar het verzamelpunt. Er kwam een gebutste oude Nissan aanrijden die vijf rebellen vervoerde. Toen werd alles rustig. Er kwamen geen vijanden meer uit de richting van de rotonde. Geen bevoorradingswagens. Porter hoorde alleen de palmbladeren ritselen in de wind en zijn hart dat bonsde in zijn borst.

Bald verbrak de stilte. 'Daar komen ze! Vijftig X-rays, in westelijke richting naar de plantage.'

Porter dwong zijn vermoeide lichaam om weer in actie te komen. Hij pakte zijn geweer, kroop naar de noordkant van de balustrade en richtte zijn SLR op de bananenbomen, vierhonderd meter op twee uur. Er kwamen nu tientallen gestalten van achter het politiebureau tevoorschijn. Porter zag dat er minstens twintig een granaatwerper bij zich droegen. De overige rebellen hadden allemaal een aanvalsgeweer, en Porter zag ook een paar mortieren. Het begint weer, dacht hij terwijl hij de vijand zag naderen.

Ze gaan aanvallen. En deze keer doen ze dat met alles wat ze hebben.

'Neem jullie positie in!' brulde hij naar de anderen terwijl hij gebaarde dat ze naar hem toe moesten komen. 'Opschieten, godverdomme!'

Tully en vier van de Belgen kropen naar hem toe en namen aan weerszijden van Porter hun positie aan de noordzijde van de balustrade in. Nilis stelde zich links van hem op, met Bald, Tully en twee van de Belgen rechts van hem. De twee andere mannen bleven de oostkant van het dak bewaken voor het geval rebellen zich probeerden los te maken van de hoofdgroep om van opzij aan te vallen. Bald legde de verrekijker neer en deed de laatste patroonband in de linkerkant van de mitrailleur. Hij gaf een ruk aan de spangrendel en keek over de keep en korrel terwijl nog eens twaalf rebellen van de achterkant van het politiebureau in westelijke richting renden om zich bij hun maten achter de bomen te voegen.

'Daar komen ze, jongens,' zei Nilis. 'Kom op, we doen het.' Hij stak zijn duim op naar Bald en keek toen weer langs de loop van zijn geweer. Porter vond de Belg niet erg bezorgd overkomen. *Hij klinkt bijna opgewekt.*

Porter hield zijn hand bij zijn mond en riep naar Tannon: 'Weet je al meer?'

'Ik sta in de wacht. Iemand probeert Angela te vinden.'

'Laat ze godverdomme opschieten. We kunnen elk moment aangevallen worden.'

Hij zette zijn wapen op halfautomatisch, spande zijn spieren en richtte zijn geweer op de bananenplantage. Hij was klaar om te schieten zodra het eerste doelwit in zicht kwam. De rebellen hadden duidelijk hun lesje geleerd na de eerdere aanvallen en hielden zich schuil. Porter zag een paar felgekleurde gestalten in beeld komen tussen de palmbomen; hun kleding was zichtbaar tussen de donkere schaduwen. Hij wachtte met schieten, omdat hij zich er pijnlijk van bewust was hoe weinig munitie ze nog hadden. Hij zag aan de linkerkant van zijn schootsveld een beweging en zwenkte zijn geweer er net op tijd naartoe om een granaat sissend tussen de bomen door op hem af te zien komen.

Toen nog een.

'Dekking!' schreeuwde hij.

De granaten raakten de voorkant van het hotel, wat gepaard ging met heftige explosies. De eerste sloeg in in een van de hogergelegen verdiepingen en verpulverde glas en beton. Twee andere scheerden over de balustrade en misten de mannen op het dak op minder dan een meter. Iedereen dook werktuiglijk in elkaar toen er nog drie granaten met een hels kabaal overvlogen. Een ervan raakte de betonnen onderkant van de watertoren op het midden van het dak. Er schoten oranje vlammen uit en door de klap van de inslag schoten de golfplaten op de bovenkant los. Er steeg bijtende zwarte rook op van het dak die het zonlicht blokkeerde, en Porter raakte bedekt met een dikke laag stof. Hij veegde het uit zijn ogen, negeerde het brandende gevoel in zijn longen en volgde met zijn SLR het rookspoor tot links van de plantage.

In de holte naast de bananenbomen zag hij vier X-rays met een granaatwerper. Om beurten bestookten ze het hotel en zochten vervolgens snel weer dekking achter de bomen om daar te herladen. Porter richtte zijn wapen op een man die op een knie zat met een granaatwerper op zijn schouder en aanlegde. Hij richtte zijn geweer rustig op de borst van de man en schoot twee keer. Beide kogels raakten het doelwit en de rebel werd omver geblazen alsof er een vrachtwagen over hem heen was gereden. Bald velde twee van de anderen met een salvo van de mitrailleur, maar er leek geen einde te komen aan de stroom rebellen die van tussen de bomen tevoorschijn kwam om granaten af te schieten.

Porter richtte zijn wapen op de bomen en schoot opnieuw. Hij velde een rebel die een Hawaïshirt en slippers droeg. Zijn maat verdween achter de bomen voor Porter hem kon neerschieten. Om hem heen schoot iedereen nu op de plantage, maar toch lukte het de rebellen een paar granaten af te vuren. Terwijl Porter zijn volgende doelwit zocht, zag hij een rebel aan de rand van zijn gezichtsveld in beeld kruipen. Een man in legeruniform – een van de soldaten die waren overgelopen naar de rebellen. De man droeg een granaatwerper en straalde uit dat hij wist hoe hij het wapen moest gebruiken. De rebellensoldaat positioneerde zich in de holte naast de plantage. Hij richtte de granaatwerper op het dak en vuurde ermee voor Porter kon schieten.

De granaat vloog in de richting van de balustrade. Recht op de plek waar Bald zich bevond. Bald had een knielende houding aangenomen om met een paar salvo's van zijn machinegeweer drie rebellen uit te schakelen zodat hij geen aandacht had voor de soldaat met de granaatwerper en het projectiel niet op zich af zag komen.

Maar Tully wel. Die bevond zich op vier meter afstand van Bald toen hij de soldaat zijn granaatwerper zag aanleggen. Er was geen tijd om een waarschuwing te schreeuwen. Tully kwam zo snel hij kon overeind en gooide zich een fractie van een seconde voordat de granaat de balustrade raakte tegen Bald aan. De twee mannen rolden over de grond terwijl de granaat onderin de muur sloeg waar Bald even daarvoor nog had geknield. Het dak schudde van de klap. Er werden stukken beton weggeslagen, zodat de wapening bloot kwam te liggen. Er dreven grote rookwolken over het dak. Bald en Tully vielen naast Porter op de grond. Verkoold puin regende op hen neer.

Nilis liep hoestend en wankelend weg van de balustrade. Porter had gruis in zijn mond en op zijn handen en gezicht. Langzaam verdween de rook. Bald krabbelde overeind, met zijn kleren onder het stof. Hij keek geschokt naar het enorme gat in de muur.

'Tering, dat scheelde niks.' Hij gaf Tully een knikje. 'Bedankt.'

'Bedank me later maar, kerel. Eerst moeten we deze kutzooi overleven.'

Porter keek naar de twee Belgen die zich rechts van Tully hadden bevonden. Een van hen was omvergeblazen door de klap. Hij lag versuft naast de airconditioningbuis, zijn gezicht onder de verwondingen en zijn kleding op meerdere plaatsen gescheurd. De andere Belg lag naast de muur op de grond. Zijn halve gezicht was weggeslagen. Op de plek waar zijn ogen en mond hadden gezeten bevond zich een brij van botten, kraakbeen en pezen. De andere helft van zijn gezicht zat onder de blaren en was helemaal zwart. Het leek wel verbrand vlees dat op de barbecue was blijven liggen.

De andere Belg staarde niet-begrijpend naar zijn dode maat. 'Opstaan!' brulde Porter tegen hem. 'Ga godverdomme terug naar die muur!'

De Belg schrok op. Hij pakte zijn SLR en liep weer naar de balustrade, waarbij hij om de man heen stapte van wie het halve gezicht weg was. Ze werden nu door de ene na de andere granaat bestookt, doordat de rebellen over het open terrein dichter naar het hotel toe zwermden en in de richting van de garage snelden. Ergens achter de plantage had de vijand een mortier opgezet. Porter hoorde het doordringende fluitende geluid van mortiergranaten die door de lucht vlogen, alsof iemand een enorme hoeveelheid vuurwerk tegelijkertijd afstak. De granaten landden veel te ver voor het dak en sloegen in op de toegangsweg ten noorden van het hotel; rook en vlammen schoten meters hoog de lucht in. Er vlogen meer granaten door de lucht die aan de achterkant van het hotel terechtkwamen, een meter of dertig achter de mannen op het dak. De toch al intense hitte begon nu echt verzengend te worden.

'Het zijn er te veel!' riep Bald boven het geknal van geweerschoten en het gesis van granaten die tussen de bomen door schoten uit.

'Houd ze in beweging,' zei Porter. 'Geef die fuckers geen kans zich ergens in te graven.'

De twee Blades vuurden welgemikte salvo's af op een groep rebellen die op de garage en de verwaarloosde gebouwen afstormden, maar het was niet genoeg. Tegenover elke x-ray die ze neerschoten stonden twee andere doelwitten die de dekking van de gebouwen bereikten. De rebellen waren nu op tweehonderd meter afstand van het hotel en kwamen met de minuut dichterbij. De rebellen die in de plantage waren gestationeerd bleven het hotel ongenadig bestoken met geweervuur, mortiergranaten en granaatwerpers. We kunnen ze niet veel langer van ons afhouden, dacht Porter. Het was nu vijftig minuten geleden dat hij Hawkridge had gebeld. Luchtsteun was nergens te bekennen.

Hij richtte zijn blik weer op de plantage. Twee figuren zaten naast een mortier gehurkt, nog net zichtbaar tussen een paar bomen. Een van hen hield de onderplaat stabiel terwijl zijn maat een nieuwe granaat uit een houten kist haalde om die in de pijp te laten vallen. Porter haalde de trekker over en trakteerde de kerel met de granaat op een kogel in zijn lijf. Diens maat had nog net genoeg tijd om de hersens uit de achterkant van de schedel te zien spatten. Toen nam Porter ook hem in het vizier en stuurde hem de eeuwigheid in met een salvo van twee patronen.

Er kwam een ander mortierteam aansnellen om aan de slag te gaan in de plantage. Porter wilde ze net op de korrel nemen toen hij in de verte een laag, zacht gerommel hoorde.

'Technicals!' riep Tully. 'Twee stuks, en ze komen deze kant op!'

Porter richtte zijn blik op de rotonde. Twee Toyota-pick-ups kwamen met hoge snelheid Cape Road over rijden in de richting van het hotel. In de laadbak van beide wagens stond een zwaar machinegeweer op een driepootssteun. Een ervan was een 12.7mm, identiek aan het wapen dat Bald onschadelijk had gemaakt tijdens de eerdere aanval op het hotel. Het tweede machinegeweer was zelfs nog groter. Porter zag dat het een Russische ZPU was, een 14.5mm-luchtafweergeschut. De variant met de dubbele loop. Daarbij vergeleken zag de 12.7mm eruit als een speelgoedpistooltje.

Als de rebellen ons met die ZPU kunnen aanvallen, zijn we er geweest.

Hij riep naar de anderen dat ze dekking moesten zoeken. Het volgende moment begon de 14.5mm te schieten. Porter liet zich languit op de grond vallen terwijl er een reeks zware explosies klonk. Vier enorme patronen boorden zich door de minder stevige bovenkant van de balustrade, die instortte, op een halve meter links van Porter. Van het ene op het andere moment was de helft van de muur eenvoudigweg verdwenen.

'Die klootzak is voor mij,' zei Bald.

Hij liep naar het dichtstbijzijnde afvoergat terwijl een nieuw oorverdovend salvo 14.5mm-kogels de airconditioningbuis raakte. De technical had flink vaart geminderd om de rebel die de 14.5 bemande de gelegenheid te bieden goed op het dak te richten. Bald rolde op zijn buik, schoof de loop van het machinegeweer door de opening en richtte op het rijdende doelwit. De 14.5 ontbrandde weer, sloeg vuistgrote gaten in het beton en dwong de mannen op het dak zich schuil te houden achter het lagere en dikkere gedeelte van de balustrade. Door een ander afvoergat zag Porter grote groepen rebellen profiteren van het geweld van de ZPU door snel de dekking van de bomen te verlaten en naar de garage te rennen die op tweehonderd meter van het hotel lag.

Bald haalde de trekker over voordat het machinegeweer op de

technical nog een keer kon schieten. Porter keek door het gat toe hoe de rebel achter de ZPU met een lange, ratelende vuurstoot aan gort werd geschoten. Kogels schoten de pick-up aan flarden en doodden de twee rebellen in de bestuurderscabine. Bald nam met een soepele beweging het voertuig met de 12.7 onder vuur en bestookte ook dat met twee salvo's. Het kwam midden op de weg tot stilstand. Twee mannen probeerden in de laadbak te klimmen om de 12.7 te bedienen, maar ze werden allebei uitgeschakeld door een paar salvo's van het machinegeweer.

De opluchting was van korte duur. Porter en Bald richtten hun aandacht weer op de plantage en namen rebellen met korte salvo's onder vuur zodra die uit hun dekking kwamen. Links van Porter richtten Tully en Nilis zich op de rebellen bij de voormalige garage. Een paar rebellen hadden zich geïnstalleerd op de eerste verdieping van het gebouw en bestookten het hotel onophoudelijk met granaten, die de verdiepingen een paar meter onder het dak raakten. Verscheidene andere X-rays hadden een positie achter de naastgelegen ramen ingenomen en schoten onafgebroken met hun AK-47 op de balustrade. Ondanks de inspanningen van de mannen op het dak kwamen de rebellen gestaag dichterbij en overbrugden ze langzaam maar zeker de afstand tot het hotel. Een stuk of dertig van hen bevonden zich nu bij de garage, in de plantage hield zich een man of veertig op en voortdurend rukten er meer op.

We houden het zo niet veel langer meer vol.

Vier rebellen renden over het open terrein naar de garage. Porter raakte een van hen in zijn rug met zijn laatste kogel. Hij haalde het lege magazijn uit zijn geweer, pakte een vol magazijn uit zijn achterzak en deed dat in zijn geweer. Mijn laatste twintig kogels, dacht hij grimmig. Toen hij naar rechts keek, zag hij dat Bald al meer dan de helft van de patroonband had gebruikt. Hij had minder dan negentig patronen over.

'Shit,' riep een van de Belgen aan de oostkant van de balustrade met overslaande stem. 'Ze vallen ons van de zijkant aan!'

Bald en Porter haastten zich voorovergebogen naar de Belgen toe. Ze doken achter de balustrade terwijl de kogels in felle salvo's over hun hoofd vlogen; het klonk als een zwerm wespen nadat er iemand op hun nest was getrapt. Porter keek door het dichtstbijzijnde afvoergat. Hij zag minstens veertig rebellen uit zes pick-ups springen die driehonderd meter in oostelijke richting op de atletiekbaan stonden. Een 12.7mm-machinegeweer in de laadklep van een Nissan schoot de ene kogel na de andere op de balustrade af en gaf de uitstappende rebellen dekkingsvuur. Porter en Bald begonnen door de openingen te schieten en namen de dichtstbijzijnde rebellen onder vuur. De 12.7mm op de pick-up reageerde met een spervuur van schoten, zodat de twee Blades zich gedwongen zagen om zich schuil te houden achter de muur. Kogels ketsten tegen de buis achter Porter en tegen de watertoren. Andere kogels legden de bovenkant van de balustrade in puin. Porter probeerde terug te schieten door het afvoergat, maar er kwamen te veel kogels op hem af, en toen hij omlaag keek, zag hij dat een groep van vijftien rebellen was doorgebroken in de richting van het hotel. Ze snelden in zuidelijke richting naar de lage muur om de achterkant van het gebouw en kwamen snel dichterbij.

'Ik ben bijna door mijn munitie heen, jongens,' riep Tully vanaf de noordkant van de muur. Hij deinsde achteruit van de balustrade toen een nieuwe granaat suizend aan kwam vliegen en insloeg in de verdieping onder het dak, wat gepaard ging met een enorme rookwolk en rondvliegend glas.

'Fuck,' zei Porter. 'Het zijn er te veel.'

'Als we bajonetten hadden waren we die nu aan het vastmaken,' zei Bald.

De twee Blades keken elkaar aan. Porter glimlachte flauwtjes naar zijn maat. Ze wisten allebei wat de ander dacht. Het is voorbij. Er is geen uitweg. *Deze keer niet.*

Iedereen die in onze schoenen zou staan zou het nu in zijn broek doen, dacht Porter. Maar zo zijn wij niet. Ik ben niet bang voor de rebellen. Ik ben godverdomme ook niet bang om dood te gaan. Ik ben zelfs niet kwaad omdat ik voor niets sterf, in een schijtland waar ik geen reet om geef en waar ik een of andere lul moet beschermen. *Ik zou alleen willen dat ik Sandy's gezicht nog een keer kon zien. En afscheid kon nemen van mijn dochter. Tegen haar kon zeggen dat het haar ouweheer spijt dat hij alles heeft verkloot.*

Even werd de balustrade minder intensief onder vuur genomen. Porter kroop weer naar het afvoergat en deed zijn SLR omhoog, klaar om met zijn laatste twaalf kogels de vijand te lijf te gaan. Hij wilde net de trekker overhalen toen hij Tannons stem boven het knallende geweervuur en het gegil uit hoorde komen. Hij trok zich terug en haastte zich naar de ventilator. Tannon gaf hem de satelliettelefoon.

'Ik heb Angela aan de lijn,' zei ze hijgend. 'Ze zegt dat ze jou wil spreken.'

Even kon Porter niet geloven wat hij hoorde. Hij greep de telefoon uit Tannons hand en hield hem bij zijn oor, terwijl hij een vinger in zijn andere oor stopte om het geluid buiten te sluiten.

'Angela?'

De stem aan de andere kant van de lijn zei: 'Ik begrijp van Dominique dat jullie het een beetje lastig hebben.'

Porter schoot bijna in de lach. 'Dat is wel heel eufemistisch uitgedrukt. De rebellen hebben het hotel omsingeld. We kunnen elk moment onder de voet worden gelopen. We hebben hulp nodig.'

March zei: 'Daarom bel ik ook. Luister, ik heb jullie situatie besproken met de Amerikaanse minister van Buitenlandse Zaken. Het was niet makkelijk, maar ze heeft ingestemd om persoonlijk in te grijpen. Er is op dit moment luchtsteun onderweg. Twee gewapende helikopters.'

'Dat werd tijd, godverdomme. Hoe laat zijn ze hier?'

Er scheerden kogels over de muur, die afketsten tegen de zijkant van de watertoren en over het dak schoten. March zei: 'Ik ken de details niet. De USS Lauderdale kan je elk moment bellen om het te bevestigen. Houd de lijn vrij, oké?'

Ze hing op voor Porter nog iets kon zeggen. Hij voelde niet meteen opluchting. Hij wist dat de situatie op de grond nog altijd kritiek was. De rebellen sluiten ons aan alle kanten in en we hebben bijna geen munitie meer. *We zijn nog niet uit de problemen.*

Een halve minuut later piepte de satelliettelefoon weer. Toen Porter opnam hoorde hij alleen geruis. 'Hallo? Is daar iemand?'

Er viel een lange stilte. Toen verdween het geruis langzaam en hoorde Porter een bloedserieuze stem aan de andere kant van de lijn.

'Goedendag meneer, u spreekt met kolonel Joshua Hendricks,' zei de stem met een sterk Texaans accent. Het soort accent dat elk woord deed klinken als een gitaarakkoord. 'Ik ben de bevelhebber van de 11th Marine Expeditionary Unit hier op de brug van de USS Lauderdale. Spreek ik met de heer John Porter?'

Yanks, dacht Porter. Zullen nooit iets met één woord zeggen als het ook met tien kan.

'Dat klopt.'

'Meneer, ik heb toestemming u te melden dat er twee Black Hawks onderweg zijn naar uw positie. Verwachte aankomsttijd is over negen minuten. Ik herhaal, twee Black Hawks, geschatte aankomsttijd over negen minuten. Wat is uw huidige situatie?'

Porter zei: 'Helemaal kut. We hebben te maken met een stuk of honderdvijftig vijandelijke soldaten, plus twee technicals met waarschijnlijk twee 12.7mm-machinegeweren, op honderdvijftig meter van onze positie. Er is minstens veertig keer op ons geschoten met granaatwerpers en de vijand heeft ook ergens een mortier opgesteld.'

'Zo te horen zit u flink in de penarie.'

'Laat ik het zo zeggen, maat: nu weet ik hoe generaal Custer zich heeft gevoeld.'

De Texaan lachte niet. Het was Porters ervaring dat Amerikaanse officieren geen gevoel voor humor hadden. Er zat daar vast iets in het water. 'Welnu meneer, onze jongens maken zich klaar om de boel daar een beetje op te schudden. Denkt u dat u het kunt redden tot ze daar zijn?'

'Tot nu toe zijn we daar in geslaagd. Het zou nog wel een paar minuten langer moeten kunnen lukken.'

'Goed dat te horen, meneer. We nemen contact met u op zodra onze jongens uw positie kunnen waarnemen.'

'Begrepen.'

Negen minuten, dacht Porter. Het zal erom spannen. Maar in elk geval hebben we nu een kans. Hij keek uit over het dak. Toen omhoog naar de wolkeloze lucht. Toen naar de rook die opsteeg vanaf de plekken waar de mortiergranaten waren ingeslagen in de noord- en zuidzijde van het hotel. En toen schoot hem iets te binnen. Hij wenkte Tully, zodat Nilis en Spray Tan de rebellen aan de noordzijde van het hotel voor hun rekening moesten nemen. Tully kroop op handen en voeten naar hem toe. Hij maakte zich zo klein mogelijk omdat de kogels over hem heen vlogen en in de muur sloegen. Stukjes beton regenden op hem neer.

'Jij en Jock moeten naar beneden rennen,' zei Porter toen Tully bij hem was. 'Haal een autoband in de ondergrondse garage en een jerrycan uit de achterbak van de Range Rover. En haal een mes uit de keuken. Wees snel.'

'Waarvoor in godsnaam?'

Porter wees naar de lucht. 'Over negen minuten komen er gevechtshelikopters aan. We moeten onze positie aangeven zodat de piloten weten dat wij de goeien zijn. Ik heb geen zin in eigen vuur.'

Tully knikte. De ernst van de situatie drong tot hem door. Hij draaide zich om en rende met Bald voorovergebogen weg. De twee mannen liepen zo snel ze konden om de buis heen terwijl het dak zwaar onder vuur werd genomen.

Toen ze weg waren ging Porter naar Tannon. Hij knikte haar toe en wees naar de trap. 'Je moet van het dak af. Over minder dan tien minuten komen er Black Hawks. Die blazen alles weg wat beweegt. Beneden ben je veiliger.'

'En jij dan?'

'Wij moeten hier blijven om de aanval te begeleiden. Ga naar een van de bovenste verdiepingen en zoek een plek waar je je schuil kunt houden. Het zal er hier heftig aan toe gaan.'

Tannon stond op en vertrok. Porter keek haar na tot ze was verdwenen in het trappenhuis en keerde toen terug naar het afvoergat om de mitrailleur te bedienen. Hij vuurde een salvo van drie kogels af op het paviljoen. Nog eens tien rebellen renden van achter het gebouw in de richting van de muur aan de achterkant van het hotel. Ze waren uit het zicht verdwenen voordat Porter ze kon neerschieten. Hij kroop naar de zuidkant van de balustrade, en zijn knieën schuurden over brokken cement en kogelhulzen waarmee het dak bezaaid lag. Toen stak hij de loop van de mitrailleur door een opening en plaatste een vuurstoot op zes rebellen die over de lage muur klommen. Hij doodde er drie, en de anderen zochten dekking achter de schuurtjes aan de overkant van het terrein, op honderd meter van het hotel.

Nog vijftig patronen.

De vijf minuten daarna kroop Porter voortdurend van de ene kant van het dak naar de andere, in een wanhopige poging de rebellen op afstand te houden met korte, gecontroleerde salvo's van de mitrailleur. Maar de vijand werd steeds brutaler. Porter bleef de horizon afzoeken en zijn oren spitsen, in de hoop de rotorbladen van de naderende Black Hawks te horen. Hij keek op zijn horloge. Hij had kolonel Hendricks zes minuten geleden gesproken.

Nog drie minuten tot de helikopters er waren.

Als alles volgens plan verliep.

Een minuut later kwamen Bald en Tully het trappenhuis uitstormen, zeulend met een versleten zwarte autoband met een gebutste wieldop. Ze gooiden hem naast de met kogels doorzeefde watertoren. Toen dook Bald weer het trappenhuis in en kwam even later terug met een jerrycan in zijn linkerhand en een enorm keukenmes in de rechter. Hij sneed de band open alsof hij een vis vilde. De lucht liep sissend uit het gat in het rubber. Toen pakte hij de jerrycan, draaide de dop open en goot de band tot de laatste druppel vol met benzine. Hij gooide de tank opzij en haalde een doosje lucifers uit zijn achterzak. Stak een lucifer af en gooide die in de band. Nam flink afstand.

De band vloog in brand en stond al snel in lichterlaaie. De lucht vulde zich met de doordringende stank van brandend rubber en gitzwarte rook. Porter voelde de hitte van het vuur op zijn rug terwijl hij naar de oostzijde van de balustrade liep. De verstikkende hitte was nu echt niet meer te harden. Het leek wel of hij in een duikerspak in een sauna zat. Elke keer wanneer Porter ademde had hij het gevoel alsof iemand een soldeerbout in zijn longen duwde.

Acht minuten na het telefoongesprek met Hendricks hoorde hij op negen uur een onophoudelijk gedreun ten noorden van het hotel. Het geluid werd met de seconde luider, tot op een gegeven moment het hele gebouw wel leek te weergalmen van het gedreun. Porter keek over de balustrade, met zijn hand boven zijn ogen tegen de zon. Ongeveer een kilometer voor hem verscheen boven de baai een helikopter die in de richting van het hotel kwam vliegen. Zelfs vanaf die afstand zag Porter meteen dat het een Black Hawk was, met de langwerpige, wespachtige vorm en de bolvormige cockpit. De rotorbladen sneden als een soort reuzenblender door de lucht. Op metalen steunen waren twee M134 miniguns van General Electric bevestigd. De wapens staken uit de deuren aan weerszijden van de romp achter de cockpit. Het waren monsters met zes lopen die wel zesduizend kogels per minuut konden afschieten. Opgetogen zag Porter de Black Hawk boven de stad vliegen.

Eindelijk kunnen we van ons afbijten.

De satelliettelefoon ging en Porter nam op. 'Hendricks?'

'Nog een minuut voordat onze jongens er zijn,' zei kolonel Hendricks met zijn lijzige stem. 'Kunt u uw coördinaten doorgeven?'

Porter antwoordde langzaam en duidelijk zodat er geen misverstand mogelijk was. 'We bevinden ons bij de zwarte rook op het dak van het Ambassadors Hotel. Ik herhaal, we zitten recht onder de zwarte rook die opstijgt van het dak van het hotel.'

'Eén moment,' zei Hendricks. Het bleef even stil terwijl de operatieofficieren navraag deden bij de piloten. Toen kwam de kolonel weer aan de lijn. 'Bevestigd. We kunnen de zwarte rook zien. Ik herhaal, onze jongens zien jullie locatie.'

Porter zei: 'In de omgeving van het hotel bevinden zich alleen vijanden. Schakel alles in een cirkel van 360 graden uit. Ik herhaal, alles om de zwarte rook heen is vijandelijk gebied.'

Na een nieuwe stilte zei Hendricks: 'Begrepen. Meneer, we schakelen u nu door naar de piloten. U kunt vanaf nu direct met hen communiceren. Wij luisteren mee vanaf de brug.'

Hendricks stem verdween. Porter hoorde allemaal gezoem en geklik. Hij gaf de verrekijker aan Bald en gebaarde dat die de doelwitten ten oosten van de balustrade moest identificeren. Het gedreun van de naderende Black Hawk was nu oorverdovend. Toen werd de verbinding doorgeschakeld en hoorde hij door het geruis heen een stem.

'Ambassador 1, hier Helo Z-1. We naderen uw positie en zijn klaar om het vuur te openen. Helo Z-2 arriveert over twee minuten.'

Porter zei: 'Helo 1, hier Ambassador 1. We hebben te maken met vijandelijke strijdkrachten in een technical, op driehonderd meter ten oosten van onze positie. Open het vuur, open het vuur.'

Porter keek op en volgde de Black Hawk, die naar links zwenkte en in een wijde boog om het hotel heen vloog. Toen draaide het toestel om en maakte een duikvlucht in de richting van de atletiekbaan, ten oosten van het dak. Het lawaai van de rotorbladen overstemde alle andere geluiden die op het dak te horen waren, en het zonlicht weerkaatste tegen de cockpit. De Black Hawk schoot op zijn doelwit af. Porter kon de doorgunners zien die de M134's achter de cockpit bemanden. Ze zaten vast aan lijnen om te voorkomen dat ze uit het toestel vielen. Hij keek opzij, deed zijn handen om zijn mond en schreeuwde naar de andere jongens op het dak: 'Eigen vuur! Iedereen liggen, NU!'

Tully, Nilis en de andere Belgen lieten zich languit op het dak vallen. De Black Hawk opende de aanval op de technical die naast het paviljoen stond. De meeste rebellen gaven geen krimp en bleven gewoon op het dak schieten. Andere richtten hun AK-47 op de Black Hawk en schoten er zonder schade aan te richten salvo's op af. Ze waren of heel moedig, of gewoon achterlijk.

De Black Hawk opende het vuur.

Een van de miniguns begon te krijsen. Het leek wel of de grootste kettingzaag ter wereld de grootste boom ter wereld doorzaagde. Porter dacht dat zijn trommelvliezen het begaven door al het kabaal. Hij zag de loop van de minigun oplichten. Zag de kogels in een roodgloeiende stroom in de technical verdwijnen. Het salvo duurde vijf seconden, wat neerkwam op ongeveer vijfhonderd kogels van heet lood die werden samengebundeld in een oppervlakte ter grootte van een badkuip. Een dodelijke cocktail van hitte, druk en metaal. Dat kon niets of niemand overleven. De technical werd voor Porters ogen weggevaagd. Op de plek waar het voertuig had gestaan zag hij nu verschroeide grond, rook en vlammen. En verder weinig anders. De rebellen die zich ophielden rondom het paviljoen draaiden zich onmiddellijk om en renden naar de rotonde. De minigun maakte het kettingzaagachtige geluid weer en maaide de vluchtende doelwitten neer. Ze werden simpelweg vermalen tot stof. Het wapen stopte met ratelen en de Black Hawk vloog weer in de richting van de baai.

De piloot meldde zich weer over de satelliettelefoon. 'Ambassador 1, hier Helo z-1. Doelwit uitgeschakeld. Ik herhaal, doelwit uitgeschakeld. Helo z-2 ter plaatse.'

'Roger,' zei Porter.

Porter hoorde nog een dreunend geluid. Hij keek met samengeknepen ogen op en zag de tweede Black Hawk aan komen vliegen uit de richting van de baai. Het toestel passeerde het eerste en vloog in de richting van het hotel. Alles ging nu heel snel, als een schaakpartij die met een snelheid van honderdvijftig kilometer per uur werd gespeeld. Bald rende al naar de zuidkant van het dak om de volgende doelwitten te identificeren.

Porter zag iets in zijn ooghoeken. Rook die vanaf het wrak van de technical de lucht in dwarrelde. Zwarte rook. Niet ver van de rook die opsteeg van de autoband. Dichtbij genoeg om ze door elkaar te halen.

Terwijl de tweede Black Hawk overhelde naar het hotel en er met dezelfde wijde boog omheen vloog als de eerste had gedaan, zei Porter in de telefoon: 'Helo z-2, hier Ambassador 1. Opgelet, er staat een voertuig in brand, op driehonderd meter in oostelijke richting. Er komt rook vanaf. Wij bevinden ons nog steeds op het dak. Ik herhaal, de zwarte rook in oostelijke richting komt niet van onze positie.'

Hij hoorde een hoop geruis op de lijn. Toen zei de piloot: 'Begrepen, maat. De rook in oostelijke richting komt niet van jullie. Als jullie er klaar voor zijn, is z-2 gereed om het vuur te openen op de volgende doelwitten.'

Bald riep: 'Tien x-rays honderd meter ten zuiden van ons, maat. Bij de schuurtjes.'

Porter zei in de telefoon: 'Naar het zuiden, naar het zuiden. Honderd meter ten zuiden van de zwarte rook. Tien vijanden met wapens. Open het vuur.'

De tweede Black Hawk maakte een scherpe draai naar links. Porter zag de helikopter in zuidelijke richting laag langs het hotel vliegen. De minigun brulde en maakte gehakt van de rebellen die dekking zochten bij de schuurtjes. Het regende kogelhulzen op het zwembad achter het hotel uit de buizen aan de zijkant van de minigun. Het leken wel munten die uit een gokautomaat vielen nadat de jackpot was gevallen. Een stuk of zes rebellen renden terug naar de lage muur, in een wanhopige poging te ontsnappen. De Black Hawk maakte korte metten met ze en verwoestte ook het grootste deel van de muur. De doelwitten werden letterlijk weggevaagd.

Bij de baai was de eerste heli klaar met draaien en het toestel vloog met hoge snelheid weer landinwaarts om voor de tweede keer over te komen vliegen. Porter hoorde Tully roepen vanaf de noordkant van het dak, waar hij zijn positie naast Nilis weer had ingenomen. De kogels ketsten in lange salvo's tegen de bovenkant van de balustrade.

'Ik heb hier wat hulp nodig, jongens. Ze komen veel te dichtbij!' Tully's stem was bijna niet te horen boven het geluid van de kogels uit die over zijn hoofd vlogen.

Bald en Porter kropen zo snel ze konden naar de noordzijde van het dak, waarbij ze ervoor zorgden dat hun hoofd niet boven de balustrade uitstak. De knieën van Porters broek waren helemaal gerafeld doordat ze voortdurend over het puin schraapten waar het dak mee bezaaid lag. Zijn ellebogen bloedden en hij had meer schrammen en sneeën op zijn lichaam dan een gemartelde Chinees. Hij liet zich naast Tully op het zwartgeblakerde beton vallen. Meer kogels sloegen met een oorverdovend kabaal in het dak. Een van de Belgen had zich uit angst voor de onafgebroken kogelregen opgekruld in de foetushouding.

In de verte kon Porter het gedreun van de eerste helikopter horen die hun positie naderde. Het mechanische gehuil van de motoren werd steeds luider.

De stem van de piloot klonk over de satelliettelefoon. 'Ambassador 1, hier Helo z-1. Klaar om de volgende doelen aan te vallen.'

Porter hield zichzelf voor dat de rebellen bij de garage moesten worden uitgeschakeld. *Voordat ze ons allemaal overhoop knallen.*

Hij trok de verrekijker uit Balds handen en gaf zijn maat de telefoon. Voordat Bald iets kon zeggen kwam Porter overeind, ging naar de noordzijde van de muur en keek uit over Cape Road, om te proberen de vijand te lokaliseren. De ene na de andere kogel scheerde langs hem heen. Porter probeerde zijn kalmte te bewaren, ondanks het intense geweervuur waardoor hij werd belaagd. Een salvo raakte de bovenkant van de balustrade op vijftien centimeter rechts van hem, en stukken steen vlogen over het dak. Porter wist dat hij een enorm risico nam door zich bloot te stellen aan vijandelijk vuur, maar hij wist ook dat hij niet anders kon. De Black Hawks hadden de rebellen de vorige keer dat ze over waren komen vliegen over het hoofd gezien, en alleen als Porter hun positie doorgaf konden de helikopters ze met welgemikte schoten onder vuur nemen. Hij zag een van de rebellen een schot lossen uit het raam op de eerste verdieping van de garage en wendde zich tot Bald.

'Vijfentwintig x-rays ten noorden van onze positie!' riep hij. 'In de garage met het blauwe dak op tweehonderd meter. Zorg dat die teringlijers ervan langs krijgen!'

Bald gaf de informatie door aan de piloot. Hij moest schreeuwen om zich boven het geweervuur en het gehuil van de granaatwerpers uit verstaanbaar te maken. Porter zag de Black Hawk naar links zwenken, waarbij de rotorbladen onder maximale druk kwamen te staan. Toen brulde de M134 aan de linkerkant van de helikopter. Een stortvloed van vuur spoot uit de minigun en vernietigde de garage. Porter kon niet veel van het getroffen gebied zien. Hij zag heel veel stof en puin en zo nu dan een felrode flits als er een tracer door een van de muren vloog. Alle doelwitten die zich in het gebouw hadden opgehouden, werden weggevaagd.

Vijf of zes rebellen hadden uit de garage weten te ontkomen voordat de minigun toesloeg. Porter hoorde rechts van hem het *pa-pa-pa-pa-papa-pap* van de rechter M135 die opnieuw het vuur opende. De vluchtende rebellen verdwenen in een wolk van bloed en rook. Het leek wel een soort dodelijke goocheltruc. Verderop naar het oosten verlieten enkele rebellen hun dekking achter de bananenbomen om te proberen de helikopter met hun kleine wapens neer te halen. De Black Hawk maakte korte metten met ze door middel van een lange vuurstoot van de minigun; de plantage en alles wat zich daar bevond werd met de grond gelijkgemaakt. Tegen de tijd dat de helikopter terugvloog naar de baai, waren alle rebellen op de weg verdwenen.

Porter stapte weg van de balustrade. Bald staarde hem met onwillig respect aan.

'Tering maat, misschien had ik het toch mis.'

'Waarover?'

Bald grijnsde. 'Misschien heb je toch een paar ballen.'

'Fuck you, Jock.'

Ze gingen weer aan het werk en renden van de ene kant van het dak naar de andere terwijl de Black Hawks om beurten de omgeving van het hotel schoonveegden. De Blades werkten samen als een getrouwd stel. Porter lokaliseerde het volgende doelwit door de verrekijker en stelde de afstand en het aantal vijanden vast. Bald gaf de informatie door aan de piloten van de heli's. Na vijf of zes minuten keek Porter om en zag hij dat de autoband bijna niet meer brandde. Hij liet Tully en Nilis naar de garage gaan om meer banden te halen voordat het vuur helemaal uit was. Toen gaf hij de drie andere Belgen opdracht zich te verspreiden over de noordkant, de oostkant en de zuidkant van het dak, om de boel daar in de gaten te houden voor het geval meer rebellen het hotel probeerden te naderen. Het leek hem echter niet waarschijnlijk dat de vijand nog een aanval zou wagen. Niet met de Black Hawks die op rooftocht waren. De paar resterende rebellen hielden zich nu schuil achter het voormalige politiebureau. Ze schoten zo nu en dan in het wilde weg op het dak, soms ook met een granaatwerper of een mortier.

'Laat ze het politiebureau onder vuur nemen!' riep Porter naar Bald, en zijn maat gehoorzaamde.

De heli kwam aanvliegen. De minigun bulderde.

De kogels legden het politiebureau in puin.

Na acht aanvallen begonnen de rebellen in te binden. Het dak werd nu bijna niet meer onder vuur genomen. Eén rebel liep Cape Road op en richtte zijn granaatwerper omhoog toen de Black Hawk terug kwam vliegen vanaf de baai. Dat was een grote vergissing. De M134 schoot hem aan moleculair kleine stukjes. Een paar groepjes rebellen bleven waar ze waren, maar de meeste overlevenden werden teruggedreven door de enorme kogelregen die met effectieve salvo's op ze werd afgeschoten. Aan de overkant van Cape Road en in de richting van de rotonde waren branden uitgebroken doordat de Black Hawks de technicals en gebouwen in de as legden en alle plekken wegvaagden waar de vijand zich probeerde schuil te houden. De lucht werd zwart en de palmbomen zwaaiden heen en weer onder de hete luchtstroom van de rotorbladen van de helikopters. Stof wervelde over de verminkte lichamen waar het asfalt mee bezaaid lag. Overal waar hij keek zag Porter rokende puinhopen en ledematen.

Na twaalf aanvallen hield het schieten op.

Het stof daalde neer en Porter keek uit over Cape Road. De rebellen trokken zich nu massaal terug. Een stuk of twintig van hen hadden het klaargespeeld aan het dodelijke spervuur te ontkomen. Ze hadden hun wapens laten vallen en haastten zich terug over de rotonde, weg van de heli's zo snel als hun magere benen hen konden dragen. Intussen cirkelden de Black Hawks afwachtend boven het hotel, zoekend naar opportunere doelwitten in de omliggende gebouwen. Geen enkele vijand vertoonde zich echter meer achter de ramen of opende het vuur. Het drong tot Porter door dat ze de strijd hadden opgegeven. *Het is voorbij.*

Hij liet zich tegen een half ingestort deel van de balustrade zakken en keek op zijn horloge. 13.42 uur. Ze hadden de luchtaanval meer dan een half uur gecoördineerd, maar het leek wel meer dan drie uur. Het was het langste half uur uit zijn leven geweest. Zijn hoofd was gehavend, zijn kleren waren helemaal vastgeplakt aan zijn huid en de spieren van zijn onderarmen stonden zo ongeveer in brand. Hij reikte naar een halfvolle fles water, die heet aanvoelde, en zette die aan zijn lippen. Het water was warm, maar dat kon Porter niets schelen. Hij nam een grote slok, veegde zijn droge lippen af met de achterkant van zijn hand en deed even zijn ogen dicht.

Bald beëindigde zijn telefoongesprek met Hendricks en Porter reikte hem de fles aan. Bald nam een grote teug en knipperde het zweet uit zijn ogen. 'Tering zeg, dat scheelde geen reet. Als die heli's twee minuten later waren gekomen waren we er geweest.'

Porter knikte naar zijn maat. 'Alles goed?'

'Niets wat niet met een goed glas whisky verholpen kan worden.' Bald schudde zijn hoofd en schoot in de lach vanwege de krankzinnige situatie. 'Dat ging nergens over, maat. Toen ze ons brieften over de operatie had ik niet gedacht dat we in een remake van *Zulu* terecht zouden komen.'

'Ik ook niet,' zei Porter. 'Ik dacht echt even dat we er geweest waren. Het kwam goed uit dat je zo bedreven bent met die mitrailleur, anders hadden we serieus in de shit gezeten.'

Bald knikte stuurs. 'Je bent zelf ook niet zo slecht. Ook al ben je dan een Engelse droplul.'

'Schotse rukker.'

'Zegt de nicht die niet eens kan drinken.'

Porter wist een flauwe glimlach op te brengen terwijl de Black Hawks boven hun hoofd cirkelden. Geen van beiden zei een woord. Dat was ook niet nodig. Ze hadden hier op het dak allebei de dood in de ogen gekeken. Er bestond een speciale band tussen soldaten die ervan overtuigd waren dat ze zouden sterven en het toch konden navertellen. Dat relativeerde al het overige. Al het gelul over van alles en nog wat, alle bullshit waar mensen zich druk over maakten. Dat was allemaal volkomen onbelangrijk.

Misschien heb ik me wel vergist, dacht Porter. Bald is helemaal niet zo'n verkeerde vent. We hebben dan misschien onze meningsverschillen, hij heeft me vandaag op het dak meer dan eens rugdekking gegeven. Toen het heet werd onder onze voeten was hij er. Meer kun je niet van iemand vragen.

Bald had valse karaktertrekjes en hij kon ontzettend bot zijn, maar onder dat alles was hij loyaal. En uiteindelijk was dat het enige wat ertoe deed.

Porter zei: 'Als we terug zijn in Londen, zijn we die Angela wel een drankje verschuldigd.'

'Eentje maar? Omdat ze ons heeft gered?' Bald trok een ontsteld gezicht en schudde zijn hoofd. 'En dan zeggen ze dat wij Schotten van die gierige klootzakken zijn.'

Ze vervielen in een ontspannen, vriendelijke stilte. Toen riep Tully hen vanaf de zuidkant van het dak. Porter en Bald hesen zich overeind en liepen stram het dak over. Ze hielden hun hoofd gebogen, voor het geval een van de rebellen had weten te ontkomen aan de afstraffing van de Black Hawks. Dat was niet erg waarschijnlijk, maar ze wilden het risico niet nemen. Ze kwamen langs de stinkende wolken die opstegen van de brandende autobanden en de beschadigde watertoren. De rook hing als een sluier over het dak.

Porter zag Tully bij de airconditioningbuis naast een van de Belgen geknield zitten. Die was er heel slecht aan toe. Zijn maag lag open en zijn ingewanden hingen eruit, als de binnenband die uit een autoband steekt. Zijn gezicht en handen zaten onder de granaatscherven. Rondom zijn buik had zich een plas bloed gevormd. Zijn ademhaling ging oppervlakkig en zijn ogen schoten ongecontroleerd heen en weer. Porter knielde naast hem neer om zijn verwondingen te onderzoeken. Bald hield zijn hoofd een beetje schuin en keek Tully vragend aan.

'Wat is er gebeurd?'

'Die arme kerel moet geraakt zijn door een granaatwerper.' Tully wees naar een groot gat in de onderkant van de balustrade. Overal lagen stukken steen. 'Precies op het moment dat een van de helikopters over kwam vliegen.'

Porter trok een reep van het overhemd van de man en bracht die als een noodverband aan op de wond. De Belg kreunde van de pijn en mompelde een paar onsamenhangende woorden. Porter had bij het Regiment genoeg medische basistraining gehad om te zien dat de man hoogstwaarschijnlijk zou sterven als hij niet onmiddellijk naar een ziekenhuis werd gebracht.

Toen hij klaar was met het noodverband keek hij op naar Bald. 'Wat zei Hendricks over de evacuatie?'

'Er zijn reddingshelikopters onderweg. Sea Stallions.'

'Wanneer zijn ze hier?'

'Hendricks denkt over twintig minuten,' zei Bald. 'Ze zullen met een groep mariniers landen op het heliplatform ten westen van het hotel en iedereen naar het vliegdekschip vervoeren. Yanks en Britten eerst. Dan de andere Europeanen en dan de rest.'

Porter knikte. Duizend burgers plus de personeelsleden, dacht hij.

De Sea Stallions hadden een capaciteit van maximaal vijfenvijftig passagiers. Dat betekende dat ze twintig keer op en neer zouden moeten om iedereen het land uit te krijgen. Hij wees naar de gewonde Belg. 'We moeten hem meenemen in de eerste helikopter. Hij is een noodgeval.' Tegen Tully zei hij: 'Haal even wat water voor ons. We moeten voorkomen dat zijn vitale functies uitdrogen.'

Tully liep weg om een fles water te zoeken. Porter stond op en zag Bald fronsend in de richting van de zuidmuur kijken. Hij volgde zijn blik maar zag niets. 'Wat is er?' vroeg hij aan zijn maat.

'Nilis en de andere Belgen,' antwoordde Bald. 'Die zijn er niet.'

Porter keek het dak af en krabde op zijn achterhoofd. Bald had gelijk. De andere drie Belgen waren nergens te bekennen. Hij zag alleen de kerel van wie het halve gezicht was weggeslagen bij de noordelijke balustrade en de man bij wie de darmen uit zijn buik hingen bij de zuidmuur. Porter zag dat de Belgen ook hun geweren hadden meegenomen. Alsof ze hem gewoon waren gesmeerd zodra de strijd achter de rug was.

'Waar zijn die lui heen?' vroeg Porter zich hardop af.

'Misschien helpen ze beneden met het blussen van de branden,' opperde Bald.

Porter schudde zijn hoofd. 'We hebben geen tijd om ons druk over ze te maken. Laten we Soames gaan halen. We moeten hem in die eerste heli krijgen.'

'Ik vind het best, maat. Ik weet niet hoe jij erover denkt, maar ik heb voor de rest van mijn leven genoeg van dit tyfusland.'

'En deze kerel?' vroeg Tully, wijzend naar de Belg wiens darmen uit zijn lijf hingen. De man was bij bewustzijn maar volledig in de war.

'Blijf bij hem tot de heli's hier zijn,' beval Porter. 'Zorg ervoor dat zijn vitale organen niet uitdrogen. We zullen hem meenemen met de eerste helikopter.' Porter liep met Bald het dak over en verdween het koele trappenhuis in, Tully achterlatend bij de zwaargewonde Belg. Het dreunende geluid van de rondvliegende Black Hawks nam af tot een zwak gezoem terwijl de twee Blades naar beneden liepen. De adrenaline van het vuurgevecht begon af te nemen en Porter dwong zijn vermoeide spieren om vol te houden.

We zijn er bijna.

Nog even doorgaan.

Ze liepen snel de trap af. De overlopen op de bovenste verdiepingen die door granaatwerpers waren geraakt hingen vol met rook. Sommige gasten staken hun hoofd uit de kamerdeur, maar de overgrote meerderheid hield zich nog binnen schuil, biddend tot de goden waar ze niet in geloofden en wachtend tot er iemand aanklopte om te laten weten dat alles in orde was. Dat ze terug konden naar hun fijne, geborgen leventje.

Op weg naar beneden liep Porter Tannon en Crowder tegen het lijf. Ze waren druk bezig het kleine leger vrijwilligers aan te sturen en over de verdiepingen te verdelen met blusapparaten en dekens voor getraumatiseerde mensen. Het nieuws over de nederlaag van de rebellen had zich razendsnel onder het hotelpersoneel en de vrijwilligers verspreid. Tannon keek zichtbaar opgelucht, maar Crowder kwam terneergeslagen over. Porter kon het hem niet kwalijk nemen. We mogen de rebellen dan hebben tegengehouden, dacht hij, het hotel van deze kerel ligt in puin. Het zou maanden duren voor het weer open kon – als het ooit zo ver kwam.

Porter legde hun snel uit hoe de evacuatie in z'n werk zou gaan en zei tegen Crowder dat iedereen op zijn kamer moest blijven tot de mariniers klaar waren om mensen naar de helikopters te vervoeren. Toen rende hij met Bald verder naar beneden.

Op de overloop van de tweede verdieping hing minder rook. Onder aan de trap struikelde Porter bijna over een paar Nigeriaanse soldaten, die met hun knieën tegen hun borst tegen de muur zaten.

Toen de twee Blades langs kwamen rennen keken ze traag en uitdrukkingsloos naar hen op. Porter stormde langs hen heen en liep snel de gang door, met Bald achter zich aan. Tien meter voor zich zag hij de opslagruimte. Hij snelde ernaartoe en bleef toen stokstijf voor de deur staan.

Hij zag dat er een ruwe barst over het midden van de deur liep en dat het slot was opengebroken. Porter luisterde aandachtig maar hoorde binnen geen geluid. Hij duwde tegen de deur, die krakend en hangend aan de scharnieren openging, en zag de halfdonkere kamer. Porter zag de brandende gloeilamp boven zijn hoofd en de stoffige planken aan de andere kant van de kamer. Het bureau rechts, de gootsteen links.

Toen drong het besef tot hem door, als een mes dat werd rondgedraaid in zijn buik.

Er was niemand.

Soames was verdwenen.

20

13.56 uur

Even bleef Porter als versteend in de deuropening staan, starend naar het vertrek waar Soames zich eerder had bevonden. Soames is hem gesmeerd, dacht hij. Bald had hem ingehaald en keek fronsend de opslagruimte in.

'Wat de fuck is er gebeurd? Waar is Soames?'

Porter zei niets. Hij keek weer naar de deur. Er klopte iets niet aan wat hij zag, maar hij kon zijn vinger er niet achter krijgen.

'Hij moet ertussenuit zijn geknepen toen wij op het dak waren,' zei Bald.

'Nee.' Porter wees naar het slot. Het metaal was helemaal verbogen en het houtwerk eromheen was zwart en versplinterd. 'Soames heeft die deur niet opengetrapt. Hij is van buiten opengeschoten. Je kunt de brandplekken zien. Iemand heeft hem helpen ontsnappen.'

De frons op Balds gezicht verdiepte zich. 'Wie zou dat hebben gedaan?'

Porter haalde zijn schouders op en staarde Bald aan. Die kerel had vanaf het begin zijn bedenkingen gehad over de operatie, en Porter vroeg zich af waar zijn loyaliteit lag. Wat Bald vooral respecteerde was geld. Geld en macht. En Soames had beide in overvloed. Genoeg om Bald de operatie te laten saboteren? Porter wist het niet. Maar ze hadden de afgelopen zeven uur samen op het dak voor hun leven gevochten. Porter kon moeilijk geloven dat Bald de tijd had gehad om ongemerkt weg te sluipen en Soames te bevrijden.

Toen herinnerde hij zich dat Bald naar beneden was gegaan om de banden te halen. Hij was een paar minuten weggeweest – lang genoeg om even om te lopen en Soames' deur open te breken? Misschien. *Heeft Bald het achter mijn rug op een akkoordje gegooid?*

Hij zette die prangende vraag even van zich af toen hij het geluid van naderende voetstappen hoorde. Een van de Nigeriaanse soldaten kwam vanaf de overloop aanlopen. De man keek met een gespannen, bezorgde uitdrukking naar Porter. Hij had een dun gezicht met ingevallen wangen en een dun snorretje dat nog net zichtbaar was. De soldaat krabde aan een elleboog en knikte met zijn hoofd naar de deur van de opslagruimte.

'Zoeken jullie de man in die kamer?'

Porter knikte. 'Dat klopt. Heb jij iets gezien?'

'Misschien,' zei de Nigeriaan. 'Maar misschien ook niet.'

Hij sloeg zijn armen over elkaar en wachtte, waarschijnlijk tot Porter zijn hand in zijn zak stak en er een paar dollar uithaalde. Nigerianen, dacht Porter. Proberen altijd ergens een slaatje uit te slaan, zelfs tijdens een vuurgevecht, verdomme nog aan toe. Hij liep naar de man toe en greep hem bij zijn jasje.

'Ik ga hier niet staan kloten. Je kunt maar beter vertellen wat je hebt gezien.'

De Nigeriaan zag de woedende blik in Porters ogen en koos eieren voor zijn geld. 'Drie mannen,' zei hij. 'Ik zag drie mannen!'

De soldaat stak drie vingers op, alsof hij zijn punt wilde benadrukken. Porter liet hem los en keek hem dreigend aan. Het mes in zijn darmen werd weer rondgedraaid. 'Wie waren het?'

‘Ik heb ze niet goed kunnen zien,’ protesteerde de Nigeriaan. ‘Ik zag ze alleen de trap afkomen. Ze beukten de deur in en namen de man die binnen was mee. Er werd heel veel geschreeuwd en iedereen was boos. De man klonk alsof hij niet meewilde met de anderen.’

‘Maar hij ging toch mee?’

‘De mannen waren gewapend. Hij kon niet anders.’

‘Heb je gezien waar ze hem mee naartoe namen?’

‘Naar beneden. Naar de garage. Dat is alles wat ik weet.’

Hij spreidde zijn handen, met de palmen omhoog. Als een pokerspeler die zijn slechte kaarten laat zien.

‘Wanneer was dat?’ wilde Bald weten.

‘Een minuut of tien geleden,’ antwoordde de soldaat.

Bald keek de Nigeriaan verwijtend aan. ‘En jij hebt alleen maar staan kijken?’

De kerel sloeg zijn armen verdedigend gebaar weer over elkaar. ‘Ik heb er niets mee te maken wat die mensen doen. Ik wilde er niet bij betrokken raken.’

Bald trok een boze grimas en hij snoof minachtend. ‘Natuurlijk niet, vriend. Net zoals jij en die laffe maten van je niks te maken wilden hebben met het gevecht met de rebellen.’

De soldaat krabde weer aan zijn elleboog en zei niets. Porter zei: ‘Viel je iets op aan de gasten die Soames hebben meegenomen?’

‘Ik heb toch al gezegd dat ik hun gezichten niet goed kon zien.’

‘Iets anders dan? Hun kleding? Waren ze donker, blank?’

‘Blanke mannen,’ zei de Nigeriaan. ‘In safarikleding. Ze zagen eruit als van die gezinnen die in de jungle op safari gaan, weet je wel?’

Het mes bewoog pijnlijk heen en weer in Porters ingewanden. Shit, dacht hij.

‘De Belgen.’

Dus dáárom waren ze niet meer op het dak.

Zij zijn degenen die Soames hebben meegenomen.

Bald zei: 'Waarom zouden die lui in godsnaam Soames ontvoeren?'

'Geen idee, Jock. Maar er is maar één manier om daarachter te komen.'

De gewonde Belg. Die kerel bij wie de darmen uit zijn buik hangen. We moeten erachter zien te komen wat hij weet.

Porter duwde de Nigeriaan opzij en rende weer de gang door, in de richting van de overloop. Bald sprintte voor hem uit. Intussen waren er verschillende burgers uit hun kamer gekomen. Ze dromden samen in de gang en stonden met elkaar te fluisteren.

'Ga terug de kamers in!' schreeuwde Porter tegen hen.

'Wat gebeurt er buiten?' wilde een gedrongen Franse kerel in een linnen pak weten. 'Waarom kunnen we niet weg?'

'De evacuatie is nog niet begonnen. Alles is onder controle. Iemand zal jullie komen vertellen wanneer jullie worden weggehaald. Hou tot die tijd je bek en blijf godverdomme in je kamer.'

De Fransman ging onwillig zijn kamer weer in. De andere gasten volgden snel. Porter en Bald renden de trap op en versnelden hun tempo naarmate ze dichter bij het dak kwamen. Porter voelde zijn longen branden en hij was witheet. Ze haastten zich naar Tully. Die zat nog altijd naast de gewonde Belg geknield en goot water uit een literfles over de blootliggende ingewanden van de man. Hij stond op en keek de Blades aan.

'Wat is er aan de hand?' vroeg hij.

Porter negeerde de vraag. Hij hurkte neer naast de Belg en pakte hem bij zijn keel. De man kreunde en hapte naar adem.

'Waar is Soames?' gromde Porter.

De Belg hoestte bloed op en kreunde opnieuw. Porter hield zijn keel minder stevig vast zodat hij kon praten. De Belg keek met angstige ogen op, maar Porter zag ook nog iets anders. Verzet.

'Krijg de tyfus,' zei de kerel.

Zijn accent klonk opeens anders. Harder. Met meer keelklanken, en hees. Zonder twijfel Oost-Europees. Porter pakte de keel van de man weer steviger vast. Hij duwde het kraakbeen hard tegen de luchtpijp. De tranen liepen de man over de wangen.

'Als je niet praat, wordt het alleen maar erger,' zei Porter terwijl hij weer even losliet. 'We weten dat je maten Soames hebben meegenomen. Ik wil weten waar ze heen zijn.'

'Sodemieter op,' zei de Belg met krakende stem. Toen klemde hij zijn kaken op elkaar van de pijn.

Porter boog zich dichter naar hem toe. Hij tikte op zijn G-Shock en fluisterde dreigend: 'Je hebt daar een lelijke wond. Over anderhalf uur ben je doodgebloed. Er landt hier over twintig minuten een helikopter. Vertel ons godverdomme wat er aan de hand is, dan laten we je meegaan met de eerste heli zodat je naar het ziekenhuis kunt. Of je houdt je bek, en dan dumpen we je in de kelder. Het zal uren duren voor ze je gevonden hebben. Je zult een heel pijnlijke dood sterven. Zeg het maar.'

De Belg aarzelde. Zijn ogen schoten heen en weer van Porter naar Bald en Tully. Toen weer naar Porter. De glinstering in zijn ogen verdween en de uitdagende blik maakte plaats voor angst en onzekerheid. Porter trok het stuk katoen van de maagwond en de man schreeuwde het uit.

'Zeg op, godverdomme,' zei Porter.

'Ik zweer je dat ik niks weet.'

'Gelul! Hij liegt,' zei Bald.

Porter balde zijn handen tot vuisten. *Ik heb geen gevecht tegen honderden rebellenstrijders overleefd om me door deze gast en zijn maten te laten naaien.* Hij pakte een van de jerrycans die naast de uitgebrande rubberbanden stond. Er zat nog een klein beetje benzine in. Genoeg voor wat hij van plan was. Hij liep terug naar de Belg en begon de vloeistof uit te gieten over zijn blootliggende ingewanden. De man gilde het uit toen Porter de laatste restjes over zijn hoofd goot. Toen gooide Porter de jerrycan opzij en knielde naast de Belg neer.

'Dit is je laatste kans. Als je niet praat, steek ik je darmen in de fik.'

De Belg barstte in huilen uit. 'Ik weet niet waar ze heen gaan,' snikte hij. 'Het is echt waar, godverdomme, ik zweer het. Het plan was om Soames te pakken te krijgen en hier weg te gaan zodra de rebellen verslagen waren. We moesten hem levend hebben, om erachter te komen waar hij het had opgeslagen.'

'Wat had opgeslagen? Diamanten?'

'Dat weet ik niet. Dat hebben ze ons niet verteld. We volgen alleen maar orders op.'

'Wie heeft je gestuurd?'

De ogen van de man werden dof. Het leken wel koplampen die werden gedoofd. Hij sloeg zijn ogen neer. Porter greep de Belg stevig bij zijn bebloede safarioverhemd en schudde hem hard heen en weer. De kerel stonk naar benzine.

'Ik vroeg door wie jullie waren gestuurd, godverdomme.'

'De FSB,' antwoordde de man zwakjes.

Porter voelde het bloed van zijn hoofd naar zijn tenen trekken.

Shit.

De FSB. De Russische veiligheidsdienst.

'Dus je bent een Rus?' grauwde hij.

De man knikte zwakjes.

'Waar zijn je maten heen?' vroeg Porter terwijl hij de man heen en weer schudde. 'Zeg op, godverdomme!'

De man kromp in elkaar. 'Dat weet ik niet.'

Porter pakte het keukenmes op dat naast de uitgebrande autobanden lag. Hij duwde de punt, die dreigend glinsterde, tegen de ingewanden van de man, wat hem een dierlijke schreeuw ontlokte.

'Als je het me niet vertelt, snij ik alles los.'

Hij duwde harder met het mes en de punt boorde zich door de darmen.

'Shit,' zei de man, happend naar adem. 'Fuck, nee!'

'Zeg op.'

Jammerend zei de man: 'Onze bazen van de FSB hebben ons hierheen gestuurd om Soames te vinden. Ze zeiden dat hij belangrijk was voor onze president. We kwamen erachter dat hij in dit hotel had ingecheckt, dus kwamen we hem hier zoeken. Toen vielen de rebellen aan. We moesten jullie helpen om de vijand tegen te houden.'

'En de anderen? Waar zijn die naartoe?'

De Rus hoestte bloed op. 'Ze zijn met Soames vertrokken zodra de aanval voorbij was. Het plan was om hem aan de praat te krijgen en erachter te komen waar hij alles verborgen houdt. Vervolgens zouden ze hem beroven.'

Hij trok een grimas van de pijn en keek Porter met smekende ogen aan. 'Meer weet ik echt niet. Je moet me geloven.'

De Rus deed zijn ogen dicht, overweldigd door de pijn. Porter gooide het mes opzij. Hij stond op en wendde zich tot Bald en Tully. Boven hen bleven de Black Hawks rondcirkelen.

'Nou, fantastisch,' zei Bald. 'De Russen hebben Soames meegenomen en we hebben geen idee waar we moeten zoeken. Wat doen we nu?'

Toen zei Tully: 'Ik denk wel dat ik weet waar ze heen zijn.'

'Waarheen dan?' vroeg Porter.

Tully staarde naar de stervende Rus terwijl hij antwoordde. 'Naar het diamantveld.'

'In Kono?' vroeg Bald fronsend. 'Waarom zou Soames de Russen dáár in godsnaam naartoe brengen?'

'Soames wist dat de Russen achter hem aan zaten,' zei Tully. 'Dat heeft hij me een paar weken geleden verteld toen we samen een paar biertjes dronken. Hij raakte bezopen en vertelde me dat de Russen rondneusden en vragen stelden.'

'Wat voor vragen?' vroeg Porter.

'Over wat hij bij het diamantveld verborgen houdt.'

Porter wierp Bald een blik toe en keek toen weer naar Tully. 'Wat dan, Bob?'

Tully aarzelde. Zijn ogen schoten heen en weer tussen de twee Blades. Alsof hij hun reactie peilde en probeerde in te schatten of hij ze in vertrouwen kon nemen. Toen waagde hij het erop.

'Soames houdt daar iets verborgen. Iets waar de halve wereld achteraan zit. Ook de Russen.'

'Waar héb je het over, man?' vroeg Porter.

'Gestolen diamanten.'

'Is dát Soames' grote geheim? Een paar diamanten die hij onder de neus van zijn werknemers heeft gejat?'

'Niet maar een paar,' zei Tully hoofdschuddend. 'We hebben het over een enorme hoeveelheid, jongens. Volgens Soames ging het om diamanten ter waarde van tientallen miljoenen ponden. Sommige zijn zo groot als een pakje sigaretten. Er is genoeg om er een privé-eiland van te kopen en daar met een paar hele lekkere wijven te gaan zitten.'

Bald blies lucht uit zijn wangen en floot. 'Jezus. Ik heb het verkeerde beroep gekozen.'

Porter zei: 'Waarom zou Soames diamanten verbergen op de plek waar hij zelf werkt?'

Tully tikte tegen de zijkant van zijn hoofd. 'Denk even na, maat. Het is nergens in het land veiliger. Er is vierentwintig uur per dag beveiliging en het is de laatste plek waar iemand gaat zoeken.'

Bald streek langs zijn wang. 'Zit wat in. De buit verstoppen op zo'n voor de hand liggende locatie dat geen dooie lul eraan zou denken om daar een berg gestolen edelstenen te gaan zoeken. Het is de perfecte verstopplek.'

Er klonk iets van bewondering door in Balds stem. Niet voor de eerste keer vroeg Porter zich af aan wiens kant zijn maat eigenlijk stond.

'Waarom zouden de Russische veiligheidsdiensten zich in godsnaam druk maken om een paar gestolen diamanten?' vroeg hij.

Tully haalde zijn schouders op. 'Oorlogsbuit. De Russen hebben bevel gekregen het diamantveld te veroveren en de opbrengst te gebruiken om hun operaties in Sierra Leone te bekostigen. Nilis en zijn maten hebben waarschijnlijk lucht gekregen van de bergplaats en besloten die leeg te roven.'

'Maar ze wisten er pas van af toen ze Soames in handen hadden.'

Tully rolde met zijn ogen. 'Gast, iedereen weet dat president Fofana corrupt is. Er doen al maanden geruchten de ronde dat Soames Fofana in zijn zak heeft. De Russen zullen die geruchten ook gehoord hebben via hun vrienden van het RUF. Je hoeft geen genie te zijn om uit te dokteren dat Soames de diamanten gebruikte om de president om te kopen.'

Porter keek Tully boos aan. 'Waarom heb je ons dit niet eerder verteld?'

'Dat kon ik niet doen, maat. Soames heeft me een baan gegeven in het Circuit toen niemand anders me wilde aannemen. Ik leef hier dankzij hem als een koning. Als hij een paar schimmige deals wil sluiten heb ik daar geen reet mee te maken, toch?'

Even zei Porter niets. Hij herinnerde zich wat Tannon de vorige avond voor de aanval tegen hem had gezegd. *Vergeleken bij die velden lijkt Fort Knox een doorsnee bankfiliaal.*

Hij staarde voor zich uit en dacht: Soames heeft diamanten gejat en ergens bij een veld verstopt. Daarom zaten de Russen achter hem aan, om erachter te komen waar hij de schat had begraven en hem te beroven. Maar Porter had het gevoel dat er iets niet klopte. *Ik zie iets over het hoofd, maar ik kan niet bedenken wát.* Hij knikte.

'Hoe ver is het naar Kono?'

'Zo'n vierhonderd kilometer. Zes uur rijden, afhankelijk van hoeveel rebellencheckpoints er zijn. Het zijn hoofdzakelijk onverharde wegen door de jungle.'

Porter keek op zijn G-Shock. Het was kwart over twee. Volgens die Nigeriaanse soldaat hadden de Russen Soames rond kwart voor twee meegenomen. Dat betekende dat ze een voorsprong hadden van een half uur. Verbitterd schudde hij zijn hoofd.

'Het is te laat. We halen ze nooit meer op tijd in.'

'Misschien wel,' zei Tully.

'Hoe bedoel je?'

'Ik zit hier al een half jaar, makker. Ik ben daar vaker geweest dan een hoer op een soa-poli. Ik weet wel een paar sluiproutes die de Russen vast niet kennen. Als we nu vertrekken kunnen we ze nog inhalen. We kunnen die teringlijers te pakken krijgen voor ze in Kono zijn.'

Het kostte Porter ongeveer een seconde om de knoop door te hakken. Het was geen geniaal plan, maar ze hadden geen alternatief. *We moeten Soames terugkrijgen. Dit is onze enige kans.*

'Oké, laten we gaan. We nemen de Range Rover. Bob, jij komt met ons mee. Jij moet ons de sluiproutes wijzen.'

'Wat doen we met munitie?' vroeg Tully. 'We hebben niks meer.'

'We hebben de twee Makarovs nog.'

Tully schudde zijn hoofd. 'Dat is niet genoeg. We hebben veel meer nodig. Het stikt in de jungle van de kindsoldaten van de West Side Boys, en die zijn serieus bewapend. Aan een paar pistolen hebben we niet veel als we in de problemen komen.'

'Dan pakken we wapens van de dode rebellen buiten.'

'Wat doen we met deze klootzak?' vroeg Bald.

De Rus keek met zware oogleden naar hem op. 'Laat me hier alsjeblieft niet achter,' smeekte hij.

Porter zag de groene schoudertas met medische spullen liggen. Hij draaide zich met zijn rug naar de Rus toe en ritste de tas open. Er zat een verbandschaar in, wat verband en verbandgaas, een doos pleisters en een rol zinkoxidetape. Plus verschillende doosjes pillen met etiketten op de voorkant. Aspirine, codeïne, antihistamine. Een enorme hoeveelheid kalmerende middelen, tien pillen per doosje. Porter pakte een van de doosjes en liep terug naar de Rus. Hij hurkte naast hem neer en duwde alle tien de pillen uit de strip. Het geluid van de Black Hawks was weggestorven. De helikopters vlogen nu boven een groepje nabijgelegen gebouwen, op zoek naar doelwitten.

'Neem deze maar in,' zei Porter terwijl hij de Rus de pillen aanreikte. 'Die helpen tegen de pijn.'

De Rus deed zijn hoofd iets naar voren en opende zijn mond. Porter stopte de pillen erin, pakte een van de waterflessen en drukte die tegen de lippen van de man. De Rus slikte de pillen gulzig door en bedankte Porter met krakende stem.

Porter zei: 'We zullen hulp sturen.'

'Nee,' zei de Rus moeizaam. 'Ga alsjeblieft niet weg.'

'We kunnen je niet verplaatsen. Je zult hier moeten blijven tot we je naar een ziekenhuis kunnen laten overbrengen.'

De man slikte, wat hem duidelijk veel pijn deed. 'Maar de zon... ik zal doodgaan.'

Porter wees naar een stuk golfplaat dat van het dak van de watertoren was gevlogen. 'Daar zullen we je mee afdekken tegen de zon. In de tussentijd moet je stil blijven liggen. Je moet ervoor zorgen dat je geen doelwit wordt voor de x-rays die misschien nog rondhangen bij het hotel.'

'Kom je terug?'

'Dat beloof ik.'

Hij zag hoop opflikkeren in de ogen van de Rus. De man knikte moeizaam. Toen stond Porter op en draaide zich met zijn rug naar de stervende man. Bald trok een gezicht naar zijn maat toen ze weggliepen.

'Je wordt soft. Om die klootzak te helpen.'

Porter lachte en schudde zijn hoofd. 'Ik heb hem geen pijnstillers gegeven. Hij heeft net een flinke dosis kalmerende middelen doorgeslikt. Hij zal sterven in zijn slaap voordat iemand hem vindt. De piloten zullen hem niet zien onder die golfplaat.'

Bald leek onder de indruk. 'Tering, slecht hoor.'

'Uit jouw mond vat ik dat op als een compliment.'

Ze lachten elkaar hartelijk toe. Toen haastten ze zich het dak over. Porter deed zijn geweer af en pakte de twee Makarov-pistolen. Hij controleerde beide magazijnen. In allebei zaten acht patronen, plus nog de acht kogels in de PSM die Bald de vorige dag van de Duitser had afgepakt. In totaal vierentwintig kogels voor hen allemaal. Porter wist dat dat niet genoeg was als ze de West Side Boys tegen het lijf liepen. Maar ze zouden het ermee moeten doen.

Hij stak een van de Makarovs achter zijn broekriem en gaf het andere pistool aan Tully. Bald droeg de PSM en het machinegeweer en stopte zijn zakken tijdens het lopen vol met extra munitie. Porter bedacht dat ze nog wel wat munitie van de neergeschoten rebellen konden verzamelen om een patroonband voor de mitrailleur te maken. Als ze mazzel hadden.

Terwijl ze naar het trappenhuis liepen hoorde hij het doffe gedreun van rotorbladen boven zijn hoofd. Hij bleef staan en keek nog net op tijd omhoog om de eerste Sea Stallion te zien arriveren die vanaf de steiger aan kwam vliegen. De twee Black Hawks bleven boven de straten cirkelen terwijl de Stallion naar rechts zwenkte, in de richting van de helikopterlandingsplaats die honderd meter ten westen van het hotel lag. De helikopter bleef een paar seconden boven de landingsplaats hangen en begon toen langzaam te dalen; de wind veroorzaakte enorme stofwolken. De Stallion landde en de rotorbladen bleven draaien terwijl de laadklep omlaag ging en een detachement van zesentwintig soldaten van boord ging. Ze droegen een zandkleurig uniform van het Marine Corps met daaronder een olijfgroen T-shirt en een helm op hun hoofd. Ze hadden een integraalzonnebril op en droegen een M16-aanvalsgeweer.

Terwijl Porter toekeek vormden zestien mariniers een kordon om de Stallion heen, met hun rug naar het toestel om de omgeving in de gaten te houden. De manoeuvre verliep soepel, snel en efficiënt. Typisch Amerikaans. De andere tien mariniers gingen in looppas naar het hotel.

'Het lijkt erop dat de evacuatie gaat beginnen,' zei Bald.

Porter knikte. Hij voelde enige opluchting toen hij de mariniers het hotel binnen zag gaan. In elk geval zijn de burgers veilig, dacht hij. Ook al is de missie verkloot, we hebben hier vandaag toch iets goeds gedaan.

'Laten we gaan.'

Hij sloot de deur naar het trappenhuis. De sleutel van de conciërge zat nog in het slot. Porter draaide de deur op slot en ramde toen met de kolf van de Makarov tegen de sleutel, zodat die helemaal verboog en het metaal volledig vast kwam te zitten. Iemand die naar het dak van het hotel liep, zou een dichte deur aantreffen. De gewonde Rus zou al lang dood zijn voor het iemand uiteindelijk lukte het dak op te komen.

De drie mannen liepen achter elkaar de trap af. Mensen begonnen tevoorschijn te komen uit hun kamer doordat het nieuws over de ophanden zijnde evacuatie zich verspreidde. Op de derde verdieping ging Crowder met een team van zes vrijwilligers de kamers af om de op de proef gestelde gasten te laten weten dat ze naar de lobby moesten gaan zodat ze daar in groepen konden worden onderverdeeld. Tannon was er ook om te helpen alles in goede banen te leiden. Ze was weer helemaal zichzelf: praktisch en zakelijk. Porter was onder de indruk van de manier waarop ze zich had hersteld van de hel van de afgelopen uren. Ze kwam met grote passen naar hem toe.

'De eerste helikopter is zojuist geland,' zei ze. 'We sturen iedereen naar de receptie. Je moet opschieten als je meewilt met de eerste.'

'We gaan niet,' zei Porter.

'Waarom niet?' Tannon keek even naar Tully en Bald. Zag de bezorgde blik in hun ogen. Toen keek ze weer naar Porter. 'Wat is er aan de hand?'

'Soames is weg. Een stel Russen heeft hem meegenomen.'

Snel legde hij uit hoe de Russen hen hadden bedonderd. Dat ze Soames hadden geobserveerd en een goed moment hadden afgewacht om hem te ontvoeren. Hij vertelde haar over het diamantveld en de geheime voorraad die Soames daar had, en dat hij de buit deelde met de corrupte leiders van het land.

'We vertrekken nu. We moeten ze proberen in te halen voordat ze bij het veld zijn.'

'Ik ga mee.'

Porter schudde zijn hoofd. 'Dat is te gevaarlijk.'

'Ik kan prima voor mezelf zorgen. Ik ben hier net zo bij betrokken als jullie.'

'Sorry schat, maar jij moet hier blijven en de evacuatie kortsluiten met de yanks. Ervoor zorgen dat iedereen in die helikopters terechtkomt. De rebellen zullen vandaag niet meer terugkomen, maar als er nog iemand achterblijft zullen ze het morgen weer proberen.'

Tannon wierp hem een blik toe. Even dacht Porter dat ze erover door zou ruziën. *Ze lijkt me echt zo'n vrouw die het gewend is haar zin te krijgen.* Maar toen knikte ze en zei: 'Oké.'

Porter draaide zich om om weg te gaan. Bald en Tully liepen al voor hem uit de trap af.

'John,' zei Tannon.

Hij bleef staan en keek om naar de viceambassadeur.

'Dank je wel. Je hebt heel veel levens gered vandaag.'

Ze glimlachte onbeholpen naar hem. Porter knikte terug en vroeg zich af of hij haar ooit nog terug zou zien. Toen draaide hij zich om en ging achter Bald en Tully de trap af. Ik moet nog een leven redden, dacht hij.

Uitgerekend dat van de persoon die ik liever zou laten sterven.

Mijn voormalige baas.

21

14.21 uur

Vijftig seconden later arriveerden ze in de lobby. De eerste grofweg honderd gasten verzamelden zich al bij de receptie. Een team vrijwilligers verdeelde ze op basis van hun nationaliteit. Amerikanen en Britten in de eerste groep, andere Europeanen in de tweede en Chinezen, Arabieren en een paar Indiërs in de derde. De gasten staarden vol afgrijzen naar de verminkte lijken waarmee de vloer van de lobby bezaaid lag. Ze hadden tijdens het ergste geweld veilig op hun kamer gezeten. Nu zagen ze het van dichtbij en begon tot hen door te dringen hoeveel bloed er was vergoten.

Zes mariniers hadden zich over de lobby verspreid om ervoor te zorgen dat de evacuatie ordelijk verliep. Naast de ingang stonden een marinier en een officier, die de burgers uit de eerste groep controleerden, hun reisdocumenten checkten en hen fouilleerden op wapens voordat ze door mochten lopen naar de wachtende Sea Stallion. In een hoek van de lobby zag Porter een groep van zo'n twintig Nigerianen de spullen doorzoeken die ze uren geleden voor de eerste aanval hadden geloosd. Een paar van hen hadden hun uniform alweer aangetrokken. Ze probeerden de aandacht van de yanks te trekken door op hun badge te wijzen en te roepen: 'VN! VN! Laat ons erdoor!'

'Niet te geloven wat een rukkers,' zei Tully.

Bald snoof minachtend. 'Bij dat zooitje verbaast niets me.'

De Amerikaanse officier liep weg bij de ingang en marcheerde naar Porter toe. Het was een kleine, pezige kerel met een ernstig, hoekig gezicht. Uit een van zijn mondhoeken stak een stevige sigaar en in een nylon beenholster droeg hij een Beretta M9. Op het naamlint op de linkerzijde van zijn jas stond met grote letters HENDRICKS. Op dat aan de rechterkant stond eenvoudigweg US MARINES. De officier keek naar de drie mannen die onder het zweet en het bloed zaten en van wie de kleding bij de ellebogen en de knieën helemaal versleten was.

'Jullie zullen de jongens wel zijn die op het dak waren,' zei Hendricks met zijn zware Texaanse accent.

Porter knikte. Hendricks' strakke gelaatsuitdrukking veranderde in een blik van bewondering. Hij stak een hand uit. 'Kolonel Hendricks. We hebben elkaar over de telefoon gesproken. Ik neem aan dat jullie militairen zijn?'

'Britse special forces,' zei Porter terwijl hij de man de hand schudde.

Verbaasd trok Hendricks een wenkbrauw op. 'Dat was goed werk daarboven. Ik zou graag het hele verhaal horen. Misschien kunnen jullie het ons vertellen als we op de Lauderdale zijn.'

'Zouden we leuk vinden, maat, maar we hebben nog een andere missie en we hebben niet veel tijd. Mogen we het vanaf hier aan jullie overdragen?'

'Geen probleem,' zei Hendricks. 'Er is toch niet veel voor ons te doen hier, behalve iedereen meenemen en als de sodemieter wegwezen.' Hij wierp een blik op de dode rebellen die naast de ingang lagen. 'Zo te zien hebben jullie echt flink in de shit gezeten.'

'We deden gewoon ons werk,' zei Bald. 'We hebben wel erger meegemaakt.'

'Ongetwijfeld.' Hendricks glimlachte. 'Als jullie iets nodig hebben waar jullie naartoe gaan, dan hoef je het maar te zeggen.'

Bald tikte op de mitrailleur. 'Als je nog 7.62-patronen hebt zou dat mooi zijn. Onze munitie is op.'

'Komt voor de bakker.'

Kolonel Hendricks blafte een bevel naar een van de mariniers die op wacht stonden. De soldaat stoof naar buiten en haastte zich naar de wachtende Sea Stallion. Toen hij ongeveer anderhalve minuut later terugkwam zeulde hij een doos 7.62mm-patronen met zich mee. De marinier overhandigde de doos aan Tully, salueerde en nam zijn positie weer in.

'Wees voorzichtig, waar jullie ook heen gaan,' zei Hendricks.

'Dank je wel,' antwoordde Porter. 'We zullen ons best doen.'

Toen liepen Porter, Bald en Tully naar deur die naar de ondergrondse parkeergarage leidde.

Twee minuten later scheurden ze in de Range Rover met hoge snelheid door Cape Road.

Porter zat achter het stuur, met Tully naast zich. Bald zat op de achterbank met de mitrailleur op zijn schoot, de doos munitie tussen zijn voeten en twee extra jerrycans naast zich. Bald had voor ze waren vertrokken even aan de jerrycans geroken om zich ervan te vergewissen dat er diesel in zat. Met de extra jerrycans hadden ze genoeg brandstof om Kono te bereiken. De klok op het dashboard gaf aan dat het 14.28 uur was. De Russen waren hem veertig minuten eerder met Soames uit het hotel gesmeerd. Porter keek Tully aan.

'Hoelang zal het duren voor we de Russen hebben ingehaald?'

Tully keek met samengeknepen ogen naar de klok op het dashboard. 'Ze hebben een flinke voorsprong maar nemen ook de langere route. Ik denk dat ze er rond achten zullen zijn. Wij volgen de hoofdweg tot Yonibana en slaan dan af naar het noorden. De wegen daar zijn heel beroerd, maar we zullen er wel een kilometer of tachtig mee afsnijden. Als we flink doorrijden moeten we de Russen kunnen inhalen, vlak voordat ze bij het veld zijn.'

'Hoe weet je dat ze op de hoofdweg zullen blijven?' vroeg Bald.

Tully haalde zijn schouders op. 'Het is de meest logische route. De weg is gloednieuw en minder hobbelig.'

'Wat als je het mis hebt en ze toch de kortere route nemen?'

'Dan is Soames de lul.'

Net als wij, dacht Porter.

Ze reden in westelijke richting over Cape Road, sloegen rechtsaf en vervolgden hun weg een kilometer langs Lumley Beach. Toen gingen ze Spur Road op en reden ze in noordoostelijke richting naar het stadscentrum, langs de Britse ambassade en Soames' kantoor. Het leek een eeuwigheid geleden dat Bald en Porter daar een dag eerder waren aangekomen. Toen had er in Freetown paniek geheerst. Nu waren de straten stil en merkwaardig leeg. De rebellen hadden hun posities al lang verlaten, maar de sporen van hun gestoorde rooftocht waren overal zichtbaar. Overal zagen ze langs de weg dode lichamen en uitgebrande auto's. Er woedden kleine branden tussen wat er over was van de geplunderde gebouwen. De meeste lijken waren door lijkenpikkers ontdaan van hun kleding.

Tully wees hun de weg in zuidelijke richting, een kleine tien kilometer over Spur Road, langs een lage heuvel met meerdere vervallen herenhuizen eromheen. Toen maakten de oude koloniale gebouwen en appartementenblokken plaats voor krakkemikkige huisjes en krotten die tegen de omliggende heuvels waren aangebouwd. Ze reden langs ontstellende hoeveelheden menselijke ontlasting en viezigheid. De Range Rover zigzagde met een snelheid van tachtig kilometer per uur door de buitenste rand van Western Area National Park. De wagen stuiterde over diepe gaten in de weg. Na een kleine twintig kilometer kwamen ze door een dorpje dat Waterloo heette, waarna ze de Masiaka-Yonibana Highway opreden. Of wat in Sierra Leone voor een snelweg moest doorgaan. In werkelijkheid was het niet meer dan een hobbelig eenbaansweggetje dat kronkelend door het reusachtige, uitgestrekte oerwoud liep.

Porter bleef het gaspedaal ingedrukt houden terwijl hij naar de satelliettelefoon reikte en het nummer van Hawkridge selecteerde. Het batterij-icoontje knipperde, wat betekende dat de accu bijna leeg was. Porter zag dat hij vijf gemiste oproepen van hetzelfde nummer had. Hij drukte op de groene knop en wachtte.

Hawkridge nam meteen op.

'Wat is er in godsnaam aan de hand? Waarom neem je niet op?'

'We hebben een probleem,' zei Porter. 'De Russen hebben Soames.'

Het bleef stil aan de andere kant van de lijn. Toen vroeg Hawkridge: 'Welke Russen? Waar héb je het over, man? Ik dacht dat Soames veilig was.'

'Dat was ook zo. De Russen hebben ons de hele tijd bedonderd. Ze deden zich voor als Belgische ingenieurs die op het dak meevochten tegen de rebellen. Ze hebben Soames gegrepen zodra we even niet opletten.'

De lijn kraakte en ruiste onophoudelijk. Het signaal werd flink verstoord door het bomendak en Hawkridge' stem werd erdoor misvormd.

'Bedoel je dat je het verschil niet kunt horen tussen een Russisch en een Vlaams accent? Dan ben je nog stommer dan ik dacht.'

'Hun verhaal klonk overtuigend. Ze hadden visitekaartjes en de hele mikmak.'

'Ik hoef je uitvluchten niet te horen. Iemand met jouw training had dit meteen door moeten hebben. Godverdomme man, dit is een ramp. Je hebt het deze keer echt verkloot. Jullie allebei.'

Porter greep het stuur zo stevig vast dat zijn knokkels wit werden. 'We hadden onze handen vol aan de rebellen. Als jij wat meer je best had gedaan en eerder vandaag luchtsteun voor ons had geregeld, hadden we de Russen misschien zien wegglippen.'

Even werd het stil op de lijn en dacht Porter dat hij het signaal kwijt was. Toen hoorde hij Hawkridge' stem weer. 'Waar ben je nu?'

'Op weg naar Kono. Bob Tully is bij ons. Hij denkt dat de Russen Soames naar het diamantveld brengen. Soames houdt daar een partij gestolen diamanten verborgen. Daarom zaten de Russen achter hem aan. Ze gaan de boel plunderen. We zijn op weg om ze te onderscheppen.'

'Luister goed. Je moet koste wat kost...'

Opeens werd de verbinding verbroken. Porter zag dat de telefoon uit was gegaan. Hij probeerde het toestel weer aan te zetten, maar tevergeefs. Shit, dacht hij. De batterij is leeg. We staan er nu alleen voor. Hij gooide de telefoon op het dashboard en concentreerde zich op de weg. Er kwamen vragen bij hem op. Hij voelde een enorme druk op zijn slapen.

'Er klopt iets niet...'

'Wat dan?' vroeg Bald.

'Waarom zou Soames zich überhaupt inlaten met diamantsmokkel? Hij heeft een eigen militair bedrijf plus de concessies voor de diamantmijn. Hij moet schathemeltjerijk zijn. Waarom zou je dat allemaal op het spel zetten door een paar diamanten te jatten?'

'Dat lijkt me duidelijk.' Bald deed alsof hij een bankbiljet tussen zijn vingers heen en weer wreef. 'Poen. Soames is een gulzige klootzak.'

'Misschien,' zei Porter. Maar hij was niet overtuigd.

Ze reden door het dichte oerwoud. De weg werd steeds slechter en Porter moest voortdurend om diepe kuilen heen zwenken. Er liepen mensen aan weerszijden van de onverharde weg, oude mannen en vrouwen in oude lompen van wie het gezicht wel van hardhout leek. Porter reed zo hard hij durfde en hield met een half oog de benzinemeter in de gaten terwijl Tully hem de weg naar Kono wees. Na een uur liet Tully hem afslaan, een modderig weggetje op met aan beide kanten hopen rode aarde. Ze hadden de beschaving nu officieel achter zich gelaten.

Bald zei: 'Weet je zeker dat we zo goed rijden, Bob?'

'Túúrlijk, man,' zei Tully.

Het weggetje werd steeds slechter begaanbaar. De jungle rukte verder op. Lange, kronkelige stengels en palmbomen stonden aan weerzijden van het pad achter de greppel en vormden een ondoordringbare zwarte massa. Zonnestralen schenen voorzichtig tussen het donkere bladerdak door en verlichtten de weg die voor hen lag. Porter ging langzamer rijden en baande zich met moeite een weg over het modderige pad dat kronkelend door het oerwoud liep. Kilometer na kilometer reden ze verder zonder ook maar één voetganger of een dorpje tegen te komen.

Waar brengt Tully ons in godsnaam naartoe?

Plotseling werd de weg breder en werd het oerwoud minder dicht. Op een bord stond dat ze Masiaka binnenkwamen, de laatste grote tussenhalte op de weg naar Kono. Doordat hij de kaart had bestudeerd wist Porter dat Masiaka een kilometer of tachtig van Freetown lag. Vanaf het hotel naar het plaatsje was het normaal gesproken anderhalf uur rijden. Een blik op de dashboardklok maakte duidelijk dat zij er vijfenzeventig minuten over hadden gedaan. Dat betekende dat ze tot nu toe een kwartier van hun reistijd hadden afgesnoept. En dat ze nu een kwartier achterlagen op de Russen. Misschien wel minder.

We komen dichterbij.

Porter moest langzamer gaan rijden toen hij langs de massa's mensen en dieren reed die langs de weg liepen. Masiaka leek meer op de laatste halte van een spoorlijn in het Wilde Westen dan op een plaatsje. De meeste gebouwen waar ze langsreden waren onafgewerkte lemen hutten met rieten daken. Broodmagere kippen pikten in de rode aarde. Langs de weg stonden naakte vrouwen en kinderen. De kinderen staarden met grote ogen wijzend en schreeuwend naar de Range Rover. Alsof ze nog nooit een auto of een blanke hadden gezien. Hoeren verdrongen zich buiten een bordeel aan de rand van het plaatsje, lonkend naar klandizie. Ze staken suggestief een vinger in hun geopende mond. Een van hen wierp Tully handkussen toe toen ze langsreden, een zware met stevige dijen en een kont die zo groot was dat hij waarschijnlijk zijn eigen lengte- en breedtegraden had. Tully zwaaide grijnzend terug.

'Cindy,' zei hij. 'Ik kom vaak bij haar. Dat wijf lust er wel pap van. Voor nog geen dollar laat ze je klaarkomen tussen haar tieten.'

'Jezus,' zei Bald. Porter zag hem in de achteruitkijkspiegel naar Tully staren. 'Geen wonder dat je deze route zo goed kent. Jij liever dan ik, Bob, met als die aids hier.'

'Je weet niet wat je mist, vriend. Misschien neem ik je wel een keer mee als dit achter de rug is. Dan kun je de plaatselijke vrouwtjes hier zelf proberen.'

Bald hield zich op de vlakte. 'Misschien,' zei hij.

Porter concentreerde zich op de weg terwijl hij langs de prostituees reed. Hij dacht aan Tully's hoertje in het hotel. Aan de blauwe plekken op haar gezicht. De doodsbange blik in haar ogen. Porter had bij het Regiment een paar van dat soort jongens gekend – jongens die voortdurend over de schreef gingen. Nadat ze uit Hereford waren vertrokken ontspoorden ze. Ze kregen een baan binnen het Circuit, leefden als koningen en deden waar ze zin in hadden. Maar hij had nooit iemand gekend die zo gewelddadig was als Tully. Vergeleken met Bob was Bald godverdomme een heilige.

Ze reden Masiaka in oostelijke richting uit. Na vijftig kilometer zag Porter dat het 16.28 uur was. Ze waren twee uur geleden weggereden bij het Ambassadors Hotel. Het zou nog drieënhalf uur duren voor ze Kono hadden bereikt. *Als we niet sneller gaan rijden, zullen we de Russen nooit inhalen.* Hij trapte het gaspedaal dieper in. De drie mannen bleven om zich heen kijken of ze rebellen zagen die hen zouden kunnen ophouden, maar alle checkpoints waar ze doorheen kwamen waren verlaten, en Porter nam aan dat de meeste rebellen het gebied hadden verlaten om mee te doen met de plunderingen in Freetown.

Blijf doorrijden, zei hij tegen zichzelf. *We moeten de Russen inhalen. Als zij eerder bij het diamantveld zijn dan wij, is Soames er geweest.*

Ze kwamen door een paar vervallen dorpjes. Lijken in verschillende stadia van ontbinding lagen aan weerszijden van de weg. Sommige waren in ondiepe graven gelegd; Porter zag een moeder op haar kinderen liggen. Andere lagen te rotten onder de zon. Een paar lijken waren niet meer dan een hoopje botten en lompen. Veel dorpen waren met de grond gelijkgemaakt; daar waren alleen nog stukken verschroeide aarde over. Ze reden weer door een ondiepe kuil die vol lag met afgehakte handen en armen. Rook steeg op uit meerdere lemen hutten.

'Wat is hier in godsnaam gebeurd?' vroeg Bald.

'De West Side Boys,' antwoordde Tully. 'Dit is hun werk.'

Porter knikte. 'Hawkridge heeft ons voor ze gewaarschuwd.'

Hij herinnerde zich wat hun baas tijdens de briefing had verteld. Dat de West Side Boys kinderen ontvoerden en dwongen hun ouders te vermoorden. Dat ze vrouwenkleding droegen en voor de lol mensen vermoordden. *Ze zijn wispelturig en gevaarlijk,* had Hawkridge gezegd.

'Het zijn beesten,' zei Tully. 'Ze gaan alle dorpen af en brengen de kinderen bij elkaar. Ze laten de jongens high worden van heroïne en leren ze schieten met een AK-47. De meisjes worden ontvoerd en door de generaals als seksslavinnen gehouden. Ze verkrachten ze wanneer ze daar maar zin in hebben. Als ze ouder worden brengen ze geld binnen als hoer.'

Bald staarde door het raam naar de rottende lijken. 'Hoe weet je dat de West Side Boys dit hebben gedaan?'

'Dit is hun terrein.' Tully wees naar de vele losse handen die langs de weg lagen. 'Handen afhakken is hun specialiteit. Alle dorpelingen moeten trouw zweren aan de West Side Boys en hun eten en spaargeld aan de soldaten geven. Als je tegen ze ingaat, word je naar een boomstronk gebracht en krijg je te horen dat je jarig bent. Dan vragen ze of je een korte mouw of een lange mouw wilt. Kies je voor een lange mouw, dan snijden ze je hand bij de pols af. Bij een korte mouw hakken ze je arm bij de elleboog af.'

'Jezus,' zei Bald.

'De West Side Boys zijn erger dan de zwartjes die ons in Freetown aanvielen,' vervolgde Tully. 'Het RUF heeft tenminste nog een soort politiek doel. De Boys hebben helemaal niet de intentie de regering omver te werpen. Ze willen alleen maar verkrachten en moorden. Daar houden ze zich mee bezig.'

Porter verstrakte, hij kon er niets aan doen. Ze reden met tachtig kilometer per uur door nog meer verlaten gehuchten en langs verschroeide velden. Het liep intussen tegen vijven. Nog drie uur tot we in Kono zijn en de Russen hebben ingehaald, dacht Porter. Na nog eens ruim zes kilometer kwamen ze bij een scherpe bocht. Porter nam gas terug en draaide het stuur met een ferme beweging naar rechts. Met een hard grommend geluid nam de Range Rover de bocht. Toen kwam het weggetje voor hen in beeld.

Een halve seconde later hoorde Porter de schoten.

Het waren vier knallen achter elkaar, die klonken alsof er een hamer tegen een dikke stalen plaat sloeg. Of als vuurwerk met Oud en Nieuw. Porters professionele instinct nam het over. Hij trapte zo hard hij kon op de rem. De Range Rover reed in een kuil, kwam er stuiterend weer uit en kwam in de bocht slippend tot stilstand. De inzittenden schudden heen en weer. Porter voelde zijn ingewanden zo ongeveer in zijn keel schieten. Hij keek op.

Toen zag hij de kindsoldaten.

Het waren er twaalf, en ze stonden tachtig meter verderop op het weggetje. Ze hadden geen schoenen aan en droegen sjofele kleren. Een paar van de kinderen droegen een olijfgroen militair T-shirt, twee andere een voetbalshirt – de een van Arsenal en de ander van Manchester United. Weer een ander joch droeg alleen een groezelige gele korte broek. De kindsoldaten stonden dicht bij elkaar, midden op de weg, en schoten uit de heup of boven hun hoofd met hun AK-47 in het wilde weg op de bomen links van ze. Geen van hen had de Range Rover opgemerkt. Nog niet, tenminste.

Porter kreeg een witte Land Cruiser in het oog die veertig meter achter de kindsoldaten stond, op honderdtwintig meter van de Range Rover. Een oude Toyota Hilux met een gedeukte motorkap blokkeerde vlak voor de Land Cruiser de weg. Er stonden zes kinderen om de Land Cruiser heen, die allemaal op dezelfde plek achter de bomen links van het weggetje schoten. De Cruiser was er belabberd aan toe. De banden waren lekgeschoten en in het achterraam zaten meerdere kogelgaten. Alle vier de deuren stonden open en er steeg rook op uit de motor. Een lichaam lag roerloos naast de wagen op de grond. Zijn beide handen waren afgehakt en er zat een bijl diep in zijn rug. Toen Porter zag welke kleding de man aanhad, draaide zijn maag zich om.

Safari-jasje. Beige korte broek. Leren hoed.

Bald zei: 'Dat is een van de Russen. Ze zijn zeker in een hinderlaag gelopen.'

Shit, dacht Porter. *Misschien zijn we al te laat en hebben de West Side Boys Soames gedood.*

De jongens in de voorste en achterste aanvalsgroep bleven tussen de bomen schieten, dertig meter van hun positie op de weg. Ze hadden de Range Rover nog altijd niet gezien. Porter scande de bomen. Hij zag een afvoergreppel langs het weggetje lopen, een wirwar van rijkelijk begroeide bosjes en palmbomen in. In het donkere oerwoud zag hij in de greppel twee gestalten. Ze hadden hun geweer op de rand van de greppel gelegd, en zo nu en dan brandde er een mondingsvlam wanneer ze terugschoten op de jongens. Ze droegen allebei een safarihoed, net als de dode man.

De andere Russen. Nilis en Spray Tan. Ze probeerden de stroom kindsoldaten die hen belaagde op afstand te houden door zo nu en dan gecontroleerd op de voorste en achterste groep te richten. Een van de jongens lag in elkaar gezakt op de grond, zijn buik vol met kogels. Hoe belabberd de kinderen ook richtten, ze hadden de Russen volledig vastgepind. Porter realiseerde zich dat hun munitie vroeg of laat zou opraken. Dan zouden de kindsoldaten dichterbij kunnen komen en ze af kunnen maken. Porter draaide zich om in zijn stoel en wees naar de bomen.

'De andere Russen zitten in die greppel,' zei hij.

'En Soames?' fluisterde Tully terwijl hij zijn nek strekte om het beter te kunnen zien. 'Ik zie hem nergens.'

'Hij moet daar ook zijn. Die zak houdt zich natuurlijk verborgen.'

Bald zei: 'Zal ik die gastjes te grazen nemen met de proppenschieter?'

Porter knikte. 'Doe maar, Jock.'

Ze stapten alle drie uit de Range Rover. De twaalf kinderen die deel uitmaakten van de achterste groep stonden nog steeds met hun rug naar de Herefordmannen toe. Ze bleven op de greppel schieten, en het geknal van hun geweren kwam boven de gangsterrap uit die uit de stereo-installatie van de Hilux galmde. Porter, Bald en Tully waren nog altijd in het voordeel. Ze kwamen snel in actie en installeerden zich aan de zijkant van de Range Rover, zodat ze het voertuig als bescherming gebruikten. Bald pakte het machinegeweer, klapte de poten uit en zette het wapen op de driepootssteun. Op hetzelfde moment reikte Tully naar de achterbank en pakte de doos 7.62mm-patronen die Solomon op het hoteldak in elkaar had gezet. Hij gaf een uiteinde van de patroonband aan Bald, die het in het machinegeweer stopte. Hij gaf een ruk aan de spangrendel en zette de veiligheidspal op 'aan'. Tully hurkte links van Bald neer om de patroonband vast te houden. Porter maakte zich klein achter een van de voorbanden van de Rover en hield de doelwitten in het oog. Ze pakten geen van drieën hun Makarov. Aan een pistool had je alleen iets tot een afstand van vijftien meter. De afstand tussen de mannen en de kindsoldaten was meer dan zes keer zo groot. Deze keer zouden ze de mitrailleur het werk moeten laten doen.

Een van de jongens in de achterste groep keek de weg af, een mager joch in een vies shirt van de LA Lakers dat tot op zijn knieën hing. Hij zag er niet ouder uit dan een jaar of elf, twaalf. Hij zag de Range Rover, draaide zich om en schreeuwde wijzend naar de wagen opgewonden iets tegen zijn maten. Hij was nog aan het schreeuwen toen Bald de trekker overhaalde. Hij schoot een kort, fel salvo af op de borst van de jongen. De bovenkant van de romp explodeerde en zijn maten kregen een bloedregen over zich heen.

Meteen draaiden de vijf andere jongens van de groep zich om om de nieuwe dreiging het hoofd te bieden. Bald trakteerde ze op een salvo en schoot een van hen vanaf het middel doormidden. Hij velde ook een ander joch dat er jong genoeg uitzag om nog op de basisschool te zitten. De drie overgebleven kinderen schoten terug op de Range Rover. Ze hadden net zo goed met een blinddoek om kunnen schieten. Ze misten hun doel dusdanig dat Porter niet eens zag waar de kogels terechtkwamen. Bald richtte de mitrailleur op de drie kinderen en vuurde vier lange, gecontroleerde salvo's af. De drie kindsoldaten vielen gillend op de grond.

Porter keek even naar zijn maat. *Hij schiet kinderen dood en knippert niet eens met zijn ogen.*

De kindsoldaten in de tweede groep, bij de Hilux, zagen hun maten neergaan en raakten in paniek. Ze draaiden zich om en vluchtten in de richting van de bomen rechts van hen. Ze waren in de eerste plaats kinderen en pas heel ver daarna soldaten. Ze waren nog nooit beschoten door een machinegeweer. Porter wees Bald op de zich terugtrekkende kinderen. Tully liet de patroonband vieren terwijl Bald op de rechterkant van het weggetje richtte en de omringende bomen en struiken doorzeefde met salvo's van zes kogels. Het machinegeweer ratelde en Porter kon de hitte voelen die in golven door de loop werd afgegeven. Een paar kindsoldaten schoten op goed geluk van tussen de bomen hun magazijnen leeg in de richting van de Range Rover. De kogels sloegen vele meters rechts van Porter in de grond.

Bald bleef vuren. De laatste jongens lieten hun wapen vallen en renden gillend van angst tussen de bomen om dekking te zoeken terwijl de kogels zich in de boomstammen boorden. Bald had intussen bijna de hele patroonband afgeschoten. Hij had nog twintig kogels over. Porter zag beweging links van de weg. Er kwamen twee figuren uit de greppel omhoog. Ze keken even in de richting van de Range Rover, waarschijnlijk omdat ze zich afvroegen wie er met de mitrailleur schoot. Toen ze keken kon Porter hun gezichten goed zien. Het waren Nilis en Spray Tan. Soames was nog altijd nergens te bekennen. Hij leek niet bij de Russen te zijn.

Waar hangt hij dan uit?

De Russen renden in noordelijke richting over de weg naar de Hilux. Porter begreep meteen wat ze van plan waren en wendde zich tot Bald. *Soames zit in de pick-up. Dáár verstopt hij zich natuurlijk. De Russen gaan met hem ontkomen.*

'Ze ontsnappen, Jock!' riep hij.

Bald richtte het machinegeweer op de wagen, die honderdtwintig meter verderop stond. Spray Tan was al in de cabine gestapt en startte de dieselmotor. Nilis stapte ook in terwijl Bald de trekker overhaalde. De 7.62mm-kogels sloegen laag in de achterkant van het voertuig en stukken metaal schoten alle kanten op. Een van de kogels kwam hoger terecht en boorde zich door de achterruit. Het glas viel als een waterval naar beneden. Nilis schoot door het verbrijzelde raam een salvo af met zijn SLR. De kogels sloegen tegen de motorkap van de Range Rover, wat Bald dwong om weg te duiken en zich zo klein mogelijk te maken. Toen gaf Spray Tan gas. Nilis draaide zich om in zijn stoel en stak grijnzend zijn duimen op naar Porter en Bald. De Hilux reed slingerend weg, met stofwolken in het kielzog. Bald begon weer te schieten, maar de pick-up zwenkte een scherpe bocht door voor hij goed kon richten.

Toen was de wagen weg.

'Tyfuslijer,' siste Bald.

Hij richtte het vizier van de mitrailleur weer op de bomen om te zien of hij nog andere doelwitten zag, maar de kinderen waren al lang en breed verdwenen. Hun gegil stierf weg terwijl ze dieper de jungle invluchtten. Het stof daalde neer op het weggetje.

Stilte.

Toen hoorde Porter iemand schreeuwen van de pijn.

Eerst dacht hij dat het een van de gewonde kindsoldaten was, maar de kreet had de rauwe, keelachtige klank van iemand die veel ouder was. Porter en Bald keken elkaar aan. Toen kwamen ze uit de dekking van de voorwielen van de Range Rover en renden ze in de richting van de greppel links van de Land Cruiser. In de richting van het geschreeuw. Porter ontweek de neergeschoten kinderen, de bloedplassen en de ingewanden. Hij liep langs de afgeslachte Rus die midden op de weg lag en bij wie het bloed uit de stompen gutste waar zijn handen hadden gezeten. Het geluid kwam uit de greppel. Porter rende ernaartoe, bleef bij de rand staan en keek naar beneden.

Op zijn rug, op de bodem van de greppel, lag Soames.

Porter werd overspoeld door een gevoel van opluchting. Goddank, dacht hij, Soames leeft nog. *De missie is niet op een ramp uitgelopen.* Zijn vroegere baas deed een hand boven zijn ogen tegen het felle zonlicht en keek omhoog naar Porter en Bald. Zijn armen en gezicht zaten onder de sneeën. In zijn grijze haar hingen stukjes aarde en op de plek waar hij in zijn broek had gepist zat een donkere vlek. Porter zag dat zijn handen trilden. Die kerel leek totaal niet op de voormalige commandant van 22 SAS. Niet meer. Hij zag er bang uit. Ontdaan.

Soames tuurde met samengeknepen ogen omhoog naar het gezicht dat op hem neerstaarde.

'John,' zei hij schor. 'Goddank. Help me, man.'

Porter stapte in de greppel en stak een hand uit. Soames greep Porters pols vast en kwam moeizaam overeind. Hij stapte kreunend uit de greppel. Toen ging hij rechtop staan en bekeek hijgend het bloedbad op de weg. Tully kwam aanrennen.

'Zijn ze allemaal dood?' vroeg Soames.

'Jock heeft de helft neergeschoten,' zei Porter. 'De rest is alle kanten op gevlucht. Ik denk niet dat ze snel zullen terugkomen.'

'En dat is maar goed ook,' zei Bald met een knikje naar het machinegeweer dat op de motorkap van de Range Rover lag. 'We hebben geen munitie meer. Dat waren de allerlaatste kogels van de patroonband.'

Tully wierp een behoedzame blik op de bomen. 'We kunnen hier niet blijven. We zitten midden in het gebied van de West Side Boys. Het krioelt hier van de vijanden. Ze hebben hier godverdomme allemaal trainingskampen.'

Soames klopte aarde van zijn kleren. 'Stelletje wilden. Ze kwamen uit het niets tevoorschijn. Ik was ervan overtuigd dat ze ons gingen vermoorden. Het is een geschenk uit de hemel dat jullie kwamen, anders was het voorbij geweest voor ons.' Hij zweeg even en er verscheen een verbijsterde uitdrukking op zijn vieze, bebloede gezicht. 'Hoe wisten jullie waar ik was?'

'Bob heeft ons verteld wat je verborgen houdt in Kono,' zei Porter. 'Hij zei dat de Russen achter de diamanten aan zitten die je hebt gestolen.'

Soames rechtte zijn rug en trok een wenkbrauw op naar Tully. 'Diamanten. Juist, ja.' Hij tuitte zijn lippen. 'Het is niet wat je denkt, Porter. Er staan enorme belangen op het spel, die veel groter zijn dan je je zelfs maar kunt voorstellen.'

'Gelul. Het enige belang dat jij hebt is je zakken vullen.'

Soames staarde hem uitdagend aan. 'Geloof het of niet, maar dit heeft niets met geld te maken.'

'Goeie. Je weet het mooi te brengen, maar het komt er gewoon op neer dat je hebt lopen jatten.'

Soames wierp hem een strenge bik toe. 'We verspillen kostbare tijd. We moeten onmiddellijk naar Kono om die Russen tegen te houden.'

Porter schudde verwoed zijn hoofd. 'Ik neem geen bevelen aan van jou aan. Niet meer. Als je denkt dat wij ons leven gaan wagen om jouw gestolen zooi te redden, heb je het lelijk mis.'

'Doe niet zo achterlijk, man. Dit gaat niet om mij maar om het landsbelang. Als de Russen het veld in bezit krijgen, heeft dat grote gevolgen voor president Fofana en voor de toekomst van dit land. Het zou een ramp zijn voor de nationale veiligheid.'

'Door een paar klotediamanten?'

'Het gaat om meer. Veel meer. We vechten een machtsstrijd met de Russen uit over wie het in dit land voor het zeggen heeft. Als zij Kono in bezit krijgen, zijn ze de bovenliggende partij. Dan is het gedaan met de president en zullen er koppen rollen bij de Firma. Dat kun je dan toevoegen aan de lange lijst met dingen die je verkloot hebt.'

Porter staarde zijn oude baas aan, maar zei niets. Hij kneep zo hard in zijn rechterhand dat zijn nagels diep in zijn handpalm verdwenen. Hij overwoog Soames een beuk in zijn gezicht te geven. Wat zou dat heerlijk voelen. Om die arrogante blik van zijn gezicht te rammen.

Porter vroeg: ‘Hoe weten de Russen waar ze je geheime voorraad moeten vinden? Tully zei dat de locatie van de diamanten topgeheim was.’

‘Dat was ook zo.’ Soames ging van ene voet op de andere staan. ‘Maar nu niet meer. De Russen hebben me gedwongen de locatie prijs te geven.’

‘Je hebt het ze verteld?’

‘Ik kon niet anders, anders hadden ze me vermoord.’

Wat een schaamteloze zak is het toch ook, dacht Porter. Hij mag dan SAS-commanant zijn geweest, hij is en blijft een lafaard.

‘De Russen hebben hun collega’s aan de andere kant van de grens al gewaarschuwd,’ vervolgde Soames. ‘Ik heb ze horen bellen. Die lui zijn op dit moment onderweg vanuit Liberia. Als zij eerder bij het veld zijn dan wij, zijn ze met meer dan we aankunnen. Nou, breng je me er nog heen of hoe zit dat?’

Porter schudde zijn hoofd. ‘We hebben opdracht je het land uit te halen, niet om als kippen zonder kop achter een stel Russen aan te gaan.’

‘Jezus, man,’ gromde Soames terwijl hij gefrustreerd zijn armen in de lucht gooide. ‘Gebruik toch eens één keer in je miserabele leventje die hersens van je. Wie denk je dat de Firma de schuld zal geven als de Russen het diamantveld veroveren? Jullie koppen zullen rollen. Jullie zullen nooit meer aan de bak komen.’ Hij glimlachte Porter vol venijn toe. ‘Vraag maar aan je vriendjes van MI5 als je me niet gelooft.’

Porter schudde verbitterd zijn hoofd. ‘Dat kan niet. De accu van onze telefoon is leeg. We kunnen onze contactpersoon niet bereiken.'

'Soames heeft gelijk,' zei Bald. 'We kunnen niet anders, maat. We moeten de Russen tegenhouden.'

Porter aarzelde. Ik vertrouw Soames voor geen meter, dacht hij. Maar wat hij ook verborgen houdt in Kono, de Russen willen het heel graag in bezit krijgen. *En wij zijn de enigen die ze kunnen tegenhouden.*

'Goed dan,' zei hij ten slotte. 'We doen het. Bob, jij komt naast mij voorin zitten. Jock, jij gaat met die lul achterin.'

'En wat doen we met Hawkridge?' vroeg Bald.

'Dat zien we later wel,' zei Porter. 'Laten we gaan.'

Hij draaide zich om om terug te lopen naar de Range Rover.

Dat was het moment waarop hij het gegil hoorde.

22

17.19 uur

Het hoge gegil klonk achter hem en was afkomstig van meerdere mensen. Het waren stemmen die nog niet gebroken waren. Porter draaide zich als door een adder gebeten om en keek in de richting van de Land Cruiser. Van achter de bomen aan de overkant van het weggetje zag hij op acht meter afstand zes kindsoldaten op hen af komen stormen. Hun miezerige armspieren spanden zich onder het gewicht van de AK-47's die ze op de vier mannen voor hen gericht hielden. Joelend verspreidden ze zich bliksemsnel over de weg. De kinderen waren uiterst merkwaardig uitgedost – Porter had nog nooit zoiets vreemds gezien. Het joch dat recht voor hem stond droeg een witte prinsessenjurk en vieze Nikes. Op zijn lippen zat een dikke laag rode lippenstift en hij had lange, witte verfstrepen op zijn gezicht. Zijn wijsvinger bewoog nerveus heen en weer bij de trekker van de AK-47. Hij zag er opgefokt uit. Gestoord. Klaar om te doden.

Ze hadden geen tijd om weg te komen. Geen tijd om hun Makarov te pakken. Er was helemaal nergens tijd voor. Van een afstand van acht meter kon zelfs de slechtste schutter ter wereld zonder veel moeite een menselijk doelwit raken. Porter stond als versteend terwijl hij een wee gevoel in zijn maag kreeg. De jongen met de lippenstift keek hem dreigend aan.

'Waar komt dat stelletje vandaan?' vroeg Bald.

'Geen idee, maat,' zei Porter, die zich herinnerde wat Tully eerder had gezegd: *Dit is hun terrein.*

Nu zitten we echt in de shit, dacht hij.

Er verscheen een zevende figuur tussen de bomen. Hij was een centimeter of dertig langer dan de kindsoldaten en had wat baardgroei. Porter schatte hem begin twintig, wat hem praktisch bejaard maakte naar de maatstaven van dit land gemeten. De kerel was net zo maf gekleed als de kinderen. Hij droeg een rafelig Calvin Klein-T-shirt, een felgekleurde broek en slippers. Er hingen glasscherven aan zijn haar en hij droeg een ketting die wel van schaamhaar gemaakt leek te zijn. In zijn mond hing een joint met een reusachtige askegel. Porter nam aan dat hij een van de hogere commandanten van de West Side Boys was. Of een van hun rekruteerders. De man had een begerige blik in zijn ogen. Hij zag eruit alsof hij al heel lang in de jungle verbleef – maanden, of misschien zelfs jaren. In zijn rechterhand hield hij een M1911, een fors semiautomatisch pistool met .45 ACP-patronen. Een echte Amerikaanse klassieker, net als de Ford Mustang of morbide obesitas. Maar het wapen was zichtbaar slecht onderhouden. Porter zag dat de slee onder het roest zat.

De oudere rebel stak met grote passen het weggetje over en kwam naar de vier mannen toelopen, geflankeerd door de kindsoldaten. Hij ging voor Porter staan en bekeek hem van top tot teen. Zijn adem stonk naar drank en wiet. De kerel richtte zijn pistool op Porter en begon te zwetsen in het Krio. Toen hij zag dat Porter hem niet-begrijpend aanstaarde stapte hij over op het Engels.

'Jij doodt mijn jongens, witte man? Jij denkt dat je mijn jongens ongestraft kunt doden?'

De man praatte langzaam en klonk alsof hij strak stond van de drugs. Porter zei niets.

'Weet je met wie je loopt te fucken?'

Porter bleef zwijgen. De man stapte dichter naar hem toe en sloeg met een vuist tegen zijn borst. 'Ik ben kapitein Big Trouble. Dit is mijn land. Dit zijn mijn jongens,' grauwde hij, terwijl hij met een arm naar de dode kinderen op het weggetje gebaarde. 'Je fuckt met mij. Je doodt mijn jongens. Ik maak jullie kapot, witte klootzakken.'

'Sodemieter op,' zei Bald.

De kapitein wendde zich tot Bald en grijnsde als een bezetene. De weinige tanden die hij in zijn mond had waren allemaal van goud. Toen schreeuwde hij een bevel. Een van de kinderen liep naar voren, liet zijn schouder zakken en ramde de kolf van zijn geweer in Balds maag. Bald klapte happend naar adem dubbel van de pijn en greep met beide handen naar zijn buik. Porter vloog de kapitein aan, maar meteen sloegen twee andere kinderen met de kolf van hun geweer op hem in. Een derde kind ramde Porter giechelend tegen de zijkant van zijn hoofd. Porter voelde een enorme pijnscheut tussen zijn slapen die diep doordrong tot zijn schedel. Hij viel struikelend naar voren en landde op de hete aarde. Er liep bloed langs de zijkant van zijn gezicht, kleverig en warm.

'Genoeg!' blafte kapitein Big Trouble.

De kindsoldaten stopten met slaan. Ze trokken zich een stukje terug en gingen naast hun maten staan, terwijl ze hun geweer op de vier mannen gericht hielden. Porter spuugde bloed uit en kwam moeizaam overeind. Big Trouble staarde Soames aan. Porter zag een flits van herkenning in zijn ogen. De man nam een diepe haal van zijn joint en keek door de groene rook heen aandachtig naar Soames. Toen deed hij een stap naar voren.

'Ik ken dat gezicht.'

Soames hield zich van de domme en knipperde met zijn ogen. Big

Trouble sprong van opwinding op en neer en knipte met zijn vingers, alsof hij zich het antwoord op een quizvraag herinnerde.

'Jij bent die diamantenman! Ik heb je gezicht op televisie gezien. Jij bent die vriend van de man die zich president noemt. Dat ben jij.'

Soames' gezicht verstrakte.

'Laat ons gaan,' zei hij met trillende stem. 'Ik kan je er goed voor belonen. Noem je prijs. Wat je maar wilt hebben, het is voor jou. Diamanten, vrouwen. Wapens. Ik geef je mijn woord. Je hoeft ons alleen maar te laten gaan.'

Big Trouble lachte. Er verscheen een kwaadaardige glinstering in zijn ogen. 'Ik heb een beter idee. We nemen jou mee naar het dorp en doden je vrienden. Dan dood ik jou.'

Soames werd lijkbleek. 'Nee, alsjeblieft. Ik geef je alles wat je maar wilt.'

'Hou je bek!' brulde Big Trouble. De haat gloeide in zijn ogen. 'Ik zal je laten boeten voor alle slechte dingen die je ons volk hebt aangedaan. Ik zal je pijn laten lijden.'

Hij schreeuwde in het Krio een bevel naar de kinderen. Twee van de kindsoldaten liepen naar Soames toe en trokken hem weg bij de anderen, terwijl ze hem met hun geweer in de zij porden. Soames keek naar de kapitein en schudde hysterisch zijn hoofd. 'Jezus, néé! Doe dit alsjeblieft niet. Alsjeblieft!'

Big Trouble negeerde zijn gesmeek. Hij nam een laatste trekje van zijn joint en schoot de peuk in de greppel. Toen richtte hij zich tot de andere kinderen en wees met zijn wapen naar Bald, Porter en Tully.

'Dood ze,' zei hij.

De vier kinderen hieven gelijktijdig hun geweer. Het joch dat op Porter richtte leek nog zo jong dat hij zich nog niet hoefde te scheren. Zijn lippen trilden van opwinding terwijl hij zijn vinger om de trekker krulde. Porter staarde in het zwarte gat van de loop. Zijn anus trok intuïtief samen van angst. Het is voorbij, dacht hij. We hebben gefaald. Nu zijn we er geweest. De strijder in hem was woedend om de vernederende manier waarop hij ging sterven. *Neergeschoten worden in deze smerige uithoek van de wereld, door een joch dat mijn eigen zoon had kunnen zijn.* Hij deed zijn ogen dicht. Nam in stilte afscheid van zijn dochter.

Het spijt me, lieverd. Sorry dat ik alles heb verkloot.

Toen hoorde hij twee harde schoten.

Na de eerste knal opende Porter zijn ogen. Het hoofd van Big Trouble sloeg naar achteren en zijn ogen rolden omhoog. Zijn armen zakten langs zijn lichaam. Het bloed gutste uit een gat in de zijkant van zijn hoofd, als rode verf uit een spuitbus. De tweede kogel raakte een van de andere kinderen in zijn keel. Het joch maakte een soort spastische pirouette en zakte op de grond. De AK-47 gleed uit zijn handen en viel kletterend naast hem op de grond.

Porter keek de kant op waar de schoten vandaan kwamen: uit de richting van de Range Rover, tachtig meter verderop langs de weg. Achter de Range Rover stond een donkergroene Land Rover Discovery. De bijrijdersdeur stond open en voor de wagen stond een kolossale figuur. Hij hield zijn enorme hoofd een beetje schuin terwijl hij de loop van een AK-47 op de kinderen richtte. Het wapen zag er in zijn reusachtige handen belachelijk klein uit. Hij leek wel een worstelaar met een speelgoedpistooltje. Porter herkende hem aan zijn gigantische lichaam.

De reus. *Solomon.*

De vijf andere kinderen draaiden zich naar de nieuwe dreiging toe maar reageerden niet snel genoeg. Ze waren het trauma nog aan het verwerken van hun commandant die ze voor hun ogen hadden zien sterven. Slechts een van hen dacht aan wat hij had geleerd en richtte zijn wapen op Solomon. De reus schoot opnieuw. Porter zag de mondingsvlam van de AK-47. De kogel raakte het kind in zijn gezicht, scheurde zijn kaak open en verbrijzelde zijn tanden. Solomon schoot ook de kindsoldaat ernaast neer voor die een schot kon lossen. De jongen werd in zijn keel geraakt, waardoor er een gat ontstond dat zo groot was dat je er een breekijzer door kon halen. Het joch maakte een sissend geluid en viel met de weggeslagen kaak achterover naast zijn maatje op de grond.

De drie overgebleven kindsoldaten raakten in paniek. Twee van hen draaien zich om en renden over het weggetje, weg van Solomon. Tully en Bald sprongen achter ze aan en haalden ze onderuit voor ze konden ontsnappen. Het derde joch wendde zich van Porter af en rende naar de bomen rechts van de weg. Porter dook naar de benen van het kind zodat het languit op de grond viel en de AK-47 uit zijn handen vloog. Het joch kreunde, en door de impact van de val schoot de lucht uit zijn longen. De jongen verzette zich hevig toen Porter zich met zijn volle gewicht op hem gooide. Porter gaf hem een paar klappen in zijn gezicht. De vechtlust ebde al snel uit het joch weg en maakte plaats voor een bijna dierlijke angst. Hij gilde hysterisch, schopte wild om zich heen en riep huilend om zijn moeder. Porter sloeg hem weer in het gezicht. De jongen verzette zich niet langer. Porter liet zich van hem afglijden, pakte het wapen en richtte het tussen zijn ogen. Het joch verstijfde.

Porter richtte zijn aandacht op Bald en Tully. Bald had een van de kindsoldaten ontwapend en trok het kind overeind. Tully lag boven op het derde kind en beukte op zijn gezicht in met de kolf van zijn eigen AK-47. Elke slag kwam met een misselijkmakend, vochtig en krakend geluid neer op zijn neusbrug. Porter rende naar Tully toe, pakte hem bij zijn schouders en trok hem weg, al wist Tully eerst nog een laatste klap uit te delen. Tully boog zich over het toegetakelde kind heen. Zijn borstspieren gingen op en neer en de houten kolf van het geweer glinsterde van het bloed en van draderig weefsel. Het kind lag roerloos op zijn rug en zijn gezicht was een onherkenbare smurrie. Porter keek verbijsterd naar Tully op.

'Jezus, Bob.'

Tully wierp Porter een vijandige blik toe. Zijn gezicht glom van het bloed van het joch. 'Sodemieter op. Jij begrijpt niet hoe het hier werkt. Die jongens spelen geen PlayStation. Het zijn ijskoude moordenaars. Het heeft geen zin om te proberen ze gezond verstand bij te brengen. Hun levens zijn geen ene moer waard.'

'Het zijn maar kinderen, maat.'

'Nee.' Tully schudde verwoed zijn hoofd. 'Dáár vergis je je dus. Dit is tuig van de richel. Simpel. Godverdomme man, wat wou jij dan met ze doen? Gewoon maar laten lopen, zodat ze terug kunnen naar hun kamp en nog meer dorpelingen kunnen afslachten? We bewijzen de bevolking hier een dienst door deze beesten te doden.'

Porter staarde Tully aan. Het is één ding om een kindsoldaat neer te schieten omdat hij je bedreigt, dacht hij. Maar er is een bepaald soort koelbloedigheid voor nodig om een kind zo meedogenloos dood te rammen.

Hij hoorde op drie uur een autodeur dichtslaan. Toen Porter opzij keek zag hij dat Dominique Tannon zich van de Discovery naar hem toe haastte, een paar stappen achter Solomon aan. De reus snelde zonder op of om te kijken langs de rest van de groep, recht op Bald af.

'Alles in orde, meneer?' vroeg hij.

Bald staarde de man beduusd aan terwijl Solomon verlegen zwijgend op een antwoord wachtte. 'Ja hoor, kerel. Alles goed.'

'Hij is niet belangrijk,' blafte Soames. 'Maak je liever druk om mij. Ik ben degene die ontvoerd is door de Russen en die bijna is omgekomen bij een vuurgevecht. Jézus.'

Porter negeerde hem en keek Tannon aan. 'Hoe hebben jullie ons gevonden?'

'We zijn jullie al gevolgd sinds jullie weggingen uit het hotel,' legde ze uit. 'Je zei dat jullie naar Kono gingen, weet je nog?' Ze haalde haar schouders op. 'Ik dacht dat jullie wel wat hulp konden gebruiken.'

‘We hebben jullie niet achter ons gezien.’

‘We zijn een paar minuten na jullie vertrokken. We hebben jullie nu net ingehaald. Eerlijk gezegd begon ik bang te worden dat Solomon was verdwaald.’

De reus glimlachte. ‘Miss Tannon kwam me zoeken nadat jullie waren vertrokken. Ze zei dat jullie door de jungle achter iemand aan moesten. Ik zei dat ik een geheime weg wist. Jullie zijn niet de enigen die de sluiproute naar Kono kennen.’

‘Jullie hadden in het hotel moeten blijven,’ zei Porter.

‘Ik ben hier net zo bij betrokken als jij,’ zei Tannon. ‘Trouwens, zo te zien waren we hier net op tijd,’ voegde ze daar vervolgens aan toe terwijl ze haar blik over de doorzeefde Land Cruiser en de lijken liet gaan.

Soames mengde zich in het gesprek. ‘Puik werk. Gelukkig is er nog íémand hier die zijn prioriteiten op orde heeft.’ Hij schraapte zijn keel en glimlachte Tannon flauwtjes toe. ‘Ik zal een goed woordje bij je bazen voor je doen als dit achter de rug is. Mijn invloed aanwenden. Zien of we je een leukere aanstelling in een aangenamer land kunnen bezorgen.’

Tannon negeerde hem. Ze keek weer naar de grond en fronste haar wenkbrauwen. ‘Wat is hier gebeurd?’

‘Dat zie je toch wel?’ snauwde Soames. ‘We zijn in een hinderlaag gelopen. De West Side Boys hebben ons aangevallen. Een van de Russen is dood maar de andere twee wisten te ontkomen. Toen kwamen deze drie heren opdagen.’ Soames gebaarde naar Porter, Bald en Tully. ‘De kindsoldaten wilden hen doden en mij meenemen.’

Porter snoof minachtend. ‘Waarom zouden de West Side Boys jou ontvoeren?’

‘Dat begrijp je toch wel? Ik ben min of meer een beroemdheid in dit land. Iedereen kent mijn gezicht. Daardoor ben ik van grote waarde. De West Side Boys dachten ongetwijfeld dat ze een enorme som losgeld voor me konden krijgen.'

'Goed dat je deze geweldenaar mee hebt genomen,' zei Bald met een knikje naar Solomon. 'Als het nog iets langer had geduurd, waren we er geweest. Die jochies hadden ons godverdomme bij onze ballen.'

'Nou, Solomon stond erop dat ik hem meenam,' zei Tannon.

'O ja?' zei Bald, terwijl hij een wenkbrauw optrok.

Solomon boog zijn hoofd. 'U heeft in het hotel mijn leven gered, meneer. Dat betekent dat ik bij u in het krijt sta. Toen mevrouw Tannon zei dat ze achter u aan ging kon ik niet anders dan met haar meegaan.'

Bald wierp een blik op kapitein Big Trouble. Het bloed spoot met pompende bewegingen uit het gat in de zijkant van zijn hoofd. 'Dan staan we nu quitte.'

'Nee meneer, zo werkt het niet. Ik moet wachten op een teken. Tot dan stel ik me in uw dienst.'

Bald staarde de reus aan met een gezicht alsof iemand hem zojuist een drol cadeau had gegeven.

Soames schraapte zijn keel. 'Allemaal leuk en aardig, maar we moeten nu vertrekken. Elke minuut dat we hier staan te lullen geven we de Russen alleen maar een grotere voorsprong.'

Tannon keek Porter verbaasd aan. 'Wat is er aan de hand?'

'Dat gaat jou niet echt iets aan, schat,' zei Soames kil.

Tannon zei: 'Wij zijn degenen die ons leven hebben gewaagd om jullie in de jungle te volgen. Wij hebben jullie van de West Side Boys gered. Ik weet al van de verborgen diamanten, dus je kunt me net zo goed de rest vertellen.'

Soames perste zijn lippen op elkaar, ziedend van woede. Toen kwam hij weer tot zichzelf en knikte kortaf. 'Goed dan. De twee ontsnapte Russen zijn nu op weg naar Kono. Ze zijn van plan me daar te beroven terwijl ze op versterkingen wachten. Als het ze lukt het diamantveld in bezit te krijgen, hebben ze de controle over de diamanten. President Fofana kan het dan wel vergeten dat hij nog aan de macht blijft, en van de invloed die we nu nog in dit deel van de wereld hebben zal niets overblijven. Het zou een regelrechte ramp zijn.'

'Wordt het veld nu door iemand bewaakt?'

Soames schudde zijn hoofd. 'Ik heb mijn mannen weggehaald toen de rebellen hun coup begonnen. De meeste arbeidskrachten waren toen toch al weg. Die zijn hem bij de eerste de beste onrust gesmeerd. Er is niemand meer.'

'Wat is het plan?' vroeg Tannon.

Porter zei: 'Naar Kono gaan en de Russen tegenhouden.'

'Maar zijn zij er niet eerder?'

Tully klakte met zijn tong en knikte naar het weggetje. 'De weg splitst zich over een kilometer of dertig in tweeën. De hoofdweg loopt naar het zuiden in de richting van Yonibana en om de Kangari Hills heen. Er is ook nog een andere onverharde weg, naar het noorden van de heuvels. Die weg staat nergens aangegeven maar zal ons wat tijdwinst opleveren.'

'Hoeveel?' vroeg Porter.

Tully keek naar de weg die voor hem lag. 'Tien minuten, misschien een kwartier. De Russen zullen ongetwijfeld eerder bij het veld zijn dan wij. Maar tot hun versterkingen arriveren zijn ze maar met z'n tweeën. Het zal wel een paar uur duren voor hun maten uit Liberia er zijn. Als we die andere weg nemen, kunnen we ze nog tegenhouden voordat hun versterking arriveert.'

'Dan gaan we het zo doen.' Porter wendde zich tot Tannon. 'Jock, Bob en ik nemen met Soames de voorste wagen. Solomon en jij volgen ons. Blijf op veilige afstand.'

'Wat doen we als we weer in een hinderlaag lopen?' vroeg Tannon.

'Dat is een mogelijkheid,' gaf Porter toe. 'We weten niet wat ons verderop te wachten staat. Maar als we opnieuw worden aangevallen, vecht dan niet mee. Dan moeten jullie stoppen, omkeren en zo hard jullie kunnen teruggaan naar Freetown, begrepen?'

'Kunnen we geen hulp oproepen? We zouden Hawkridge en Angela kunnen waarschuwen dat de Russen op weg zijn naar het diamantveld. Misschien zijn er mensen in de buurt die ze kunnen tegenhouden.'

Porter schudde zijn hoofd. 'De telefoon is leeg. We staan er alleen voor.'

'Shit.'

'Wat doen we met deze twee?' vroeg Bald.

Hij gebaarde naar de twee kindsoldaten. Die stonden in elkaar gedoken op de weg, met pure doodsangst in hun ogen. Nu ze hun geweren en hun kapitein kwijt waren, zagen ze er opeens veel jonger uit. Ze zijn waarschijnlijk maar een paar jaar ouder dan mijn Sandy, dacht Porter. Alleen maakt zij vriendjes op school, terwijl deze twee jongens buitenlanders in stukken hakken. Het deed hem al pijn als hij erover nadacht.

Hij liep naar een van de kinderen toe en pakte hem bij zijn pols. De jongen verzette zich. 'Alstublieft, niet doen,' zei hij.

Zoute tranen rolden over zijn wangen. Zijn lippen trilden. Hij had een bloedende snotneus. Toen stopte hij met smeken. De twee jongens keken Porter alleen maar doodsbang aan. Als mensen die zich voorbereidden op de dood.

'Alstublieft...'

'Hebben jullie ergens familie?' vroeg Porter.

'Een tante,' zei een van de jongens snuivend. 'In mijn dorp.'

'Smeer hem dan naar dat dorp, samen met je vriend.'

Het kind knipperde met zijn ogen en keek Porter aan. Toen draaide hij zich naar zijn maat en zei iets in het Krio. Ze renden half struikelend de weg over en verdwenen over de greppel in het donkere oerwoud. Tully schudde vol ongeloof zijn hoofd. 'Laat je die beesten echt lopen?'

Porter staarde Tully kwaad aan. 'Dat dit Afrika is betekent nog niet dat we maar alles kunnen doen wat we willen. Als we ongewapende kinderen vermoorden, belanden we misschien wel in de gevangenis. Vooral als de regering zich tegen ons keert. Ik weet niet hoe het met jou zit, maar ik was niet van plan te sterven in een of andere afschuwelijke Afrikaanse nor.'

Tully schudde zijn hoofd weer. 'Dat was een vergissing. Denk je echt dat die jongens weer naar huis gaan?' Hij gooide zijn armen in de lucht en wees langs de weg. 'Je hebt die dorpelingen gezien. Die kinderen hébben niet eens een huis om naar terug te gaan. Ze rennen rechtstreeks naar het dichtstbijzijnde kamp van de West Side Boys.'

'Ik ben bang dat Bob gelijk heeft,' zei Soames. 'Deze kinderen kunnen helaas niet meer geholpen worden. Het zijn net wilde honden. Het zou voor iedereen het beste zijn om ze uit hun lijden te verlossen. Je hebt heel veel tekortkomingen, maar ik had nooit gedacht dat je soft zou zijn. Vroeger was je een echte kerel.'

Porter draaide zich naar Soames toe. 'Stap in die auto, godverdomme. Nu.'

Soames staarde Porter uitdagend aan. Toen liep hij langzaam over de weg naar de Range Rover, waarbij hij nonchalant over de lijken van de neergeschoten kinderen heen stapte. Tannon volgde hem om naar de Discovery te lopen. Porter en Bald pakten allebei een AK-47 van de neergeschoten kindsoldaten als aanvulling op hun pistolen, en Solomon verzamelde hun magazijnen. Inclusief de munitie van de West Side Boys hadden ze nu ieder vier magazijnen met dertig 7.62×39mm-patronen. De geweren verkeerden in belabberde staat en de magazijnen werden bij elkaar gehouden met tape, maar het was beter dan niets.

Hij keek het spoor weer af. Tully pakte het semiautomatische pistool van de dode kapitein. Bald trok een gezicht. 'Neem je geen geweer, Bob?'

Tully lachte. 'Sukkel. Dit is een collector's item. Je ziet tegenwoordig bijna geen 1911's meer. Ik zal er een goede prijs voor krijgen op de zwarte markt. Die .45-kogels leveren ook aardig wat op.' Er verscheen een brede grijns op zijn gezicht. 'Meer dan die prutswapens waar jij en Porter nu mee rondlopen.'

Bald keek afgunstig naar de M1911. Tully liep glimlachend terug naar de Range Rover. Solomon haastte zich achter hem aan, met de extra magazijnen voor de geweren in zijn armen. Porter bleef staan en wachtte tot Tully en Solomon buiten gehoorsafstand waren. Toen wendde hij zich tot Bald en vroeg zacht: 'Hoe denk jij over wat Soames zei? Dat de West Side Boys hem wilden ontvoeren?'

'Wat is daarmee?'

'Geloof jij hem?'

'Ik denk het wel. Iedereen weet dat de West Side Boys tegenwoordig graag mensen ontvoeren voor losgeld. Ik neem aan dat de rechterhand van de president wel hoog op hun lijstje staat.'

Porter wendde zijn hoofd af. Hij dacht aan de blik op het gezicht van Big Trouble toen hij de confrontatie met Soames had gezocht. 'Ik zal je laten boeten voor alle slechte dingen die je ons volk hebt aangedaan,' had de kapitein gezegd.

Welke slechte dingen?

23

17.37 uur

Het weggetje werd smaller toen ze in oostelijke richting wegreden van de plek waar ze in de hinderlaag waren gelopen. Na twintig minuten kwamen ze door het uitgestorven gehucht Yonibana. Toen splitste de weg zich in tweeën, precies zoals Tully had gezegd. Porter nam het nauwelijks zichtbare onverharde weggetje naar het noorden. Al snel lieten ze het oerwoud achter zich en reden ze een aantal lage heuvels over. Het leek wel of ze uit een tunnel kwamen. Het licht verblindde Porter. Achter hen verdween de dichte begroeiing langzaam in de verte. Hij manoeuvreerde de Range Rover over het platgereden onverharde weggetje, met Tannon in de Discovery tien meter achter zich aan. Porter zorgde ervoor dat de wijzer van de snelheidsmeter rond de zestig kilometer per uur bleef hangen, en als ze een heuvel opreden kreunde de motor van inspanning. Tully en Bald tuurden de weg af, zoekend naar een spoor van de Hilux van de Russen.

Porter ging ervan uit dat Nilis en Spray Tan een kwartier voorsprong hadden. Tully had gezegd dat het vanaf de plek van de hinderlaag drie uur rijden was naar het diamantveld. Dat betekende dat de

Russen rond 20.15 uur in Kono zouden arriveren. Met de sluiproutes die Tully kende zouden Porter en de anderen waarschijnlijk rond dezelfde tijd aankomen – ervan uitgaande dat verdere hinderlagen zouden uitblijven. Het zal erom spannen, dacht Porter.

Na een uur arriveerden ze ten zuiden van de Loma-bergketen. Ze waren nu in het gebied waar diamant werd gewonnen. De zon begon achter de heuvels te zakken en zette de lucht en de aarde in een bloedrode gloed. Porter bleef zijn blik gericht houden op het weggetje, zoekend naar de Russen. In het afnemende licht kon hij niet ver voor zich kijken, maar voor zover hij kon zien was de Hilux nergens te bekennen. De weg werd steeds smaller. In de verte lagen de diamantheuvels in de schaduw. Een half uur later bereikten ze het plaatsje Koidu Town. Ze sloegen linksaf en Tully leidde hen in noordelijke richting, over een steil pad dat tussen glooiende groene heuvels vol palmbomen en struiken kronkelde. De klok op het dashboard gaf aan dat het 19.46 uur was.

Nog maar een paar kilometer.

Een paar kilometer tot dit allemaal voor eens en altijd achter de rug is.

Ze reden nog eens twintig minuten langzaam over de onverharde weg, door talloze kuilen waar ze flink van heen en weer schudden. Beide kanten van de weg waren overwoekerd met struiken en bladeren, die donker afstaken tegen het korrelige maanlicht. Porter had de snelheid teruggebracht tot vijftig kilometer per uur. Hij had de koplampen uitgezet en reed nu met stadslicht, zodat hun komst niet opgemerkt zou worden. Volgens Tully's aanwijzingen waren ze nu nog maar anderhalve kilometer verwijderd van het veld. Hij scande de omgeving maar zag alleen de weg, de maan en aan weerszijden het donkere oerwoud. En dat kon maar één ding betekenen. *De Russen zijn er al.*

Met samengeknepen ogen tuurde Porter in het donker voor zich.

Toen zag hij de uitgestrekte compound, achthonderd meter verderop in het zwakke maanlicht. Er stond een metalen hek van harmonicagaas omheen met bovenop om de zoveel meter een schijnwerper. De helft van de lampen was uit. Voor de ingang stond een oude Toyota Hilux. De koplampen brandden en de voorportieren stonden open.

'Shit,' zei Soames met paniek in zijn stem. 'Dat zijn de Russen.'

Porter remde en zette de Range Rover naast de begroeiing langs de weg, op zevenhonderd meter van de Hilux. Tannon parkeerde vierhonderd meter achter hem en doofde haar lichten. Porter stopte de Makarov achter zijn broekriem en pakte zijn AK-47 van het dashboard, samen met het extra magazijn van dertig kogels. Ook Bald en Tully pakten hun wapen. Toen stapten ze allemaal uit. Porter sprong op de door de zon gedroogde aarde. Ondanks het late tijdstip leek het buiten wel een verbrandingsoven, zo heet was het. In de droge lucht hing veel stof. Elke keer wanneer Porter inademde, had hij het gevoel alsof iemand hete kolen in zijn keel duwde.

Tannon en Solomon kwamen aansnellen.

'Waarom zijn we gestopt?' vroeg Tannon.

Porter wees in de richting van de compound. 'De Russen zijn er al. Dat is hun wagen. We zullen te voet verder moeten.'

Tannon keek met samengeknepen ogen naar de Hilux, die fel werd verlicht door de schijnwerpers. Ze draaide zich weer naar Porter toe en schudde haar hoofd. 'Ik kan ze vanaf hier niet zien.'

'Dat kan ook wel kloppen,' zei Porter. 'Het kan zijn dat de Russen in de wagen zitten, maar waarschijnlijk zijn ze in de compound. Maar we weten het niet zeker. Daarom kunnen we niet het risico nemen om met de auto's naar binnen te gaan.'

'Zouden ze ons niet al gezien hebben?'

'Niet vanaf deze afstand, wijffie,' zei Bald. 'Het is hier zo donker als in het hol van een leernicht, en met die felle lampen zie je geen steek vanaf de compound als het daar donker is. Iedereen in de buurt van die wagen die deze kant op kijkt kan niets zien achter het licht.'

'Waar wachten we dan op?' zei Soames. 'Laten we gaan, godverdomme.'

Porter liep als eerste weg van de Range Rover. Soames kwam naast hem lopen, en Bald en Tully volgden hen. Tannon en Solomon sloten de rij. Ze bleven dicht langs de weg lopen zodat ze minder zichtbaar waren en opgingen in het omringende duister. Terwijl ze voorzichtig verder liepen tuurde Porter naar het complex, en was hij alert op beweging rondom de pick-up. Om de honderd meter bleef hij staan om met ingehouden adem te luisteren of hij iets bijzonders hoorde, maar het enige wat hij hoorde was het getjirp van de krekels en het mechanische gezoem van de motor van de Hilux.

Op tweehonderd meter van de compound bleef hij opnieuw staan en keek aandachtig om zich heen. Voor het hek stonden metalen borden waarop werd gewaarschuwd dat er zonder waarschuwing geschoten werd op onbevoegden. Naast de ingang stond een klein wachthuisje. Iets voorbij de ingang zag Porter een grote lemen hut met een rieten dak. Hij vermoedde dat daar normaal gesproken de arbeiders sliepen. Ten noorden van de hut stonden meerdere stenen gebouwen en ertegenover stond een stalen Portakabin. Een eind verderop zag Porter een groot stuk land. Het diamantveld. Porter keek om zich heen of hij bij de Hilux of op de compound een teken van de Russen zag.

Niets.

'Geen hond te bekennen hier,' zei Bald.

Porter schudde zijn hoofd. Hij herinnerde zich wat Soames had gezegd over de arbeiders die na het uitbreken van de revolutie waren gevlucht. Er waren hier alleen nog lege gebouwen en kuilen. *En een paar meedogenloze Russen.*

'Laten we doorlopen,' zei hij.

Ze slopen dichter naar de ingang, waarbij ze gebruikmaakten van de donkere stukken voor de schijnwerpers die het niet deden om zo veel mogelijk uit het zicht te blijven. Porter hield zijn AK-47 op de Hilux gericht, klaar om iedereen die zich mogelijk in de pick-up verborgen hield vol lood te pompen. Bald en Tannon hadden hun wapen ook geheven, terwijl ze goed opletten of ze activiteit op de compound zagen. Daar was echter geen enkele beweging te zien en niets te horen. Na nog een paar stappen bleef Porter staan naast de Hilux. Hij keek in de cabine. Toen draaide hij zich naar Bald en schudde zijn hoofd.

'Leeg,' zei hij.

'Waar zíjn ze in godsnaam?' vroeg Bald.

'Daar,' zei Tully.

Hij knikte naar de Portakabin achter het hek, vijftig meter van de ingang. Toen Porter naar het gebouw keek, zag hij tl-licht uit het raam komen. Bald keek met samengeknepen ogen naar de Portakabin en bromde: 'Denk je dat de Russen in dát ding zitten?'

Porter haalde zijn schouders op. 'Waar anders?'

Vanuit zijn ooghoek zag hij Tully fronsend naar het diamantveld kijken. Porter keek naar Tannon en zei: 'Wachten jij en Solomon hier voor het geval de vlam in de pan slaat. We zullen jullie roepen als alles veilig is.'

Tannon liet behoedzaam haar ogen over de compound glijden en knikte. 'Oké.'

Toen liep Porter weg, met Bald naast zich en Tully en Soames achter zich aan. Ze slopen langs de Hilux en gingen de ingang door, waarbij ze hun blik op de Portakabin gericht hielden en zo veel mogelijk bij de donkere stukken bleven. Naast het wachthuisje stond een rij lichaamsscanners waarmee werd gecontroleerd of arbeiders geen diamanten hadden doorgeslikt of in hun kont hadden gestopt. Tannon heeft zich vergist, dacht Porter toen hij langs de scanners liep.

Vergeleken met dat diamantveld lijkt Fort Knox een doorsnee bankfiliaal, had ze in het Ambassadors Hotel tegen hem gezegd. Maar zo zag het er van de buitenkant helemaal niet uit. Het wachthuisje was leeg. Er waren geen poorten of versperringen. Afgezien van de schijnwerpers en het hek was er nergens beveiliging te zien.

Ze bleven staan naast de lemen hut. Bald keek door de opening om te zien of zich daar iemand bevond. Toen liepen ze verder. Versleten autobanden en gebroken houten pallets waren naast de hut gedumpt. Erachter stonden de stenen gebouwen en een los douchegebouw. Porter vermoedde dat dat de verblijven van de bewakers waren. Meer luxe zou je hier niet aantreffen.

Ten noorden van de stenen gebouwen lag het reusachtige diamantveld, dat zich veel verder uitstrekte dan Bald zich had voorgesteld. In het donker was moeilijk te zien hoe groot het was, maar Porter schatte het op zeker tachtig vierkante meter. Het maanlicht werd weerkaatst door het water van een zacht stromende rivier ten westen van het veld. Ten oosten ervan zag hij een aftandse landingsbaan, die voor kleine, lichte vliegtuigen net groot genoeg was. Een eind ten noorden van het veld brandde nog een rij schijnwerpers.

Porter vroeg zich af waarom die lampen daar stonden.

'De Russen moeten daar wel zijn,' zei Bald met een knikje naar de Portakabin.

Soames keek hem fronsend aan. 'Hoe weet je dat zo zeker?'

'Alle andere gebouwen zien er leeg uit. Waar moeten ze anders zitten?'

Soames antwoordde niet.

Porter wendde zich tot Bald. 'Ga kijken. Wij dekken je vanaf hier.'

'Roger.'

Bald sloop vanaf de lemen hut diagonaal naar de Portakabin, die zich op twee uur bevond. Porter ging met Soames en Tully bij de hut van de arbeiders staan, met zijn vinger aan de trekker van de AK, klaar om Bald rugdekking te geven bij de eerste vijandelijke beweging. Porter wist dat de kans klein was dat iemand Porter door het raam zou zien. Als de Russen daar waren, zouden ze vanuit een goed verlicht vertrek in een zwart gat kijken. Door het licht zouden ze niet verder dan een meter aan de andere kant van het raam kunnen zien. Bald zou zich vlak bij de Portakabin kunnen bevinden zonder dat de Russen hem zagen.

Bald had de deur van Portakabin bereikt. Hij boog zich naar het gebouwtje toe en spitste zijn oren, luisterend of hij iets hoorde aan de andere kant. Toen keek hij over zijn schouder en wenkte zijn maat. Porter haastte zich het open terrein over terwijl Tully hem rugdekking gaf. Porter kwam bij de voorkant van de Portakabin staan en ging tegenover Bald aan de andere kant van de deur staan. Hij drukte zich tegen de wand aan en luisterde even. Hij hoorde niets. Er hing een bordje boven de deur: KANTOOR MANAGER. Porter zag dat de deur op een kier stond.

Hij gebaarde naar Bald dat hij de linkerkant van het vertrek voor zijn rekening zou nemen. Toen nam hij een halve stap afstand van de cabine en hief zijn AK-47, klaar om achter zijn maat aan naar binnen te gaan. Bald ging recht voor de deur staan, haalde diep adem en trapte met de hiel van zijn laars tegen de deur. Die kraakte in zijn voegen en vloog open. Het volgende moment stormde Bald de Portakabin in en draaide meteen naar rechts, om zich ervan te vergewissen dat zich daar niemand bevond. Porter kwam vlak achter hem aan en draaide naar links.

Het felle tl-licht verblindde Porter even. Hij zag een hoekbureau met hoge stapels papieren erop, een oude monitor en een mobiele ventilator. In de andere hoek stond een metalen archiefkast waarvan de laden waren opengetrokken. De vloer lag bezaaid met mappen. Aan de achterste wand hing een ingelijste foto van Soames die in een militair gala-uniform een voormalige premier de hand drukte.

Er was geen Rus te zien.

'Clear,' zei Porter.

'Shit,' zei Bald.

Porter draaide zich razendsnel om. Bald stond aan de andere kant van het vertrek met zijn rug naar Porter toe. Hij keek omlaag naar iets wat zich voor hem bevond en wat Porter vanaf de plek waar hij stond niet kon zien. Hij liet zijn geweer zakken, liep met grote passen naar Bald toe en keek omlaag. Toen zag hij het ook. Een deel van het tapijt was naar achteren getrokken, zodat de stenen vloer eronder zichtbaar was. In het midden van de vloer was een brandkast ingebouwd. De stalen deur stond open en de brandkast was leeggehaald. Toen zag Porter de stenen. Ze lagen rond zijn voeten verspreid over het tapijt. Het waren er tientallen, allemaal met verschillende vormen en kleuren. Sommige waren wit, andere matgrijs, geel of zwart. De kleinere stenen waren zo groot als koffiebonen, de grootste had de omvang van een golfbal.

Toen realiseerde Porter zich wat hij zag.

Diamanten.

Het waren er een heleboel. Ze lagen ruw en ongeslepen te glinsteren in het tl-licht. De golfbaldiamant was de grootste die Porter ooit had gezien. Zelfs nog groter dan die uit de Britse kroonjuwelen.

'Deze stenen moeten miljoenen waard zijn,' zei Bald met een geslepen blik in zijn ogen. 'We zouden hier een fortuin kunnen vergaren, maat. Je kunt niet zeggen dat Hawkridge ons goed betaalt, of wel?'

Porter keek zijn maat strak aan. 'Geen denken aan. We hebben een klus te doen, man.'

Op dat moment hoorde Porter buiten het gedreun van laarzen op de droge grond. Soames en Tully kwamen aanstormen. Ze stapten de Portakabin in en keken om zich heen. Toen Soames de ruwe diamanten zag waarmee de grond bezaaid lag, werd hij lijkbleek.

'Nee,' zei hij.

‘Waarom zouden de Russen in godsnaam diamanten laten liggen?’ vroeg Bald.

Porter dacht even na. ‘Ze moeten achter iets anders aan zitten.’

Bald rukte zich los van de diamanten en trok een wenkbrauw op. ‘Zoals?’

‘Geen idee.’

Tully deed een stap naar voren. ‘Ik denk dat ik wel weet waar ze zijn,’ zei hij.

Porter keek hem aan. ‘Waar dan?’

Tully draaide zijn hoofd in de richting van de open deur. ‘Aan de andere kant van het veld ligt nog een compound. Daar zijn ze vast heen.’

De schijnwerpers, dacht Porter. *De lampen die ik ten noorden van het veld heb gezien.*

‘Wat is daar dan?’ vroeg hij.

Soames aarzelde en zei toen: ‘Geheime militaire informatie.’

Porter keek hem aan.

‘De allerhoogste piefen komen hier soms naartoe voor geheime vergaderingen,’ vervolgde Soames. ‘Ik zal het later uitleggen, maar op dit moment hebben we hier geen tijd voor. We moeten naar die andere compound toe en de Russen tegenhouden voor het te laat is.’

Porter hoorde urgentie in zijn stem. ‘Waar is die compound?’

Tully zei: ‘Ten noorden van het diamantveld.’

‘Wordt hij bewaakt?’

‘Op dezelfde manier als deze. Er is een metalen hek en er zijn lampen. Normaal staan er bewakers bij de ingang, maar die gasten mochten gaan toen wij zelf ook vertrokken. Zodra het hommeles werd met de rebellen is iedereen hier weggehaald.’

‘Dus er is niemand die de Russen kan tegenhouden?’

‘Nee.’

‘Zien ze ons niet aankomen?’ vroeg Bald.

Tully schudde zijn hoofd. 'Er loopt een afvoergreppel van het veld naar de noordwesthoek van de compound. Daar kunnen we doorheen kruipen en binnenkomen zonder dat iemand ons ziet.'

'Wat voor militaire informatie?' vroeg Porter.

'Er is geen tijd,' zei Soames. 'We moeten de Russen tegenhouden.' Hij dwong zichzelf om te glimlachen. 'Ik zal het de moeite waard maken voor je. Jullie krijgen allebei een baan als jullie dit oplossen.'

Bald knikte. 'Kom, we gaan.'

24

20.17 uur

Ze haastten zich de Portakabin uit. Door het tl-licht konden ze in het donker minder goed zien, en het kostte Porter moeite om buiten de verlichte stukken grond details te onderscheiden. Terwijl ze naar het noorden liepen hoorde hij beweging. Toen hij zich omdraaide zag hij twee donkere gestalten uit de richting van het wachtershuisje komen. Hij bleef stokstijf staan en reikte naar zijn wapen. Tannon en Solomon liepen het licht in dat uit het raam van de Portakabin scheen. Tannon wierp een blik in het gebouwtje en keek vervolgens naar de vier mannen voor haar.

'Wat is er aan de hand?' vroeg ze. 'Waar zijn de Russen?'

Porter vertelde haar over de diamanten die ze hadden gevonden. 'We denken ze dat ze in een andere compound zijn, aan de andere kant van het veld.'

'Wat zoeken ze daar?'

Soames zuchtte geïrriteerd. 'We verdoen onze tijd. We moeten nu meteen gaan.'

Tannon zei: 'Ik ga mee.'

Porter schudde zijn hoofd. 'Niet voordat we de Russen hebben uitgeschakeld.'

Ze wilde antwoorden, maar Soames was haar voor. 'Porter heeft gelijk, voor één keer in zijn leven. Het is te gevaarlijk. Ik heb het hier voor het zeggen. Als je enig idee hebt wat goed voor je is, jongedame, dan blijf je hier.'

Tannon staarde de voormalige officier doordringend aan, maar zei niets. Porter haalde de satelliettelefoon uit zijn achterzak en gaf die aan haar.

'Als je je nuttig wilt maken, ga dan op zoek naar een oplader. We moeten dit ding aan de praat krijgen om onze opdrachtgever te kunnen bellen. We moeten hem vertellen dat de Russen hier zijn en dat we achter ze aan zitten.'

'Probeer de wooneenheden,' zei Tully. 'Er zijn in deze contreien geen vaste telefoonlijnen. De meeste bewakers gebruikten op het werk satelliettelefoons om naar huis te bellen. Er ligt vast wel ergens een oplader.'

'En ik?' vroeg Solomon.

'Bewaak jij de ingang maar,' zei Bald. 'Let op naderende vijanden. We denken dat de Russen versterkingen hebben opgeroepen.'

Solomon knikte gretig. 'Wat u maar wilt, baas.'

De reus draaide zich om en liep op een drafje richting de ingang van de compound. Tegelijkertijd liep Tannon naar de stenen gebouwen tegenover de Portakabin. Porter keek hen even na. Toen draaide hij zich om en rende in noordelijke richting langs de gebouwen. Aan de rand van het diamantveld sloot hij zich aan bij Tully, Soames en Bald.

'Deze kant op,' zei Tully.

Ze liepen het veld over, langs een ruw spoor dat er vanaf de gebouwen doorheen liep. Waarschijnlijk diende het om opgegraven diamanten snel te kunnen vervoeren. Tully ging voorop. Porter en Bald liepen achter hem en Soames sloot de rij. In hoog tempo liepen ze langs de vele grote ronde kuilen in het veld. Naast elke kuil lagen hoge hopen opgegraven aarde. Daartussendoor kronkelden over het hele veld ondiepe waterstroompjes. Hier en daar lagen wat hulpmiddelen, maar het meeste werk deden de arbeiders handmatig – uur na uur groeven ze in de aarde en zeefden ze grind en modder, op zoek naar de stenen die uiteindelijk bij juweliers of in Hatton Garden en Fifth Avenue zouden belanden. Het was een proces dat in de loop der eeuwen nauwelijks was veranderd.

Zo nu en dan keek Porter naar de lampen in het noorden. Ze waren daar nu vijfhonderd meter vandaan. Porter wist niet of Soames had gelogen toen hij zei dat de Russen achter geheime militaire informatie aan zaten. Maar wat zich daar in die compound ook bevindt, dacht hij, we zullen het snel genoeg te weten komen.

Ze gingen verder, langs de kuilen met de vele zeefpannen die ernaast lagen. Waterplassen glinsterden in meerdere van de diepere kraters en het kostte Porter moeite om grip te krijgen terwijl hij Tully volgde over de zachte, modderig bodem. Tully voerde het tempo op naarmate ze dichter bij de schijnwerpers kwamen. Ze bevonden zich nu driehonderd meter van de compound. Porter voelde zijn kuiten branden en hij had felle steken in zijn rechterzij. Elke spier in zijn lichaam deed pijn van vermoeidheid. Het jarenlange zware drinken eiste zijn tol. Alles in hem gilde uit dat hij moest rusten. Je bent al heel ver gekomen, hield Porter zichzelf voor. Je kunt nu niet opgeven. Hou vol.

Hou de Russen tegen, dan is het voorbij.

Ze waren nu honderdvijftig meter van de compound. In noordelijke richting zag Porter een breed stenen gebouw van één verdieping met dakspanen dat deels aan het zicht werd onttrokken door een rij bomen. Hij vermoedde dat het een boerderij was. Het gebouw zag er ouder uit dan het diamantveld. Misschien had het hier al gestaan toen de geologen waren gekomen en had de eigenaar koppig geweigerd zijn boerderij te verkopen. Dat zou het merkwaardige geheel kunnen verklaren. Ten westen van het hoofdgebouw zag hij de contouren van meerdere bijgebouwen, met daarachter een beboste helling. Om de boerderij stond nog een metalen hek van twee meter hoog, met een doorgang die zichtbaar was tussen de schijnwerpers. Porter speurde de omgeving af. De lichtstralen van twee zaklampen schenen door het donker en bewogen van de bijgebouwen naar de boerderij.

'De Russen,' zei Bald. 'Moet wel.'

'Het lijkt wel of ze iets zoeken,' zei Porter. Hij keek Tully vragend aan. 'Wat ís dit voor plek, Bob?'

'Doorlopen,' spoorde Soames hen aan.

Ze haastten zich verder. Op honderd meter van het hek ging Tully naar links, in de richting van de noordwestelijke hoek van de compound. Hij liep om de felle gloed van de lampen heen die aan het hek hingen. Nu begreep Porter waarom ze de compound niet aan de voorkant konden naderen. Daar waren geen donkere stukken die ze konden gebruiken om onopgemerkt te blijven. In tegenstelling tot de ingang van de eerste compound deden alle schijnwerpers het. En dat maakte dat Porter zich afvroeg waarom deze compound beter werd beveiligd dan de andere.

Bij de noordwesthoek bleef Tully staan. Porter kwam naast hem staan. Een talud voerde naar een diep afvoerkanaal dat langs het hek liep. In de greppel stond een paar centimeter water. Porter zag dat het terrein aan deze kant van het hek iets omlaag helde, zodat overtollig water op een natuurlijke manier kon weglopen. De greppel liep vanaf de rand van de compound ongeveer een kilometer door naar het zuiden en eindigde bij de rivier ten westen van het diamantveld. Aan het begin van het kanaal bevond zich een afvoerbuis op een betonnen constructie om overtollig water op te vangen, met een metalen rooster voor de opening.

De buis leek net breed genoeg om er doorheen te kunnen kruipen.

De hellingen aan weerszijden van de buis lagen vol met grote stenen en stukken hout, waarschijnlijk om bodemerosie te voorkomen. Aan de andere kant van het hek zag Porter een putdeksel, op twintig meter van de boerderij. De buis liep vanaf de greppel onder de grond naar het putdeksel aan de andere kant van het hek, een meter of twee boven de greppel.

Tully ging het talud af en waadde naar de buis, terwijl hij naar de anderen gebaarde dat ze hem moesten volgen. Porter en Bald gingen ook de greppel in, en Soames volgde onbeholpen. Voor de buis bleven ze alle vier met ingehouden adem even staan, luisterend of ze iets hoorden aan de andere kant van het hek. Boven het gedruppel van water uit hoorde Porter twee zachte stemmen – het klonk als een radiozender helemaal aan het einde van de band. De stemmen klonken schraperig, hard. Buitenlands.

Russisch.

Na vijf seconden stierven de stemmen weg. Porter en de anderen bleven nog tien seconden langer wachten voor het geval de Russen zouden terugkomen. Toen greep Bald het metalen rooster vast en probeerde het los te wrikken. Het maakte een rammelend geluid. Tully stopte zijn pistool weg, stapte naar voren en pakte het andere uiteinde. Samen probeerden ze het opnieuw.

'Dit gaat niet werken,' mompelde Bald. 'Dat kutding zit veel te stevig vast.'

Porter reikte naar een houtblok dat links van de buis op de helling lag. Het was versplinterd op de plek waar het was afgebroken. Hij duwde het splinterige uiteinde in de smalle opening tussen de opening van de buis en het rooster. Toen begon hij het rooster open te wrikken door het hout als hefboom te gebruiken. Het metaal maakte een knarsend geluid, maar gaf in eerste instantie nauwelijks mee.

'Schiet op, man!' siste Soames dringend.

Porter duwde harder tegen het houtblok. Het rooster verboog

maar bleef op zijn plek. Porter duwde zijn laarzen dieper in de gladde bodem en zette zo veel mogelijk kracht. Toen sprong het rooster los van de buisopening en viel het kletterend op het beton. Porter verstijfde. Hij spitste zijn oren en wachtte af of het geluid de Russen had gealarmeerd. Hij hoorde niets. Toen het nog een tijdje stil bleef stapte hij weg van de buis en gaf Soames een knikje.

'Wacht hier. Blijf waar je bent.'

Hij wendde zich tot Bald en wees naar de buis. 'Dames eerst, Jock.'

'Val dood,' fluisterde Bald.

Hij liet zich op zijn knieën en ellebogen zakken en kroop de afvoerbuis in, met zijn AK-47 tegen zijn borst geklemd. Porter ging als tweede, en daarna Tully. Het was pikdonker in de buis – een ondoordringbaar zwart waarin hij niet meer dan een paar centimeter voor zich kon kijken. Muf ruikend water lag glanzend op de bodem en er hing een geur van verrotting waar Porter bijna van moest kokhalzen. Terwijl hij achter Bald aan kroop schraapten zijn ellebogen langs de buiswand. De buis liep acht meter horizontaal door en stopte onder het putdeksel aan de andere kant van het hek. Bald ging er voorovergebogen onder staan, plaatste zijn handen tegen de onderkant van het deksel en duwde dat omhoog. Er klonk een schrapend geluid toen het deksel omhoog ging en opzij werd geschoven. Toen ging Bald rechtop staan, strekte zijn armen door de opening en hees zich op.

Porter wachtte even terwijl Bald de omgeving verkende. Zijn maat was vijf meter ten noorden van het hek en twintig meter ten westen van de boerderij tevoorschijn gekomen. Toen hij zich ervan overtuigd had dat de kust veilig was, gebaarde hij naar Porter. Die klom ook uit de opening en voegde zich bij zijn maat. Even later kroop ook Tully uit de buis en hurkte naast de twee Blades neer. Toen sloop Porter naar voren en keek uit over de compound.

De boerderij stond aan de rand van een groot erf. Links van het gebouw stond een generatorhuisje en meer naar het westen, recht voor zich, zag Porter een klein houten gebouwtje. Het zag eruit als een soort schuurtje. Verder naar achteren, meer aan de rand van het terrein, kon Porter nog net een stenen aanbouw aan de boerderij ontwaren. Links daarvan stond nog een ander, groter gebouw.

Voor de boerderij zag Porter een speeltuin met gloednieuwe toestellen. Er was een houten klimrek met een groene plastic glijbaan, een metalen schommelset en een wip. Rechts een swingball met een paar rackets naast de paal, links een voetbalveldje met daarnaast een houten clubhuis. Een zandbak. Alles zag er goed onderhouden uit. Het gras was kort geleden gemaaid, de poppen zaten netjes in hun kleurige dozen en de lijnen op het voetvalveldje zagen eruit alsof ze net gekalkt waren. Er kwam licht uit een van de ramen aan de voorkant van het gebouw. Er hing een bord boven de deur waar op stond: WEESPROJECT KONO.

Porter besefte dat het helemaal geen boerderij was.

Een weeshuis.

'Wie bouwt er nou in godsnaam een weeshuis naast een diamantveld?' fluisterde Bald.

Tully zei niets.

Porter keek weer om zich heen. Boven het gezoem van de generator uit hoorde hij twee stemmen.

De Russen.

Ze waren in het schuurtje dat twintig meter voor hen stond.

Porter observeerde het gebouwtje even. Hij zag het licht van een zaklamp achter het raam heen en weer flitsen. Zo te horen waren de Russen kwaad. Alsof ze tegen elkaar schreeuwden. Hij hoorde allemaal gerammel en gekletter. Ze gooien de hele boel overhoop, besefte hij. Ze zijn absoluut ergens naar op zoek. Naar iets wat waardevoller is dan een brandkast vol ruwe diamanten.

Hij vroeg aan Tully: 'Wat staat er in dat schuurtje?'

'Niks, vriend,' zei Tully. 'Het is gewoon een opslagruimte.'

Porter knikte. 'Wacht hier. Jock en ik leggen die fuckers om terwijl ze daar binnen zijn. Geef ons dekking.'

'Roger, kerels.'

Porter zei: 'Kom mee, Jock.'

Ze slopen voorzichtig het open terrein over, in de richting van het schuurtje. Porter hield zijn adem in en zette de vuurregelaar op volautomatisch. Hij hief zijn wapen en drukte de mahoniehouten kolf van de AK-47 tegen zijn rechterschouder. Bald sloop links van hem op het schuurtje af. De Russen waren nog altijd tegen elkaar aan het schreeuwen. Porter nam aan dat ze nog steeds niet hadden gevonden wat ze zochten. Ze kwamen dichterbij en bevonden zich vijftien meter van de deur. Nu nog veertien. Dertien.

Opeens hielden de geluiden op en waren ook de stemmen niet meer te horen.

De deur vloog open.

Spray Tan kwam als eerste naar buiten, met Nilis achter zich aan. Beide mannen hadden hun SLR vast. Spray Tan had een Maglite-zaklamp in zijn linkerhand en Nilis een satelliettelefoon, vergelijkbaar met het toestel dat Porter en Bald hadden gekregen. De Russen volgden de straal van de zaklamp en liepen naar de achterkant van de compound. Door het licht konden ze verder niet om zich heen kijken, en dat betekende dat ze Porter en Bald, die zich twaalf meter in zuidelijke richting bevonden, pas zagen toen het te laat was.

Bald ging op een knie zitten en schoot als eerste. Zijn AK-47 knalde twee keer en de kogels verdwenen in de bovenrug van Spray Tan. Die maakte een wilde schokkende beweging toen de kogels door zijn lichaam schoten. Een halve seconde later vuurde Bald een salvo van nog eens twee kogels op de Rus af, die hem in zijn romp raakten terwijl hij zich omdraaide. Kreunend viel Spray Tan op de grond.

Op hetzelfde moment rende Nilis op Bald en Porter af terwijl hij drie keer in hun richting schoot. Twee kogels misten Porter op een haar na en scheerden langs zijn nek. De derde raakte hem in zijn linkerschouder. Hij voelde een explosie van hete pijn in het gewricht. Het leek wel of iemand zijn tanden in het bot zette. Nilis maakte zich klaar om opnieuw te schieten. Porter verbeet de pijn, richtte zijn geweer op Nilis' romp en haalde de trekker over. De mondingsvlam verlichtte de grond als het geflits van een leger paparazzifotografen. Twee kogels verdwenen in de ingewanden van de Rus, de derde kwam lager terecht en trof hem in zijn kruis. Nilis hapte naar adem, liep wankelend naar achteren en viel naast Spray Tan op de grond. Hij schreeuwde het uit van de pijn en sloeg een hand om zijn aan flarden geschoten ballen.

Porter rende naar voren en bleef voor Nilis staan. Hij richtte de AK-47 op het voorhoofd van de Rus. Nilis keek knipperend met zijn ogen naar hem op, zijn tanden onder het bloed. De kerel was er beroerd aan toe. Zijn buik was doorzeefd met kogels en zijn korte broek zat onder het bloed, dat tussen zijn vingers door liep. Hij staarde in de zwarte opening van de loop van het geweer. Toen keek hij Porter aan en begon zijn hoofd te schudden. 'Nee,' fluisterde hij, 'niet...'

Porter schoot de Rus van dichtbij midden door zijn hoofd. Nilis klapte naar achteren terwijl de kogels zijn schedel verbrijzelden. Toen bleef hij roerloos liggen.

Vuile teringlijer, dacht Porter.

Het is voorbij.

Bald kwam naar voren en knikte naar Porters schouder. 'Godver maat, je bloedt.'

'Het is maar een vleeswond,' antwoordde Porter, grijnzend ondanks de pijn. 'Zo verholpen met een verbandje en wat pijnstillers.' Hij pakte met een hand zijn schouder vast en wees naar Nilis' lijk. 'Pak zijn telefoon. We kunnen Hawkridge ermee bellen.'

Bald reikte omlaag en raapte de satelliettelefoon op die Nilis had laten vallen. Hij was van Russische makelij. Groter dan de gestroomlijnde Motorola die zij hadden gebruikt. Op een klein scherm verscheen een reeks cyrillische tekens. Porter nam het toestel van Bald aan en deed de telefoon in zijn achterzak.

Toen hoorde hij het gekreun.

Het kwam uit oostelijke richting. Porter had het geluid nog niet eerder gehoord, doordat hij zich volledig op de Russen had geconcentreerd. Op de herrie die ze hadden gemaakt terwijl ze het schuurtje overhoophaalden en op het onafgebroken gezoem van de generator. Maar nu het stil was hoorde hij het gekreun duidelijk. Hij keek over zijn rechterschouder in de richting waar het geluid vandaan kwam. Het kwam uit de richting van het weeshuis, uit het hoofdgebouw, realiseerde Porter zich. Bald hoorde het ook en fronste zijn wenkbrauwen. 'Godver, wat ís dat?'

Porter gaf geen antwoord. Hij draaide zijn rug naar de dode Russen en liep met grote passen naar het weeshuis, aan de oostkant van de compound. Vanuit zijn ooghoek zag hij dat Tully zich naar de put haastte om Soames uit de afvoerbuis te helpen. Porter negeerde de twee mannen en stak de speeltuin over, met Bald achter zich aan.

Ik weet niet waar de Russen naar op zoek waren, maar het heeft te maken met wat zich achter die deur bevindt, dacht Porter.

Ik ga mooi achterhalen wat het is.

Toen ze bij de veranda kwamen werd het gekreun luider. Van de buitenkant zag het weeshuis er goed onderhouden uit. Op de zalmkleurige verf op de muren was geen vlekje te zien. De dakpannen vertoonden geen enkele slijtage. Porter vermoedde dat het weeshuis de beschikking had over een royaal budget. Misschien werd het wel gefinancierd door de eigenaren van het diamantveld. Mogelijk was dat een voorwaarde om zaken te mogen doen in een schijtland als Sierra Leone. Je kon uit de grond halen wat je wilde, als je maar met geld voor een paar weeshuizen over de brug kwam.

Porter stapte op de door de zon verkleurde planken en liep naar de voordeur. Toen bleef hij weer staan. Hij hoorde het gezoem van de generator en het geluid van zijn eigen ademhaling. Het geluid van het kreunende kind. Het kwam absoluut van de andere kant van de deur.

Hij stak zijn hand uit en probeerde de deurkruk. Op slot. Porter deed twee stappen naar achteren en maakte zich op om naar de deur te rennen. Bald ging links van de deur staan en richtte zijn AK-47 erop, klaar om elke mogelijke dreiging aan de andere kant onschadelijk te maken. Toen stormde Porter naar voren en trapte de deur met de hak van zijn laars in. De deur vloog krakend naar binnen toe open en stuiterde terug tegen de binnenmuur. Porter spreidde zijn handen en voorkwam dat de deur weer dichtsloeg. Even bleef hij in de deuropening staan om te zien of hij ergens een beweging of een dreiging zag.

Niets.

Toen stapte hij naar binnen.

25

20.28 uur

Voor zich zagen Bald en Porter een gang van vijftien meter lang, met aan weerszijden deuren. Porter telde er vijf in totaal, aan elke kant twee en nog een aan het uiteinde. Links van de voordeur een kantoor, rechts een eetkamer. Alles zag eruit alsof het zo uit een sitcom uit de jaren zeventig was gehaald. De muurpanelen waren van nephout. Op de oranje vloerbedekking lagen losse kleedjes met kleurige patronen. Alles was goed onderhouden en alle oppervlakken waren schoon. De geur van ontsmettingsmiddel deed Porter aan een ziekenhuis denken.

Porter ging met een snelle beweging met geheven geweer het kantoor in. Daar stond een eikenhouten bureau met een stoel erachter. Er lagen sleutels op het bureau. Aan de muur erachter hingen kindertekeningen, van die lagereschooltekeningen die een trotse ouder aan de koelkast zou kunnen hangen. Tegen de muur stond een kitscherige sofa met kussens die in het midden waren doorgezakt. De Russen hadden het vertrek al doorzocht. De archiefkasten die in een van de hoeken stonden waren leeggehaald en de grond lag bezaaid met de inhoud van de lades. Naast de sofa zag Porter een paar monitors staan, die allemaal een wazig zwartwit-beeld toonden met de datum en de tijd in de linkerbovenhoek. Een soort beveiligingscamera's die live beelden van de omgeving van het weeshuis weergaven.

Wat voor weeshuis heeft er nou zo'n uitgebreid beveiligingssysteem?

Porter liep achterwaarts het kantoor weer uit, draaide zich om en keek de eetkamer in. Die was leeg. Hij realiseerde zich dat het gekreun van verderop uit de gang kwam. Hij liep snel naar de dichtstbijzijnde deur aan zijn linkerhand terwijl het geluid steeds luider werd. Hij hoorde nu ook duidelijk meer dan één kind. Voor de deur bleef Porter staan. Hij probeerde de deurkruk, maar de deur zat op slot. Hij snelde langs Bald, liep het kantoor weer in en pakte de sleutelbos van het bureau. Hij haastte zich de gang weer door en probeerde de eerste sleutel. Bij de derde sleutel was het raak. Porter rukte de deur open.

Hij vond de kamer op een slaapzaal lijken. Of eerder nog een gevangeniscel. Tegen de muren stonden stapelbedden en er lag een linoleumvloer. Voor het enige raam zag hij tralies en boven zijn hoofd hing één tl-buis.

Toen zag hij de jongens.

Ze sprongen van hun bed en renden op hem af zodra hij de deur opendeed. Porter telde er twaalf. De meeste waren ongeveer even oud als de kindsoldaten die hij in de jungle had gezien, alleen zagen deze jongens er minder gehard uit. Ze waren allemaal ellendig mager en droegen rafelige lompen of een gescheurde korte broek. Sommige jongens dreinden, andere maakten vreemde, bijna dierlijke geluiden. In een hoek van de kamer stond een emmer die tot de rand vol zat met pis. In een andere hoek lag een berg rottende kak.

Hoelang zitten ze hier al opgesloten?

De kinderen stormden langs de twee Blades de gang in en haastten zich in paniek naar de voordeur. Een van de jongens liep langzamer dan de rest. Hij kwam op Porter af met een rafelige teddybeer tegen zich aan gedrukt. De jongen staarde met lege ogen naar hem op. Hij leek Porter een jaar of tien oud. Hij had roze littekens op beide enkels en polsen en zijn armen zaten onder de brandwonden. Alsof iemand hem als asbak had gebruikt. Zijn ribben staken uit over zijn opgezwollen buik. Het joch deed zijn mond open en zei iets in een taal die Porter niet verstond. Waarschijnlijk een of ander plaatselijk dialect dat in een van de dorpen door niet meer dan een paar honderd mensen werd gesproken. Het joch zag de niet-begrijpende blik op Porters gezicht en probeerde het nog een keer, wijzend door de gang. Naar de deur aan het uiteinde.

'Hij probeert ons iets duidelijk te maken,' zei Bald.

Porter liep de gang door terwijl hij een angstig voorgevoel in zijn borst kreeg waar hij misselijk van werd. Voor de volgende kamer bleef hij staan, en hij probeerde de sleutels tot hij de goede vond. Er stroomden nog eens tien kinderen uit de meisjesslaapzaal, die op dezelfde wanhopige manier kreunden als de jongens. Hun roze jurkjes zaten onder het bloed en het vuil, ze hadden felrode lippenstift op en hun ogen waren opgemaakt met blauwe glitteroogschaduw. Het leek wel een soort bizarre parodie op een schoonheidswedstrijd voor kinderen.

Porter liep naar het einde van de gang en gooide de deur open. Die kwam uit op de aanbouw. Rechts bevonden zich een badkamer en slaapkamer, die allebei sober gemeubileerd waren. Links een keuken, met gele muren en donkerhouten kasten. Recht voor hem stond een deur open, en daarachter zag hij een woonkamer die ongeveer even groot was als de slaapzalen. Het was donker in de kamer. Porter bleef vlak over de drempel staan en zocht met zijn hand naar het lichtknopje. Toen hij dat had gevonden klikte hij het omhoog. Boven hem gingen drie spotjes aan, die een oranje gloed in het vertrek verspreidden. De kamer zag er net zo ouderwets uit als het kantoor bij de ingang. In het midden stond een vintage ovale koffietafel van teakhout met drie kitscherige banken in een halve cirkel eromheen. Er stonden ook een paar leunstoelen. Al het meubilair was verpakt in doorzichtig plastic. Op de koffietafel stonden papieren bekertjes en een fles water, en ook een asbak die tot de rand gevuld was met sigarettenpeuken. Ook zag Porter een dure fles wodka.

Zes cocktailglazen vol lichtblauwe pillen.

'Viagra,' zei Bald.

Porter keek op van de cocktailglazen. Terwijl zijn hart sneller ging kloppen, zag hij dat er donkere korsten op het tapijt zaten. En ook op de muren. Toen drong tot hem door wat voor korsten het waren.

Opgedroogd bloed.

Bald zei: 'Wat is hier gebeurd?'

Porter zei niets. Zijn gedachten schoten alle kanten op. De wond aan zijn schouder deed heel veel pijn. Hij voelde misselijkheid opkomen in zijn keel. Hij liep de woonkamer uit en ging terug naar de slaapkamer. Daar wierp hij een blik naar binnen. Hij zag een klerenkast met een glazen schuifdeur, een bed en een nachtkastje met een lavalamp erop. De vloer was leeg, met uitzondering van een wollen kleed tussen de kast en het bed. Het bed leek net opgemaakt te zijn en het kussen was helemaal strak. Alsof er al een tijdje niemand in het bed had geslapen. Porter stapte achteruit de kamer uit en krabde op zijn hoofd. Hij probeerde te begrijpen wat het allemaal te betekenen had.

Toen zag hij de kabels.

Er liep een dikke bundel over de keukenvloer. De kabels waren zwart en dik als anaconda's. Ze liepen door het raam naar buiten, door het lange gras naar het bijgebouwtje aan de achterkant van de compound. Bald had ze ook gezien en fronste zijn voorhoofd.

'Wat zit daar?'

Porter haalde zijn schouders op. 'Laten we maar eens een kijkje gaan nemen.'

Er zat een deur naar buiten aan de achterkant van de keuken. Porter en Bald liepen een stuk open grond achter het weeshuis op. Twintig meter voor hen lag het bijgebouw. Vijf meter verder op drie uur zag Porter iets wat eruitzag als een bouwterrein. Kennelijk waren de eigenaren hun onderneming aan het uitbreiden. Er werd een fundering aangelegd voor een gebouw dat ongeveer net zo groot was als de reeds bestaande aanbouw. Rondom de keukendeur bevonden zich allemaal bouwbenodigdheden. Een cementmixer, bakstenen, zakken cement. Porter en Bald liepen langs het bouwterrein in de richting van het bijgebouw, dat ongeveer zo groot was als een kwart van het weeshuis. Het zag er onafgewerkter uit dan het hoofdgebouw. Alsof het een keer in alle haast was gebouwd. De muren waren van kaal beton. Op het golfplaten dak lag een paar centimeter roest. Elektriciteitskabels liepen vanuit het generatorhuisje naar het gebouw toe.

Het viel Porter op dat het geen ramen had.

Toen hij bij de deur kwam, schoot hem iets te binnen wat Tannon in het hotel tegen hem had gezegd toen ze het erover hadden dat het diamantveld zo zwaar beveiligd werd. Iets wat hem sindsdien niet meer had losgelaten.

Soames houdt iets verborgen, had Tannon gezegd.

Iets groots.

Er hing een camera boven de deur. De deur zelf zag er stevig uit maar was afgesloten met een armetierig hangslot. Porter deed twee stappen naar de deur en hief zijn AK-47. Met een snelle beweging ramde hij met de kolf van het geweer tegen het slot. Het roestige metaal brak open en hij haalde de beugel van de klink. Porter duwde de deur open. Achter zich hoorde hij dreunende voetstappen die over het open terrein renden. Toen hij omkeek zag hij dat Soames en Tully op hen af kwamen. Ze waren nu twintig meter van de put en twintig meter van de Blades verwijderd. Soames riep dat ze weg moesten blijven van de deur. Zijn stem schalde ver door het donker.

Porter negeerde hem en ging naar binnen.

Bald kwam achter hem aan.

Ze kwamen in een breed vertrek met een laag plafond dat zwak werd verlicht door een rij beeldschermen die aan stonden. Overal zag Porter apparatuur en computeronderdelen. Toetsenborden, muizen, externe harde schijven. Het leek wel een computerwinkel die uitverkoop hield. Kilometers kabel. Een hele sliert snoeren liep van de achterkant van tientallen desktops naar de stekkerdozen. Computerventilators zoemden. Screensavers flikkerden op de monitoren. Het was bloedheet in het vertrek, wat veroorzaakt werd door de grote hoeveelheid computerapparatuur in een ruimte zonder natuurlijke ventilatie of ramen. Porter nam aan dat dit de plek was waar de Russen naar op zoek waren geweest.

Er stond een cd-brander op het bureau naast een van de computers, met daarnaast een stapel cd's. Porter ging snel de stapel door. Over de lengte van alle cd's stond met markeerstift een datum geschreven. De recentste waren een paar weken oud. Porter drukte op de ejectknop, stopte een van de schijfjes in de cd-speler van de desktop en sloot de schuiflade. De computer begon te zoemen en Porter bewoog met de muis om de screensaver te laten verdwijnen. Toen verscheen onder aan het scherm het icoontje van een mediaspeler.

Buiten hoorde hij Soames schreeuwen dat hij nergens aan moest komen. Porter sloot zich af voor de stem van zijn voormalige baas, bewoog de cursor boven de Play-knop en klikte.

Het scherm werd gevuld door een zwart-witbeeld.

Het gastenverblijf in de aanbouw. De datum die werd aangegeven was zes weken geleden.

Drie jongens renden door de kamer. Ze waren naakt en ongeveer even oud als de kinderen die Porter in de slaapzaal had gezien. Ze werden achternagezeten door twee oudere blanke mannen met pluizig haar die ook naakt waren. Ze renden achter de jongens aan om de banken heen, terwijl het vel onder hun uitgestrekte armen hing, en grijnsden alsof ze een of ander verderfelijk spelletje deden. De beeldkwaliteit was niet geweldig, maar Porter herkende een van de mannen van Sky News: het Conservatieve parlementslid met de bril met draadmontuur.

De andere man was een generaal buiten dienst.

De generaal achtervolgde een van de jongens om de koffietafel heen, haalde hem in, liet zich bovenop de jongen vallen en kietelde hem in zijn ribben. De jongen kronkelde lachend over de grond. Net een vader die met zijn zoon speelde. Alleen waren de man en de jongen allebei naakt. Het parlementslid schonk er geen aandacht aan. Hij richtte zich op de twee andere jongens. Als een roofdier op zijn prooi. Toen stopte de generaal opeens met kietelen. Hij sloeg zijn armen om het middel van het joch en drukte hem tegen de grond. Zijn aanzienlijke gewicht duwde het tengere lijf helemaal naar beneden. Er was geen geluid, maar Porter kon zien dat de jongen zijn mond opensperde en het uitgilde terwijl hij wild met zijn armen en benen heen en weer zwaaide en de oude man schopte.

Na een paar seconden verzette hij zich niet langer.

De generaal kuste hem vol op de mond.

'Jezus christus,' zei Bald. 'Godverdomme!'

Porter hoorde voetstappen en keek naar de ingang. Soames stond in de deuropening en was merkwaardig kalm. Tully stond achter hem en keek Porter en Bald strak aan. Porter keek weer naar Soames, die langzaam het vertrek in kwam lopen.

'Wat is dit hier, godverdomme?' vroeg Bald op hoge toon.

'Ik zie het graag als een besloten ontspanningsoord,' antwoordde Soames. 'Een discrete plek waar bepaalde personen zich in alle vrijheid kunnen laten gaan in hun fantasieën, zonder de moralistische beperkingen van de westerse samenleving.'

Porter schudde zijn hoofd. Woede kneep zijn keel dicht. 'Je beschermt een stelletje viespeuken die rotzooien met kinderen?'

'Zo zou je het misschien kunnen zeggen. De individuen die dit weeshuis regelmatig bezoeken zijn steunpilaren van het establishment. Mannen uit de hoogste kringen in Westminster, de ambtenarij en het leger. We voorzien hen van een veilige, discrete omgeving waar ze kunnen doen wat ze willen. Zonder dat er vragen worden gesteld.'

Het verbijsterde Porter dat Soames het zonder enige terughoudendheid of omhaal van woorden toegaf. *Mijn voormalige baas runt een pedofielennetwerk midden in de jungle.* Hij balde zijn vuisten. Zijn knokkels werden wit en hij drukte zijn nagels diep in zijn handpalmen. Hij had zin om Soames zo hard voor zijn bek te slaan dat zijn tanden zouden verbrijzelen.

Bald zei: 'Je zei dat het om diamanten ging.'

Soames verstrakte. 'Ik kon niet anders. De Russen bedreigden mijn positie. Er was geen tijd om alles uit te leggen. Trouwens, ik wist niet hoeveel jullie al te horen hadden gekregen over onze operaties hier in Sierra Leone. Pas toen jullie me redden van de West Side Boys werd me duidelijk dat jullie niets van het weeshuis wisten en dat jullie bazen jullie niets verteld hadden.'

Porter stikte bijna van kwaadheid. Het leek wel of de woede hem in een wurggreep hield en er geen zuurstof meer naar zijn hersenen ging. Hij had het gevoel alsof er een enorme druk tussen zijn slapen werd opgebouwd.

Hij had nog nooit zo'n grote behoefte gehad aan drank.

'Waarom hier?' vroeg hij. 'Waarom in Sierra Leone?'

'Simpel,' antwoordde Soames. 'Het leven is hier spotgoedkoop. Niemand stelt vragen, niemand zorgt voor problemen. Met al die burgeroorlog, schrijnende armoede en het ontbreken van een sterke overheidsstructuur is het een koud kunstje om kinderen uit de dorpen te stelen zonder dat er veel ophef ontstaat. Trouwens, we moesten onze operaties sowieso uit Groot-Brittannië weghalen. Het werd steeds moeilijker om dit soort dingen in Londen te organiseren. De kans op onthullingen in de media was te groot. Jullie hebben de geruchten vast gehoord.'

Porter knikte langzaam. Er waren de gebruikelijke roddels in de tabloids geweest, beschuldigingen van een pedofielennetwerk in Westminster dat jonge jongens seksueel misbruikte. Zo nu en dan hoorde je daar iets over in het nieuws. Over een of ander vies oud parlementslid met een voorliefde voor kinderen. Nu begreep Porter waarom Tannon zo benieuwd was geweest naar hoge piefen die onaangekondigde bezoekjes aan Sierra Leone brachten. *Omdat ze naar deze plek komen.*

Hij voelde weer misselijkheid omhoogkomen in zijn keel.

Bald keek met een grimas op zijn gezicht naar Tully. 'En jij wist hiervan?'

Tully grijnsde. 'Natuurlijk, sukkel. Ik ben de manager.'

Soames zag de verwarring op het gezicht van Bald en Porter en zei: 'Bob leidt de dagelijkse gang van zaken in het weeshuis. Ik moet zeggen dat hij prima werk levert sinds hij hier is begonnen. Hij houdt de kinderen goed onder de duim en zorgt ervoor dat ze hun best doen om onze gasten te onderhouden. Hij brengt meer kinderen uit de omliggende dorpen als we die nodig hebben.'

Porter staarde Tully aan en werd misselijk.

Er zijn tientallen kinderen vermist geraakt, had Tannon gezegd.

'Dus jij hebt die kinderen ontvoerd,' zei hij.

Tully grijnsde weer. 'Zoals ik al zei, jongens, dit is de beste baan die ik ooit heb gehad. Topsalaris, goede werktijden, en het is een fluitje van een cent om de kinderen te vinden. Als er een niet wil luisteren, snij je hem aan stukken en haal je een nieuwe. Simpel.'

Er klonk iets van trots door in Tully's stem en Porter zag een sadistische glinstering in zijn ogen. Porter wendde zijn blik af en knikte naar Soames.

'En jij leidt het netwerk?'

'Leiden is een groot woord, denk ik. Ik zorg alleen voor de locatie, het transport en de kinderen. Wat mijn vrienden uit Westminster achter gesloten deuren uitvoeren is volledig aan hen.'

Porter wierp een blik op de monitor. De generaal was op de bank gaan zitten en rookte een joint terwijl de jongen in de foetushouding huilend op het tapijt lag. Het parlementslid met de bril zat op de andere bank aan zijn slappe penis te trekken terwijl een andere jongen aan zijn tenen sabbelde. Porter wendde vol walging zijn blik af. Toen keek hij dreigend naar Soames.

'Je bent ziek in je kop. Als de Firma hiervan hoort, is het met jullie allebei gedaan.'

Soames glimlachte flauwtjes. 'Dat betwijfel ik ten zeerste.'

'Wat lul je nou?'

Een snelle glimlach flitste als een mes om Soames' mondhoeken. 'Je opdrachtgever heeft je echt niks verteld, hè?'

Porter zei niets. Het gebons tussen zijn slapen nam toe. Soames deed nog een stap dichter naar hem toe. Zijn glimlach verbreedde zich.

'Wat bedoel je?' vroeg Bald.

'Dat MI5 hiervan afweet, idioot. Ze weten wat hier gebeurt.'

Porter voelde een rilling in zijn nek, die zich uitspreidde over zijn rug, en het bloed stolde in zijn aderen.

'Gelul.'

'Het is echt zo,' hield Soames vol. 'Ik werk voor ze. Ik run het weeshuis namens hen.'

Porter schudde zijn hoofd. 'Waarom zou de Firma in godsnaam betrokken raken bij een pedonetwerk?'

Soames maakt een handgebaar in de richting van de stapels cd's en monitors. 'Kijk om je heen. Het is hier een schatkamer van gevoelige informatie. Overal hangen camera's die alles opnemen. Elke seksuele handeling wordt vastgelegd. Iedereen die een Afrikaanse jongen of een Afrikaans meisje misbruikt wordt gefilmd. De beelden worden op een schijf gezet en overgedragen aan Five, en die bewaart ze.'

'Deze plek is een val voor pedo's?' vroeg Bald.

'Er zijn er zelfs meerdere, in Zuid-Afrika, Canada, Belize en elders. Niet elke diplomaat vindt het natuurlijk een veilig idee om naar Sierra Leone te reizen.'

Porter schudde zijn hoofd. 'De Firma zou dat nooit toestaan.'

'O nee?' Soames grinnikte. 'Denk even na, John. Er zitten pedofielen in alle geledingen van de overheid. Meer dan je je kunt voorstellen. Hoge ambtenaren, mensen uit de legerleiding, kabinetsleden... de lijst is eindeloos. Thames House heeft lang geleden besloten dat het oneindig veel meer zou opleveren om deze mannen te chanteren dan om ze aan te geven. Ze voorzien ons van geheime informatie, bespioneren collega's, dat soort dingen. De betrokken personen verkeren natuurlijk niet in de positie om Five te weigeren wat hun wordt gevraagd. Als de beelden werden vrijgegeven, zou dat hun einde beteken.' Hij glimlachte. 'Waarom dacht je anders dat de Russen er zo op gebrand waren deze plek te vinden?'

'De opnamen,' zei Bald.

'Inderdaad.'

'Hoe hebben ze überhaupt ontdekt dat het weeshuis bestond?' vroeg Porter.

'Een van de kinderen is een paar maanden geleden ontsnapt. Hij is naar de West Side Boys gevlucht en heeft hun verteld wat er in het weeshuis gebeurde. De Russen hebben er lucht van gekregen via hun contactpersonen bij de rebellen en besloten me te beroven. Ze wilden me uit de weg ruimen, de beelden stelen en die gebruiken om onze regering aan te pakken. Dat kon ik niet laten gebeuren, dus doodde ik hun agent. De man die jullie in mijn kantoor hebben gevonden.'

'Waarom zouden de Russen zo graag de beelden van een paar louche oude Britse pedo's in bezit willen krijgen?'

'Als de Russen dit materiaal zouden stelen, zouden ze keihard bewijs hebben dat MI5 actief betrokken is bij het runnen van een uiterst geheim pedonetwerk dat gebruikmaakt van kinderen die het slachtoffer zijn van oorlog. Dat zou enorme politieke gevolgen hebben. MI5 en MI6 zouden onmiddellijk is diskrediet raken en misschien zelfs ontmanteld worden. In Westminster zou de pleuris uitbreken. Onze nationale veiligheid zou in gevaar komen, net als de honderden operaties en duizenden agenten overal ter wereld. Het zou een regelrechte ramp zijn.' Soames zweeg even en zei toen: 'Dat is de reden waarom we de cd's onmiddellijk moeten verplaatsen. Alles wat hier ligt opgeslagen moet verdwijnen.'

'Waarom in godsnaam?' vroeg Bald.

'Het weeshuis is niet langer geheim. De Russen hebben hun superieuren van de FSB ongetwijfeld op de hoogte gesteld van wat zich in het weeshuis afspeelt. We kunnen het niet meer veilig gebruiken. We zullen alles naar een andere plek moeten verhuizen voor er versterking komt.'

'Waarheen?'

'Guinee. Ik heb daar een ranch op het platteland. Als we nu gaan, kunnen we bij zonsopgang de grens over zijn. Als we eenmaal Sierra Leone uit zijn, zijn de opnamen veilig.'

Porter schudde zijn hoofd. 'Dat maakt geen deel uit van onze missie.'

'Ik ben het met Soames eens, maat,' zei Bald. 'De Russen mogen dit materiaal niet in handen krijgen. Als dit bekend wordt, kan de pers zijn lol niet op.'

'Waarom verbranden we alles niet gewoon?'

'Uitgesloten,' antwoordde Soames. 'De Firma heeft hier heel veel tijd en moeite in gestoken. De opnamen zijn te waardevol om te vernietigen.'

Porter beet op zijn tanden. De pijn in zijn schouder was afgenomen tot een zeurderige, constante steek en het bloed plakte op zijn huid. Ik vind het niet erg om de halve wereld over te worden gestuurd naar oorlogsgebied, dacht hij. Het kan me zelfs niet schelen dat ik de kerel moet beschermen die mijn carrière kapot heeft gemaakt. *Maar ik vertik het om mijn nek uit te steken voor een stelletje pedofielen uit Westminster.*

Soames zag de onzekerheid op zijn gezicht. Hij wierp een zijdelingse blik naar Tully en richtte zich toen weer op Porter. 'Bel je opdrachtgever maar als je me niet gelooft. Hij zal hetzelfde zeggen.'

Hij keek Porter enigszins uitdagend aan toen hij dat zei. Porter aarzelde en keek naar zijn maat. Bald haalde zijn schouders op, alsof hij wilde zeggen: 'Het is aan jou.'

Porter legde zijn geweer op het bureau en viste de Russische satelliettelefoon uit zijn achterzak. 'Ik ga verdomme bellen ook.'

Soames keek opgelucht. Hij keek naar de stapels cd's en dacht zo hard na dat hij rimpels in zijn gezicht kreeg. 'Iemand zou terug moeten gaan naar de weg om een van de wagens te halen, zodat we al het materiaal en de computers kunnen inladen. Er staat hier te veel om alles ernaartoe te dragen.'

'Ik ga wel,' zei Tully.

'Goed zo, Bob.'

Bij de deur aarzelde Tully. 'Ik heb een wapen nodig.'

Porter keek hem fronsend aan. 'Wat is er met je collector's item gebeurd?'

Tully liet de M1911 zien. 'De slee doet het niet. Ik heb gekeken of er misschien een kogel in de loop zat toen je me vroeg om jullie te dekken. Dat stomme ding is gewoon afgebroken. Ik kan hem niet meer gebruiken.'

‘Bob heeft een punt,’ zei Soames. ‘Als de Russen versterking hebben opgeroepen, loopt hij ze misschien tegen het lijf.’

‘En je tweede wapen dan?’ vroeg Porter.

‘O, in de wagen laten liggen,’ antwoordde Tully laconiek. Hij wendde zich tot Bald en knikte naar de AK-47. ‘Kom op, Jock. Ik dacht dat we vrienden waren. Doe me een lol, vriend. Ik heb op dat dak je leven gered. Je kunt me op z’n minst helpen met een wapen.’

Bald aarzelde en gaf hem toen het geweer. ‘Hier, maat. Pak aan. Er zit meer dan een half magazijn in. Dat zou genoeg moeten zijn om een paar Russen op hun flikker te geven.’ Tully nam het wapen dankbaar aan en glimlachte naar Bald. ‘Dank je, makker. Je bent een goeie kerel.’

Hij stapte met het geweer in zijn handen het gebouw uit. Porter had in een afgesloten ruimte geen bereik, dus liep hij achter Tully aan. Bald volgde hem, net als Soames. Porter trok de antenne uit en liep met grote passen naar het bouwterrein, terwijl hij de telefoon omhoog hield om bereik te krijgen. Na acht stappen verschenen er twee streepjes op het scherm. Hij tikte het nummer in Vauxhall in dat hij uit zijn hoofd had geleerd. Hij zag alleen maar cyrillische letters op het scherm, maar de getallen, pictogrammen en symbolen waren grotendeels hetzelfde als op de Motorola, en het kostte Porter weinig moeite het toestel te bedienen. Hij drukte op de groene knop om de verbinding tot stand te brengen en wachtte tot de oproep werd doorgeschakeld.

De telefoon ging eindeloos over.

Er nam niemand op.

Ze herkennen het nummer niet, dacht Porter. Ze gaan niet oppakken.

Hij wilde net ophangen toen een stem aan de andere kant van de lijn zei: ‘Met wie spreek ik? Hoe...’

‘Ik ben het,’ viel Porter hem in de rede.

'Porter?' stamelde Hawkridge. Op de achtergrond hoorde Porter getik op toetsenborden en het geluid van overgaande telefoons. Hij stelde zich voor dat de agent achter een bureau in een kantoor met klimaatbeheersing ergens in Vauxhall zat.

'Waar heb jíj in godsnaam gezeten?' vervolgde Hawkridge. 'We proberen je al uren te bereiken.'

'De accu is leeg,' antwoordde Porter. 'We zijn bij het diamantveld. We hebben Soames.'

Na een lange stilte vroeg Hawkridge: 'Met wat voor telefoon bel je ons nu?'

'Van de Russen. Een van hen had een telefoon bij zich.'

Opnieuw een stilte. 'Stomme idioot. Dit is geen beveiligde lijn. De FSR luistert waarschijnlijk mee.'

'Wat hadden we dan moeten doen?' vroeg Porter. 'Onze telefoon is uitgeschakeld. Er was geen andere manier om je te bereiken.'

'Hou het kort dan. Wat is de situatie? Hebben jullie de compound in handen? Als je een Russische telefoon gebruikt, neem ik aan dat je onze vrienden voor je rekening hebt genomen.'

'Aye,' zei Porter. 'De Russen zijn dood. We zijn nu bij het weeshuis.'

'Ik... snap het,' zei Hawkridge. Langzaam.

Porter zei: 'Soames vertelde ons van het pedonetwerk.'

'Ik begrijp het.'

'Hij zegt dat de Firma hem helpt bij het runnen van het weeshuis.'

Stilte. Van het schuldige soort.

Porter keek over zijn schouder naar de voorkant van de compound. Hij zag de schijnwerpers in de verte en de donkere leegte erachter. Even vroeg hij zich af waar de kinderen heen waren. Misschien hadden Tannon en Solomon ze van de compound zien rennen en hadden ze hen geholpen.

'John? Ben je er nog?'

‘Je hebt godverdomme tegen ons gelogen,’ zei hij.

‘Daar is nu geen tijd voor. Luister goed. Ik zal het heel kort houden. Is Soames nu bij je?’

Porter keek om naar het bijgebouw. Soames en Bald stonden op een paar meter afstand, aan de rand van het bouwterrein, Bald op twee uur en Soames op twaalf uur. De voormalige officier had zijn armen voor zijn brede borst over elkaar geslagen en glimlachte. Tully was er ook nog steeds. Hij stond op tien uur van Porter, met het geweer dat hij van Bald had geleend. Even vroeg Porter zich af waarom Bob Tully nog steeds op de compound was.

‘Nou?’ snauwde Hawkridge. ‘Geef antwoord, man.’

‘Ja,’ zei Porter. ‘Hij is hier. Hoezo?’

‘Ik wil dat je hem doodt. Soames. Hij moet verdwijnen.’

26

20.47 uur

Even zei Porter niets. Hij stond als aan de grond genageld met de telefoon in zijn hand en staarde naar Soames. De voormalige commandant van 22 SAS keek Porter met zo'n strak gezicht aan dat het verkocht zou kunnen worden als zeildoek.

'Heb je me gehoord, John?' zei Hawkridge. Zijn stem brandde in Porters oor. 'Soames weet te veel. De man vormt een bedreiging. Je moet van hem af zien te komen en alles wat met het weeshuis te maken heeft vernietigen. Verbrand elk spoortje bewijs. Die spullen mogen niet in verkeerde handen vallen, begrepen?'

Porter zei nog altijd niets. Dezelfde gedachte bleef maar bij hem opkomen: waarom zou de Firma van Soames af willen? Ze wilden hem koste wat kost beschermen, en nu willen ze hem dood.

Het is niet logisch.

'Ik zal jou en Jock belonen als dit achter de rug is,' zei Hawkridge. 'Rijkelijk. Je hebt mijn woord. Zeg ja als mijn instructies duidelijk zijn.'

'Ja,' zei Porter uiteindelijk.

Er klonk een zucht van verlichting aan de andere kant van de lijn.

'Mooi zo,' zei Hawkridge. 'Nou, handel de klus af.'

Klik.

Porter hield de telefoon nog een paar seconden tegen zijn oor gedrukt en deed alsof hij luisterde. Hij wierp een zijdelingse blik op Bald, keek naar Soames en weer terug naar zijn maat. Bald keek hem niet-begrijpend aan. Soames stond daar alleen maar, zonder dat hij iets doorhad. Mijn AK-47 ligt buiten bereik in dat gebouw, dacht Porter. *Maar ik heb de Makarov nog.* Hij kon het pistool achter in zijn broek voelen, de bakelieten handgreep drukte in zijn rugholte. Er zaten nog acht kogels in het magazijn. Meer dan genoeg om de klus te klaren.

Er ging een warme gloed door zijn aderen terwijl hij de telefoon liet zakken en naar achteren reikte om de Makarov te pakken. Hij zag voor zich dat hij Soames' hersenen uit zijn kop knalde. En hij stelde zich voor hoe goed dat zou voelen.

Toen zei een stem: 'Laat vallen, makker. Heel langzaam.'

Porter verstijfde en keek op.

Tully stond vijf meter van hem af en had Balds AK-47 recht op Porter gericht. Tully's wijsvinger krulde zich om de trekker.

Klaar om mijn hersens uit mijn kop te schieten.

'Laat vallen,' herhaalde Tully.

Porter bleef roerloos staan. Razendsnel schatte hij de situatie in. Ik kan niets doen. Er is geen ontsnapping mogelijk. Ik kan Tully niet neerschieten. Hij heeft zijn wapen al geheven. Tegen de tijd dat ik de Makarov heb gepakt en gericht, heeft hij de trekker al overgehaald. Van een afstand van vijf meter kon iemand onmogelijk missen, en dat gold al helemaal voor een schutter die was opgeleid door het Regiment. *Ik kan alleen proberen om wat tijd te winnen.*

'Godver Bob, wat doe je?' vroeg hij. 'We staan aan dezelfde kant.'

'Niet meer, vriend.'

'Wat bedoel je?'

Soames kwam dichterbij en glimlachte. 'Je moet echt aan je pokerface werken, John. Echt hoor, je bent veel te makkelijk te lezen. Zodra ik je met je opdrachtgever zag praten wist ik dat Five me heeft laten vallen.'

'Ik weet niet waar je het over hebt.'

Soames grijnsde. 'O, kom op. Denk je echt dat ik zo naïef ben? Ik heb altijd al vermoed dat Five uiteindelijk misschien van me af zou willen. Dat is immers de aard van het beestje, hè. Het enige waar Thames House nog meer van houdt dan van een geheim, is om een geheim helemaal voor zichzelf te hebben. Daarom heb ik een deal met Bob gesloten.'

'Wat voor deal?'

'Om jullie in de gaten te houden. En om ervoor te zorgen dat jullie mij niet aanvallen.'

Porter klemde zijn tanden op elkaar en keek Tully kwaad aan. Die reageerde niet. Hij hield het geweer nog altijd omhoog en richtte de loop op een plek tussen Porters ogen.

'Dit is je laatste kans, Porter. Leg godverdomme dat pistool neer.'

'Doe wat hij zegt, John,' zei Soames dringend.

Alle ogen waren op Porter gericht toen hij langzaam de Makarov van achter zijn broeksband vandaan haalde. Hij boog zich voorover en legde het pistool naast de Russische satelliettelefoon op de grond. Toen ging hij rechtop staan en schopte het pistool naar Tully. Soames grijnsde triomfantelijk. Porter voelde dat de spieren in zijn nek zich spanden van woede.

Toen hoorde hij achter zich een klik.

Het geluid van een haan die werd gespannen.

Toen Porter keek, zag hij dat Bald de PSM stevig met twee handen vasthield en recht op Tully richtte. Het pistool dat Bald in het hotel had afgepakt van die vieze oude Duitser. Porter was het bijna vergeten. En Tully ook, aan zijn verbijsterde gezichtsuitdrukking te zien.

'Laat vallen,' zei Bald.

Tully verroerde zich niet.

Soames kwam tussen de beide mannen in staan. Zijn ogen schoten behoedzaam heen en weer tussen Tully en Bald. 'Denk goed na wat je doet,' zei hij, terwijl de zenuwen in zijn stem kropen. 'Het hoeft niet zo te gaan. Je kunt je bij ons aansluiten. We laten je meedelen in de winst uit onze overeenkomst.'

Bald fronste zijn voorhoofd. 'Wat voor overeenkomst?'

'Toen jullie me in het hotel kwamen zoeken, bevestigde dat mijn vermoeden dat Five van me af wilde,' legde Soames uit. 'Dus maakte ik alternatieve plannen. Bob en ik verlaten Sierra Leone. We gaan met de cd's naar Guinee en gebruiken de beelden om de regering te chanteren. Die dwazen in Westminster zullen moeten betalen wat er maar nodig is om dit materiaal uit de publiciteit te houden. En ook de onthulling dat hoge figuren binnen de veiligheidsdiensten meehielpen bij het runnen van deze plek.' Hij glimlachte naar Bald. 'We zullen de regering om zwijggeld vragen en leven als vorsten.'

Bald kneep zijn ogen tot spleetjes terwijl hij nadacht. Porter brieste van woede en frustratie. 'De Firma laat jullie hier echt niet mee wegkomen.'

Dat ontlokte Soames een hartelijke lach. 'Ik denk niet dat ze veel keus hebben. Ik zal ervoor zorgen dat de beelden uit dit weeshuis bij de redactie van elke grote krant in Groot-Brittannië terechtkomen als ze me vermoorden.' Hij haalde zijn schouders op. 'Al denk ik niet dat ik al te veel wakker zal hoeven liggen als jij de beste operator bent met wie Five op de proppen komt. Het zegt iets over onze inlichtingendiensten dat ze het vuile werk laten opknappen door een zuiplap die aan de grond zit, vind je ook niet?'

'Val dood.'

Soames' blik verhardde zich. 'Je bent altijd al een stommeling geweest, Porter. Zo eerlijk als wat, maar nooit eens gehaaid. In tegenstelling tot je vriend,' voegde hij daaraan toe, gebarend naar Bald. 'Jij bent duidelijk een slimme kerel, Jock. Je laat toch niet de kans van je leven lopen, alleen zodat je je kunt laten bevelen door een of andere overbetaalde sukkel in Thames House? Laat dat pistool zakken en sluit je bij ons aan. Ik zal je smerig rijk maken. Erewoord.'

Bald vroeg: 'Over hoeveel poen hebben we het?'

'Miljoenen,' zei Soames, die steeds zelfverzekerder begon te klinken. Hij deed een halve stap naar Bald toe. 'Je zult de rest van je leven genoeg geld hebben voor drank en vrouwen.'

Hij overweegt het echt, dacht Porter.

Bald kneep zijn ogen even dicht, alsof hij worstelde met zijn geweten. Zijn vinger spande zich om de trekker. Porter keek hulpeloos naar Bald en zijn huid prikte van angst. Hij stelde zich de 5.45×18mm-kogel voor die met een luide knal uit de loop van de PSM kwam. Het hete lood dat zich door zijn voorkwab boorde en zijn hersenen verpulverde voor het door zijn nek weer naar buiten kwam. Soames keek toe en grijnsde verwachtingsvol.

Porter zei: 'Jezus, Jock, denk goed na wat je doet. Je gaat me toch niet vermoorden om een glibberige ex-officier te beschermen, hè?'

'Luister niet naar hem!' brulde Soames. 'Porter is er sowieso geweest. De enige keuze die je hebt is rijk worden of in een kuil naast die dronken idioot belanden.'

Bald bleef de PSM op Tully gericht houden, maar zijn vinger om de trekker ontspande zich. Porter zag hem heel even aarzelen. Een nauwelijks zichtbare vertrekking van zijn gezichtsspieren.

Hij staat op het punt om toe te geven.

'Soames liegt,' zei Porter. 'Zodra je je met je rug naar hem toedraait, schiet hij je neer.'

'Gelul,' zei Tully, die zich rechtstreeks tot Bald richtte. 'Ronald spreekt de waarheid. Je kunt me vertrouwen, Jock. We zijn vrienden.'

Bald klemde zijn tanden op elkaar. Hij gaat het doen, dacht Porter. Hij keert zich tegen me en jaagt een kogel door mijn hoofd. *Je moet blijven proberen tot hem door te dringen. Dat is je enige kans.*

'Als je me doodt, krijg je de Firma achter je aan,' zei hij. 'Het Regiment zal er ook lucht van krijgen. Je weet hoe dat gaat. Je maakt elke jongen die ooit in Hereford de poort door is gelopen tot een vijand. Je zult gebrandmerkt zijn en de rest van je leven over je schouder moeten kijken.'

'Negeer hem!' schreeuwde Soames. 'Schiet Porter dood, man!'

En toen gebeurde het. Bald liet de PSM wegzwenken van Tully en richtte het wapen op Porter. Om precies te zijn op een punt tussen zijn ogen. Porter kon bijna niet geloven wat er gebeurde. Bald had een harde, overtuigde blik in zijn ogen, en Porter besefte dat hij niets kon zeggen waarmee hij Bald op andere gedachten kon brengen. *Ik kan niets doen om te voorkomen dat die klootzak van een Jock de trekker overhaalt.*

Bald ontspande de spieren van zijn schouder. Er vormde zich een wrede glimlach om zijn mondhoeken. Hij haalde diep adem. Spande zijn vinger om de trekker. De hamer kon elk moment naar voren schieten om de kogel in de kamer af te vuren. Links van hem keek Soames toe, met een grijns van oor tot oor. Tully liet zijn geweer zakken.

Het is gebeurd, dacht Porter.

Hij sloot zijn ogen en wachtte tot hij ging sterven.

Het volgende moment hoorde hij de luide knal van een kogel die werd afgeschoten.

Het duurde een halve seconde voor het tot Porter doordrong dat hij niet was geraakt. Toen opende hij zijn ogen en zag hij Bald voor zich staan en zijn pistool op Tully richten. Er kringelde rook uit de loop. Vijf meter links van hem siste Tully van de pijn en liep wankelend naar achteren. Bloed gutste uit een wond in zijn onderbuik en maakte een vlek in het zitgedeelte van zijn broek. Hij keek op naar Bald, met een verbijsterde blik in zijn ogen.

Bald schoot opnieuw. De tweede kogel boorde zich boven in Tully's borst. Tully kreunde en viel naar achteren, waarbij hij de AK-47 losliet. Bald schoot nog een keer terwijl Tully op zijn rug landde. Tully had zijn mond opengesperd van de pijn en greep met zijn linkerhand naar de wond in zijn buik.

Porter zag in een flits iets bewegen. Toen hij opkeek zag hij Soames naar de AK-47 duiken die Tully had laten vallen. Bald had de nieuwe dreiging nog niet opgemerkt. Hij was nog steeds op Tully aan het schieten, met een gezicht dat vertrokken was van bijna onmenselijke woede. Porter wist dat er in het magazijn van de PSM maar acht kogels pasten. *Als Soames dat geweer te pakken krijgt, zijn we allebei de lul.*

Soames bukte zich om de AK-47 op te pakken. Porter schoot naar voren. Hij had een seconde of twee voordat Soames het wapen te pakken had. De man was snel. Maar hij was langzamer dan Porter. Soames had de laatste jaren een goed leven gehad, en dat was te merken. Porter ramde met zijn schouder tegen Soames aan voordat die het wapen kon oppakken, en door de kracht van de botsing wankelde Soames een paar stappen achteruit. Schreeuwend van de pijn viel hij naast het bouwterrein op de grond. Door de klap werd de lucht uit zijn longen geperst. Porter stortte zich boven op hem en pakte een losse baksteen die naast de cementmixer lag.

'Nee, man!' smeekte Soames. 'Niet doen! Ik kan je rijk maken!'

Porter hief de steen boven zijn hoofd. Hij ramde Soames ermee in zijn gezicht en verbrijzelde zijn voortanden. Soames kreunde van de pijn toen Porter opnieuw op zijn gezicht inbeukte. Porter bleef slaan tot er van het gezicht alleen nog maar een krater van vlees, bloed en gebroken tanden over was. Tussen de slagen door hapte Soames naar adem. Achter zich schoot Bald de laatste kogel uit het magazijn van zijn PSM, want toen zijn maat nog een keer de trekker overhaalde hoorde Porter alleen maar een klik.

Soames smeekte hem te stoppen.

Porter deed zijn arm omhoog om weer toe te slaan.

Toen hoorde hij nóg een metaalachtige klik.

Soames zag rechts van hem iets bewegen, in de richting van de aanbouw. Porter hield de arm stil en keek die kant op.

De keukendeur aan de achterkant van de aanbouw stond open.

Tannon stond een paar meter voor de deuropening en hield met twee handen een Makarov vast.

Even vroeg Porter zich af waar ze dat pistool vandaan had. Toen wist hij het weer: het hoteldak. Het rustige moment voordat de tweede aanvalsgolf van de rebellen losbarstte. Hij herinnerde zich dat hij Tannon een van de pistolen had gegeven. Dat hij had gezegd dat ze zich van kant moest maken als het hotel in handen viel van de vijand.

Porter herinnerde zichzelf eraan dat er één kogel in de kamer zat.

Tannon deed twee stappen naar voren, met haar wapen geheven. Ze had haar rechterarm gestrekt en hield haar andere arm ter ondersteuning in een hoek van vijfenveertig graden bij de elleboog. Iets aan haar houding maakte Porter duidelijk dat dit niet de eerste keer was dat ze een wapen hanteerde. Ze richtte de Makarov grofweg in de richting van Porter, maar vanaf zijn positie was onmogelijk te zien wie ze op de korrel had.

Mij of mijn voormalige baas.

Intussen was ook Bald zich bewust geworden van Tannons aanwezigheid. Hij stond over Tully's roerloze lichaam gebogen, met zijn handen om de greep van de lege PSM geklemd, en keek toe hoe de viceambassadeur dichterbij kwam. Porter keek om zich heen om zijn directe omgeving in ogenschouw te nemen. Tully's AK-47 en de extra Makarov bevonden zich buiten hun directe bereik. *De enige die nu een wapen heeft is Tannon.*

'Help me,' zei Soames hees en door zijn neus. Er liep bloed uit zijn mondhoeken. 'Schiet die klootzak dood.'

Tannon deed weer een stap naar voren. Porter kon nog altijd niet zien op wie ze het pistool richtte.

'Dood hem, zei ik!' loeide Soames. 'Deze man is een landverrader. Hij dreigt een cruciale operatie van MI5 in gevaar te brengen. Bel je baas maar als je me niet gelooft. Ik ben een goede vriend van hem.'

Op vier meter van Porter en Soames bleef Tannon staan. Ze hield het pistool stevig vast. Niemand verroerde zich.

'Als je verstandig bent dood je dit stuk stront en help je me het land uit te komen,' ging Soames verder. 'Ik zal je rijkelijk belonen, met alles wat je maar wilt. Diamanten, geld, promotie. Zeg het maar.'

Tannon liet het wapen zakken.

'Dit is voor de kinderen,' zei ze.

Toen liep ze naar Soames toe en duwde de Makarov in zijn mond. Soames' ogen werden groot van angst. Er klonk een gedempte gil diep in zijn keel terwijl ze de trekker overhaalde.

De Makarov knalde. Soames' lichaam schokte, alsof een team artsen hem met een defibrillator reanimeerde. Zijn hersenen spoten uit zijn schedel en stukjes bot en brein sproeiden over de rode aarde.

Lekker voor hem, dacht Porter.

Hij stond op. Tannon haalde het pistool uit Soames' wijd open mond en ging ook rechtopstaan. De loop zat onder het bloed. Ze liet haar hand met het wapen erin langs haar lichaam hangen en staarde naar zijn misvormde, slappe lichaam.

'Voel je je al wat beter?' vroeg Porter.

'Ken je dat gevoel wanneer je een kakkerlak vertrapt?'

Porter knikte.

'Zo dus.'

‘Waar is Solomon?’ vroeg Porter terwijl hij zijn ogen over de compound liet gaan.

Tannon wees naar de voorkant van de compound. ‘Hij bewaakt de kinderen. Ik zei dat hij ze moest beschermen, wat er ook zou gebeuren.’

Porter knikte. ‘We moeten de autoriteiten op de hoogte stellen.’

‘Daar is Solomon al mee bezig. We hebben een oplader voor de satelliettelefoon gevonden. Ik heb hem gezegd dat hij mijn contactpersoon bij Mothers of the Lost moet bellen om te zeggen dat we de kinderen gevonden hebben.’

Ze sloot haar ogen, alsof ze de herinnering uit haar hersenen probeerde te wissen. Maar zulke beelden vergeet je niet, dacht Porter. Wat Bald en ik vanavond in dat weeshuis hebben gezien, zal ons nog heel lang bijblijven.

‘Toen ik die arme kinderen het weeshuis uit zag komen, wist ik dat er iets ernstigs aan de hand was,’ zei Tannon. ‘Dus rende ik hiernaartoe om te zien wat er aan de hand was. Toen zag ik jou en Soames vechten op de grond.’

Porter staarde haar even aan. ‘Ik dacht dat je zei dat je niet goed was met wapens.’

‘Een leugentje om bestwil. Het maakte deel uit van mijn dekmantel.’

‘Dekmantel?’ herhaalde Porter.

Tannon knikte. ‘Ik werk voor MI6. Angela is mijn baas.’

Opeens werden Porter een heleboel dingen duidelijk die hij zich de hele operatie al had afgevraagd. Bijvoorbeeld waarom Tannon van de militaire inlichtingendienst was overgestapt naar de een of andere uithoek voor Buitenlandse Zaken. Haar belangstelling voor Soames. Waarom Angela March überhaupt aanwezig was geweest bij de missiebriefing.

Tannon is van MI6.

'Waarom heeft Tannon je hiernaartoe gestuurd? Om Soames te doden?'

Tannon schudde haar hoofd. 'In eerste instantie niet.'

'Waarom dan wel?'

'Ik moest achterhalen wat voor zaken hij hier deed. Angela zorgde voor een diplomatieke dekmantel op de ambassade. Ze had geruchten gehoord over kwaadaardige elementen in Thames House die in het buitenland een pedofielennetwerk van kopstukken uit Westminster hielpen organiseren. Ze vermoedde dat Soames erbij betrokken was en wilde dat iemand hem ter plaatse observeerde.'

'Wacht even,' zei Bald hoofdschuddend. Hij had de PSM weggegooid en stapte weg van Tully. 'Vertel je ons nou dat MI5 deze operatie runde en dat niemand bij MI6 dat doorhad?'

Tannon staarde hem aan. 'Anders dan je misschien denkt, is de samenwerking tussen de veiligheidsdiensten niet bepaald optimaal. We delen alleen wat we moeten delen. En dat is niet veel. We wisten dat Soames er op de een of andere manier bij betrokken moest zijn. Hij kende een hoop van de verdachten. Hij had toegang tot de Firma, hij maakte deel uit van het old boy's network dat actief is in het hart van het establishment. Hij verkeerde eigenlijk in de perfecte positie.' Ze richtte haar blik weer op Soames. Op het gat in de bovenkant van zijn schedel. 'Maar dit hadden we nooit verwacht.'

'Wie was er bij de Firma nog meer bij betrokken?' vroeg Porter.

'Hawkridge,' antwoordde Tannon. 'Maar dat had je waarschijnlijk zelf al bedacht. Samen met twee anderen. Het ging om een klein groepje mensen, om de kans op ontdekking te beperken. De mensen op de allerhoogste posities zullen natuurlijk ontkennen dat ze ergens iets van afwisten.'

'Dat doen die klootzakken altijd,' mompelde Bald.

Porter vroeg: 'Waarom ging Hawkridge sowieso akkoord met de operatie? Als hij wist dat MI6 onderzoek deed naar Soames en het pedonetwerk?'

'Hij kon niet anders,' zei Tannon. 'Hawkridge heeft de macht niet om een lopend onderzoek stil te leggen. Hij kon de boel dus maar het beste zo veel mogelijk vertragen om bewijs en getuigen weg te kunnen werken. Voor zover wij kunnen nagaan was hij van plan om Soames te doden en vervolgens jullie stilletjes uit de weg te ruimen na terugkomst in Groot-Brittannië. Dan zou hij vrijuit zijn gegaan.'

Porter klemde zijn tanden op elkaar en duwde zijn nagels in zijn handpalmen. *Dus daarom droeg Hawkridge ons op om Soames te doden en het bewijs te vernietigen. Die klootzak wilde zijn sporen wissen.*

'Waarom heb je ons niet eerder verteld dat je voor MI6 werkte?'

Tannon tuitte haar lippen. 'Er bestonden vraagtekens over jullie loyaliteit.'

'Bij jou?'

'Bij Angela. Hawkridge en jullie kenden elkaar. Jullie waren overgeplaatst naar Five. De kans was groot dat jullie van alles op de hoogte waren.'

'En wat doen we nu?' vroeg Bald.

'We ruimen alles op,' zei Tannon. 'We verbranden alles en laten het lijken alsof het een aanval van de West Side Boys was.'

'Er is alleen één probleem,' zei Bald. 'We hebben Hawkridge gebeld met een Russische satelliettelefoon. Zij zullen de locatie nu wel kennen. Ze zullen meer mensen sturen – misschien zijn ze zelfs al onderweg.'

Tannon knikte. 'Dan moeten we snel zijn. Het dichtstbijzijnde Russische trainingskamp is over de grens met Liberia. Dat is twee uur rijden vanaf hier, maximaal drie. We zullen aan de slag moeten en alle bewijzen van onze betrokkenheid moeten wissen.'

'En dan?'

'Dan gaan we het land uit. Op een vliegveld ten oosten van hier, aan de grens met Guinee, wacht een team op ons om ons te evacueren.'

'Hoe ver is dat?'

'Een kleine honderd kilometer. Dat betekent dat we om één uur vannacht in het vliegtuig kunnen zitten en tegen lunchtijd terug zijn in Londen. Uiteraard zullen jullie ons een grondige briefing moeten geven. Hawkridge en de anderen in Thames House moeten ontmaskerd worden.'

Bald grijnsde naar haar. 'Jij mag me debriefen wanneer je maar wilt, hoor, wijffie.'

Tannon staarde hem zonder iets te zeggen aan.

Porter voelde de woede weer in zich opwellen. 'We moeten hier niets verbranden,' zei hij. 'We hebben ons leven niet gewaagd om een stelletje pedo's vrijuit te laten gaan. We zouden alle opnamen mee moeten nemen en in Engeland openbaar moeten maken.'

'Dat kan niet. Mijn bazen zullen het niet toestaan. Geloof me, ik heb het geprobeerd.'

'Waarom willen ze het niet?'

'Het is te dicht bij de top. De mensen die genoemd worden zijn niet maar gewone managers bij Intel. Het gaat in sommige gevallen om de meest vooraanstaande namen uit de politiek en het leger. Kabinetsleden en anderen zouden ermee geassocieerd worden.'

'Dat is bullshit.'

'Het is niet aan mij. Deze plek moet vernietigd worden.'

'Ze heeft gelijk,' zei Bald. 'We moeten het hier platbranden, maat. Er staat te veel op het spel.'

Tannon zei: 'Dit een overwinning voor ons, John.'

'O ja? Zo voelt het anders niet, godverdomme.'

'Soames is dood. Het weeshuis is er niet meer. De kinderen die hier zaten zijn nu veilig. We hebben genoeg bewijs om Hawkridge ten val te brengen, en ook de andere samenzweerders binnen MI5 die op de hoogte waren. Uiteindelijk zal het old boy's network de rijen sluiten, maar dan is het al te laat.'

Porter wendde zijn blik af. Hij keek naar het weeshuis, de speeltuin, de doodgeschoten Russen. De donkere lucht stonk naar lood en warm bloed. Niets bewoog en het was angstaanjagend stil. Het leek wel of ze bij een oud slagveld waren. Hij dacht weer aan de beelden die hij had gezien, aan het Conservatieve parlementslid dat die jongen tegen de grond drukte, en hij had ontzettend veel behoefte aan iets te drinken. *Meer dan ooit.*

'Goed dan,' zei hij, terwijl hij Tannon weer aankeek. 'Laten we het hier wegvagen.'

Tannon liep weg om in het bijgebouw te gaan kijken. Ze wilde het met eigen ogen zien, ondanks Porters waarschuwingen over wat er op de cd's stond. Hij keek haar na en wendde zich toen tot Bald.

'Wat gebeurde er allemaal? Waarom richtte je dat pistool op me?'

Bald grijnsde. 'Je dacht toch niet dat ik het meende hè?'

Porter zei niets. Hij staarde Bald alleen maar aan.

'Ik moest ervoor zorgen dat Tully minder op zijn hoede was,' ging Bald verder. 'Hij zou zijn wapen pas laten zakken als hij ervan overtuigd was dat ik je ging neerschieten. Daarom deed ik het.' Hij barstte in lachen uit. 'Na alles wat we vandaag hebben meegemaakt dacht je toch niet dat ik je een kogel door je kop zou jagen?'

'Nee,' zei Porter, die inwendig een zucht van verlichting slaakte.

'Ik mag toch godverdomme hopen van niet, maat. Jij en ik zijn als broers.'

Grijnzend zei Porter: 'Rustig aan, Jock. Je wordt emotioneel. Weet je zeker dat je niet weer aan de Bell's zit?'

'Lul.' Bald deed net of hij Porter kwaad aankeek. Toen ontspande zijn gezicht en glimlachte hij. 'Maar nu we het daar toch over hebben, laten we het hier afronden en dan wegwezen. Ik weet niet hoe het met jou zit, maar tering zeg, ik zou een moord doen voor een biertje.’

27

21.38 uur

Ze deden er bijna een uur over om de brand voor te bereiden. Terwijl Tannon met vrijwilligers van Médecins sans Frontières uit een nabijgelegen dorp regelde dat de kinderen voor hun eigen veiligheid in hechtenis zouden worden genomen, bereidden Bald en Porter het vuur voor. Ze sleepten de lichamen naar het weeshuis omdat ze dachten dat het makkelijker zou zijn om één grote brand te stichten dan allemaal kleintjes. Solomon hielp ook mee. Met z'n drieën zeulden ze de doden naar het gastenverblijf, waar ze de lijken op de grond lieten vallen. Eerst Tully, toen Soames en vervolgens Nilis en Spray Tan. De drie mannen zweetten al snel hevig van het zware tilwerk. Toen verzamelden ze in de eerste compound autobanden en houten pallets en zeulden die naar het weeshuis, samen met een van de jerrycans in de achterbak van de Range Rover. Ze plaatsten alles in het gastenverblijf en goten vervolgens de benzine over de banden en de pallets. Tannon haalde de computers uit het bijgebouw en zette die erbij. In de Portakabin vond ze een gereedschapskist, en met een pneumatische drilboor verwijderde ze de harde schijven uit de computers. Ze legde uit dat dat de enige manier was om er zeker van te zijn dat de data volledig werden vernietigd. Toen gooide ze alle harddisks, cd's en reservetapes op de stapel.

Toen alles was voorbereid ontdeden Bald en Porter de lijken van alles waarmee ze door de autoriteiten geïdentificeerd zouden kunnen worden – portemonnees, horloges, sieraden. Ze wilden het doen lijken alsof de Russen beveiligers waren die voor Soames werkten, legde Tannon uit. MI6 zou valse identiteiten vervaardigen en die toevoegen aan de lijst met personeelsleden van Soames' militaire bedrijf. De kans was klein dat de FSB publiekelijk zou toegeven dat de dode Russen hun mensen waren. En Tannon voegde daaraan toe dat het belangrijk was dat het verhaal overtuigend zou lijken. Dan zou niemand te diep graven of te veel vragen stellen.

Ze staken het vuur aan.

De vlammen verspreidden zich snel en legden de aanbouw en vervolgens de rest van het weeshuis in de as. Ze keken vanaf een veilige afstand toe. Zwarte rook steeg op, de nog zwartere lucht in. Ze gaven alle drie toe dat ze zich beter voelden nadat ze het gebouw in de fik hadden gezet. Niet geweldig, maar beter. Het was een begin, zei Tannon. In een verstrekkende zaak als deze was alles gecompliceerd. Hawkridge zou boeten, net als iedereen bij MI5 die het weeshuis draaiende had helpen houden. Ze had al contact gehad met Angela March. Die had erop gezinspeeld dat Hawkridge niet naar de gevangenis zou gaan. Dat mensen in hogere posities dan zij hadden besloten dat het beter zou zijn als hij simpelweg verdween.

Porter zei dat hij daar geen problemen mee had.

Ze bleven een tijdje naar het vuur kijken. Toen verzamelde Tannon de diamanten die uit de kluis in de Portakabin waren gehaald en stopte ze in zakjes als bewijs, tot zichtbare teleurstelling van Bald. Tannon zei dat de diamanten mogelijk belastend waren. Ze zouden een internationaal schandaal teweeg kunnen brengen, vooral als bewezen werd dat Soames met medeweten van Whitehall diamanten had gestolen van de eigenaren van de diamantvelden. Ze zei niet wat er met de diamanten zou gebeuren, en Porter vroeg er ook niet naar.

Iets na tienen arriveerden er vier busjes met medewerkers van MSF, die de kinderen begonnen te verzorgen. Aanvankelijk waren de kinderen heel schuchter, maar toen de hulpverleners snoep en colaflesjes uitdeelden, brak er al snel een lach door op hun gezicht. Ze werden allemaal snel medisch onderzocht voor ze naar een van de busjes werden gebracht. Solomon ging met ze mee. Hij omhelsde Bald voor hij vertrok en beloofde hem dat hij hem een keer in Londen zou komen opzoeken. Bald keek niet erg blij maar zei niets. Een paar minuten later reed het konvooi de compound af. Het licht van de koplampen werd geleidelijk aan zo klein als speldenknopjes en verdween toen volledig in het donker.

Toen vertrokken Porter, Bald en Tannon ook. Ze namen de Discovery, omdat de tank van de Range Rover bijna leeg was. Porter zat achter het stuur, met Tannon naast zich en Bald achter haar. Het was naar de grens met Guinee ruim zestig kilometer rijden over een hobbelig en uitgestorven weggetje. Het was pikdonker, dus hield Porter het tempo laag. Hij nam aan dat de plaatselijke rebellen het druk hadden met feesten in hun kampen. Rond middernacht reden ze de grens over, en een half uur later waren ze op het vliegveld. Dat bestond uit één landingsbaan midden in een leeg veld, met ernaast een laag stenen gebouw. Aan het einde van de baan stond een licht vrachtvliegtuig, een Cessna 208 Cargomaster, met in dezelfde gouden letters als Porter op Lungi Airport had gezien de woorden EVERGREEN CARGO op de zijkant.

Porter parkeerde de Discovery naast het gebouw. Ervoor stonden drie mannen te wachten, twee beveiligers en Shoemaker, de man die Bald en Porter nog maar twee dagen eerder op het vliegveld had begroet. Twee dagen, maar het lijkt wel een eeuwigheid geleden, dacht Porter. *Jock en ik zijn in die tijd door een ware hel gegaan.*

'Helpt de CIA je?' vroeg hij aan Tannon.

'Ze hebben belangen,' antwoordde Tannon. 'Ze maakten zich zorgen om Soames, maar om heel andere redenen.'

'Hoe bedoel je?'

'Het heeft met de Russen te maken. De CIA speelt een veel groter spel. Ze zijn bang dat Rusland zijn invloed in Afrika probeert te vergroten. De nieuwe Russische president koopt macht waar hij maar kan en steunt dictators met wie hij zaken kan doen. Washington wil hem maar al te graag indammen. Alles wat de Russen macht en invloed in Sierra Leone kan geven vormt een bedreiging.'

Ze stapten uit. Shoemaker begroette Porter en Bald door tegen zijn honkbalpet te tikken. Tannon liep naar het kantoor. 'Ik ga Angela bellen,' zei ze. 'Gaan jullie maar vast.'

Porter knikte en begon naar de Cessna toe te lopen. Er kan maar beter drank aan boord zijn, dacht hij. Kan me niet schelen wat. Ik zou op dit moment zelfs een shandy achteroverslaan.

'Nog één ding,' zei Tannon.

Porter en Bald bleven tegelijkertijd staan en keken om naar de viceambassadeur. 'Wat dan?' vroeg Porter.

'Over een paar weken zullen jullie in de overlijdensberichten zien staan dat er twee Britse helden zijn overleden. Dat Bob Tully en Ronald Soames het leven lieten terwijl ze een diamantveld verdedigden tegen rebellen. Ik verwacht dat ze een eervolle vermelding zullen krijgen.'

Bald stikte bijna in de warme lucht. 'Dat méén je niet!'

'We kunnen niet anders. Ons verhaal moet helemaal kloppen, zodat we er zeker van zijn dat de waarheid nooit boven tafel komt. Hun families zullen minder snel om een onderzoek vragen als Tully en Soames als helden zijn gestorven. Ze zijn dan minder verdacht. Jullie moeten zelfs niet verbaasd zijn als ze postuum onderscheiden worden in Buckingham Palace.'

'Dus Bob en Soames krijgen allebei een medaille. En wat krijgen wij?'

Tannon ging ongemakkelijk op één been staan. 'We kunnen jullie geen erkenning geven voor jullie rol in deze operatie, om voor de hand liggende redenen. Maar we kunnen wel iets anders bieden.'

'Wat dan? Een schouderklopje?'

'Werk.'

'Voor wie?'

'Voor ons,' zei Tannon. 'Jullie zijn klaar bij MI5, en we kunnen in Vauxhall wel een paar jongens als jullie gebruiken. We hebben een heleboel deskundigen en managers, maar niet veel mensen die goed zijn in het vuile werk.'

Bald schudde kwaad zijn hoofd. 'Ik pas, wijffie. Ik ga terug naar Hereford. Ik heb genoeg van al dat achterbakse gedoe.'

'Ik bied jullie geen keuze,' zei Tannon. 'Het is een bevel. Angela heeft MI5 al om jullie overplaatsing verzocht. Jullie beginnen meteen na de debriefing van de missie.'

'Dus dat is onze beloning?' zei Porter. 'Een baan in Legoland?'

'Het is beter dan niets,' zei Tannon glimlachend tegen hem. 'En ik heb graag dat je "mevrouw" tegen me zegt, John. Je mag me fatsoenlijk aanspreken nu ik je nieuwe baas ben. Goed, als jullie me willen excuseren. Ik zie jullie in het vliegtuig.'

Ze draaide zich om en liep met grote passen naar het kantoor, waar ze Shoemaker als begroeting even toeknikte. Porter keek haar na en schudde ongelovig zijn hoofd. 'Het lijkt erop dat we met lege handen naar huis gaan.'

'Niet bepaald, maat.'

Porter wierp zijn maat een blik toe. 'Wat bedoel je daar nou weer mee?'

Bald gaf geen antwoord maar zag dat Shoemaker, Tannon en de twee beveiligers naar binnen gingen. Wachtte tot ze de deur achter zich dicht hadden gedaan. Toen stak hij zijn hand in zijn zak en haalde er iets uit. Hij klemde zijn vuist er stevig omheen en keek opnieuw het vliegveld af om zich ervan te vergewissen dat er niemand in de buurt was. Toen stak hij zijn hand uit naar Porter en opende zijn vuist.

'Die heb ik gepakt in de Portakabin toen er niemand keek. Vlak voordat we weggingen uit dat kantoor,' zei hij. 'En ik ken een heler in Amsterdam...'

In zijn handpalm lag een ruwe diamant die zo groot was als een golfbal.

LEES MEER VAN

Chris Ryan

Een boot vol wanhopige en doodsbange vluchtelingen gaat bijna ten onder op de woeste Middellandse Zee als ze genadeloos wordt aangevallen door de SAS. Strijders van Islamitische Staat gebruiken deze boten om zichzelf Europa binnen te smokkelen. Alleen door deze strijders op te sporen voordat ze het Verenigd Koninkrijk binnen komen, kan worden voorkomen dat ze terreuraanslagen plegen op Britse bodem.

Een van deze strijders bekent een grotesk plan waardoor Danny Black het gevaarlijkste oorlogsgebied ter wereld moet infiltreren: het hart van Islamitische Staat. Daar moeten Black en zijn team een wrede IS-commandant arresteren, de enige man die alle details van de aanslag weet…

Verkrijgbaar als
e-book
& papieren boek